Rendezvous

Rendez vous

Zuflucht der Herzen

Lisa Tawn Bergren

Schulte & Gerth

Die amerikanische Originalausgabe erschien im Verlag
Multnomah Books (a part of the Questar publishing family)
unter dem Titel „Refuge“.

Aus dem Amerikanischen übersetzt von Margit Lange

Best.-Nr. 815 580
ISBN 3-89437-580-9
1. Auflage Januar 1996
2. Auflage Oktober 1996
Umschlaggestaltung: Ursula Stephan/George Angelini
Satz: Die Feder GmbH, Wetzlar
Druck und Verarbeitung: Ebner Ulm

Teil 1

Rachel

Kapitel Eins

Freitag, 16. Juli

Eigentlich hatte sie zusammen mit Beth für dieses Jahr einen Urlaub im Club Mediterranée geplant. Doch statt dessen befand sich Rachel nun an Bord eines winzigen Flugzeuges mitten über den Rocky Mountains. Die Luftlöcher, die die Berge unter der Maschine verursachten, rüttelten sie ordentlich durch. Sie schloß die Augen und stellte sich ihren Urlaub auf einer tropischen Insel vor: gutaussehende, alleinstehende Männer servierten ihr aromatischen Eistee. Ihr Magen hob sich, als das winzige Flugzeug erneut in ein Luftloch fiel und die Passagiere hundertfünfzig Meter in die Tiefe sacken ließ.

Der Pilot beugte sich hinter dem verschlissenen Vorhang vor, mit dem man vergeblich versuchte, die blinkenden Lichter und die Instrumente des Cockpits zu verhüllen.

„Nicht schlecht, die Reise, oder?" fragte er Rachel laut und blinzelte seinem hübschen Passagier dabei grinsend zu. Er lehnte sich in seinen Sitz zurück, bevor er sehen konnte, wie sie eine Grimasse zog und blaß wurde, während sie auf- und dann wieder abwärts flogen.

Die überwältigende Schönheit der Berge unter ihr nahm sie gar nicht wahr. In Rachels Augen war dies das Ende der Welt, und sie war keineswegs erfreut darüber, an dessen äußerstem Rand angelangt zu sein.

„In etwa fünfzehn Minuten erreichen wir den Internationalen Flughafen von Elk Horn", rief der Pilot über das Getöse der Motoren hinweg.

„Den *Internationalen* Flughafen von Elk Horn?" wiederholte Rachel amüsiert. Sie nahm an, daß die hochtrabende Bezeichnung nur durch die Nähe zur kanadischen Grenze gerechtfertigt werden konnte. Rachel zwang sich dazu, die majestätische Aussicht vor ihrem Fenster zu betrachten, doch ihre Gedanken waren ganz woanders. *Ich will endlich aus diesem schrecklichen kleinen Ding aussteigen und Beth sehen.* Die Reise von San Francisco hier herauf hatte an ihren Nerven gezerrt, vor allem die letzten drei Stunden, die sie an Bord der kleinen Maschine verbracht hatte. Sie lachte über eine Broschüre, die sie vor sich hatte und die über die besonderen Leistungen der „Mile-High"-Fluglinie für Stammkunden informierte. *Ich fahre mit dem Zug nach Hause,* dachte sie.

Das Flugzeug glitt in das riesige Elk-Horn-Tal hinein und landete auf dem schmalen Rollfeld. Ob sie wollte oder nicht, Rachel war doch von den Fähigkeiten des Piloten beeindruckt. Schon vom Fenster aus hielt sie eifrig nach ihrer ältesten und besten Freundin Ausschau und entdeckte sie schließlich aufgeregt winkend neben einem riesigen roten Geländewagen.

„Ach du meine Güte", grinste Rachel beim Anblick des allradgetriebenen Gefährts. „Ich hoffe bloß, daß sie keine Waffen hinten auf der Ladefläche hat."

Das Flugzeug erreichte die winzige Abfertigungshalle und rollte aus. Wenige Augenblicke später kletterte der Pilot aus dem Cockpit und öffnete die Schlösser, die die Tür verriegelt hielten, während das Bodenpersonal die Tür nach außen zog und einen Schwall klarer Bergluft hereinließ.

Rachel holte tief Luft.

„Vielen Dank, daß Sie mit unserer Gesellschaft geflogen sind, meine Damen und Herren", verkündete der Pilot mit gut eingeübter Freundlichkeit. „Wir wünschen Ihnen einen schönen Aufenthalt in Elk Horn."

Er beendete seine kleine Rede, bückte sich unter der Tür durch und stellte sich unten an die Stufen, um den Passagieren beim Aussteigen zu helfen. Von den anderen fünf Passagieren wurde er ignoriert, denn es waren Männer, die vorhatten, in einem der letzten amerikanischen Naturparadiese jagen oder fischen zu gehen. Rachel nahm seine Hilfe nur zögernd in Anspruch, mehr um seinet- als um ihretwillen.

Als Rachel ihre Freundin in nur ein paar Metern Entfernung entdeckte, stieß sie einen Freudenschrei aus. Mit einem breiten Lächeln im Gesicht rannte Beth los und warf ihre Arme um Rachel.

„Willkommen in Montana!" sagte Beth und lächelte so stolz, als hätte sie das Land höchstpersönlich geschaffen. „Anscheinend hattest du eine ganze Ladung Junggesellen an Bord", sagte sie etwas leiser. „Irgend jemand Interessantes dabei?"

„Nein", antwortete Rachel mit einem Lachen. „Soviel männliche Hormone auf engem Raum könnten gefährlich werden. Ich wollte niemanden aufregen."

„Macht nichts. Hier wimmelt es von Männern. Du wirst hier die nächsten beiden Wochen glücklicher sein als je zuvor in deinem Leben."

„Na, wenn du meinst. Aber das mußt du mir erst mal beweisen", antwortete Rachel, während sie zur Gepäckausgabe gingen.

„Das meine ich wirklich, Rachel", sagte Beth. „Ich habe sogar den perfekten Partner für dich gefunden."

Rachel starrte sie an. „Das ist doch nicht dein Ernst."

„Doch."

„Du machst Witze! Ich bin vor drei Minuten gelandet, und schon versuchst du, mich in deinem gottverlassenen Tal anzusiedeln."

„Ach, er wird dir gefallen. Vertrau mir. Außerdem weiß ich, daß du mir nie verzeihen würdest, wenn ich während deines Urlaubs nicht wenigstens eine kleine Romanze für dich inszenieren würde."

„Du kannst vielleicht eine Verabredung in die Wege leiten, aber doch keine Romanze!"

„Na gut", gab Beth zu. „Aber diese Sache könnte dir viel Spaß machen. Dirk Tanner ist ein toller Mann. Er ist Matts bester Freund."

„‚Dirk Tanner'? Das klingt ja wie der Marlboro-Mann", spottete Rachel, hakte dabei ihre Daumen in die Gürtelschlaufen und streckte wie ein Cowboy ihr Kinn nach vorne.

„Ach, sei still. Zumindest wirst du ihn mögen."

Sie nahmen Rachels Gepäck an dem antiquierten Gepäckschalter in Empfang und gingen zum Parkplatz, wobei jede eine Tasche trug.

Beth lächelte ihre beste Freundin voller Zuneigung an. „Ich freue mich so, dich zu sehen! Es ist schon viel zu lange her."

„Was soll ich da sagen", sagte Rachel mit finsterem Blick. „Du mußtest ja auf und davon laufen und heiraten ..."

„Na, schließlich hast *du* mich doch dazu gebracht, die Anzeige im *Rancher-Journal* aufzugeben", protestierte Beth.

„Schon, aber ich hätte nie gedacht, daß du jemandem antworten würdest, geschweige denn, daß du gleich einen von ihnen *heiraten* würdest!"

„Rachel, du wirst dich daran gewöhnen müssen ..."

„Ja, ja, ich weiß. Ich versuche es ja, aber ich schätze, es wird einige Zeit dauern." Rachel lächelte verlegen, während Beth einen Arm um sie legte.

Die beiden warfen Rachels Taschen auf den Rücksitz des Jeeps. Beth zog ihre Freundin mit deren vielem Gepäck auf. „Du brauchst nur eine Jeans, ein paar Blusen und vielleicht deinen Badeanzug. Wir sind hier nicht auf dem laufenden, was die neueste Mode angeht."

„Vielleicht kann ich daran etwas ändern", grinste Rachel.

Sie fuhren auf der Bundesstraße dreißig Kilometer nach Norden, bevor sie auf eine lange Schotterstraße abbogen.

Die Landschaft war atemberaubend schön mit dem saftigen grünen Gras und Gebüsch, den dichten Wäldern und den über allem thronenden Bergen. Schnell fließende Flüsse, die von unterirdischen Quellen und dem Tauwasser gespeist wurden, das der Frühling den Gletschern hoch über ihnen abrang, strömten zum weit entfernten Ozean hinunter. Rachel beachtete die Landschaft kaum, denn sie war vollauf damit beschäftigt, ihre Freundin auszufragen.

„Na, wie gefällt es dir, eine brave Ehefrau zu sein und auf einer Ranch zu arbeiten? Ich will die ganze Wahrheit hören!" Sie war sich sicher, daß Beth einigen Grund zum Klagen haben würde.

„Ach, Rachel. Ich bin so glücklich wie noch nie in meinem Leben! All die Schönheit hier um mich herum ...", Beth zeigte dabei aus dem Fenster, „und daß ich jemanden gefunden habe, mit dem ich mein ganzes Leben teilen kann – ich bin rundum glücklich!" Während Beth redete, fiel Rachel auf, wie gut ihre Freundin aussah. Ihr braunes Haar war zu einem modischen Bob frisiert, und ihre Augen leuchteten, wenn sie sprach.

„Rundum glücklich, wie? Na ja, es ist offensichtlich einzigartig schön hier, und ich bin sicher, es hat seine Vorteile. Aber sehnst du dich nicht verzweifelt nach Menschen?"

Beth sah sie verwundert an und zeigte auf die Tore, denen sie sich näherten. „Mein Zuhause: die Morgan-Ranch. Du wirst schon sehen, daß es ganz schön schwierig ist, sich hier einsam zu fühlen."

Sie fuhren durch einen Eingang, der aus riesigen Baumstämmen und einem grob ausgesägten Schild bestand, auf dem das Brandzeichen für die Rinder der Farm zu sehen war. Rachel entdeckte einen Traktor, der über die Felder fuhr. „Das ist Matt", erklärte ihr Beth. „Er versucht, eine besonders nahrhafte Grassorte zu züchten, um das Futter aufzuwerten."

Grassorte? Das Futter aufwerten? Rachel lachte innerlich über die Begriffe, die aus dem Munde ihrer früher so städtischen Freundin kamen, doch sie schaffte es, sich zurückzuhalten, da Beth keinerlei Zeichen von Belustigung verriet. Ihre Freundin schien eine völlig neue Sprache zu sprechen. *Es wird tatsächlich einige Zeit dauern, bis ich mich daran gewöhnt habe.*

Als sie vorfuhren, bewunderte Rachel das schöne neue Farmhaus, von dem ihr Beth geschrieben hatte. Es hatte eine überdimensional große Veranda, und seine sich über zwei Stockwerke erstreckenden Fenster spiegelten das atemberaubende Tal hinter ihnen wider. Beth brachte den Geländewagen davor zum Stehen und sprang heraus, um zwei schmutzige Labradorhunde zu begrüßen. Die Tiere kamen herbeigeeilt, um zu sehen, wen ihre Herrin da mit nach Hause gebracht hatte. Sie sprangen an Rachels porentief reinen, hellgebleichten Jeans hoch und bedeckten sie im Nu mit matschigen Pfotenabdrücken.

„Chad! Wellington! Weg von ihr!“ schrie Beth die Hunde an. „Tut mir leid, Rachel. Hier fährst du mit dunkleren Jeans besser.“

Doch Rachel war so sehr damit beschäftigt, über die Namen der Hunde zu lachen, daß sie keine Zeit hatte, sich über ihre Kleidung Gedanken zu machen.

„Ist dir nichts Anspruchsvolleres eingefallen als ‚Chad‘ und ‚Wellington‘?“ neckte sie ihre Freundin.

„Matt und ich haben hundert Namen überlegt, und am Ende haben wir uns zum Spaß für diese entschieden“, erklärte Beth. „Doch es hat ihnen nicht viel geholfen. Wie du selbst siehst, benehmen sie sich nicht gerade wie Gentlemen. Jetzt komm herein. Du kannst dich umziehen und mir dann helfen, das Abendessen vorzubereiten.“

„Abendessen vorbereiten? Ich habe Urlaub“, sagte Rachel und spielte die Beleidigte.

„Stimmt. Und du wirst in deinem Urlaub schwerer arbeiten als je zuvor, das garantiere ich dir. Nimm es einfach als neue Erfahrung."

„Das wird es bestimmt sein."

Kapitel Zwei

Rachel folgte Beth nach oben in ein gemütliches Gästezimmer, das geschmackvoll mit Karostoffen dekoriert war, die gut zu den Holzwänden paßten. Es war schlicht, doch Rachel fühlte sich sofort wohl.

„Ich könnte deine Hilfe wirklich gebrauchen", drängte Beth. „Die Farmhelfer kommen in ungefähr einer halben Stunde zum Abendessen, und ich muß noch alles vorbereiten."

„Hungrige Männer warten zu lassen könnte übel ausgehen", stimmte Rachel zu. „Von wievielen Männern sprechen wir eigentlich?"

„Fünfzehn", sagte Beth beiläufig, während sie zur Türe hinausging.

Rachel hob nur die Augenbrauen. Sie zog sich eilig um, ließ ihre schmutzigen Jeans auf dem Fußboden liegen und ihre Taschen unausgepackt.

„Ich schätze, daß ich mich später ausruhen werde", meinte sie zu sich selbst. Sie verließ ihr Zimmer und ging die große Freitreppe hinunter ins Erdgeschoß. Auf der untersten Stufe blieb sie stehen, um den Blick in das Wohnzimmer zu genießen. Es war riesig und besaß den größten offenen Kamin, den sie je gesehen hatte. Es standen genügend Sessel und Sofas darin, um zwanzig Personen Platz zu bieten. Die Form des Raumes paßte perfekt zu der der Treppe hinter ihr und zu den hochragenden Fenstern der Giebelwand. Rachel mußte zugeben, daß die Aussicht eine der beeindruckendsten war, die sie je gesehen hatte.

Das Geräusch klappernder Töpfe und Pfannen lenkte ihre Aufmerksamkeit auf die Küche, wo ihre Freundin schon an einem überdimensional großen gußeisernen Ofen arbeitete. Beth warf ihrem Gast eine Schürze zu. „Möchtest du lieber Steaks wenden oder Salat vorbereiten?"

Rachel sah sich die achtzehn riesigen Steaks von den farmeigenen Rindern auf dem gigantischen Rost an. Daneben stand ein riesengroßer Topf.

Beth sah Rachels Blick. „Fünfundvierzig frische rote Kartoffeln. Aus unserem Garten, den ich dir morgen zeigen werde. Salat oder Steaks?" wiederholte sie ein wenig gequält mit einem Blick auf die Uhr.

„Ich mache den Salat." Rachel nahm mehrere Köpfe Salat aus dem Kühlschrank, vier Bündel Karotten, einen Arm voll Tomaten und grüne Zwiebeln und eine rote Paprika. Kurz darauf hatte sie das Gemüse kleingeschnitten und zusammengeworfen.

„Kann ich dir sonst noch bei irgend etwas helfen?" fragte sie.

Beth drehte sich vom Herd weg und freute sich über den Salat. „Man muß es halt einer Stadtpflanze überlassen, den schönsten Salat vorzubereiten, der je den Tisch auf der Morgan-Ranch geschmückt hat. Die Jungs sind ja schon ganz begeistert, wenn ich mal einen Rettich unter den Eisbergsalat mische."

„Nur das Beste für eure Helfer", sagte Rachel lächelnd.

Matthew Morgan hörte die letzte Bemerkung, während er die Fliegentür öffnete. „Na, ich hoffe, du wirst diesem Helfer hier deine schönste Umarmung geben", brüllte er. Rachel lachte, als der Bär von einem Mann, der nach Schmutz und Schweiß roch, sie in seine Arme zog. Der Geruch war nicht unangenehm, er zeugte nur von harter Arbeit.

Seine Frau protestierte. „Matt! Sie hat sich gerade erst umgezogen, nachdem die Hunde über sie hergefallen waren. Laß sie in Ruhe und gib lieber deiner Frau einen Kuß." Matthew lächelte Rachel über Beths Kopf hinweg breit an, während er seine Frau küßte und umarmte. „Willkommen auf der Morgan-Ranch, Rachel."

„Danke, Matt."

Matthew Morgan war ein blonder, blauäugiger Hüne, über einen Meter neunzig groß und von der jahrelangen harten Rancharbeit muskelbepackt. Rachel grinste, als die beiden sich umarmten, denn ihr wurde bewußt, wie winzig Beth neben ihrem Mann wirkte.

Die restlichen Männer polterten hinter ihrem Boß herein, nachdem sie ihre Stiefel draußen abgeklopft hatten, um sie von dem festgetretenen Dreck zu befreien. Sie lachten und redeten laut durcheinander, während sie einer nach dem anderen hereinkamen und ihre schmutzigen Kappen und Cowboyhüte an die Haken neben der Tür hängten. Jeder Arbeiter wusch sich zuerst an einem riesigen Becken die Hände, bevor er den Speisesaal betrat. Die meisten schienen durch die Gegenwart der fremden Frau eingeschüchtert zu sein, denn sie nickten Rachel nur zu und murmelten „Ma'am" oder „'n Abend".

Die Männer waren rauh, aber freundlich, und sie wurden still, als sie sich um den Tisch versammelten. Rachel fiel einer auf, der sie kühn anstarrte und dann wegsah.

Einer der Männer, Jakob Rierdon, war ein alter Bekannter von Rachel und Beth aus San Francisco. Er war der Sohn eines wohlhabenden Klienten der Werbeagentur, bei der Rachel und Beth gemeinsam gearbeitet hatten. Jakob war mehrere Jahre lang in einem schicken Architektenbüro beschäftigt gewesen, doch seine wahre Leidenschaft galt schon seit jeher dem Landleben, und vor kurzem hatte er Beths und Matts Angebot angenommen, auf der Morgan-Ranch zu arbeiten. Rachel wollte ihn gerade ansprechen, als Matt sich räusperte, um sie vorzustellen.

„Jungs, das hier ist Rachel Johanssen, eine Freundin von Beth aus Kalifornien. Sie ist zwei Wochen bei uns zu Besuch. Stellt euch ihr selbst vor, wenn ihr eine Gelegenheit dazu habt, und paßt bloß auf, daß ihr sie nicht verschreckt, sonst zieht euch Beth das Fell über die Ohren."

Die Männer lachten und neigten dann ihre Köpfe, als Matt das Tischgebet sprach. Rachel war es nicht gewohnt, vor einer Mahlzeit zu beten, und es überraschte sie, dieser Sitte hier bei den rauhen Rancharbeitern zu begegnen. Matts Gebet war einfach und ehrlich. Als er fertig war, stimmten die Männer in ein festes „Amen" mit ein und setzten sich geräuschvoll nieder, während Matt Beth und Rachel beim Servieren half. Minuten später war die ganze Mannschaft versorgt und unterhielt sich lebhaft über die Ereignisse des Tages.

Rachel fühlte sich wie eine Außerirdische, und die Gespräche um sie herum hätten genausogut in einer Fremdsprache stattfinden können. Die Männer redeten über den Zustand der nördlichen Felder, das Frühlingsrennen und ein totgeborenes Kalb.

Wo bin ich hier eigentlich hingeraten, in den Wilden Westen? Ich frage mich, ob diese Jungs schon einmal etwas von einem Faxgerät gehört haben, dachte sie. Doch trotzdem fand Rachel die Erdverbundenheit und Lässigkeit der Männer irgendwie faszinierend, eine erfrischende Erinnerung daran, wie einfach das Leben in Wirklichkeit sein konnte. Lächelnd wandte sich Rachel an den hochgewachsenen Mann zu ihrer Rechten.

„Na, Jake, hast du dich gut eingewöhnt?"

„Wunderbar!" nickte er. „Nach sechs Monaten hier bin ich glücklicher, als ich es jemals als Architekt gewesen bin."

„Deine Familie muß ja ganz schön schockiert gewesen sein, als du aus San Francisco weggegangen bist."

Jake zuckte mit den Achseln. „Ich mag meine Leute, aber ich habe mich für ein anderes Leben entschieden als das, das sie für mich ausgesucht hätten. Dies hier ist jetzt meine Heimat, und das werden sie eines Tages akzeptieren müssen."

Rachel senkte ihre Stimme, so daß nur er sie hören konnte. „Aber warum, Jake? Warum hast du eines der besten Architektenbüros des Landes verlassen, um *hierher* zu kommen?"

Jakob lehnte sich zurück und sah sie nachdenklich an, während er auf einem Bissen Steak kaute. „Ich wette, es dauert nicht länger als drei Tage, bis du das selbst herausgefunden hast."

„Na ja, ich weiß, daß deine Mutter mich im Büro anrufen wird, sobald ich zurück bin. Sie wird so etwas Ähnliches sagen wie: ‚Rachel, Schätzchen, treffen wir uns doch zum Mittagessen. Ich habe gehört, daß Sie *gerade* erst aus Montana zurückgekommen sind, und ich muß *unbedingt* wissen, was Sie darüber denken, daß mein ältester Sohn dort lebt.'" Rachel sprach affektiert und gekünstelt, eine ziemlich freche Imitation der Redeweise von Eleanor Rierdon.

Beth kicherte, und Rachel drehte sich um, als sie merkte, daß sie und Matt mitgehört hatten. „Das kannst du ziemlich gut", sagte Matt.

„Ich *denke*, daß das kein Kompliment ist."

„Wir hören ziemlich viel von der guten Eleanor", sagte Beth mit einem tiefen Seufzer. „Sie kann einfach nicht verstehen, wie Jake sich entscheiden konnte hierzubleiben."

Matt fügte hinzu: „Wir versuchen, Dirk Tanner davon abzuhalten, ihn uns auszuspannen. Sein Vorarbeiter Frank denkt daran, in Ruhestand zu gehen, und Dirk hat ein Auge auf Jake geworfen."

„Wie wäre es, auf einer anderen Ranch zu arbeiten, Jake?" fragte Rachel.

„Ich mag die Timberline. Dirk ist ein toller Typ."

„Hab's dir ja gesagt", flüsterte Beth Rachel ins Ohr.

„Ich wette, Dirk wird jetzt noch öfter hier hereinschauen als sonst", brummte Matt. „Hinter Jake wird er wegen der Arbeit her sein und hinter Rachel wegen einer Verabredung, sobald er sie erst einmal gesehen hat." Er lachte über seinen eigenen Witz, und Rachel mußte wider Willen schmunzeln.

„Klingt für mich wie ein Frauenheld", flüsterte sie Beth zu.

„Nicht wirklich. Er hat nur ein Auge für alles Schöne."

Rachel wandte sich wieder Jake zu und sagte: „Ich denke, ich möchte mich in diesem Urlaub auf meine Reitkünste konzentrieren. Wo du doch jetzt Joe Cowboy bist, kannst du mir vielleicht ein paar Tips geben."

„Klar doch, Rachel."

„Nun wartet mal eine Minute", sagte Matt. „Jake hat nicht gerade viel Zeit zur freien Verfügung. Ich sähe es lieber, wenn du statt dessen die Reitlehrer-Künste meines Nachbarn in Anspruch nehmen würdest. Es dauert nicht mehr lange, bis Dirks Ranch doppelt so groß ist wie meine, wenn er so weitermacht."

„Du willst mich also benutzen, um ihn von Jake abzulenken?" Rachel tat, als wäre sie entsetzt.

„Im Grunde ja", grinste Matt.

Rachel versuchte, gelassen zu erscheinen, doch trotz aller guten Vorsätze schlich sich langsam eine leichte Röte in ihr Gesicht. Schließlich wandte sich das Gespräch anderen Themen zu, doch sie spürte immer noch das Interesse, das die meisten Männer ihr entgegenbrachten. Mehrere von ihnen beäugten sie immer wieder, bis die großen Schalen mit Eis und Pfirsichen leergegessen waren. Dann polterten sie davon, um den Abend in Ruhe zu genießen.

Kapitel Drei

Nachdem sie und Beth gespült hatten, legte Rachel ihr Handtuch hin und sagte: „Ich denke, ich gehe mal ein bißchen an die frische Luft."

Sie ging hinaus auf die Veranda, und eine hochgewachsene Gestalt trat vor sie und versperrte ihr den Weg. Der Mann war groß und muskulös, und seine Nähe schüchterte sie ein. Sie trat einen Schritt zurück und lächelte, als ob sie ganz gelassen wäre.

„Guten Abend, Miss Johanssen. Mein Name ist Alex Jordan."

„Nett, Sie kennenzulernen, Alex. Haben Sie einen angenehmen Abend?"

„Wie könnte es anders sein, wenn man Sie im Blickfeld hat", sagte er.

Na wunderbar. Er sah gut aus, doch Rachel empfand in seiner Nähe ein spontanes Unbehagen, das sie nicht erklären konnte. Sie bezwang den Wunsch, sich umzudrehen und wieder zurück ins Haus zu gehen. *Es sind seine Augen,* dachte sie, *irgend etwas stimmt nicht mit seinen Augen.*

„Nun", sagte sie mit einer Geste in Richtung auf den Horizont, „wie es aussieht, ist der Blick hier draußen deutlich berauschender." Sie versuchte, an ihm vorbeizugehen, doch wieder trat er ihr in den Weg und kam sogar näher.

„Berauschend? *Ihr* Anblick ist berauschend, das will ich aber meinen."

Rachel lächelte schwach, während sie versuchte, den Mann auf freundliche Weise loszuwerden. „Es war nett, Sie kennenzulernen, Alex. Wenn Sie mich jetzt entschuldigen würden ..."

„Kommen Sie auf einen Ausritt mit mir", fuhr er unbeirrt mit einem Grinsen fort. „Ich kann Ihnen Tips geben, die dieser Stadtjunge da drinnen und auch Dirk Tanner nicht kennen."

„Oh, vielen Dank, aber das glaube ich nicht."

„Kommen Sie schon. Ich zeige Ihnen die Gegend." Er nahm ihre Hand, als wollte er sie von der Veranda hinüber zu den Ställen ziehen, doch sie entzog sich ihm.

„Nein, danke", sagte sie fester und blieb eisern stehen.

Matt hatte drinnen ihr Gespräch gehört und stürzte nun auf die Veranda, um einzugreifen. Er trat hinter Rachel, hielt sie an beiden Schultern fest und schob sie zur Seite, so daß er seinem Arbeiter gegenüberstand.

„Tja, Alex, ich glaube, ich habe gehört, wie Miss Johanssen freundlich nein gesagt hat." Matt war ein paar Zentimeter kleiner als Alex, und der Angestellte erwiderte den Blick seines Chefs, ohne die Augen niederzuschlagen. Doch Matt blieb fest.

„Wenn Miss Johanssen Ihnen etwas auf eine nette Art sagt, dann hören Sie besser gut zu. Sie denken einfach an sie, als wäre sie Beth, und Sie behalten im Kopf, daß ich Beths Ehemann bin. Und jetzt gehen Sie und sehen Sie nach der trächtigen Sau im Stall", wies er ihn scharf an.

Alex blickte ihn kalt an, drehte sich dann auf dem Absatz um und stampfte in unverhohlenem Zorn hinüber zum Stall.

Matthew wandte sich an seinen Gast. „Das tut mir leid, Rachel. Die meisten meiner Leute sind solide Männer, aber der Bedarf an Arbeitern auf einer Ranch dieser Größe zwingt mich dazu, ein paar einzustellen, die auf der Kippe stehen. Er fordert mich immer wieder heraus, aber ich hoffe, daß er sich eines Tages doch noch eingliedern wird. Laß es mich wissen, wenn er dich nochmal belästigt."

„Danke, Matt", sagte sie.

Er lächelte und ging hinüber zu den Ställen.

Beth kam heraus und gesellte sich zu Rachel. Sie sah ihrem Mann nach. „Wir haben vierzehn Arbeiter, aber Matt läßt es sich nicht nehmen, jeden Abend selbst nach den Pferden zu sehen.“ Sie hielt inne und sah ihre Freundin an. „Ich hörte von drinnen, was vor sich ging. Alles in Ordnung mit dir?“

Weil sie sich wegen ihrer Zittrigkeit etwas lächerlich fühlte, antwortete Rachel betont forsch: „Ach, mir geht es wirklich gut. Ich fühle mich, als hätte ich gerade eine Episode aus einem drittklassigen Western überlebt.“

„Mir tut die Sache sehr leid. So was mußte ja passieren. Als ich hierherkam, mußten auch erst einige Dinge zwischen Matt und seinen Männern klargestellt werden, obwohl ich Matts Frau bin. Sie sind ziemlich ausgehungert, soweit es um weibliche Aufmerksamkeit geht, doch die meisten von ihnen sind harmlos.“

„Danke für die Warnung.“

„Hey, wenn ich dich vorher gewarnt hätte, dann wärst du vielleicht nicht gekommen. Paß auf, ich hole uns Tee, und dann können wir uns hier draußen hinsetzen und erzählen, was in letzter Zeit so los war.“

Kapitel Vier

Samstag, 17. Juli

Am nächsten Morgen konnten weder das Gepolter der Männer beim Frühstück noch der Lärm, den Beth beim Aufräumen der Küche verursachte, Rachel aufwecken. Gegen zehn Uhr öffnete sie die Augen und streckte sich wie eine Katze, bevor sie sich aufsetzte, um aus dem Fenster zu blicken. Es war ein wunderschöner Sommermorgen, klar und warm. Sie zog sich Jeans und ein weißes Baumwollhemd an. Schmunzelnd kramte sie ihre nagelneuen Cowboystiefel aus dem Koffer hervor und kämpfte mit ihnen, bis die störrischen Dinger an ihren Füßen und ordentlich unter ihren gerade geschnittenen Jeans verstaut waren. Dann stieg sie schwerfällig und wegen der Absatzhöhe der Stiefel auch etwas unsicher die Treppe hinunter.

Beth hatte es sich in einem überdimensionalen Wohnzimmersessel gemütlich gemacht, trank eine Tasse Kaffee und las dabei das *Rancher-Journal*.

„Suchst du dieses Mal nach einem Mann für *mich*?" fragte Rachel sie.

Beth lachte und stieß dann einen lauten Pfiff aus. „So edle Treter hab' ja nicht mal ich! Matt wird mir das Leben wirklich schwermachen, wenn er die gesehen hat. Er liegt mir schon seit Monaten damit in den Ohren, daß ich mir welche besorgen soll, aber ich habe mich bis jetzt drum gedrückt."

„Man hat mir gesagt, daß es die bequemsten Schuhe sind, die es überhaupt gibt, wenn man sie erst einmal eingelaufen hat", sagte Rachel. „Wir werden sehen. Wie steht es mit einer Tasse Kaffee für ein müdes Cowgirl?"

„Auf dem Herd", wies Beth sie an. „Ich habe erst vor kurzem eine frische Kanne aufgebrüht."

Rachel ging in die Küche, die so groß und kalt wie eine Lagerhalle wirkte, wenn die Männer nicht da waren und keine Mahlzeit zubereitet wurde. Während sie sich eine große Tasse von Beths dunklem Gebräu eingoß, hörte sie schwere Schritte auf der Veranda.

Eine laute Stimme rief: „Beth! Ich rieche deinen Kaffee kilometerweit. Ich biete einen Dollar für eine Tasse ..." Der Mann verstummte mitten im Satz, als er durch die Verandatür kam und merkte, daß er mit einer Fremden sprach. Rasch nahm er seinen Hut ab und ging zögernd auf sie zu.

Rachel stockte der Atem. Vor ihr stand einer der attraktivsten Männer, die sie je gesehen hatte. Er war über einen Meter neunzig groß, hatte breite Schultern, braunes Haar und höchst lässige Bartstoppeln um den markanten Mund und die Kieferpartie. Seine Augen waren dunkel, fast schwarz, und sie leuchteten, wenn er lächelte, was sehr gut zu den Lachfältchen paßte, die seine Augen umgaben.

Sie schaffte es, seine ausgestreckte Hand zu nehmen, als er sagte: „Entschuldigen Sie bitte. Sie müssen Rachel Johanssen sein. Matt und Beth haben mir galanterweise erlaubt, auf eine Tasse Kaffee vorbeizukommen, wann immer ich kann. Ich vergaß, daß sie Besuch haben."

„‚Besuch'?" sagte Beth, die in der Küchentür stand. „Diese Frau ist meine beste Freundin, und von jetzt an gehört sie zur Mannschaft hier auf der Ranch. Du kannst dich zu uns beiden gesellen. Rachel, das ist Matts bester Freund, Dirk Tanner, und bald wird er das hoffentlich auch für mich sein. Dirk, das ist Rachel Johanssen. Ich habe dir ja schon viel von ihr erzählt." Sie ging gelassen davon, um Dirk einen Kaffee einzuschenken.

„Wo ist Matt?" fragte Dirk, um die plötzlich eingetretene Stille zu überbrücken.

„Er ist früh am Morgen los, um mit Jake in die Stadt zu fahren."

Während sie sich hinsetzten, wurde Rachel bewußt, wie unordentlich sie aussehen mußte. *Ich habe mir noch nicht einmal die Haare gekämmt!* Sie saß da und versuchte, sich eine Entschuldigung auszudenken, damit sie aufstehen und gehen konnte, um sich frischzumachen. Währenddessen schaute Dirk sie ruhig an. Ihm fiel ihr langes schwarzes Haar auf, das ganz verwuschelt war, so als ob sie gerade aus dem Bett gesprungen wäre. Sie wirkte verführerisch, und er wandte sein Gesicht ab, denn seine Gedanken beschämten ihn. Er zwang sich dazu, Beths fröhlicher Plauderei zuzuhören, doch hin und wieder warf er Rachel einen unauffälligen Blick zu. Sie hatte eine gerade, lange Nase, die ihrem Gesicht ein aristokratisches Aussehen verlieh. Doch es waren ihre großen grünen Augen, die sie so bemerkenswert machten. Sie war schlank, und es faszinierte ihn, wie sie es schaffte, Jeans, einem T-Shirt und Stiefeln eine elegante Note zu verleihen.

Dirk trank seinen Kaffee schnell aus und verabschiedete sich, da er spürte, daß Rachel sich in seiner Gegenwart nicht wohlfühlte. „Ich komme später nach dem Abendessen noch einmal vorbei", sagte er. „Ich möchte mich nochmals dafür entschuldigen, daß ich einfach so hereingeplatzt bin."

„Nein, nein. Es war nett, daß du herübergekommen bist", sagte Beth.

„Ja, es war schön, Sie kennenzulernen", fügte Rachel schnell hinzu.

Dirk lächelte. „Aber ich mache mich jetzt trotzdem besser auf den Weg."

„Na gut", sagte Beth. „Ich hebe dir heute abend etwas vom Nachtisch auf. Wir erwarten dich so gegen sieben."

„Klingt wunderbar, Beth." Dirk blieb vor Rachel stehen und blickte auf sie hinunter. „Es war mir ein Vergnügen, Sie kennenzulernen, Rachel. Bis später."

Sobald er davongefahren und ganz sicher außer Hörweite war, sprang Rachel auf, rannte zu Beth hinüber und tat so, als wollte sie sie erwürgen. „Ich bringe dich um! Warum hast du mir nicht gesagt, daß er kommt? Warum hast du mir nicht gesagt, daß er so unverschämt gut aussieht? Aaaah!"

Beth lachte. „Hat er dir also gefallen, ja?"

„‚Gefallen'? Er ist toll! Diese Augen! Sie sind so intensiv, daß ich am liebsten immerzu hineinstarren würde. Ich habe mich dabei ertappt, daß ich andauernd krampfhaft wegsah, damit es nicht so offensichtlich war." Sie ließ Beth los und setzte sich wieder. „Warum hast du mich nicht gewarnt, daß er kommen würde?“ wiederholte sie. „Ich sehe schrecklich aus!“

„Nein, das tust du nicht. Wenn ich ein Mann wäre und dich jetzt so sähe, würde ich denken: Hey, die sieht wirklich gut aus. Ich würde jedenfalls sagen, daß Dirk ziemlich hingerissen war, also hör auf, dir Sorgen zu machen. Er kommt heute abend wieder, und dann kannst du dich so wunderbar zurechtmachen, wie du möchtest.“

Rachel stöhnte nur.

Kapitel Fünf

Als Dirk durch das Tor zu seiner Ranch fuhr, dachte er immer noch an Rachel. Beth hatte ihm gesagt, daß sie klug und erfolgreich war, und er hatte eine kleine, zierliche Frau mit einer riesigen Brille erwartet und nicht die Lady, der er gerade begegnet war.

Er parkte seinen Jeep vor dem Haus und blieb einen Moment sitzen, bevor er ausstieg. *Das hast du ja fein gemacht, Dirk, einfach so bei ihnen hereinzustolpern.*

Nachdem er seine schlechte Laune abgeschüttelt hatte, ging Dirk ins Haus, um einige Schreibtischarbeit zu erledigen, bevor er zu seinen Arbeitern aufs Feld hinausging.

Seine Haushälterin Mary begrüßte ihn, als er zur Tür hereinkam.

„Dirk! Ich wollte mir gerade eine Tasse Kaffee holen. Möchtest du auch gerne eine?“

„Nein, Mary. Ich hatte gerade welchen bei Beth und Matt.“

Mary versuchte sich zurückzuhalten, doch sie konnte ihre mütterliche Neugier nicht lange bändigen. Sie folgte Dirk in sein Arbeitszimmer und fragte beiläufig: „Ich vermute, du hattest die Gelegenheit, Beths Freundin aus Kalifornien kennenzulernen?“

Dirk nahm einen Stapel Post auf und tat so, als läse er einen Brief. „Freundin?“ sagte er und setzte dabei bewußt ein nichtssagendes Gesicht auf. „Ach, ich vermute, du meinst Rachel. Ja, ich habe sie kurz kennengelernt.“

Er war nicht in der Stimmung, um sich von Mary ausfragen zu lassen.

Doch Mary wußte, daß er nur bluffte. Sie kannte ihn schon seit seiner Kindheit. Sie hatte miterlebt, wie seine Eltern, mit denen sie gut befreundet gewesen war, bei einem schrecklichen Unfall auf einer Hochgebirgsstraße ums Leben kamen. Sie hatte mitangesehen, wie er um sie getrauert hatte und später um eine Frau, die er geliebt hatte. Sie wußte, daß seine Abneigung, über Frauen zu reden, ein Mittel zum Selbstschutz war. Doch sie glaubte, daß er eines Tages wieder lernen würde zu vertrauen, ob er wollte oder nicht.

Es lag bestimmt nicht daran, daß in Dirks Leben ein Mangel an Frauen geherrscht hätte. Er zog in der Gegend ein großes weibliches Gefolge hinter sich her und wurde als der begehrteste Junggeselle betrachtet. Doch keine hatte sein Herz erreicht. Mary hatte jedoch eine Vorahnung, was Beths Freundin betraf. Vielleicht konnte diese Frau Dirk dabei helfen, wieder glücklich zu werden.

„Nach dem, was Beth mir erzählt hat“, sagte Mary, „muß Rachel eine tolle Frau sein.“

Dirks scharfer Blick sagte ihr, daß sie sich um ihre eigenen Angelegenheiten kümmern sollte. Rasch fügte sie hinzu: „Aber ich habe sie ja noch gar nicht selbst kennengelernt.“

„Nein, Mary, das hast du nicht. Aber wie ich dich kenne,

wirst du sicher einen Vorwand finden, um hinüber zu den Morgans zu gehen und sie dir anzusehen."

Mary ging lächelnd zur Tür. „Ich habe tatsächlich vor, nach dem Gottesdienst morgen ein paar Brote zu backen. Vielleicht schaue ich mit einem Laib bei den Morgans vorbei." Sie drehte sich zu Dirk um. „Laß es mich wissen, wenn du irgend etwas brauchst."

„Danke, Mary. Das Beste, was du im Moment für mich tun könntest, wäre, mir diese Frau nicht aufzudrängen. Ja, sie hat mir gefallen. Und nun laß die Sache ruhen."

„Ist ja schon in Ordnung. Aber, Dirk Tanner, du hast schon zu viele einsame Jahre auf dieser Ranch verbracht. Und nicht einmal meine hochgeschätzte Gesellschaft ist ein Ersatz für wahre Liebe." Zufrieden, daß sie das letzte Wort gehabt hatte, eilte Mary geschäftig davon, um das Mittagessen für die Arbeiter vorzubereiten.

Dirk setzte sich in einen Ledersessel an seinen großen Eichenschreibtisch. Mehrere Stapel Rechnungen und ein Bündel Briefe lagen herum und warteten darauf, bearbeitet zu werden, doch bestürzt mußte er feststellen, daß seine Gedanken immer wieder zu Rachel zurückkehrten. Gedankenverloren starrte er aus dem Fenster der Bibliothek.

Seit Deborah ihn verlassen hatte, hatte es niemanden mehr in seinem Leben gegeben. Er war mit ein paar anderen Frauen ausgegangen, doch nie war es gewesen wie mit Deborah. Seine wunderschöne und sehr, sehr weibliche Ex-Verlobte hatte ihm nach dem unerwarteten Tod seiner Eltern einen Grund zum Weiterleben gegeben. Sie hatte sein Herz gelöst, er hatte ihr vertraut und sie geliebt.

Sieben Jahre war es jetzt her, daß er seine Verlobte zur Rede gestellt hatte, nachdem er sie im Stall dabei ertappt hatte, wie sie seinen damaligen Vorarbeiter geküßt hatte. Bei der Erinnerung daran runzelte Dirk die Stirn. Es war nicht bei einem Kuß geblieben.

„Du hast mich betrogen", hatte er gesagt. „Aber ich liebe dich immer noch. Bitte, bitte verlaß ihn, Deborah. Komm zu mir zurück, und ich werde vergessen, daß dies je geschehen ist."

Sie hatte ihm ins Gesicht gelacht. „*Du* bist der Betrogene? Nein, ich bin hier die Betrogene. Immer dreht sich alles nur um deine Ranch, deine Männer ... deine Kirchengemeinde. Wann komme ich? Ich will so nicht mehr leben. Wie ein kleines Kind weinst du immer noch um deine Eltern. Ich brauche einen starken, einen richtigen Mann. Du wirst nie beziehungsfähig sein, und ich glaube, ich würde dich noch nicht einmal wollen, wenn du es wärest. Ich habe es satt, Dirk. Ich habe dich satt, habe es satt, in die Kirche geschleppt zu werden ... deinen verdammten hohen Ansprüchen genügen zu müssen."

Selbst jetzt tat es noch weh. Die Demütigung, wegen eines anderen verlassen zu werden, ließ immer noch die Alarmglocken in seinem Herzen läuten. Nur sein Glaube, seine Freunde und Mary hatten ihm geholfen, diese dunkle Zeit zu überstehen. An jenem Weihnachtsfest hatte er vorgehabt, Deborah den Diamantring seiner Großmutter zu schenken. Sieben Jahre später lag der Ring immer noch verloren in seinem Safe und erinnerte ihn an Deborah.

Und jetzt hatte eine andere Frau sein Herz angerührt. Wenige Frauen hatten Dirk so beeindruckt, wie Rachel das getan hatte, und es erschreckte ihn zutiefst. Er gab seine Schreibarbeit auf und ging hinaus, wo er den Hügel hinter dem Haus erklomm, um zu einer kleinen Kapelle hinaufzusteigen. Auf halbem Weg traf er seinen Vorarbeiter, einen aufrechten älteren Mann aus seiner Gemeinde.

„Ah, Dirk. Ich war gerade auf dem Weg zu dir."

„Ich will zur Kapelle hinauf, Frank. Warum begleitest du mich nicht einfach?" Der Pfad war steil, doch keiner der Männer bemerkte das, denn sie waren tadellos in Form. Sie sprachen über den Nachmittag, an dem ein Treibsandloch auf der südwestlichen Weide eingezäunt werden sollte, und diskutierten, wer bei der Arbeit dabeisein sollte. Frank blieb vor der steinernen Kapelle stehen, die nur aus einem Raum bestand.

„Unglaublicher Blick von hier oben. So etwas sieht man nicht oft", sagte er.

„Dieser Ort gibt mir immer Frieden. Ich komme oft hierher."

„Manchmal trifft mich die Schönheit dieses Ortes völlig unvorbereitet. Dann erinnere ich mich daran, warum ich hier lebe."

„Ich weiß, was du meinst. Ich möchte ein bißchen allein sein, Frank. Danke für die Begleitung."

„Keine Ursache. Wir sehen uns beim Abendessen." Frank arbeitete sehr gerne für Dirk Tanner und hatte schon oft gebetet, daß die große Traurigkeit, die er in seinem Chef verspürte, gelindert werden würde.

Dirk betrat den kleinen Raum, der mit zwei großen Sesseln, einem kleinen Tisch und einem Holzofen möbliert war. An der Vorderseite öffnete sich ein riesiges Fenster auf das Tal. Doch es war ein feines handgeschnitztes Kreuz aus Italien, das Dirks Aufmerksamkeit auf sich zog.

Er kam oft in die Kapelle, um Klarheit zu finden und seine Dankbarkeit für alles, was Gott ihm gegeben hatte, zu erneuern. Manchmal kam er auch einfach nur, um ein wenig auszuruhen und zu beten, denn innerhalb der vier Wände des Gebäudes fand er Frieden und ein Gefühl der Sicherheit.

Nach dem Tod seiner Eltern hatte Dirk das winzige Gotteshaus selbst gebaut, hatte den einheimischen Schiefer den Hügel hinaufgeschleppt, um seinen Schmerz mit etwas Sinnvollem abzuarbeiten. Die Arbeit mit den eigenen Händen verwandelte seinen Zorn und seine Qualen in eine zaghafte

Ahnung von Frieden, und er hatte einen Ort geschaffen, an den er sich zurückziehen und an dem er ungestört beten konnte.

Nachdem er eine Stunde mit Gott verbracht hatte, war Dirk ruhig und trotz seiner Ängste bereit, mehr über Rachel herauszufinden.

Kapitel Sechs

„Das wird Dirk sein", sagte Beth, als sie den Jeep im sanften Dämmerlicht entdeckten, der beim Näherkommen Staub aufwirbelte. Sie drückte die Hand ihrer Freundin und wandte sich dann an ihren Mann. „Liebling, wir sollten hineingehen und uns überlegen, was wir tun könnten."

Matthew lachte und lehnte sich hinüber zu Rachel. „Meine Frau ist sehr feinfühlig, nicht wahr?" Er sah zurück zu Beth. „Was genau, meinst du, könnten wir an diesem schönen Abend drinnen tun?"

Beth stand auf und zog ihn am Arm. „Ach, ich weiß auch nicht. Wir könnten deiner Mutter in Florida schreiben oder Memory spielen."

Matt machte keine Anstalten, aufzustehen.

Beth versuchte, die diktatorische Ehefrau zu spielen. „Matthew Morgan! Du kommst jetzt sofort hinein!" Immer noch machte er keine Anstalten, sich von der Stelle zu bewegen, und lächelte sie einfach an, während Dirk vorfuhr. Sie beschloß, ihn zu überlisten.

„Matt", flüsterte Beth verführerisch, „es ist ziemlich kalt hier draußen, und wir haben doch dieses große einladende

Bett oben, das uns im Nu aufwärmen könnte." Matthew stand schnell auf und grinste breit. „Nacht, Rachel!" sagte er. „Hallo, Nachbar", rief er, als Dirk die Stufen hochstieg. „Wir sehen uns später."

„Äh ... Gute Nacht", sagte Dirk und sah zu, wie sein Freund im Haus verschwand. Dann lächelte er Rachel an, die auf der Hollywoodschaukel saß.

„Ach, Sie wissen wahrscheinlich, wie diskret Beth ist, wenn sie sich etwas in den Kopf gesetzt hat", erklärte Rachel. „Sie haben sich ein wenig früher ‚zurückgezogen'."

„Sie sind um halb acht ins Bett gegangen?"

„Ganz richtig."

Dirk nickte voller Verständnis. „Sehr feinfühlig, Beth", sagte er laut in der Hoffnung, daß sie ihn oben hören würde. Er setzte sich neben Rachel auf die Schaukel, aber nicht zu nahe. Die Erinnerung an ihn war seit heute morgen genügend verblaßt, so daß Rachel wieder neu überrascht war, einen so gutaussehenden Mann vor sich zu haben.

„Möchten Sie Kaffee oder etwas Nachtisch?" bot sie an und stellte fest, daß ihre Stimme nur ganz wenig zitterte.

„Kaffee wäre schön, aber kein Nachtisch. Ich habe gerade auf der Timberline Marys berühmten Apfelcocktail gegessen."

In ihrem Kopf läuteten die Alarmglocken. „‚Mary'?" fragte sie und versuchte dabei, so beiläufig wie möglich zu klingen.

„Mary, meine Haushälterin", sagte er grinsend. „Ich bin nicht verheiratet oder sonstwie liiert. Und Sie?" Seine lächelnden Augen blickten keine Spur vorwurfsvoll drein, sie verrieten nur, daß ihn ihre Reaktion amüsierte.

„Ich auch nicht", antwortete sie lässig und leicht verlegen wegen ihrer Offenheit, doch gleichzeitig erleichtert. Einen Augenblick lang hatte sie befürchtet, daß Beth falsch unterrichtet war. Sie hätte aber eigentlich wissen müssen, daß ihre Freundin über alles genauestens Bescheid wußte.

Rachel holte den Kaffee. Dann unterhielten sie sich eine Weile höflich und achteten dabei darauf, Distanz zu wahren. Ihr Gespräch wurde gerade intensiver, als Alex die Stufen heraufsprang und Dirk mitten im Satz unterbrach.

„'n Abend, Dirk, Rachel. Habe gehört, daß Sie einen neuen Zuchtbullen gekauft haben ...", sagte er zu Dirk und erwartete offensichtlich genauere Informationen.

Dirk wandte seine Aufmerksamkeit widerwillig von Rachel ab. Gerne wollte er ein wenig von dem neuen Bullen erzählen, wenn er den Mann damit schnell wieder loswurde. Rachel ärgerte sich über Alex, denn sie war sich sicher, daß dies ein aufdringlicher Versuch war, sich in ihr Gespräch einzumischen.

Als Dirk seine Schilderung beendet hatte, bombardierte Alex ihn mit weiteren Fragen und ließ Dirk keine Gelegenheit, um das Gespräch höflich zu beenden. Nach einer Stunde Unterhaltung, die sich vom Bullen dem Wetter zuwandte, ertappte Dirk Rachel dabei, wie sie gähnte, und beschloß, sich zu verabschieden. Er wartete einen Augenblick lang darauf, daß Alex gehen würde, doch als der keine Anstalten dazu machte, sagte er einfach: „Nun, Rachel, es war sehr nett, sich mit Ihnen zu unterhalten. Schlafen Sie gut. Nacht, Alex."

„Nacht, Dirk", antwortete Alex mit einem falschen Lächeln, während Dirk zu seinem Jeep ging. „Es wird richtig dunkel. Fahren Sie vorsichtig." Alex' Stimme troff vor Sarkasmus. Sein Tonfall veranlaßte Dirk, stehenzubleiben und sich nach Alex umzudrehen, der sich gerade zu Rachel auf die Schaukel setzte. Diese sprang auf, ging zu den Stufen und lehnte sich unbehaglich an einen Pfosten.

„Alles in Ordnung, Rachel?" fragte Dirk, der sich plötzlich nicht mehr sicher war, ob es klug war, sie mit dem Mann alleine zu lassen.

„Mir geht's gut, Dirk. Danke für den Besuch", sagte sie und tat so, als hätte sie keine Sorgen auf der Welt. Ihre Hände begannen zu schwitzen, als Dirk sich widerwillig umdrehte, in seinen Jeep kletterte und langsam wegfuhr. Es gefiel ihm überhaupt nicht, sie alleinzulassen, doch er hatte keinen greifbaren Grund für sein Unbehagen. *Offensichtlich kann Rachel für sich selbst sorgen, und sie ist ja beim Haus, falls Alex ihr irgendwie zu nahe kommen sollte.* Dieser Gedanke beruhigte ihn teilweise, und so fuhr Dirk davon und ließ die beiden alleine.

Rachel murmelte: „Schätze, ich gehe jetzt auch schlafen", und ging zur Verandatüre.

Alex räusperte sich. „Bitte. Setzen Sie sich eine Weile zu mir und unterhalten sich mit mir. Mehr will ich gar nicht." Er klang beinahe flehend, und Rachels Herz wurde ein wenig weicher. *Es wird mich schon nicht umbringen, wenn ich dableibe und mich noch ein paar Minuten mit ihm unterhalte. Vielleicht habe ich ihn ja einfach vollkommen falsch eingeschätzt.*

Sie setzte sich ihm gegenüber auf das Verandageländer. „In Ordnung, Alex. Ich bleibe noch eine Weile."

„Gut", sagte er grinsend. „Wie gefällt Ihnen Montana bis jetzt?"

„Es ist schön hier", antwortete Rachel unverbindlich. „Wie lange leben Sie schon hier?"

„Ich bin in Helena aufgewachsen und auf der Suche nach Arbeit nach Elk Horn umgezogen, als ich achtzehn war."

„Sie sind auf der Morgan-Ranch, seitdem Sie achtzehn waren?"

„Nee. Ich war an vielen verschiedenen Orten. Habe viel gesehen. Schätze, daß es mir hier am besten gefällt. Wenn ich eine gute Frau für mich finden könnte, dann wäre ich rundum mit dem Leben zufrieden." Er beäugte sie frecher.

„Nun, ich bin sicher, daß Sie eines Tages die Richtige finden werden."

„Vielleicht habe ich das ja schon." Es war klar, was er damit sagen wollte.

„Ich glaube, Sie haben einen falschen Eindruck gewonnen, Alex. Ich bin im Urlaub hier und will mich sicher nicht hier niederlassen."

„Hm, zu schade."

„Ja, na ja ... ich glaube, ich gehe jetzt besser schlafen."

Alex sah zu Boden, als sie aufstand.

„Gute Nacht", sagte Rachel.

„Bleiben Sie, Rachel." Er sprach leise, sein Verhalten änderte sich mit einem Mal.

„Ich brauche meinen Schlaf." Sie stand auf und ging zur Tür, doch Alex ergriff sie so grob am Arm, daß es wehtat, und zog sie auf die Hollywoodschaukel. Dann setzte er sich so dicht wie möglich neben sie. Sie sprang wieder auf und sah ihm fest in die Augen, denn sein Verhalten machte sie wütend.

„Hören Sie mir gut zu, Alex. Matt hat Ihnen gestern abend gesagt, daß Sie mich in Ruhe lassen sollen, und ich würde es sehr schätzen, wenn Sie sich auch daran halten würden. Ich habe kein Interesse daran, Sie näher kennenzulernen, wenn Sie sich so benehmen."

Er lachte amüsiert über ihre ernsten Worte. Dann ergriff er sie an den Oberarmen und zog sie auf seinen Schoß, obwohl sie sich heftig dagegen wehrte.

„Überhaupt kein Grund, sich so aufzuregen. Wie ich schon sagte, will ich mich nur ein wenig unterhalten." Er machte Anstalten, sie zu küssen, doch sie schob seinen Kopf weg und drückte ihm dabei ihre Daumen in die Augen. Mit einem erschrockenen Aufschrei ließ er sie sofort los.

Rachel sprang von ihm weg und sagte: „Wenn Sie das jemals wieder versuchen, dann werde ich Ihnen wirklich weh tun."

Alex ging in einigem Abstand um sie herum und stiefelte langsam die Verandastufen hinunter. Dann drehte er sich um, starrte sie lüstern an und sagte: „Eine Frau mit Feuer. Das gefällt mir."

Rachel sah zitternd zu, wie er in der pechschwarzen Nacht

verschwand, und zwang ihr Herz, langsamer zu schlagen. Sie hätte nach den Morgans rufen können, doch sie wollte nicht schon wieder im Mittelpunkt einer Szene zwischen Matt und Alex stehen. *Außerdem kann ich selbst auf mich aufpassen. Habe ich das nicht gerade bewiesen?* Als sie sicher war, daß er wirklich weg war, betrat Rachel schnell das Haus und schloß die Tür hinter sich ab.

Kapitel Sieben

Sonntag, 18. Juli

„Rachel ... Rachel!" lockte Beth ihre Freundin aus dem Schlaf, denn sie konnte es kaum erwarten, sich mit ihr zu unterhalten. „Rachel, wach auf!"

„Schon gut, schon gut! Was *tust* du denn? Die Sonne ist gerade erst aufgegangen."

„Willkommen zu den Ranchzeiten, Eure Hoheit. Der Urlaub ist vorbei; ab jetzt beginnt für dich der Ernst des Lebens. Wenn du meinst, daß das früh ist, dann warte erst einmal bis morgen. Aber sag mir zuerst, wie es gestern abend war."

„Oh", stöhnte Rachel. „Frag nicht."

„‚Frag nicht'? Was soll das heißen? Ich hatte so ein gutes Gefühl dabei."

„Das Gespräch mit Dirk war schon schön", sagte Rachel und rieb sich die Augen. „Doch dann hat uns dieses Monster Alex unterbrochen und uns nicht wieder in Ruhe gelassen."

„Oh nein! Warum hast du ihm nicht einfach geradeheraus gesagt, er solle verschwinden?"

„Vor Dirk? Ich wollte nicht, daß er denkt, ich sei unhöflich. Außerdem war er derjenige, der sich eine Stunde lang mit Alex unterhalten hat. Wenn er den Kerl nicht wegschickte, dann konnte ich es doch erst recht nicht tun."

„Na ja, du siehst ihn ja bald wieder."

„Was meinst du mit ‚bald'?"

„Heute. Im Gottesdienst."

„Wir gehen in die Kirche? Du meine Güte, hast du dich zurückentwickelt, seit du hier in die Berge gezogen bist!" verspottete Rachel ihre Freundin. In San Francisco hatten sie und Beth an den Sonntagen immer ausgeschlafen. Das letzte Mal, daß sie zusammen in der Kirche gewesen waren, war in der zehnten Klasse gewesen, und das auch nur, weil ihre Eltern es von ihnen verlangt hatten.

„Fäll kein vorschnelles Urteil, Rachel. Sei einfach offen, o.k.?"

„Schon gut, schon gut. Vor allem, weil Dirk auch ein treues Gemeindemitglied ist."

„Er wird dort sein. Du hast noch ungefähr eineinhalb Stunden, um dich in Schale zu schmeißen. Unten gibt es Kaffee und Kekse zum Knabbern. Nach dem Gottesdienst werden wir Brunch essen."

„Hab' verstanden. Ich werde fertig sein."

Rachel erzählte ihrer Freundin nichts von Alex' Untaten. Sie wollte nicht, daß Beth sie während ihres ganzen Aufenthaltes bemutterte, denn ihre Freundin schien sowieso schon so viel Verantwortung zu tragen, daß es für fünf Frauen gereicht hätte. Rachel beschloß, daß sie Beths Streßniveau nicht noch erhöhen wollte.

Sie stieg aus dem Bett und stöhnte innerlich, als sie aus dem Fenster blickte und sah, daß die Sonne noch tief am östlichen Horizont stand. Ihr Körper schrie nach mehr Schlaf, doch es fühlte sich auch gut an, die stille Schönheit des neuen Morgens zu beobachten. Sie war hier, um neue Erfahrungen zu machen und um ihre Freundin zu besuchen, und ein neuer Tag lag vor ihr. Sie beschloß sogar, „der Sache mit der Kirche“ eine Chance zu geben, bevor sie sich ein Urteil bildete. *Vielleicht ist es ja sogar gut, wieder mal hinzugehen,* dachte Rachel.

Sie genoß das heiße Wasser, das auf ihren Kopf und ihre Schultern herunterprasselte. Der Wasserhahn hatte einen altmodischen großen Duschkopf ohne Wasserspareinsatz, und er ließ den reinsten Wasserfall durch. Beth hatte das Gästebad renoviert und in der Dusche ein kleines Fenster auf Schulterhöhe eingebaut, das den Dampf entweichen ließ und einen unglaublichen Blick auf die Berge ermöglichte.

Während Rachel sich abtrocknete, warf sie einen Blick auf die Uhr. Erschrocken beeilte sie sich mit den restlichen Vorbereitungen. Sie fönte sich die Haare trocken, schminkte sich und zog dann ein weiches, fließendes Kleid und Sandalen an. Das Kleid war ein wenig zerknittert, doch sie beschloß, daß es schon gehen würde.

Matt pfiff, als sie die Treppe hinunterkam. „In diesem Aufzug wirst du einige Einladungen für den Tanz am Freitagabend bekommen.“

„Tanz?“ fragte Rachel.

„Unser alljährlicher Tanz im Rahmen des Gartenwicken-Festes. Es ist das Ereignis des Sommers, und du wirst dabeisein.“

Als Beth sie am Arm nahm, zuckte Rachel zusammen. „Etwas nicht in Ordnung?“ fragte Beth.

„Ach, nein“, sagte Rachel. Sie machte sich los und hob den Ärmel an, um heimlich die blauen Flecken zu betrachten, die Alex’ Finger auf ihrem Oberarm hinterlassen hatten. Sie zog den Stoff schnell wieder hinunter, bevor Beth die Abdrücke sehen konnte. „Siehst du? Mir tut schon alles weh von der Rancharbeit, und dabei habe ich noch gar nicht damit angefangen.“ Zur Ablenkung sagte sie: „Könnte ich den Pullover mitnehmen, den du mir schon einmal geliehen hast? Es wird wahrscheinlich so gehen, aber nur für alle Fälle ..."

„Kommen Sie, meine Damen, wir kommen zu spät", drängte sie Matt.

Beth ging hinein, um den Pullover für Rachel zu holen, und dann sprangen sie in den Wagen und fuhren zur Kirche.

Kapitel Acht

Sie hielten vor einer malerischen Landkapelle, die sogar einen Kirchturm hatte und frisch in Weiß gestrichen war. Es waren schon viele Autos da.

„Ihr habt hoffentlich keinen Bußprediger, oder?" flüsterte Rachel Beth zu, während sie die Stufen hinaufeilten.

„Du gibst der Sache einfach eine faire Chance, so wie du es versprochen hast, o.k.?" antwortete Beth mit ernstem Blick.

Der Gottesdienstraum war beinahe ganz voll, und die Menschen beteten entweder oder saßen still da. Matt, Beth, und Rachel setzten sich in eine Bank neben Jake. Rachel war überrascht, ihn hier zu sehen. Sie wußte, daß die Rierdons aus gesellschaftlichen Gründen Kirchgänger waren, doch sie hatte nicht geglaubt, daß Jake auch in Montana weiter zum Gottesdienst gehen würde. Er lächelte sie freundlich an und begrüßte sie, während sie sich in die Bank setzten.

Der Pastor trat ein und blieb vor dem Kreuz stehen. Er drehte sich um, hieß jedermann willkommen und machte einige Ankündigungen: „Besonders begrüßen möchte ich Rachel Johanssen, die die Morgan-Ranch besucht, und Rick Felt, der diese Woche bei den Thompsons zu Gast ist", sagte er. „Alle sind im Namen Jesu Christi herzlich willkommen."

Rachels Gesicht brannte vor Überraschung, völlig unvorbereitet ihren Namen zu hören. Doch in den Gesichtern um sie herum war nichts als Freundlichkeit zu lesen, und so überwand sie ihre Verlegenheit rasch.

Die Gemeinde sang ein Lied, das offenbar alle auswendig konnten, und nach der zweiten Wiederholung sang auch Rachel zaghaft mit. Mit jeder Strophe wurden die Stimmen lauter und selbstbewußter; alle wurden von der Stimmung mitgerissen. Die Erfahrung war bewegend und beängstigend zugleich für Rachel, die zwar mitsang, sich aber doch als Außenseiterin fühlte. Der Gottesdienst nahm unter der Leitung von Pastor Lear seinen Gang.

Rachel war erstaunt, als der Pastor sein Predigtthema verkündete. Ihre Aufmerksamkeit wurde von einer Predigt gefesselt, die wie für sie gemacht schien, und jedes Wort schien ihr bis ins Herz zu dringen.

Pastor Lear sagte gerade: „Friede sei mit euch, Brüder und Schwestern, im Namen Jesu, unseres Herrn und Erlösers. Was habe ich da gerade gesagt? ‚Friede sei mit euch ...' Gibt es einen besseren Wunsch für einen lieben Freund? Ist Friede nicht das, wonach sich jeder Mensch sehnt?

Ich kannte mal einen Mann, der achtundvierzigmal umgezogen war, bevor er in den Bezirk zog, in dem er schließlich starb. Ich war der junge Vikar in diesem Bezirk, also ging ich ihn in seinem Haus besuchen, wo er die letzten Wochen seines Lebens verbringen wollte. Sein Körper war vom Krebs verzehrt, und er hatte nur noch wenig Kraft zum Weiterleben. Ein Mann, der früher stark und gesund war, lag nun zusammengesunken auf seinem Bett. Ich sprach lange mit ihm. Es gibt nichts Beeindruckenderes, als bei einem Menschen zu sitzen, der sich auf das Sterben vorbereitet. Ich fragte ihn, warum er in seinem Leben so oft umgezogen war. Er hatte keine Familie, keine Frau. Seine dauernden Umzüge hielten ihn davon ab, lebenslange Freundschaften aufzubauen. War es sein Beruf? ‚Nein', sagte er mir. ‚Ich hatte nie einen Beruf, der diese Bezeichnung wert gewesen wäre. Ich habe einfach die erstbeste Arbeitsstelle genommen, die mir über den Weg lief, wenn ich an einen neuen Ort kam. Ich war auch nicht beim Militär. Ich bin so oft umgezogen, weil ich auf der Suche nach Gold war.'

‚Gold?' fragte ich ihn verdutzt. ‚Sie waren Goldgräber?'

‚Ach nein, mein Sohn. Das Gold war der Friede, den ich schließlich in Jesus fand. Ich habe überall danach gesucht ... mir etwas gewünscht, das ich noch nicht einmal beim Namen nennen konnte. Für mich wurde es zum Gold. Zum Schatz. Zum Ende des Regenbogens. Zum Pokal am Ende des Rennens.' – Ich dachte eine Weile darüber nach und erkannte, wieviel Sinn die Sehnsucht, die er beschrieb, für mich machte. Wie viele Menschen sehnen sich nach demselben Frieden? Wieviele suchen das Gold? Jeder, der Gott noch nicht kennt. Jeder, der Christus noch nicht in sein Leben eingelassen hat."

Während der Pastor weitersprach, drehten sich Rachels Gedanken im Kreis. *Könnte es wirklich wahr sein? Könnte das die Antwort sein, die ich suche? In der Kirche?* Der Gedanke war zu überwältigend, als daß sie ihn sofort an sich herangelassen hätte. Sie begann, über ihre Ziele im Leben nachzudenken und konzentrierte sich gerade rechtzeitig wieder auf die Predigt, um die Schlußbemerkungen des Pastors zu hören.

„Ich habe den Mann nie gefragt, wie er das, was ihm die ganze Zeit über ja schon zur Verfügung gestanden hatte, schließlich fand. Ich weiß nicht, wie er am Ende zu Christus kam. Wie viele von uns werden umziehen, den Arbeitsplatz wechseln, sich scheiden lassen ... alles, um es endlich zu finden? Wie viele von uns können das, wonach sie suchen, noch nicht einmal benennen? Frieden. Er ist das wertvollste Geschenk, das ich euch wünsche, meine Freunde, und es ist in unserem Erlöser zu finden, der stets an unserer Seite geht. Amen."

Wieder erhoben die Gemeindemitglieder ihre Stimmen zu einem Lied, das sie dieses Mal aus einem alten roten Gesangbuch ablasen. Rachel, die von der Predigt noch ganz benommen, aber gleichzeitig auch begeistert war, las die Worte mit. *Vielleicht, ja, ganz vielleicht ist die Antwort doch so nahe wie die alte Kirche um die Ecke zu Hause.*

Als das Lied zu Ende ging, sah sich Rachel vorsichtig nach Dirk um. Er blickte auf und lächelte sie an, während er weitersang. Seine Augen strahlten liebevoll und warm, und Rachel freute sich sogar noch mehr darüber, daß sie die Morgans in den Gottesdienst begleitet hatte. *Welch ein Vormittag!*

Das Opferkörbchen wurde herumgereicht, und auch Rachel legte etwas hinein, denn sie hielt den Gottesdienst für wertvoller als ihre fünf letzten Selbsthilfebücher zusammen. Sie dankte dem Pfarrer aufrichtig für die Predigt, als sie mit den Morgans zusammen hinausging. Ihr fiel deren freundliches, fröhliches Verhalten im Vergleich zu der steifen Art auf, die ihre Eltern in Rachels Kindheit gegenüber dem Pastor an den Tag gelegt hatten. Ihre Freunde fühlten sich in der Umgebung dieses Mannes wohl, und auch er schien vollkommen natürlich und gelassen im Umgang mit ihnen zu sein.

„Ich glaube, das war die erste angenehme Erfahrung mit einer Kirche, die ich je hatte", sagte Rachel zu Beth, während sie die Stufen hinuntergingen.

„Ach, wie schön!" antwortete ihre Freundin. „Ich bin so froh, daß Arnie und der Gottesdienst dir gefallen haben."

„‚Arnie'?"

„Der Pastor. Er kommt uns ungefähr alle zwei Wochen zusammen mit seiner Frau Anne besuchen. Matt, Arnie und Anne waren es, die mir gezeigt haben, daß der Glaube an Gott ein Geschenk ist und keine Last."

Ihre Unterhaltung wurde von Nachbarn und Freunden unterbrochen, die Rachel kennenlernen wollten. Alle waren sehr freundlich, und Rachel fühlte sich unbestreitbar wohl. Sie hielt inne, um nach Dirk Ausschau zu halten, und zum ersten Mal wurde ihr die Schönheit des Tales richtig bewußt. Ihre Gedanken wurden von Dirk abgelenkt, als sie die kaskadenartig aufgereihten Berge betrachtete, die langsam zu sanften Hügeln abflachten. Alles war in saftiges Grün getaucht, und die frische Brise erfrischte Rachel.

„Guten Morgen, Frau Nachbarin." Ihr Nacken prickelte, als Dirks Stimme ihr Ohr kitzelte. Sie wandte sich zu dem Mann um, der in frisch gebügeltem Hemd mit Krawatte umwerfend aussah.

„Hallo, Dirk. Es tat mir so leid, daß wir gestern abend unterbrochen wurden. Ich hatte mich wirklich darauf gefreut, mich noch ein wenig mehr mit Ihnen zu unterhalten."

„Ich mich auch. Vielleicht können wir uns ja ein andermal zusammensetzen." Er versuchte, beiläufig zu klingen, und widerstand dem Verlangen, sie jetzt sofort um ein Rendezvous zu bitten. *Laß sie nicht zu nahe an dich heran. In zwei Wochen reist sie wieder ab. Es wird dir nur weh tun.*

„Das wäre sehr schön ..." Rachel wartete freudig auf einen Terminvorschlag.

„Also, schönen Tag noch. Es sieht ganz danach aus, als ob das Wetter heute schön würde." Er drehte sich mit einem Lächeln auf dem Absatz um, und Rachel sah ihm nach, während er davonging. *Schätze, ich werde doch mehr Zeit auf der Morgan-Ranch verbringen, als ich dachte.*

Beth hängte sich bei Rachel ein und zog sie in Richtung Auto. „Und?"

„Und nichts. Er hat mir einen schönen Tag gewünscht. Ich war eine dumme Plaudertasche und habe ihm gesagt, daß ich wünschte, wir hätten gestern abend mehr Zeit füreinander gehabt. Er denkt wahrscheinlich, ich sei ein Flittchen, daß ich so etwas sage, wo wir gerade aus der Kirche kommen."

„Mach dich doch nicht lächerlich. Ich bin sicher, er denkt nicht im entferntesten an so was. Aber ich verstehe es nicht ... keine Verabredung zum Gartenwicken-Fest?"

„Keine Verabredung zum Gartenwicken-Fest."

*

Das Trio erreichte die Morgan-Ranch, stieg aus dem Wagen und ging direkt in die Küche. Der Brunch würde bescheidener als gewöhnlich ausfallen, weil nur die Morgans und Rachel da waren.

„Die Rancharbeiter haben sonntags frei", weihte Beth Rachel ein, „abgesehen von zweien, die auf die Rinder aufpassen. Die Männer, die in der Gemeinschaftsunterkunft wohnen, bereiten sich ihre Mahlzeiten in einer kleinen Kantine zu, die an das Haus angebaut ist. Ich genieße die Pause, und Matt und ich haben endlich mal ein wenig Zeit allein miteinander." Beth nahm Eier aus dem Kühlschrank und begann, sie in eine große Tonschüssel aufzuschlagen.

„Es ist eine wohlverdiente Pause, soweit ich das beurteilen kann", sagte Rachel.

„Ach ja, die Arbeit nimmt kein Ende, aber das ist es wert", antwortete Beth. „Es gefällt mir, abends müde ins Bett zu fallen und das Gefühl zu haben, etwas Wertvolles getan zu haben."

„*Ist* es denn wertvoll?"

Beth zögerte kurz. „Ja. Ich verpflege lieber fünfzehn hungrige Männer, als daß ich in einem Büro Papier hin- und herschiebe. Wenn die Jungs satt und zufrieden sind, dann lassen sie es mich wissen. Sie schätzen mich. Und wenn ich nicht koche oder saubermache, dann kann ich tun, was ich will. Manchmal gehe ich mit Matt aufs Feld zum Arbeiten. Ein andermal mache ich es mir einfach im Wohnzimmer gemütlich und lese ein gutes Buch."

„Ich höre es, Beth, aber ich traue meinen Ohren kaum. Was ist mit dem Wirbelwind von Werbefachfrau geschehen, die auf dem Weg ganz nach oben auf der Karriereleiter war? Mit der Frau, die allein im letzten Jahr fünf Preise gewonnen hat? Du und ich, wir waren auf dem besten Weg dazu, gemeinsam die Stars unter den Frauen unserer Generation in der Werbebranche zu werden. Ich kann einfach nicht verstehen, wie du die Gangart so radikal wechseln und dabei auch noch glücklich sein kannst."

„Genau das ist es. Ich habe die Gangart gewechselt. Nachdem ich das einmal hinter mir hatte, fand ich einen Frieden, den ich in San Francisco nie kannte. Und ich sage dir, daß es keinen Preis gibt, den ich akzeptieren würde, um diesen Frieden wieder aufzugeben. Ich weiß nicht, ob ich es erklären kann. Es ist eher eine Erfahrung. Wenn ich für die Jungs koche, dann weiß ich, daß man das als simpel und rückständig für eine Frau der neunziger Jahre betrachtet. Doch es bringt mir echte Befriedigung. Ich unterstütze Matt, so daß wir keine Köchin anstellen müssen. Ich helfe ihm dabei, aus dem Morgan-Land eine Ranch zu machen, die uns und unsere Kinder auf Jahrzehnte hinaus ernähren wird."

„Er zwingt dich nicht dazu, zu kochen und zu putzen?"

Beth lachte. „Aber um Himmels willen, nein. Er bot an, eine Köchin und ein Hausmädchen einzustellen, als wir heirateten, doch das habe ich abgelehnt."

„Warum?"

„Ich habe die Gangart gewechselt."

„Aber was ist mit deiner Karriere?"

„Ich hatte eine Sechzig-Stunden-Woche. Meine Karriere war mein Leben."

„Aber viele Menschen haben dich geschätzt - nicht nur fünfzehn hungrige Männer."

„Die Wertschätzung, die mir die Jungs entgegenbringen, geht über einen vollen Bauch hinaus. Sie sind inzwischen meine Freunde geworden. Ich bin Teil eines Teams mit Matt, und so betrachten mich die Männer. Ich berühre lieber ein paar Leute auf einer tieferen Ebene, als eine Million Konsumenten oder Werbefachleute oberflächlich."

„Vermißt du die Welt nicht?"

„Welche? Mir gefällt *diese* Welt hier. Es gibt keinen Smog. Keinen Straßenverkehr. Die Menschen sind *nett*."

„Es gibt doch mehr auf der Welt als den Smog und den Verkehr in San Francisco."

„Matt und ich wollen ein- oder zweimal im Jahr verreisen. Er will überall dorthin, wo ich hinwill. Er meint, das sei ein fairer Tausch, wenn man bedenkt, daß ich meine Welt verlassen habe, um in seine zu kommen. Und, hast du mich jetzt genug verhört?"

„Ich frag' ja bloß. Ich versuche zu verstehen, warum du die beste Einkaufspartnerin, die du je hattest, verlassen hast, um aufs Land zu ziehen, wo die einzige Wahlmöglichkeit, die du in bezug auf Mode je haben wirst, der Versandhauskatalog sein wird."

„Das Leben besteht bestimmt aus mehr als Einkaufen. Vielleicht verstehst du im Lauf deiner Zeit hier besser, was ich meine." Sie beugte sich über den Herd und goß die aufgeschlagenen Eier in eine gußeiserne Pfanne. Ihre Wangen waren rosig, und wieder fiel Rachel auf, wie gut sie aussah.

„Jetzt hol' den Schinkenspeck aus dem Kühlschrank, sonst essen wir erst um zwei Uhr", wies sie Rachel an.

Kapitel Neun

An jenem Nachmittag stand Rachel aus dem bequemen Lesesessel auf und legte das Buch weg, um sich auf der Ranch ein wenig umzusehen. Die frische Luft fühlte sich sogar noch besser an, als es von ihrem Sitzplatz aus den Anschein hatte. Alex war nirgends zu sehen. Sie atmete tief ein und lächelte in sich hinein. Langsam stellte sich bei ihr eine Art Urlaubsgefühl ein. Als sie sich auf dem verlassenen Areal der Ranch umblickte, konnte Rachel keine Menschenseele entdecken. Sie sah die Ställe, die mit einer großen, gut in Schuß gehaltenen Scheune verbunden waren, und machte sich dorthin auf den Weg.

Rachel öffnete eine große rote Tür und betrat eine schwach beleuchtete Halle, deren Boden mit Stroh bedeckt war. Auf beiden Seiten befanden sich lange Reihen von Pferdeboxen, die alle leer waren, bis auf die letzte. Dort entdeckte sie Jake, der leise auf ein Pferd einredete, das flach auf der Seite lag. Während er das Pferd streichelte, wurden sein Arm und seine Hand von einem Lichtstrahl erleuchtet, der durch ein Fenster in der Seitenwand fiel. Rachel fühlte sich wie ein Eindringling, als sie zusah, wie liebevoll er sich um das Tier kümmerte.

Er sah sich um und verlangsamte dabei den stetigen Rhythmus seines Streichelns.

„Spätestens heute nacht wird sie ihr Fohlen zur Welt bringen."

„Was hast du ihr zugeflüstert?"

„Alles mögliche Tröstende. ‚Es wird alles gut werden. Schön durchatmen.' Und so etwas."

„Das ist richtig süß, Jake. Du kennst dich ziemlich gut damit aus, was?"

Langsam wurde Jake das Thema peinlich.

„Du willst also ein Cowgirl werden, hm?“ fragte er sie zur Ablenkung.

„Zumindest für diese und die nächste Woche.“

„Na, dann bringe ich dir wohl besser das Reiten bei. Wenn dieser Dummkopf von Tanner sich so blöd anstellt, dann bin ich der Letzte, der zögert.“

Sie genoß sein leichtfüßiges Flirten und sah fasziniert zu, wie er zu einem nahegelegenen Paddock ging, eine kräftige Stute von den anderen Pferden trennte und rasch die Zügel über ihren Kopf legte. Er führte sie hinüber zu Rachel, stellte das Pferd kurz als „Kala“ vor und ging wieder, um ein weiteres Pferd für sich selbst zu holen. Dann führte er die beiden Tiere zu den Ställen und sattelte sie, was Rachel als langwierige und komplizierte Prozedur erschien.

Die Leichtigkeit, mit der sie die Stute in dem Paddock herumreiten konnte, erstaunte Rachel. Sie gewöhnte sich schnell an den wiegenden Gang und empfand ihn als entspannend und erfrischend zugleich. Als Jake das Tor öffnete, um sie durchzulassen, hüpfte ihr Herz vor Aufregung und Vorfreude auf diese neue Erfahrung. Das Pferd schien sich zu langweilen und nutzte die Unerfahrenheit seiner Reiterin weidlich aus, indem es alle paar Minuten ein wenig Gras knabberte. Die Zügel wurden Rachel mit Leichtigkeit aus der Hand gezogen, doch sie war zu sehr von dem Pferd fasziniert, um sich deswegen irgendwelche Gedanken zu machen. Jake gebot dem gleich von Anfang an Einhalt.

„Nein, Rachel. Du darfst die Führung nicht dem Pferd überlassen. Wenn du ihm den kleinen Finger gibst, dann nimmt es gleich die ganze Hand. Kala hat nur das zu tun, was du willst. Sieh dir einmal meine Haltung an. Siehst du, wie ich die Zügel halte?“ Rachel sah, daß Jakes Pferd den Hals nicht hinunterbeugen konnte, um Grünzeug zu futtern.

Eine Stunde später half Jake ihr beim Absteigen, versprach

ihr für den folgenden Tag eine weitere Übungsstunde und willigte zögernd ein, ihr beizubringen, wie sie das Pferd in den Galopp bringen konnte. Rachel wollte „fliegen wie der Wind", wie fortgeschrittene Reiter ihr das Gefühl beschrieben hatten. Als sie die Ställe hinter sich ließ und hinauf zum Haus ging, spürte sie deutlich Muskeln, von deren Existenz sie bisher gar nichts gewußt hatte. Nach mehr als einer Stunde auf Kala schmerzten ihre Beine, und sie lief deutlich O-beinig. Sie lachte über sich selbst, während sie schwerfällig die Stufen hochstieg.

Rachel hörte Marys Lachen, noch bevor sie sie sah, und sie fühlte sich auf der Stelle zu der Frau hingezogen. „Oh, das muß euer Gast sein!" rief Mary Beth zu, als sie Rachel sah. Ihr Tonfall verriet den Grund für ihren Besuch. Sobald Rachel sich gesetzt hatte, stellte Mary ihr eine Frage nach der anderen. Rachel beantwortete die Fragen ruhig und merkte schnell, daß Mary sie auf Herz und Nieren prüfen wollte. Die Frau meinte es gut, und sie war amüsant, also spielte Rachel das Spiel mit.

„Na ja, ich wollte nicht so neugierig sein", sagte Mary, nachdem sie Luft geholt hatte – das erste Mal, so schien es Rachel. „Ich habe nicht viel Gelegenheit, mich mit Leuten aus der Stadt zu unterhalten."

„Wetten, daß du mehr Gelegenheiten hast, als du zugibst, Mary?" sagte Beth. „Sag Rachel doch einfach, daß du wie eine Mutter für Dirk bist. Es ist deine Pflicht, alle potentiellen Heiratskandidatinnen zu überprüfen, nicht wahr?"

Beth lächelte, als Mary rot wurde und versuchte, diesen „absurden Gedanken" zu verleugnen. Als Mary merkte, daß sie weder die eine noch die andere Frau von ihrer Unbefangenheit überzeugen konnte, gab sie es auf und begann, über Dirk zu reden. Binnen nur einer kurzen Stunde wußte Rachel über den Verlust von Dirks Eltern und seiner Liebsten Bescheid.

Kein Wunder, daß er zögert, einen Schritt auf mich zuzugehen, dachte sie.

Nachdem Mary nach Hause gegangen war, um das Abendessen in Angriff zu nehmen, lachten und plauderten Beth und Rachel über ihren Besuch und spekulierten über Dirks Anteil daran.

„Wenn ich auch nur die geringste Ahnung von Dirk Tanner habe", sagte Beth, „dann weiß ich mit Sicherheit, daß er seine Haushälterin niemals zu solch einem Streich auffordern würde. Er ist sehr unabhängig, und wenn er sich dazu entschließt, einer Frau den Hof zu machen, dann wird er das langsam, aber sicher tun. Es braucht einfach eine geduldige Frau, um Dirk so weit zu bringen, daß er den ersten Schritt tut", schloß sie und knuffte ihre Freundin dabei in die Seite.

Rachel schnaubte indigniert. „Ich laufe niemandem hinterher."

In dieser Nacht träumte sie, daß sie die winzige Zeitung der Stadt leitete, die über Geburtsraten bei Pferden und Kühen im Bezirk berichtete, und am Abend nach Hause zurückkehrte – in Dirks Arme.

Kapitel Zehn

Dienstag, 20. Juli

Rachel war fest entschlossen, heute allein auszureiten, und sie zog sogar in Erwägung, gemütlich zu Dirk hinüber zu traben. Deshalb mied sie den aufmerksamen Jake und bat einen anderen Arbeiter, ihr beim Satteln von Kala zu helfen. Der Mann beobachtete sie argwöhnisch, während sie ihm höflich dankte und ihr Pferd aus dem Stall führte. Rachel lächelte breit und winkte Beth zu, die es abgelehnt hatte, sie auf dem Ritt zu begleiten. „Du verpaßt etwas!“ tönte sie lauthals.

„Ach, es gibt noch genug Gelegenheiten!“ rief Beth zurück. Sie winkte Rachel näher zu sich heran. „Du wirst doch nicht zufällig zu unserem lieben Nachbarn hinüberreiten, oder?“

Rachel grinste. „Also, wieso sollte ich denn auf *die* Idee kommen?“ fragte sie mit gespielter Empörung.

„Weiß auch nicht“, sagte Beth. „Bleib nicht zu lange weg, du Greenhorn.“

„Kala hat mich heute um einen langen Ausritt gebeten.“ Wie auf ein Stichwort schnaubte die Stute, und beide Frauen lachten.

„Sie spricht mit Pferden ...“, rief Beth ihrer davonreitenden Freundin nach. „Das ist kein gutes Zeichen. Überhaupt kein gutes Zeichen.“

*

Kala benahm sich sehr gut, und Rachel ritt direkt nach Norden, so wie Beth ihr den Weg zu Dirks Haus beschrieben hatte. Die Sonnenwärme war sehr angenehm. Doch der Ritt dauerte über eine Stunde, und als Rachel endlich die Tanner-Ranch erreicht hatte, war sie halb am Verdursten und konnte es kaum mehr erwarten, endlich absteigen zu können. Während sie einen Bogen nach Osten ritt, um die Ranch durch das Haupttor erreichen zu können, begann ihr Herz heftig zu klopfen, und ihr Gehirn arbeitete fieberhaft daran, eine Erklärung für ihren Besuch zu finden.

Laß dir bloß etwas Gutes einfallen, sagte sie sich selbst.

Wie das Haus der Morgans lehnte auch Dirks Blockhaus am westlichen Hügel des Tales mit Blick auf die Gebirgskette der Rocky Mountains. Als Rachel über die Schulter blickte, um die Aussicht zu betrachten, seufzte sie bewundernd über die Landschaft, die Dirk jeden Morgen beim Aufwachen erwartete. Eine hübsche Veranda begrenzte drei Seiten des Hauses, und die Wand auf der Ostseite bestand zum größten Teil aus Fenstern. Dirk schätzte die Schönheit, die ihn umgab, ganz offensichtlich sehr.

Mary entdeckte Rachel und begrüßte sie überschwenglich: „Kommen Sie herein, meine Liebe, kommen Sie nur herein. Sie müssen ja vollkommen ausgetrocknet sein und wahrscheinlich auch hungrig."

Rachel stieg dankbar ab und betrat Dirks Heim. Es war ähnlich wie das der Morgans eingerichtet, doch mit dunkleren, eher männlichen Nuancen. Es wirkte attraktiv, doch nicht einladend. *Die Hand einer Frau fehlt*, dachte sie. Sie war überrascht, daß Mary nicht mehr Einfluß auf die Einrichtung hatte.

Diese lud Rachel sofort ein, es sich im Wohnzimmer bequem zu machen, und eilte geschäftig davon, um Limonade und Ingwerplätzchen zu holen. Rachel biß gerade in dem Augenblick ein großes Stück von einem frischgebackenen Keks ab, als Dirk eintrat. Verschämt versuchte sie, den Keks schnell hinunterzuschlucken. Dabei verschluckte sie sich an den Krümeln und begann heftig zu husten.

„Holla, Nachbarin! Langsam, langsam", sagte Dirk lachend. „Es geht doch nicht, daß Sie hier auf dem Tanner-Land ersticken. Beth würde mich umbringen."

Tränen traten in Rachels Augen. Gründlich gedemütigt fiel ihr überhaupt nichts ein, was sie hätte sagen können. An keine ihrer klugen Ausreden für den Besuch konnte sie sich mehr erinnern.

„Eine Frau, die noch rot wird. Das gefällt mir", sagte Dirk lachend. Seine Augen leuchteten. „Ich habe mich mal mit einem Mann aus Indien unterhalten, der mir sagte: ‚Das Problem bei euch Amerikanern ist, daß ihr die Fähigkeit rot zu werden verloren habt.' In dieser Aussage steckt viel Wahres."

Dann wechselte er das Thema, um ihr Unbehagen zu lindern. „Wie klappt es mit dem Reiten?"

Rachel gewann langsam wieder die Fassung zurück und fragte: „Woher wissen Sie, daß ich kein Experte bin?"

„Nun, erstens hat mich Matt heute morgen über den Fortschritt seines Gastes informiert. Außerdem habe ich Sie von der Scheune aus kommen sehen. Für eine Strecke von nur sechs Kilometern wirkten Sie ziemlich sattelmüde."

„*Nur* sechs Kilometern?"

Sie lachten und unterhielten sich dann unbeschwert über eine ganze Reihe von Themen, vor allem über das Leben auf der Ranch und Rachels Arbeit in der Stadt. Nach einiger Zeit entschuldigte Mary sich und ging in die Küche, um das Abendessen vorzubereiten.

„O nein!" rief Rachel nach einem Blick auf die Uhr. „Ich muß mich auf den Weg machen. Beth wird denken, daß ich mich verirrt habe." Sie hatte sich über zwei Stunden lang mit Dirk unterhalten und gar nicht gemerkt, wie die Zeit vergangen war.

„Wie wäre es, wenn ich Sie nach Hause fahre?" bot Dirk an. „Ich könnte Ihr Pferd morgen zur Morgan-Ranch zurückbringen."

„Nein, danke", lehnte Rachel heldenhaft ab. Sie verabschiedete sich von Dirk und beglückwünschte sich selbst zu ihrem glatten Abgang, als sie draußen war. *Das wiegt den lahmen Einstieg beinahe wieder auf.*

Mary beugte sich aus dem Küchenfenster. „Sie bleiben nicht zum Abendessen?"

„Nicht heute abend, Mary. Aber vielen Dank." *Schätze, ich habe ihre Prüfung bestanden*, dachte Rachel.

„Vielleicht später diese Woche ...", rief Dirk ihr nach und überraschte Mary mit seiner ungewohnten Direktheit.

„Vielleicht, wenn Sie Glück haben", sagte Rachel lächelnd.

Kapitel Elf

Mittwoch, 21. Juli

„Sei kein Frosch, Beth. Komm bitte mit!"

„Ach, nein. Du siehst doch, wie unordentlich es hier im Haus ist! Und ich dachte, ich könnte einen besonderen Nachtisch für heute abend machen."

„Die Jungs können sich dieses eine Mal mit Eiskrem zufriedengeben. Du machst ihnen die ganze Zeit ‚besondere Nachtische'. Komm doch mit auf einen kleinen Ausritt. Wir könnten am Fluß picknicken und uns ein wenig in der Sonne aalen. Wann hast du dieses Haus das letzte Mal einfach nur zum Spaß verlassen?"

„Das ist schon zu lange her", sagte Matt, der gerade die Küche betrat. „Geh und mach es dir mit Rachel schön."

„Na schön. Es täte mir wahrscheinlich gut, mal eine Weile hinauszukommen. Aber ich möchte zu Fuß gehen."

Rachel gab in diesem Punkt nach. „In Ordnung. Was könnten wir zum Abendessen machen?"

„Wir stellen die Zutaten für Sandwiches für die Männer heraus, dann können sie für sich selbst sorgen. Wir machen uns unsere eigenen. Diese Idee gefällt mir immer besser."

Sie machten sich große Sandwiches mit Erdnußbutter und frischer Erdbeermarmelade und schnitten Obst auf, das sie mitnehmen wollten. Rachel konnte es kaum abwarten, so gut sah alles aus. Sie nahm einen großen Bissen von ihrem Sandwich, und kaum hatte Beth sich umgedreht, biß auch Rachel in deren Sandwich. Als Beth den Biß in der Ecke entdeckte, stützte sie sich die Hände in die Hüften und tat so, als wäre sie empört.

Rachel steckte ihre Hand in das Erdnußbutterglas und

fischte mit der Fingerspitze einen riesigen Klecks von dem braunen Zeug heraus. Lachend über den Blick, den Beth ihr zuwarf, sagte sie: „Ich glaube, die Ehe macht dich viel zu ernst." Mit diesen Worten schmierte sie die Erdnußbutter auf Beths Nase.

Beth drehte sich um, nahm ein Glas kaltes Wasser und begoß Rachel damit. „Denkst du immer noch, daß ich zu ernst für einen kleinen Streich bin?" fragte sie mit einem befriedigten Grinsen im Gesicht.

Rachel lachte, während sie auf ihr durchnäßtes T-Shirt und die nassen Shorts hinabblickte und zusah, wie kleine Rinnsale an ihren Beinen entlangliefen. Sie nahm ihr Glas Wasser und schoß zurück. Beth rächte sich mit einer Handvoll Mehl. Mit einem Griff in den Schrank holte Rachel die Hafergrütze heraus und warf den ganzen Karton auf Beth. Diese griff wieder auf ihren Mehlvorrat zurück und bedeckte sie beide mit einer dicken Wolke weißen Staubes. Unter Kreischen und Gelächter griff Rachel nach der Erdnußbutter und warf dicke Kleckse auf ihre Freundin, die bei jedem Treffer laut quietschte.

Schließlich sanken sie in die Knie und lachten, bis ihnen die Tränen kamen. Sie lagen zwischen Mehl, Hafergrütze und Erdnußbutterklecksen auf dem Boden, hielten sich die Bäuche und schnappten nach Luft. Jedesmal, wenn sie wieder ein wenig zu Atem kamen, begann das Gelächter von neuem.

Matt stürmte in die Küche, denn das Gebell von Chad und Wellington hatte ihn aufgeschreckt. „Was, um alles in der Welt ..."

Beth, die mitten im Chaos saß, überkam ein neuer Lachanfall, als sie das Gesicht ihres Mannes sah. „Ich schätze, ich werde doch noch auf deine Idee zurückkommen, ein Hausmädchen anzustellen, Schatz", sagte sie, und schon begann das Gelächter von neuem.

⋆

Zwei Stunden später, als sie endlich den Fluß erreichten, kicherten sie immer noch. Sie hatten das Durcheinander und sich selbst in Ordnung gebracht und das Abendessen für die Männer hergerichtet, bevor sie sich auf den Weg machten.

Der Spaziergang war die Anstrengung wert, beschloß Rachel, sobald sie die Landschaft sah. Der Fluß war wunderschön und hatte eine Farbe wie Jade inmitten der fröhlich tanzenden weißen Schaumkronen. Beth führte sie zu einem grasbewachsenen Ufer, das bestens dazu geeignet war, ein wenig von der Mittagssonne zu genießen. Das Ufer ragte etwas in den Fluß hinein, so daß es die Strömung bremste und einen indigoblauen Teich schuf.

Sie stellten ihren Korb ab und begannen gleich mit dem Essen, denn ihr Mehlgefecht und der beinahe zwei Kilometer lange Spaziergang hatten sie hungrig gemacht.

„Ich habe wahrscheinlich schon einige tausend Erdnußbuttersandwiches in meinem Leben verspeist, aber ich schwöre, daß dies hier das beste ist, das ich jemals gegessen habe", sagte Rachel.

„Aber verglichen mit diesem Ausblick ist es doch nichts, hm?"

Rachel wandte ihre Aufmerksamkeit wieder ihrer Umgebung zu. Der Kootenai floß direkt nach Süden und bildete so die westliche Begrenzung der Morgan- und der Timberline-Ranch. Von ihrem Sitzplatz am Ufer aus blickten sie zu den Hügeln hinter den Ranches und den sanften Bergen dahinter hinüber. Über ihre Schultern hinweg sahen sie die westlichen Ausläufer der Rocky Mountains. Sie saßen am Rand eines saftig grünen Waldes mit dschungelartigem Unterholz. Über ihnen dehnte sich ein strahlend blauer Himmel.

„Lebt ihr hier im Paradies?" fragte Rachel zwischen zwei Bissen.

„Zumindest so nahe daran wie möglich, habe ich beschlossen."

Sie betrachteten die Berge und aßen schweigend ihre Sandwiches auf. Rachel rollte sich auf den Bauch und blickte zurück auf die Große Wasserscheide. Nur wenige der Felsspitzen und der Schluchten waren zu sehen, und im harten Licht der Mittagssonne wirkten sie flach und karg. Die Berge auf beiden Seiten verliehen Rachel ein Gefühl der behaglichen Sicherheit. Die Gipfel schienen eine Burg zu bilden, und sie fühlte sich innerhalb ihrer Mauern unbesiegbar. Sie dachte an zu Hause, verwarf jedoch den Gedanken schnell wieder. Gedanken an San Francisco wirkten wie Eindringlinge, und sie hatte keine Lust, bei ihnen zu verweilen.

„Hast du Lust auf ein Bad?“

„Rachel! Das Wasser kommt direkt aus diesen Bergen! Es ist, als ob man in Eiswasser schwämme. *Gletscher*wasser.“

„Klingt göttlich. Komm, wir spülen das restliche Mehl aus unserem Haar.“ Rachel sprang auf und zog sich bis auf die Unterwäsche aus. Mit einem Blick über den Uferrand untersuchte sie den Teich auf irgendwelche Hindernisse unter der Oberfläche. Da sie keine entdecken konnte, holte sie tief Luft und sprang in den klaren Teich. Sie tauchte hinunter, bis sie den Boden fühlen konnte. Dann drehte sie einen halben Salto und schwamm wieder zur Oberfläche.

„Puh!“ sagte sie zitternd, als sie an die Oberfläche kam. „Dieser Teich ist *tief.* Und du hast recht. Das Wasser ist sehr ... *erfrischend.*“ Wassertretend bat sie Beth, doch zu ihr hineinzukommen.

„Auf keinen Fall. Ich stecke vielleicht meine Füße hinein, aber das ist alles.“

„Du verpaßt etwas, Kumpel. Es ist, als schwämme man in einem Teich der Götter.“

„Gottes. Und er hat die Schönheit hier *tatsächlich* geschaffen“, korrigierte Beth ehrfurchtsvoll.

Rachel sagte nichts und paddelte hinaus in den Fluß. Sie schwamm fünfzehn Minuten gegen die Strömung an und genoß das Training sehr. Als sie müde wurde, kehrte sie zum Teich zurück und stieg mühsam das glitschige Ufer hinauf.

Beth lachte erst über sie und reichte ihr schließlich eine Hand. „Du siehst viel eleganter aus, wenn du *im* Wasser bist als draußen“, sagte sie.

„Vorsicht, oder wir sehen gleich mal, wie *du* aus dem Wasser kommst“, warnte sie Rachel.

Beth hob abwehrend die Hände. „Oh nein. Friede. Bitte heute keine Schlachten mehr.“

Sie legten sich auf die mitgebrachte Decke und genossen die Sonne, während Rachel trocknete. Nach einer Stunde zog sie ihre Kleider wieder an, denn in der heißen Bergluft war ihre Unterwäsche schnell getrocknet. Minuten später kam Dirk auf seinem Pferd um die Ecke, und beide Frauen kicherten über den Zeitpunkt. Er konnte sich nicht erklären, warum sie so lachten, machte sich aber nichts daraus, als sie ihm keine Erklärung lieferten.

Er sah umwerfend gut aus auf seinem Pferd. Feine Bartstoppeln bedeckten sein Gesicht, sein Leinenhemd war am Hals aufgeknöpft und zeigte gebräunte Haut. Über seiner Jeans trug er lederne Chaps, und seine Stiefel paßten genau in die Steigbügel. Er saß wie angewachsen auf seinem Pferd und sah so aus, als könnte er, wenn nötig, den ganzen Tag darauf sitzen bleiben.

„Ich war gerade auf dem Weg hinüber zur Morgan-Ranch“, sagte er. „Nachdem es Ihnen so viel Spaß gemacht hat, Kala zu reiten, dachte ich, Sie würden heute vielleicht einen etwas weiteren Ausritt machen wollen, Rachel.“

„Ist das die Rancher-Version eines Rendezvous?“

Dirk rutschte unbehaglich auf seinem Sattel hin und her. „Es ist eine *nachbarliche Einladung.*“

„Aha.“ Rachel ließ das Gespräch einen Augenblick lang ruhen, denn sie genoß sein Unbehagen.

Er hielt es nicht lange aus. „Nun, Miss Johanssen, möchten Sie heute abend mit mir ausreiten oder nicht? Ich werde Sie zu einem atemberaubenden Plätzchen im Tal führen und sogar für das Abendessen sorgen."

„Nun, Mr. Tanner, das klingt mir nach einem Angebot, das ich unmöglich ablehnen kann."

Kapitel Zwölf

Dirk kam in einem großen blauen Geländewagen hinüber zum Haus der Morgans und hatte einen Transporter für zwei Pferde angekoppelt. Matt half Dirk dabei, Kala neben Dirks Pferd zu verladen. Rachel versuchte, ihren Schritt gelassen wirken zu lassen, als sie hinaus auf die Veranda ging, um Dirk zu begrüßen. Sie trug einen fliederfarbenen Pullover mit V-Ausschnitt zu Jeans und Stiefeln. Dirk fiel auf, daß die Farbe ihre strahlenden grünen Augen betonte, und er unterdrückte den Wunsch, sie bewundernd anzustarren.

Sie fuhren von der Ranchstraße ab und dann auf der Bundesstraße in Richtung Süden an Elk Horn vorbei. Nach ungefähr acht Kilometern bog Dirk nach Osten auf eine Schotterstraße ab, und sie begannen, den Berg in Serpentinen hinaufzufahren. Rachel nutzte mehrmals den Vorwand, sich nach den Pferden umzusehen, um einen heimlichen Blick auf Dirk zu werfen. *Sein Kinn wirkt so energisch,* dachte sie, und seine Nähe verursachte ihr Herzklopfen.

Ungefähr eine halbe Stunde später erreichten sie das Ende der Schotterstraße und parkten auf einer kleinen Lichtung. Dirk führte die Pferde aus dem Transporter und begann mit der kniffligen Aufgabe, den Transporter zu wenden, weil er das vor Einbruch der Dunkelheit erledigen wollte.

Ich schätze, er plant ein ziemlich ausgedehntes Abendessen, wenn wir bis zum Einbruch der Dunkelheit hier draußen bleiben sollen, dachte Rachel.

Nach ein paar Versuchen hatte Dirk den Transporter richtig hinter dem Lastwagen plaziert, der bergab stand. „Da haben wir es ja", sagte er. „Jetzt können wir Buck und Kala einfach einladen, wenn wir zurückkommen, und uns gleich auf den Nachhauseweg machen."

„Klingt gut", stimmte sie zu. Dirk hob ihren Sattel auf und legte ihn auf Kalas Rücken. Während er zum Lastwagen zurückging, um seinen eigenen zu holen, begann Rachel damit, den Sattelgurt festzuzurren.

„Nicht schlecht für ein Mädchen aus der Stadt", witzelte er, als er ihre konzentrierte Anstrengung betrachtete.

„Jake ist ein guter Lehrer", sagte sie.

„Und soweit ich weiß auch ein fähiger Vorarbeiter", nickte er zustimmend. „Ich würde ihn gerne für die Timberline gewinnen, wenn Matt mich ließe."

Sie stiegen auf die Pferde und unterhielten sich weiter, während sie einen schmalen Pfad hochritten. Dirk ritt voraus, und Rachel folgte dicht hinter ihm.

„Er scheint sich auf der Ranch wohlzufühlen wie eine Ente im Wasser", meinte Rachel.

„Das ist wahr. Er ist ein Naturtalent. Es fällt mir schwer, ihn mir in einem Stadtbüro vorzustellen."

„Wie er Papier herumschiebt und den Kunden Honig um den Mund schmiert?"

„Oder so etwas Ähnliches, denke ich."

„Jake ist ein fähiger Mann und ein kluger", verteidigte Rachel ihren Freund. „Er war ein großartiger Architekt, und er hat viel aufgegeben, um hierher zu kommen."

„Ich weiß, ich weiß! Hey, ich kritisiere ihn ja nicht. Es ist nur, weil er so einen guten Riecher für die Rancharbeit hat. Ich kann ihn mir einfach nirgendwo anders vorstellen als hier." Dirk blickte nachdenklich drein. „Aber es ist noch mehr als das. Er liebt das Leben auf der Ranch. Er weiß, wer er ist und wo er sein will. Vor einem solchen Mann muß man Respekt haben. Es gibt sehr wenige Menschen, die den Mut haben, ihren Träumen nachzujagen. Ich bin froh, daß Jake der Stimme seines Herzens gefolgt ist. Er verdient es wirklich, glücklich zu sein."

Rachel freute sich über die Warmherzigkeit, mit der er sprach. *Diesem Mann sind andere Menschen wirklich wichtig*, dachte sie bei sich. Sie kam auf etwas zurück, das er gerade gesagt hatte. „Wie weißt du, daß *du* da bist, wo du hingehörst, Dirk?" Das „Du" kam ihr so selbstverständlich über die Lippen, daß sie es gar nicht bemerkte.

„Weil ich vollkommen im Einklang mit mir selbst bin", sagte er. Er drehte sich im Sattel um, damit er sie anschauen konnte, während Buck ihn vorantrug. „Außer, wenn du in der Nähe bist." Er drehte sich wieder nach vorne und lächelte über Rachels überraschtes Gesicht.

In wohliges Schweigen eingehüllt ritten sie weiter, während sie ihre Gefühle ordneten. Dirks unverblümte Offenheit brachte Rachels Gedanken ganz durcheinander. „In zehn Tagen reise ich wieder ab, Dirk", sagte sie traurig und mit einem warnenden Unterton.

„Ich weiß", erwiderte er, denn er bemerkte ihre Besorgnis. „Mir macht das angst. Ich habe nicht die Kraft, noch einmal verletzt zu werden, Rachel. Aber laß uns einfach abwarten, wohin diese zehn Tage uns führen, einverstanden?"

Sie zögerte und antwortete dann: „Einverstanden."

Sie blieben auf einer Lichtung am südlichen Ende des Tales stehen, wo die Berge auf beiden Seiten für kurze Zeit miteinander verschmolzen, bevor sich jeder in eine andere Richtung davonmachte. Dirk packte eine Decke aus und goß Rachel ein Glas Wein ein. Eng beieinander stehend nahmen sie die Schönheit, die sie umgab, in sich auf und sahen zu, wie die Sonne hinter den Bergen im Westen verschwand. Dirk zeigte ihr die Morgan- und die Timberline-Ranch und andere Orientierungspunkte, die Rachel erkannte. Am westlichen Rand wand sich der Kootenai an der Talsohle entlang. Er floß nicht geradewegs nach Süden, so wie sie es sich vorgestellt hatte. An den Ranches von Dirk und Matt vorbei floß er für kurze Zeit in einem geraden Bett, so daß er eine Grenzlinie bildete, und danach nahm er seinen gewundenen Lauf wieder auf.

Als der Himmel sich verfärbte, wurde das Grün des Waldes tiefer, und die Felder im Tal bekamen lange Schatten. Die Berge, die Rachel schon die ganze Woche über gesehen hatte, wirkten von dieser Höhe und aus diesem Blickwinkel vollkommen anders.

„Sieh mal", sagte sie und zeigte dabei auf die Steinriesen. „Sie sehen aus wie riesige dreieckige Männer, die in Reih und Glied stehen. Jeder streckt seine Schulter heraus, und der Rest wird vom nächsten verdeckt. Es ist, als wären sie in dieser Haltung geboren."

Dirk lächelte über ihre Beobachtung. „Sie wurden gemeinsam geboren", sagte er. „Sie entstanden in einer riesigen, fantastischen Eruption und schrien ihre Ankunft in den Himmel hinein."

Sie lächelte über seine Vorstellung von einer Berggeburt.

„Sehen wir einmal nach, was Mary für uns gemacht hat", sagte er. Sie gingen zur Decke zurück und plünderten den Korb voller köstlicher Naschereien. Sie aßen Lasagne, die sorgfältig in Alufolie und Zeitungspapier eingewickelt war, damit sie warm blieb, einen frischen grünen Salat mit Parmesankäse und Marys hausgemachtes französisches Weißbrot.

„Mary ist eine fantastische Köchin", stöhnte Rachel. „Ich glaube, ich würde innerhalb kürzester Zeit zwei Zentner wiegen, wenn ich ihr Essen längere Zeit genießen würde."

Dirk sagte nichts, sondern lächelte Rachel nur an, während er sein viertes Stück Brot kaute. Ihr Haar glänzte, ihre Augen schimmerten im Dämmerlicht, und die Konturen ihres Gesichtes warfen tiefe Schatten.

„Was ist los?" fragte sie in gespielter Verzweiflung darüber, daß er sie so intensiv betrachtete. „Habe ich Tomatensoße auf der Nase oder so etwas?"

„Nein", sagte er. „Ich dachte nur gerade darüber nach, wie umwerfend gut du aussiehst und wie schön du immer noch wärst, selbst wenn du zwei Zentner wiegen würdest."

Sie lächelte. „Ach, Dirk, du weißt, was man einer Frau sagen muß, nicht wahr?"

„Ich weiß genug, um nichts zu sagen, was ich nicht ehrlich meine." Er stand auf und ging zu seinem Sattel hinüber. Aus einer großen Satteltasche zog er ein Radio und schaltete es lächelnd an. Die Musik war ruhig und melodiös, sie paßte perfekt zu ihrer Umgebung. Er verneigte sich vor ihr und streckte ihr seine Hand entgegen. „Mademoiselle?" fragte er förmlich.

„Ja?" antwortete sie scheu.

„Darf ich um diesen Tanz bitten?"

„Aber gewiß dürfen Sie." Rachel nahm seine Hand, stand auf und stellte sich neben ihn. Er zog sie an sich, während sie ihre Hand auf seine Schulter legte und sich mit ihm zur Musik wiegte. Die Pferde schauten kurz vom Grasen auf und blickten fragend zu ihnen herüber.

Rachel war nicht verwirrt. Mit ihrem ganzen Sein schien sie zu diesem Mann hingezogen zu werden. Er hielt sie, wie sie es mochte ... er sprach, wie sie es mochte ... er blickte sie an, wie sie es mochte. Sie sahen einander in die Augen, während sie sich zur Musik bewegten, und verstanden sich ohne Worte. Beide kämpften gegen eine plötzliche Welle der Furcht an, als sie erkannten, daß sie etwas empfanden, wie sie es beide seit langer Zeit nicht mehr gefühlt hatten. Rachel riß sich zuerst los und setzte sich wieder auf die Decke. Dirk gesellte sich wortlos zu ihr. Sie sahen zu, wie kurz nach dem Sonnenuntergang der Mond aufging und den gleichen Lauf nahm wie die Sonne.

„Das ist der schönste Ort, an dem ich je gewesen bin, Dirk", flüsterte Rachel. „Und ich habe fürchterliche Angst."

„Ist es das Tal", fragte Dirk, während er ihr Gesicht sanft zu sich hin drehte, „oder bin ich es?"

Er küßte sie zart, bevor sie antworten konnte, und zog sie an sich, dann ließ er sie wieder aus seiner Umarmung gleiten. Sie saßen einen Moment lang benommen von dem Kuß.

„Du bist es", antwortete sie.

Kapitel Dreizehn

Donnerstag, 22. Juli

Beth stürzte sich auf das Bett ihrer Freundin und schlug wild auf die Matratze ein. „Auf, auf, auf! Du hast doch viel zu erzählen, danach zu schließen, wie spät du gestern abend heimgekommen bist!"

Rachel rieb sich schläfrig die Augen, sah ihre Freundin an und dann auf die Uhr. Sie stöhnte und legte sich das Kissen auf den Kopf. „Ich werde dir in drei Stunden was darüber erzählen", murmelte sie.

„In drei Stunden? Kommt überhaupt nicht in Frage. Denk an die Ranchzeiten!"

„Ach, Beth, du hast mich die ganze Woche noch nichts auf der Ranch arbeiten lassen", sagte sie und kam halb unter dem Kissen hervor. „Du willst einfach nur Gesellschaft haben."

„Stimmt. Aber ich befehle dir trotzdem, daß du jetzt aufstehst. Ich mag besonders gerne Gesellschaft, die mir pikante Liebesgeschichten erzählen kann. Ich hole dir sogar eine Tasse frischen Kaffee“, lockte sie.

„Ich bringe dich um, Beth Morgan. Ich muß wohl bald nach Hause fahren, um mich von diesem verrückten Urlaub auszuruhen. Gib mir zwei Minuten, dann komme ich.“

Beth sprang auf und ging zur Tür. Sie sah zu, wie Rachel die Augen schloß und sich wieder unter ihrer Bettdecke vergrub.

„Rachel!“ sagte sie dann laut.

Rachel setzte sich verdutzt auf. „Ich komm' ja schon, ich komm' ja schon!“

*

Beim Kaffeetrinken erzählte Rachel Beth den ganzen romantischen Abend, ohne etwas auszulassen. Gemeinsam lachten sie über die peinlichen kleinen Augenblicke, und Beth quietschte vor Begeisterung, als Rachel ihr erzählte, wie sie im Mondschein getanzt und sich geküßt hatten.

„Ich glaube, ich werde Matt demnächst für ein paar Unterrichtsstunden in Sachen Romantik zu Professor Tanner hinüber auf die Timberline-Ranch schicken.“

„Im Ernst. Ich habe noch nie einen tolleren Mann getroffen. Er ist ein Märchenprinz, soweit ich das beurteilen kann. Wie kommt es, daß ihn sich nicht schon vor ewigen Zeiten eine Frau geschnappt hat? Hat die Sache einen Pferdefuß?“

„Er hat lange Zeit niemanden an sich herangelassen“, sagte Beth. „Du bist die erste Frau seit seiner Verlobten, auf die er zugegangen ist. Es waren schon einige Frauen hinter ihm her, aber er hat sich nie für eine davon interessiert, keiner irgendwie Mut gemacht. Das ist der erste Riß in seiner Rüstung, den ich bis jetzt gesehen habe.“

Rachel blickte durch das Panoramafenster hinaus auf die Berge und wandte sich dann mit gequältem Blick wieder Beth zu. „Aber was soll ich tun, Beth? Ich bin nur noch neun Tage hier. Ich lebe so weit weg ... und ich kann mir nicht vorstellen, daß Dirk sich auf eine Romanze über solch eine Entfernung hinweg einläßt."

„Nun, was sein soll, wird sein", sagte Beth vage. „Es ist ein bißchen spät, sich über eine Geschichte Gedanken zu machen, die schon ins Rollen gekommen ist. Du mußt einfach deine restliche Zeit hier ausnutzen und abwarten, was passiert. Triff die Entscheidung, nachdem du alle deine Karten ausgespielt hast."

„Ja, ich denke, du hast recht. Aber was ist, wenn ich ihn völlig falsch verstanden habe? Was ist, wenn er den Abend einfach nur als nettes Rendezvous betrachtet?"

„Rachel, Dirk ist nicht so. Er verabredet sich nicht einfach so mit einer Frau. Ich glaube nicht, daß du dir deswegen Sorgen machen mußt."

Rachels Magen verlangte nach einem Frühstück, also machten sich die beiden Freundinnen auf den Weg in die Küche. „Hat Dirk dir gesagt, wann er dich morgen abholen kommt?" fragte Beth.

„Morgen?"

„Das Gartenwicken-Fest beginnt morgen mit dem Tanz. Er hat dich also nicht gefragt?"

„Nein. Siehst du, er ist sich wahrscheinlich meinetwegen doch nicht so sicher, wie du glaubst."

„Oh doch, das ist er."

„Warum hat er mich dann nicht gefragt, ob ich mit ihm zu dem Tanz gehen würde?"

„Ich weiß nicht. Vielleicht dachte er, daß es zu früh dafür wäre. Vielleicht hatte er andere Gedanken im Kopf", sagte Beth bedeutungsvoll. „So oder so weiß ich ganz sicher, daß du Dirk Tanner gefällst. Ich merke es an der Art, wie er dich ansieht ... als ob er dich in sich aufsaugen wollte. Und Matt sagt, daß er zu stottern anfängt, sobald dein Name fällt."

„Aber trotzdem hat er sich nicht mit mir verabredet."

„Er hat Angst. Du hast Angst. Das vereinfacht die Sache nicht gerade. Warum reitest du nicht einfach mal zu ihm hinüber? Überrasche ihn."

„Das ist eine gute Idee", sagte Rachel und biß in einen frisch gebackenen Keks. „Ich mache mich auf den Weg, sobald ich noch zwölf weitere von diesen Wunderdingern vertilgt und geduscht habe."

Kapitel Vierzehn

Rachel zog sich um und ging hinüber zu den Ställen.

Als sie die Scheune betrat, kam Alex aus dem Schatten hervor und packte sie am Arm. „Morgen, Rachel. Habe dich gestern beim Abendessen nicht gesehen. Scheint schon Tage her zu sein, seit ich deinen Anblick das letzte Mal so richtig genießen konnte."

Sie befreite ihren Arm aus seinem Griff und ging wortlos davon. Rachel hatte beschlossen, daß sie den Kerl einfach ignorieren und nicht ihre Ferien durch die ekelhaften Auseinandersetzungen mit ihm ruinieren würde. Außerdem beschloß sie, sein penetrantes Duzen zu ignorieren.

Er holte sie ein und ging neben ihr zu Kalas Box. „Na, das ist ja eine nette Art, mit mir umzugehen, wo ich doch ein ernster Bewunderer bin und so", sagte er ernst.

„Tut mir leid", murmelte Rachel ohne den Anflug eines schlechtes Gewissens. Sie drehte sich um, nahm Kalas Zaumzeug von einem Haken und öffnete die Tür zur Box. Sie ging ruhig auf Kala zu und schob ihr vorsichtig das Gebiß ins Maul, in dem Bewußtsein, daß Alex sie immer noch anstarrte. Er stellte sich ihr in den Weg, als sie das Pferd zur Tür führen wollte.

„Ich habe Ihre Spielchen satt, Alex", warnte sie ihn.

„Hast du ein Rendezvous für morgen abend?" fragte er.

„Ja", log sie und wollte sich an ihm vorbeidrängen. Immer noch blockierte er den Weg.

„Du willst mir doch nicht etwa erzählen, daß du mit Tanner hingehst, oder?"

„Das geht Sie nichts an, Alex. Wenn Sie mich jetzt entschuldigen würden."

„Ich bewege mich nicht von der Stelle, bis du mir sagst, mit wem du hingehst."

„Und ich habe gesagt, daß ich Ihnen das nicht sagen werde." Sie hob ihren Stiefel und trat mit dem Absatz unsanft auf seinen Zeh, so daß er aufjaulte.

„Tut mir leid, Alex, Ihr Fuß muß mir im Weg gestanden haben." Mit Kalas Zügeln in der Hand drängte Rachel sich an ihm vorbei. Sie betrat den Hauptraum der Scheune und nahm Kalas Sattel vom Ständer.

Alex folgte ihr und sah zu, wie sie den Sattel auf Kalas Rücken legte. Sein Blick war kalt und zornig. „Nun hör mir mal zu, ich versuche doch nur, nett zu sein. Es bestand überhaupt kein Grund für dich ..."

„Im Gegenteil, Alex. Ihr Verhalten forderte genau diese Reaktion heraus. Wenn Sie sich auf ein übles Niveau begeben, dann muß ich mich danach richten."

Sein wütender Blick wurde lüstern. „Ich glaube, ich will dich, egal wie." Er tat ein paar Schritte auf sie zu, und sie wich langsam zurück.

„Ich glaube, Sie sollten jetzt gehen, Alex. Matt ist draußen."

„Falsch. Matt ist acht Kilometer weit weg auf der Südseite." Er drängte Rachel gegen eine Wand und kam ihr gefährlich nahe. „Meinst du jetzt nicht, daß du dich dafür entschuldigen solltest, so grob zu mir gewesen zu sein?"

Rachel tastete das rauhe Holz hinter sich nach einer Waffe ab. Sie spürte einen hölzernen Griff, doch ohne hinzusehen wußte sie nicht, was es war. Sie sprang zur Seite und riß ihre Waffe vor sich in die Höhe, sehr froh, die metallenen Spitzen einer Mistgabel zu entdecken.

Alex hielt inne, um über den nächsten Schritt nachzudenken.

Jake kam in den Stall und erfaßte die Situation sofort. Er ging hinüber zu der Box, in der Rachel Alex in Schach hielt, lehnte sich lässig über das Geländer und versuchte, die Situation ohne Aufruhr zu lösen. „Probleme, Rachel?"

„So würde ich das sehen."

„Halt dich da raus, Rierdon. Wir hatten nur ein kleines Mißverständnis."

„Es sieht aber nach mehr aus, Jordan. Ich dachte, Matt hätte dir gesagt, daß du Rachel in Ruhe lassen sollst."

„Ich kann mich treffen, mit wem ich will. Das geht Matt nichts an."

„Also gut. Rachel, möchtest du dich noch weiter mit Alex beschäftigen?" fragte Jake sarkastisch. Er ging in die Box, nahm die Mistgabel aus Rachels zitternden Händen und führte sie weg von Alex.

„Ich glaube nicht."

„Dann komm mit und sieh dir das neue Fohlen an." Jake nahm sie bei der Hand und zog sie ans andere Ende des Stalles. Alex zögerte, ihnen nachzugehen.

Das neugeborene Hengstfohlen war wunderhübsch, und Rachel gab einen Freudenschrei von sich. Ruhig stellte Jake die Mistgabel griffbereit ab und ging zu dem winzigen Pferdchen hinüber. Er begutachtete es wie ein stolzer Vater und wandte sich dann lächelnd zu Rachel um, während Alex sie beobachtete. Nach einem Augenblick stampfte der Mann wütend davon.

„Du gehst ihm besser aus dem Weg“, flüsterte Jake Rachel zu, während sie die Nase des Fohlens streichelte.

„Glaube mir, Jake, das versuche ich ja. Aber er scheint immer in der Nähe zu sein. Weiß Matt, was für ein schrecklicher Typ Alex ist?“

„In Matts Nähe ist er nicht so. Außerdem kann er hart arbeiten. Das einzige Mal, das er bisher wirklich Ärger gemacht hat, war an deinem ersten Abend auf der Veranda.“ Jake nickte, als sie ihn fragend ansah. „Ja, Matt hat es mir erzählt. Sei vorsichtig, Rachel. Alex hat ein Auge auf dich geworfen, und das verheißt nichts Gutes.“

„Ich weiß. Ich versuche, mich vor ihm in acht zu nehmen. Und danke, daß du mich gerettet hast, Jake.“ Sie sah wieder das Fohlen an. „Wie heißt er?“

„Er hat noch keinen Namen. Vielleicht fällt dir einer ein.“

„Ich werde auf meinem Ausritt darüber nachdenken.“ Sie trat aus dem Stall und ging zurück zu Kala, die geduldig wartete. Mit Jakes Hilfe rückte sie den Sattel an die richtige Stelle, zog den Gurt fest und stieg auf. „Nochmals vielen Dank, Jake“, sagte sie.

Er winkte ab, doch sie war beeindruckt von der ruhigen und sicheren Art, mit der er die schwierige Situation gemeistert hatte.

Rachel genoß jeden Augenblick des herrlichen Ausrittes am Vormittag. Sie atmete die frische Luft tief ein und fühlte sich lebendiger denn je. Der Himmel war herrlich blau, und weiße flaumige Wolken standen hier und da am Horizont. Während Rachel sich umblickte, verstand sie erst richtig, warum Montana das „Land des weiten Himmels“ genannt wurde.

Fast zu bald erreichte sie Dirks Ranch und ritt zum Haus

hinauf. Mary kam heraus und wischte sich dabei die Hände an einer Schürze ab. „Ach, wie schade, meine Liebe, ich glaube nicht, daß Dirk da ist. Er sagte vorhin zu mir, daß er in die Stadt fahren wolle, um einige Besorgungen zu machen."

Rachel war enttäuscht, doch sie versuchte, es zu verbergen, indem sie rasch sagte: „Ach, das macht doch nichts."

Mary ließ sich davon nicht täuschen. „Warum kommen Sie nicht herein und trinken eine Tasse Kaffee mit mir zusammen?"

„Oh, danke, Mary, aber ich habe mein Koffein-Soll für heute schon mit Beth zusammen erfüllt. Aber zu einem Glas Wasser würde ich nicht nein sagen."

„Gern, kommen Sie herein."

Rachel stieg ab und band Kala an einen Pfosten in der Nähe der Veranda. Von einem Paddock aus wieherte ein grauer Hengst dem Neuankömmling zu, und Kala antwortete und blickte sehnsüchtig hinüber zu ihm. Rachel beobachtete fasziniert, wie der Hengst in dem Paddock herumgaloppierte und dabei seinen Kopf hin- und herwarf, als wollte er vor Kala angeben.

Mary rief durch die Fliegentür: „Cyrano ist ein richtiger Frauenheld."

„Cyrano?"

„Seitdem Dirk ihn vor einem Monat hergebracht hat, ist er hinter jeder Stute her, und er sieht nicht gerade toll aus - daher der Name."

„Oh, ich finde, er ist schön." Rachel stieg die Treppe hinauf zu Mary, die sich auf eine Hollywoodschaukel gesetzt hatte. „Sehen Sie nur, wie stark er ist. Man kann ja praktisch jeden Muskel genau erkennen."

„Ja, er ist stark", stimmte Mary Rachel zu, während sie ihr ein Glas Eiswasser von einem Tablett reichte. „Dirk hat ziemliche Schwierigkeiten mit ihm, obwohl Cyrano schon zugeritten war, als er ihn kaufte."

Mary und Rachel plauderten eine Zeitlang über Belangloses, bevor das Gespräch ernsthafter wurde. „Dirk scheint sehr von Ihnen eingenommen zu sein“, sagte Mary und blickte dabei unauffällig zum Horizont.

„Und ich scheine sehr von Dirk eingenommen zu sein“, antwortete Rachel amüsiert.

Mary lächelte. „Ach, ich bin so froh, das zu hören! Es ist schon lange her, daß Dirk ernsthaftes Interesse an jemandem gezeigt hat.“ Ihr Lächeln verblaßte. „Sie werden doch behutsam mit ihm umgehen, nicht wahr?“

„Mary, Beziehungen sind immer ein wenig furchteinflößend. Es gibt keine Garantien. Aber wenn Sie mich darum bitten, mein Bestes zu tun, um ihn nicht zu verletzen ... ja, das werde ich auf jeden Fall versuchen.“

„Sie denken wahrscheinlich, daß ich eine aufdringliche alte Tante bin.“

Rachel nahm ihre Hand und drückte sie liebevoll. „Ich denke, daß Sie eine sehr liebe Frau sind, der Dirk sehr am Herzen liegt.“

Ihre Antwort gefiel Mary offensichtlich, doch die Offenheit ihres Gespräches verursachte ihr auch Unbehagen. „Möchten Sie noch etwas Wasser?“

„Oh nein, danke. Das war, glaube ich, das beste Wasser, das ich je getrunken habe. Sie sollten es abfüllen und verkaufen.“

„Es stammt aus einem Brunnen, den Dirks Vater vor vierzig Jahren selbst gebaut hat. Er wird von einer Hochgebirgsquelle gespeist. Und ich glaube nicht, daß wir etwas davon verkaufen werden.“

„War nur ein Vorschlag“, erwiderte Rachel lachend. „Sagen Sie, Mary, meinen Sie, ich könnte ein wenig auf der Ranch herumspionieren, jetzt wo Dirk nicht hier ist? Ich fände es schön, ein Gefühl dafür zu bekommen, wo Dirk herkommt, falls Sie verstehen, was ich meine.“

„Herumspionieren! Sehen Sie sich um, solange Sie möchten. Und wenn Sie irgend etwas brauchen, dann rufen Sie einfach nach mir." Sie stellte die leeren Gläser auf ein Tablett und ging zur Küchentür, die sie geschickt mit dem Fuß öffnete.

Rachel verließ die Veranda, nachdem sie ihrer Gastgeberin gedankt hatte, und machte sich auf den Weg zum Paddock. Sie wollte sich Cyrano genauer anschauen, bevor sie sich auf der Ranch umsah. „Hallo, du Angeber", begrüßte Rachel das Pferd.

Sie stieg auf das unterste Zaunbrett und betrachtete den Hengst mehrere Minuten lang, bis er schließlich langsamer wurde und sie ebenfalls betrachtete. Ruhig stieg sie wieder hinunter, rupfte eine Handvoll Gras und trat damit an den Zaun. Sie streckte ihre Hand langsam aus und bot dem Pferd den Happen an, während sie es mit gleichmäßigen Rufen lockte. „Komm, Cyrano", sagte sie mit leiser Stimme. „Komm schon, Baby. Willst du kein schönes grünes Gras? Sieht das nicht gut aus? Nimm einfach nur das Gras und nicht meine Finger. Komm schon."

Cyrano neigte den Kopf und hörte ihr zu. Seine riesigen rosafarbenen Nüstern blähten sich auf und schnupperten in Richtung auf ihre Hand. Er tat ein paar zögernde Schritte auf Rachel zu, wobei er auf der Stelle hin- und hertänzelte, als ob er sich nicht sicher wäre, was er tun sollte. Seine Augen beobachteten sie gespannt und ließen nicht von ihr ab. Sie rief ihn noch einmal leise beim Namen, und nach einem Augenblick kam er zu ihr hin und warf aufgeregt den Kopf hoch. Dann streckte er sich ganz behutsam nach vorne, nahm das Gras aus ihrer Hand und kaute es zufrieden.

Rachel rupfte noch mehr Gras ab und stieg diesmal ganz oben auf den Zaun. Durch die Bewegung schreckte der Hengst zunächst zurück. Wieder lockte sie Cyrano zu sich heran und bot ihm das Gras an, wobei sie dieses Mal aber in den Paddock stieg und auf den Hengst zuging. Mary, die Rachel von der Veranda aus beobachtete, hielt den Atem an. Sie hätte am liebsten eine Warnung gerufen, doch sie wollte das Pferd nicht verschrecken.

Frank, Dirks Vorarbeiter, kam etwa zur selben Zeit um die Scheunenecke und hatte das gleiche Gefühl. Besorgt sahen beide zu, wie Cyrano sich Rachel näherte und behutsam das Gras aus ihrer Hand fraß. Vorsichtig streckte Rachel ihre Hand aus, so daß das Pferd sie beschnuppern konnte. Der Hengst drehte den Kopf weg, als hätte er kein Interesse, wich aber nicht zurück.

Nach einer Weile drehte Rachel sich um, um wieder über den Zaun zu klettern. Sie war verblüfft, als er seine Nase fest an ihrem Rücken rieb und sie beinahe in die Luft hob. Sie lachte überrascht, und das Pferd sprang sogleich erschreckt zur Seite.

„Tut mir leid, Cyrano. Es hat so gut geklappt mit uns beiden. Ich schätze, wir sehen uns später wieder." Sie stieg auf den Zaun und sprang auf der anderen Seite hinunter. Mary stieß auf der Veranda einen erleichterten Seufzer aus. Frank murmelte etwas wie: „... die Hand einer Frau."

Rachel begrüßte ihn, während sie feine graue Pferdehaare von ihrem T-Shirt und ihren Jeans entfernte. „Hallo, ich bin Rachel Johanssen."

„Ich bin Frank, der zweite Mann, der hier das Sagen hat. Ich glaube, es wäre eine gute Idee, von Cyrano wegzubleiben, Madam. Ich denke dabei zuerst an Ihre Sicherheit. Es würde mir gar nicht gefallen, wenn während meines letzten Jahres hier auf der Ranch ein Gast zu Tode getrampelt würde."

„Tut mir leid, Frank. Mary gab mir die Erlaubnis, mich umzusehen. Aber ich werde mich daran halten, unbewegliche Objekte zu betrachten, wenn Sie sich dabei wohler fühlen."

„Das würde ich, Madam."

„Aber Sie müssen doch zugeben, daß ich die Sache mit dem Pferd ganz ordentlich gemacht habe."

Er unterdrückte den hartnäckigen Drang, dies nicht zuzugeben. Er und Dirk hatten wochenlang mit diesem Hengst gearbeitet – und waren nicht so weit gekommen wie Rachel in fünf Minuten. „Es paßt mir gar nicht, das zuzugeben, aber Sie haben Ihre Sache wirklich gut gemacht."

„Danke, Sir", sagte sie zufrieden. „Also, wo gibt es einen hübschen und sicheren Ort hier auf der Timberline, den ich erkunden kann?"

„Sehen Sie den Pfad hinter der Nordseite des Hauses?"

Rachel nickte.

„Folgen Sie ihm bergauf. Dort werden Sie fernab jeder Gefahr sein. Und wenn Sie die Bekanntschaft von irgendwelchen anderen Tieren machen wollen, dann rufen Sie in der Scheune nach mir, einverstanden?"

„Einverstanden." Rachel ging in der Richtung davon, die Frank ihr gezeigt hatte. Der Hügel stieg steil an, und sie war bald außer Atem. Sie fragte sich, wo der Pfad hinführen würde. Der Baumbestand wurde dichter und sperrte den größten Teil der Sonne aus, doch ein paar wunderschöne Strahlen ließ er durchsickern. Sie blieb in der ganz tiefen Stille stehen, die nur in einem dichten Wald herrscht, und betrachtete wie gebannt die sich ihr bietende Szene. Eine Ricke und ihr Kitz schritten zwischen den Sonnenstrahlen hindurch und schnüffelten unsicher, als ob sie wüßten, daß jemand in der Nähe war, aber den Eindringling nicht genau ausmachen konnten.

Das Rehkitz sprang über einen schmalen Baumstamm und stolperte unbeholfen. Rachel schrie leise auf. Doch es fing sich rasch wieder und rannte pfeilschnell hinter seiner flüchtenden Mutter her.

Rachel ging weiter und bemerkte bald eine Lichtung zwischen den Bäumen. In ein paar Metern Entfernung erspähte sie etwas, das wie eine winzige Hütte aus Felsgestein aussah. Es erschien beinahe wie ein Puppenhaus, das sogar Dach und Schornstein hatte. Sie trat näher und ging zur Hintertüre hinein.

Der Raum war ungefähr vier mal vier Meter groß, hatte an der Seite einen Holzofen und vorne einen kleinen Altar mit einem Kreuz. Hinter dem Altar umrahmte ein riesiges Fenster einen Teil der Rocky Mountains, und davor stand ein kleiner Kniehocker. In ihrer nächsten Nähe standen auf der rechten Seite zwei große, dick gepolsterte Sessel und eine Leselampe. Trotz ihrer Unerfahrenheit in religiösen Dingen erkannte Rachel, daß dieser Raum eine Kapelle war. Sie setzte sich in einen der Sessel, denn der tiefe Frieden, der in dem Raum herrschte, ließ sie verstummen. Lange saß sie da und starrte zuerst auf die Aussicht und dann auf den handgearbeiteten Altar und das Kreuz.

Neben dem Sessel entdeckte sie eine Bibel. *Dirk James Tanner* war auf das Leder gedruckt, das das abgenutzte Buch umgab. Sie öffnete es an der Stelle, an der ein Lesezeichen steckte. Es war mitten in den Psalmen, dem Buch, an das sich Rachel als ihr Lieblingsbuch der Bibel aus Kindertagen erinnerte. Sie begann mit Psalm 28 und las weiter bei 29. Dabei dachte sie über die Abschnitte nach, die von Kraft und Vertrauen und Frieden handelten. Sie fuhr fort mit Psalm 30 und hielt inne, nachdem sie die abschließenden Verse gelesen hatte: *Du hast meine Klage verwandelt in einen Reigen, du hast mir den Sack der Trauer ausgezogen und mich mit Freude gegürtet, daß ich dir lobsinge und nicht stille werde. Herr, mein Gott, ich will dir danken in Ewigkeit.*

Tief in ihrem Inneren rührte sich etwas. Ihr Herz schrie auf, als es die bekannten, doch lange vergessenen Worte hörte. Mit Tränen in den Augen las sie noch einmal die Lieder, die David geschrieben hatte, und spürte ein Verlangen, den Gott kennenzulernen, dem er gedient hatte.

„Warum jetzt?" fragte sie. „Ich war doch glücklich. Ich brauchte dich nicht. Und jetzt empfinde ich so, als hätte ich dich seit langer Zeit vermißt."

Rachel ging zum Altar und kniete dort nieder. Lange sagte

sie gar nichts. Die Stille war voller unaussprechlicher Geheimnisse für sie, wie ein vergessenes Wort, das einem auf der Zunge liegt, und sie spürte die Gegenwart Gottes.

„Hallo, Vater", sagte Rachel. Während sie sprach, rannen ihr die Tränen übers Gesicht.

Sie kniete lange Zeit, sprach, lauschte, betete – sie sang sogar Teile alter Kirchenlieder, an die sie sich noch aus ihrer Kindheit erinnerte. Die Empfindungen, die sie erlebte, waren unbeschreiblich. Sie übertrafen selbst das, was sie für Dirk empfand – was sie sehr überraschte. Als sie die Kapelle schließlich verließ, wußte Rachel, daß sich etwas Wesentliches in ihr verändert hatte. Sie drehte sich verwundert nach dem Gebäude um und staunte darüber, daß Dirk dort offensichtlich viel Zeit verbrachte. *Du bist noch großartiger, als ich dachte, Dirk Tanner. Ich möchte deinen Gott besser kennenlernen.*

Der Gedanke brachte ihr tiefen Frieden und Freude ins Herz.

Kapitel Fünfzehn

Freitag, 23. Juli

„Du kommst mit, Rachel", erklärte Beth bestimmt.

„Ach, Beth, ich dachte, ich ruhe mich hier auf der Ranch einfach ein wenig aus. Deshalb verbringe ich doch meinen Urlaub hier - um einfach ein wenig zu faulenzen", erwiderte Rachel.

„Dirk wird enttäuscht sein, wenn du nicht auftauchst! Das Gartenwicken-Fest ist das größte Ereignis des Jahres hier in der Gegend. Du verbringst doch deinen Urlaub auch hier, um dich ein wenig zu amüsieren. Bitte, komm mit."

„Wenn Dirk Tanner sich etwas daraus machen würde, ob ich komme oder nicht, dann hätte er mich eingeladen. Ich will mich ihm nicht aufdrängen."

Aufgebracht sagte Beth: „Er geht wahrscheinlich davon aus, daß du sowieso mit Matt und mir hinkommst. Und jetzt keine Widerrede mehr. Stopfe deinen atemberaubenden Körper bis zum Abendessen in ein hübsches Kleid. Wir fahren direkt anschließend los." Mit diesen Worten drehte sich Beth um und verließ das Zimmer ihrer Freundin.

Rachel stöhnte so laut, daß Beth sie noch auf der Treppe hören konnte, und ließ sich bäuchlings auf ihr Bett plumpsen. Den Kopf in die Hände gestützt blickte sie aus dem Fenster zu den Bergen hinter dem Haus hinüber und dachte an Dirk.

Da entdeckte sie Alex, der draußen stand, vielleicht sechs Meter von ihrem Fenster entfernt. Seine Arme waren über der Brust verschränkt, und er hatte ein breites Grinsen im Gesicht, als er ihre weit aufgerissenen Augen sah. Sie sprang vom Bett und ließ schnell die Rolladen herunter. „Kotzbrocken", flüsterte sie leise.

Rachel stellte sich neben das Fenster, überredete ihr Herz, wieder langsamer zu schlagen, und blickte hinüber zum Badezimmer. *Oh nein,* dachte sie. *Die Dusche!*

Sie ging vorsichtig in den kleinen Raum und sah zum Badezimmerfenster hinaus. Als sie um die Ecke lugte, fing Alex ihren suchenden Blick auf und lachte gröhlend. Rachel duckte sich rasch und gestand sich widerwillig ein, daß er ihr wahrscheinlich die ganze Woche lang beim Duschen zugesehen hatte. Das Fenster gab nur den Blick auf ihren Kopf und die Schultern frei, doch sie empfand trotzdem, daß ihre Privatsphäre empfindlich verletzt worden war. *Das geht zu weit! Nach dem Tanz muß ich ein ernstes Wörtchen mit Matt reden.*

Sie ging zurück ins Schlafzimmer, nahm ein Buch in die Hand und kuschelte sich auf das Bett, fest entschlossen, Alex zu vergessen. Doch ihre Gedanken drifteten immer wieder von der Geschichte ab, und sie ertappte sich dabei, wie sie mehr über Dirk und Alex nachdachte als über die Handlung des Buches.

Um fünf Uhr stand sie auf und zog ein weich fließendes rotes Sommerkleid an, das ihr gut stand, wie sie wußte. Sie stakste ins Badezimmer und zog von der Seite den Rolladen herunter.

„Die Peepshows sind vorbei“, flüsterte sie. Als sie vor ihrem Beobachter unten vor dem Fenster geschützt war, entspannte sie sich und frischte ihr Make-up auf. Danach steckte sie ihr Haar zu einem weichen Knoten hoch. *Nicht schlecht*, grübelte sie mit einem Blick in den Spiegel. *Ich werde diesen Hinterwäldlern zeigen, wie man tanzt!*

Als sie das Wohnzimmer betrat, erhielt Rachel anerkennende Blicke von mehreren der Männer, die von der Gemeinschaftsunterkunft herüberkamen. Matt hatte ihnen früher freigegeben, damit sie sich in Ruhe duschen, rasieren und in ihren Sonntagsstaat werfen konnten.

„Kommt schon! Beeilt euch mit dem Essen, damit wir gehen können.“ Beth, die in ihrem lavendelfarbenen Kleid sehr hübsch aussah, führte sie zum Tisch. Matt kam herein und hob Beth lachend hoch. „Liebling, du siehst wunderschön aus.“

Beth schimpfte ihn aus und wurde tiefrot, während die Männer sie mit breitem Lachen beobachteten, und schließlich stimmte sie in das Lachen mit ein. Alle platzten anscheinend beinahe vor Vorfreude auf den Abend.

„Hier fühlt man sich ja wie an Weihnachten“, sagte Rachel.

Die Männer unterhielten sich angeregter als während der ganzen Woche, und ein paar wagten es sogar, Rachel einige vorsichtige, höfliche Fragen zu stellen. Rachel genoß das Essen besonders, als sie bemerkte, daß Alex durch Abwesenheit glänzte.

Als alle aus dem Haus gingen, fiel Rachel ein, daß sie Beths Pullover in ihrem Zimmer vergessen hatte. Sie lief noch einmal hoch und war deshalb die letzte, die das Haus verließ. Plötzlich tauchte Alex aus dem Schatten der Veranda auf. Er flüsterte dicht an ihrem Ohr: „Reservier' mir einen Tanz, Schöne."

Seine Lippen fühlten sich an ihrem Ohrläppchen feucht an, und sie riß sich mit einem zornigen Blick von ihm los. Er ging mit einem leisen Lachen davon.

Kapitel Sechzehn

Die Männer verteilten sich auf mehrere große Jeeps, und Rachel gesellte sich zu den Morgans in deren eigenes Fahrzeug. Sie verließen die Ranch als Kolonne und fuhren geschlossen in die Stadt. Als sie die Auffahrt zur großen Versammlungshalle hinauffuhren, bemerkte Rachel den anderen gegenüber, daß es aussah wie ein Gebrauchtwagenmarkt für Geländewagen. Die Mehrheit der Fahrzeuge auf dem Parkplatz waren tatsächlich Jeeps, aber es befanden sich auch ein paar normale PKWs darunter.

„Ich wußte gar nicht, daß es so viele Menschen in Elk Horn gibt", kommentierte Rachel.

„Ich sagte dir doch, daß an diesem Wochenende jeder hinter seinem Ofen vorkommt", sagte Matt.

„Es ist nicht gerade die Philharmonie, Rachel, aber meine

Freundinnen sagen, daß es das Beste ist, was diese Stadt das ganze Jahr über zu bieten hat", stimmte Beth zu.

Matt parkte den Wagen und ging um das Auto herum, um den Damen die Tür zu öffnen. „Welch ein Genuß. Ich bringe die beiden hübschesten Frauen zum Gartenwicken-Fest mit, eine an jedem Arm. Das Leben ist schön."

„Du bist eitel wie ein Pfau, nicht wahr?" tadelte ihn Beth. „Konzentrier' dich lieber darauf, mir die Schritte für diese Tänze beizubringen. Immerhin ist das auch mein erstes Gartenwicken-Fest."

„Ich weiß. Aber wie wirst du es aufnehmen, wenn ich dich stehenlasse, um die halbe Nacht lang mit Rachel über die Tanzfläche zu wirbeln?"

Beth strahlte ihre Freundin an und sagte: „Überlaß das lieber Dirk, Matthew. Heute abend gehörst du mir, und zwar mir allein."

Rachel genoß ihre Neckerei. Es tat so gut, ihre Freundin rundum glücklich und zufrieden zu sehen. Doch als sie sich der Halle näherten, klopfte ihr das Herz bis zum Hals. Das alte Gebäude leuchtete ihnen einladend entgegen. Eine laute Countryband spielte bereits, und Menschen strömten fröhlich durch die Eingangstüre ein und aus. Es war innerhalb der abgenutzten Bretterwände fünf Grad wärmer als draußen.

„Ich wette, es dauert nicht lange und du greifst zur Fidel, Beth", scherzte Rachel.

„Danke, ich bleibe beim Tanzen", erwiderte ihre Freundin, während sie und Matt sich die Hand reichten und den Raum betraten. Rachel folgte ihnen, von den Eindrücken und Geräuschen eines altmodischen Tanzfestes wie betäubt.

Leuchtend bunte Papierlaternen schwangen im Luftzug hin und her, der durch offene Fenster und vorbeitanzende Pärchen verursacht wurde. Heuballen begrenzten den Raum und dienten als Sitzbänke für plaudernde Nachbarn und müde Tänzer. Die Band bestand aus zwei Fideln, sowie

Waschbrett, Baß und Schlagzeug und einem winzigen Klavier, bei dem das hohe C klemmte. Die Bandmitglieder spielten wie wild, während eine übergewichtige Frau in einem zu engen roten Baumwollkleid in ein uraltes Mikrofon hineingrölte, das gräßlich quietschte, wenn sie zu nahe herantrat.

Rachel betrachtete die Szene und sah zu, wie die Paare ausgelassen hin- und herpendelten und hüpften. Das Lied endete, und die schwitzenden Paare klatschten begeistert, während sie zur Bowle hinübergingen. Einige warteten auf das nächste Lied, das im Unterschied zu dem verrückten Rhythmus der vorherigen Nummer langsam und melodiös war.

In dem weichen, staubdurchschwebten Licht entdeckte Rachel Dirk auf der anderen Seite des Raumes. Er sah in seinem frisch gebügelten weißen Hemd, an dem er die Ärmel hochgerollt und den obersten Knopf offengelassen hatte, den perfekt sitzenden Jeans und den braunen Wildlederschuhen einfach umwerfend aus. Zwei Frauen standen an seiner Seite und redeten auf ihn ein, doch er hatte nur Augen für Rachel.

Ihm fiel auf, wie elegant sie aussah und daß sie irgendwie gleichzeitig gelassen und fehl am Platz wirkte. Die Frauen neben Dirk runzelten ärgerlich die Stirn, als er sich zu Rachel umdrehte. Er ließ sie wortlos stehen und ging zu ihr hinüber, denn er wollte ihr dabei helfen, sich zu Hause zu fühlen und ihre offensichtliche Unsicherheit zu überwinden.

„Hallo, Rachel. Du siehst wunderschön aus."

„Hallo, Dirk. Du siehst auch nicht schlecht aus." Sie blickte ihn lächelnd an.

„Möchtest du tanzen?"

„Haben deine Freundinnen nichts dagegen?"

Er ignorierte die Frage und streckte seine Arme aus. Sie nahm sie grinsend, und sie wirbelten gemeinsam über die Tanzfläche. Beide freuten sich sehr, als sie im anderen einen begabten Tänzer entdeckten.

„Ich habe gehört, du hast gestern mit Cyrano geflirtet."

„Na ja, du warst ja nicht da."

„Du meinst, wenn ich dagewesen wäre, hättest du mit mir geflirtet?"

Rachel lächelte, gab ihm aber keine Antwort. Sie tanzten noch zu zwei schnelleren Liedern und einer langsamen Ballade. Während sie tanzten, plauderten sie freundschaftlich, denn seit ihrem gemeinsamen Nachmittag und dem Picknick bei Sonnenuntergang fühlten sie sich sehr wohl miteinander. Dirk blickte in Rachels strahlend grüne Augen und bewunderte die schwarzen Haarsträhnchen, die aus ihrem sorgfältig frisierten Knoten gerutscht waren und nun an ihrem feuchten Nacken klebten. Ihr Hals war schlank und lang. Ihre leicht gebräunte Haut schien nach einem Kuß von ihm zu rufen. Er zog sie in seine Arme, griff ihre Hände anders und schwang sie in einer komplizierten Tanzfigur wieder von sich weg.

„Danke, mein Freund", sagte Alex plötzlich grinsend neben ihnen stehend, während er Rachels Hand aus Dirks zog. „Es macht Ihnen doch nichts aus, wenn ich Sie mal ablöse, oder?" fragte er scheinheilig und zog Rachel zu sich heran.

Rachel war wie gelähmt und reagierte zu spät, um den Mann abzuwehren.

In dem Versuch, höflich zu sein und eine Szene zu verhindern, trat Dirk zur Seite. Da er es nicht fertigbrachte, ihnen beim Tanzen zuzusehen, wandte er sich ab und ging ein Glas Bowle holen. Ungeduldig wartete er auf das Ende des Liedes. Im stillen drängte er die Band, zum Ende zu kommen, und ärgerte sich über jede neue Strophe.

„Ich glaube, wir haben auf dem falschen Fuß begonnen, Rachel", sagte Alex. „Könnte ich nicht noch eine Chance bekommen?" Seine Hände wanderten warm über ihren Rücken. Sie versuchte, ihn von sich wegzuschieben, doch er hielt sie eisern fest. Sein Körper war verschwitzt, und ein lüsternes Grinsen überzog sein Gesicht. Er war offenbar hocherfreut über diese erneute Gelegenheit zum Körperkontakt.

Am Bowletisch hörte Dirk zufällig mit, wie zwei Frauen mittleren Alters miteinander redeten. Er vernahm, wie die eine sagte: „Wer ist das arme Mädchen, das Alex Jordan da an sich quetscht?" Blitzartig drehte er sich um und blickte endlich auf das Paar.

Rachel kämpfte offensichtlich mit zornrotem Gesicht und erhobener Stimme gegen Alex an. Andere Tänzer verlangsamten ihre Bewegungen, um die Szene zu verfolgen, und mehrere Männer von der Morgan-Ranch eilten auf das Paar zu, um Rachel zu Hilfe zu kommen.

Dirk stellte sein Bowleglas so heftig ab, daß der Griff abbrach. Rote Bowle floß unbemerkt über den Rand, während er zurück zur Tanzfläche stürmte. Der Anblick von Rachels Hilflosigkeit machte ihn unglaublich zornig. Plötzlich griff eine starke Hand von hinten nach Dirks Schulter und hielt ihn auf halbem Weg fest. Es war Matt, und Jake stand neben ihm.

„Halt, Dirk. Laß mich die Sache in die Hand nehmen." Dirk schüttelte wortlos Matts Hand ab und ging weiter auf Alex zu, denn er wollte nichts lieber, als Rachels Quälgeist niederzuschlagen.

„Dirk!" sagte Matthew energisch. Er hielt Dirk fest. „Willst du das Fest ruinieren? Er ist *mein* Angestellter. Laß mich die Sache regeln. Wenn er dein Mann wäre, würde ich mich heraushalten, doch das hier ist auch meine Angelegenheit. Ich hole Rachel und bin gleich mit ihr zurück." Er ließ seinen wutentbrannten Freund stehen und ging zu seinen Männern hinüber. Mit einem Nicken wies er sie an, sich hinter ihm aufzustellen.

Als sie näherkamen, tanzte Alex immer noch mit der sich heftig wehrenden Rachel im Arm hin und her. Sie entspannte sich, als sie Matt kommen sah, und Alex nahm es als Zeichen des Aufgebens.

„Ich merke, daß du anfängst, mich zu mögen", flüsterte er ihr heiser zu.

„Schlechter Zug, Jordan", sagte Matt warnend. „Ich glaube, unser Gast tanzt jetzt erst einmal nicht mehr."

Alex hielt sie weiter fest und starrte seinen Arbeitgeber an. „Ich habe das Recht zu tanzen, mit wem ich will."

„Rachel, möchtest du weiter mit diesem Mann tanzen?" fragte Matt scharf.

„Nein", sagte sie angewidert.

„Hände weg, Alex", befahl Matt. „Sie haben es doch gehört."

Dieser ließ Rachel los und stand Matt jetzt dicht gegenüber. Alex' Gesicht war zornesrot, und die Adern an seinem Hals traten bedrohlich hervor. Wenn jemand anders als sein Chef ihn herausgefordert hätte, dann hätte er schon längst zugeschlagen.

„Sie dringen ungefragt in meine Privatsphäre ein", warnte Matt ihn mit einem schmallippigen Lächeln. „Wenn Sie morgen noch eine Arbeitsstelle haben wollen, dann gehen Sie jetzt besser nach Hause und lassen sich nicht wieder in Miss Johanssens Nähe blicken."

Alex schluckte. Er blitzte die Männer, die hinter Matt standen, wutentbrannt an, warf einen letzten Blick auf Rachel und verließ die Halle leise fluchend. „Ich hab' das hier gar nicht nötig. Im Saloon läuft sowieso 'ne bessere Party", murmelte er.

Matt legte seinen Arm um Rachel und führte sie hinüber zu Dirk und Beth. Diese reichte der zitternden Rachel ein Glas Bowle. „Du bist wirklich begehrt", witzelte Beth in dem Versuch, die Stimmung etwas aufzuhellen.

„Du denkst vielleicht am besten einmal über einen Persönlichkeitstest für neue Mitarbeiter nach, Matt", sagte Rachel. Im stillen zwang sie sich dazu, ruhig und gefaßt mit der Situation umzugehen.

„Alex ist gerade bei meinem Test durchgefallen. Ich werde ihm morgen kündigen, dann kann er wenigstens keine Szene machen", antwortete Matt entschlossen. „Ein Mann muß andere Leute respektieren, wenn er in meiner Mannschaft dabeisein will." Er sah sich im Raum um, der nach der Unterbrechung still geworden war, und wandte sich dann an seine Frau. „Komm, Beth. Rachel ist bei Dirk in Sicherheit. Wir gehen auf die Tanzfläche und bringen wieder Schwung in dieses Fest."

„Es tut mir leid, Rachel. Ich hätte es kommen sehen müssen", sagte Dirk, als die Morgans davongingen.

„Mach dir keine Sorgen", versicherte sie ihm. „Es ist ja wirklich nichts passiert, und nach dem morgigen Tag werde ich ihn nie wiedersehen müssen. Es tut mir leid, wenn er gefeuert wird, aber ich glaube nicht, daß er ein stabiler Mensch ist." Sie erzählte ihm, wie Alex ihr die ganze Woche nachgestellt hatte, ließ jedoch die besonders schlimmen Stellen weg. Selbst diese revidierte Version brachte Dirks Zorn zum Brodeln, und er beschloß, nie wieder einen Kerl wie Alex in Rachels Nähe zu lassen. Der Gedanke überraschte ihn. *Wie kann ich sie vor üblen Typen beschützen, wenn sie eineinhalbtausend Kilometer von mir entfernt lebt?*

Rachel lehnte sich an Dirks tröstenden Körper. „Komm, wir schütteln die Sache ab", sagte sie. „Der Abend ist jung, und wir haben noch einen Tanz zu Ende zu bringen, Mister." Sie rannte auf die Tanzfläche, und Dirk folgte ihr lächelnd. Seinen Zorn vergaß er langsam.

Der restliche Abend verging wie im Flug, während sie tanzten und redeten und tanzten. Rachel fiel kaum auf, als Matt und Beth sich gute Nacht sagten. „Ich nehme an, du bist eventuell bereit, unseren Gast nach Hause zu bringen, Dirk", scherzte Matt.

„Ja, ich bringe sie nach Hause", sagte dieser und lächelte Rachel an. „Ihr müßt aber nicht aufbleiben; es könnte sein, daß wir die Sperrstunde nicht einhalten."

„Spätestens um zwei Uhr, Dirk Tanner", sagte Beth und schüttelte drohend ihren Zeigefinger vor seinem Gesicht.

„In Ordnung, Beth, zwei Uhr."

Beth und Matt verließen die Tanzhalle Arm in Arm und sahen dabei zum sternenübersäten Himmel auf. Die Nacht war mondlos und pechschwarz und dadurch wie geschaffen, um die glitzernden Lichter perfekt in Szene zu setzen.

„Sie sind gute Freunde, nicht wahr?" meinte Dirk zu Rachel, die den Morgans hinterhersah.

„Die besten, die man sich wünschen kann." Ihre Übereinstimmung in diesem Punkt schien ihre Nähe noch zu verstärken, und Rachel legte ihren Kopf an Dirks Schulter, während sie sich auf der Tanzfläche wiegten.

*

„Schenk nach!" schrie Alex dem Barkeeper zu und blickte dabei auf sein leeres Schnapsglas.

„Tut mir leid, Alex. Heute abend kriegst du nichts mehr."

Alex nuschelte ein paar Obszönitäten und verlangte nach mehr Whiskey.

„Du machst dich besser auf den Nachhauseweg, oder ich lasse dich hinauswerfen", drohte ihm der Barkeeper. Er hatte schon zu viele Betrunkene zur Sperrstunde erlebt, um noch Geduld mit diesem widerlichen Kerl zu haben.

Der Rausschmeißer baute sich drohend vor dem aufsässigen Kunden auf. „Mach mir keinen Ärger", sagte er warnend.

Alex fluchte wieder und rutschte von seinem Barhocker. Benommen blieb er einen Augenblick stehen, um sein Gleichgewicht wiederzuerlangen, und torkelte dann aus der Bar. Die kühle Bergluft erfrischte ihn, und er drehte sich mit neuerwachtem Kampfesmut zum Saloon um. „Kein Problem, Jungs!" brüllte er. „Da wartet 'n hübsches junges Ding auf mich beim Tanz!"

Er taumelte hinüber zu seinem Wagen und drehte den

Zündschlüssel um, den er hatte steckenlassen. Nachdem er beinahe in einen Straßengraben gefahren war, fuhr er hinaus auf die Straße und zurück zur Tanzhalle – besessen von einem einzigen Gedanken.

Rachel Johanssen.

Der Transporter schleuderte gefährlich in Schlangenlinien über beide Fahrbahnen und wurde immer schneller.

Kapitel Siebzehn

Beth freute sich so darüber, daß Rachel und Dirk sich offensichtlich mehr als gut verstanden, daß sie keine Sekunde aufgehört hatte, über die beiden zu reden, seitdem sie und Matt das Fest verlassen hatten. Sie war gerade dabei, sich in leuchtenden Farben die Hochzeit der beiden auszumalen, als Matt auf einen Wagen aufmerksam wurde, der auf ihrer Straßenseite auf sie zukam. Die Scheinwerfer schwankten unstet von Spur zu Spur, so daß es Matt unmöglich war, die Fahrtrichtung des Wagens einzuschätzen. Beth brach ihre Plauderei abrupt ab und schrie auf, als der entgegenkommende Transporter ein paar Meter vor ihnen erneut auf ihre Fahrbahnseite schlingerte.

Alex Jordan bemerkte kaum, daß ein entgegenkommendes Fahrzeug zur Seite geschleudert und über die Böschung und damit außer Sicht gerutscht war. Nach ein paar Kilometern bog er schlingernd in die Straße ein, die zur Tanzhalle führte. Er blieb eine Zeitlang draußen stehen und beobachtete Rachel und Dirk, die an den Fenstern vorbeitanzten und dann aus seinem Blickfeld verschwanden. Seine

Wut wurde immer größer, je mehr sich der Nebel, der seine Gedanken umgab, lüftete.

⋆

Um halb zwei sah sich Dirk in der allmählich schwindenden Menge um und sagte zu Rachel, daß sie sich wohl auf den Nachhauseweg machen sollten. „Ich möchte vor der Sperrstunde noch ein paar Minuten mit dir alleine verbringen“, flüsterte er, und Rachel lächelte voller Vorfreude. Während sie sich noch ein wenig mit Doug, dem Herausgeber der Lokalzeitung, unterhielt, ging Dirk hinaus, um den Wagen zu holen.

„Wir könnten Ihr Fachwissen im Bereich der Werbung sehr gut gebrauchen. Überlegen Sie, ob Sie nach Montana umziehen?“ fragte Doug Rachel und blickte Dirk hinterher.

„Ach, nein“, antwortete sie. „Es ist schön hier, aber es würde mir wirklich schwerfallen, meine Arbeit in San Francisco aufzugeben.“

„’tschulliung, Doug“, ertönte eine betrunkene Stimme hinter ihnen. „Diese Dame schullet mir noch den Res’ von ’nem Tanz.“ Mit diesen Worten griff Alex nach Rachels Hand und zerrte sie gewaltsam auf die Tanzfläche.

Sie blickte den kleingewachsenen Doug hilfesuchend an und sah sich dann im Raum um. *Wo ist Dirk?* fragte sie sich. *Er ist schon eine Weile weg.*

„Alex, lassen Sie mich los!“ verlangte sie laut. Als er das ablehnte, wurde sie immer wütender. Mit aller Macht holte sie aus und boxte ihm mit ihrem Ellbogen in die Magengrube.

Alex stöhnte und beugte sich vornüber, um wieder zu Atem zu kommen. Dabei ließ er sie los. Er überlegte, ob er ihr ins Gesicht schlagen sollte, während er sich wieder aufrichtete, doch er hielt sich zurück, als er bemerkte, daß die wenigen noch anwesenden Leute die Szene beobachteten.

„Alex“, keuchte Rachel ihm ins Gesicht. „Hauen Sie ab und lassen Sie mich ein für allemal in Ruhe!“

„Geh nach Hause, Alex“, sagte ein Mann.

„Hau ab, Jordan!“ rief noch einer.

Alex stieß einen Wutschrei aus, griff nach Rachel und brüllte: „Dann tanzen ich und mein Mädel eben woanders weiter!“ Er zog sie grob an sich und hielt sie ganz fest am Arm.

Rachel schlug wild auf seine Arme und seine Brust ein, doch sie konnte sich nicht befreien. Alex ignorierte ihre Schläge und die Rufe der Menschen und zog sie mit sich zur Tür.

Gerade als sie den Eingang erreichten, kam Dirk hinein. Blut tropfte aus einer langen Platzwunde auf seiner Stirn. Alex hatte ihm mit einem Stemmeisen auf dem Parkplatz aufgelauert.

„Laß sie los, Jordan!“ knurrte Dirk, und seine Augen blitzten vor Zorn.

Ein schiefes Grinsen breitete sich auf Alex’ Gesicht aus, und sein stechender alkoholisierter Atem kam Dirk in einem ekelerregenden Schwall entgegen. Rachel beobachtete zutiefst erschrocken, wie Alex in seine Gesäßtasche griff und ein Armeemesser herauszog. Sie schrie auf und versuchte, nach ihm zu greifen, doch die Waffe war außerhalb ihrer Reichweite.

Während Alex mit der sich windenden Frau in seinen Armen kämpfte, stürzte Dirk sich auf ihn und warf alle drei zu Boden. Er zog Alex wieder hoch und schlug mit aller Kraft auf ihn ein, so daß der Arbeiter neben Rachel zu Boden fiel. Alex packte sein Messer und zog die junge Frau, die starr vor Schreck war, hoch, so daß sie vor ihm stand. Das Messer hielt er an ihre Kehle.

„Zurück“, befahl er. „Zurück!“ Von seiner Stirn tropfte der Schweiß, und er blickte irr um sich wie ein wildes Tier.

Pastor Lear stand unter der Tür. Alex wirbelte herum und

versuchte, Dirk und die Männer, die den Ausgang versperrten, gleichzeitig im Auge zu behalten.

„Alex", sagte Pastor Lear ruhig. „Das ist nicht der richtige Weg. Es wird dich nicht glücklich oder zufrieden machen. Laß sie los. Glaubst du, sie wird anfangen, dich zu mögen, nachdem du sie so behandelt hast?"

„Sie wird mich mögen. Aus dem Weg, Prediger, oder ich schneide ihr die Kehle durch."

„Alex, jemanden, der einem wichtig ist, behandelt man nicht so. Ich weiß, daß dein Innerstes verletzt ist. Ich habe gehört und gesehen, wie du den Zorn dein Leben bestimmen läßt. Aber du mußt wissen, daß es deinen Schmerz nicht lindern wird, wenn du Rachel gewaltsam nimmst. Sie kann die Leere in deinem Herzen nicht füllen. Das kann nur Jesus."

„Ich will das nicht hören!"

„Alex, bitte. Komm, wir gehen ein wenig spazieren ... Nur du und ich ..."

Alex hob das Messer so, daß es gegen Rachels Kehlkopf drückte. Sie riß die Augen auf, und diese Bewegung alarmierte den Pastor.

„Schon gut, schon gut, Alex. Aber warum läßt du Rachel nicht hier bei uns und machst dich auf den Nachhauseweg?"

„Na, klar doch, Pastor. Klar doch", spottete Alex und zog Rachel durch die Tür und zu seinem Wagen. Während er nach seinen Schlüsseln suchte, lockerte er seinen Griff ein wenig. Rachel nutzte die Gelegenheit, drehte sich um und stieß ihm ihr Knie in die Genitalien. Dirk stürzte sich aus zwei Metern Entfernung auf Alex, riß ihn zu Boden und nahm ihm das Messer ab.

Der Pastor, der dicht hinter ihnen war, trat vor und stellte einen Fuß auf Alex' Brustkorb, um den Mann am Boden zu halten und wohl auch, um Dirk davon abzuhalten, etwas zu tun, was er später bereuen würde.

„Das reicht, Alex. Ich denke, du solltest einfach hier warten, bis der Sheriff kommt. Ich werde dich morgen im Gefängnis besuchen, und dann können wir weiterreden."

Alex begann, sich zu wehren, doch er gab schnell auf, als er sah, daß immer mehr Männer sich zu dem Pastor und Dirk gesellten. In dem Bewußtsein, daß die anderen in der Überzahl waren, entschied er sich dafür, die Situation auf sich beruhen zu lassen. *Ich finde schon noch eine Gelegenheit, um zu bekommen, was ich will,* dachte er.

Rachel starrte Alex und den Pastor mit entsetztem Blick an. Dirk ging langsam auf sie zu und führte sie zu seinem Jeep. „Die Sperrstunde ist schon lange vorbei, Rachel", sagte er sanft. „Ich glaube, wir haben beide eine Runde Schlaf bitter nötig. Komm. Ich bringe dich nach Hause auf die Morgan-Ranch."

„Du machst dir Sorgen um mich und meinen Schlaf. Schau dich nur an! Es sieht ganz so aus, als hättest du ein paar Stiche nötig."

„Ich lasse Mary einen Blick darauf werfen, wenn ich nach Hause komme. Sie hat mich schon so manches Mal wieder zusammengeflickt."

Auf dem Nachhauseweg waren beide so sehr in ihre eigenen Gedanken vertieft, daß keiner von ihnen die Rücklichter vom Wagen der Morgans bemerkte, der zehn Meter weiter unten am Fuß der Böschung in einer kleinen Schlucht lag.

Kapitel Achtzehn

Samstag, 24. Juli

„Miss Johanssen!“ rief eine laute Stimme unter Rachels Schlafzimmerfenster. Rachel schreckte hoch und drehte sich um, um auf die Uhr zu sehen. Vier Uhr morgens. „Das muß ein Scherz sein“, murmelte sie vor sich hin. „Wer ist da?“ fragte sie verärgert.

„Ich bin es, Darell, Miss Johanssen. Ich befürchte, daß den Morgans etwas passiert ist. Ich dachte, daß Sie vielleicht wüßten, wo sie sind.“ An der Stimme erkannte Rachel einen von Matts Männern. Sein dringlicher Tonfall löste bei Rachel einen Adrenalinstoß aus.

„Einen Augenblick, Darell. Ich bin gleich draußen.“ Rachel zog ihre Jeans, ein T-Shirt, Pullover und Stiefel an. Rasch öffnete sie die Tür. „Wie kommen Sie darauf, daß ihnen etwas zugestoßen sein könnte?“

„Ihr Transporter steht nicht draußen, und sie sind nicht im Haus. Um diese Zeit macht Matt normalerweise in der Küche Feuer, um den Raum für das Frühstück aufzuheizen.“

„Ich dachte, sie wären im Bett, als ich heute nacht heimkam. Wo denken Sie, könnten sie sein?“

„Na ja, ich bin nicht einmal so sicher, ob sie gestern abend überhaupt nach Hause gekommen sind. Wir haben schon vier Männer rausgeschickt, die die Hauptstraße in beiden Richtungen nach ihrem Wagen absuchen. Sie haben nichts davon gesagt, daß sie noch irgendwohin wollten, oder?“

„Aber nein. Entschuldigen Sie; ich glaube, ich rufe wohl besser Dirk und dann das Krankenhaus an.“

Darell ging hinter ihr nach unten in die kalte, dunkle

Küche. Rachel schaltete die Lichter an und blinzelte in der plötzlichen Helligkeit.

Dirks Nummer stand unter den Nummern der anderen Nachbarn auf einer Liste über dem Telefon. Während sie noch wählte, schaltete sich Darells Funkgerät knackend an. „Darell?" ertönte Jakes sorgenvolle Stimme. „Wir haben sie gefunden. Komm schnell an die Hauptstraße, acht Kilometer südlich. Und rufe einen Krankenwagen!"

Dirk hatte den Hörer abgenommen, mehrmals „Hallo" gesagt und gerade entschieden, daß es wohl ein Verrückter sein mußte, als Rachel endlich den Mund aufmachte. „Hallo?" wiederholte er zum fünften Mal.

„Dirk? Oh, Dirk! Matt und Beth ... Wir haben noch nicht einmal nach ihnen Ausschau gehalten." Der Gedanke, daß ihre Freunde in ernsthaften Schwierigkeiten steckten, überwältigte sie, und Rachel rang um ihre Fassung. Darell hatte schon Funkkontakt mit dem Krankenhaus aufgenommen, und jetzt gab er ihr ein Zeichen, ihm zu folgen. Rachel unterdrückte ein überwältigendes Schwindelgefühl und versuchte, sich auf Dirks Worte zu konzentrieren.

„Rachel? Was ist los?"

„Beth und Matt. Sie hatten einen Unfall. Acht Kilometer südlich von hier auf der Hauptstraße. Komm hin, bitte!" Sie hängte ein, ohne auf seine Antwort zu warten, eilte zur Tür hinaus und sprang mit Darell zusammen in den Jeep. Während sie in einem Wahnsinnstempo den Weg entlangrasten, funkte Darell den Sheriff an, während Rachel in Gedanken den Krankenwagen zur Eile drängte, denn sie wußte, daß er aus fünfzig Kilometern Entfernung kommen mußte.

*

„Matthew!" rief Beth schluchzend, als Jake sie aus dem Transporter zog. „Matthew!"

Ihre Schreie jagten Jake kalte Schauer über den Rücken, während er zu seinem Begleiter hinübersah, der versuchte, Matts Tür zu öffnen. Als sie ankamen, hatten sowohl Matt als auch Beth wie tot gewirkt, doch die junge Frau hatte sich bewegt, als sie ihre Rufe hörte. Matthew blieb still.

Der Transporter stand schräg am Hang. Die Kühlerhaube war von einer großen Fichte völlig zusammengeschoben worden. Auf Matts Seite hatte die Wucht des Aufpralls den Wagen verformt, und die Tür wollte einfach nicht aufgehen. Jed lief ums Auto auf die Beifahrerseite und beugte sich hinüber, um Matts Puls zu fühlen. „Er lebt!“ rief er. „Er lebt!“

Beth verlor das Bewußtsein, als sie die Nachricht hörte. Erst da bemerkte ihr Retter den Blutfleck, der sich auf Beths Rock ausbreitete.

„Sie blutet, Jed! Und wie!“ Panik schwang in Jakes Stimme mit, und er hielt sie fest in seinen Armen. Er wiegte sie hin und her und betete im stillen, daß sie und Matt nicht sterben würden. „Bitte, Gott, bitte. Sie sind gute Menschen. Bitte, Gott, bitte!“ wiederholte er.

Rachel und Darell kamen beinahe im selben Moment an wie der Sheriff. Als der Polizist sah, daß Beth blutete, rief er das Krankenhaus an. „Sie schicken besser einen Hubschrauber“, gab er Anweisung. Innerhalb von wenigen Minuten startete der Notarzthubschrauber des Bezirkes im frühen Dämmerlicht und nahm Richtung auf Elk Horn.

Als Dirk ankam, fand er Rachel, die sich im Führerhäuschen des Transporters um Matt kümmerte und Jed anwies, ihn nicht zu bewegen. Er ging weiter, um nach Beth zu sehen.

Im Seitengang stolperte er eilig in die Schlucht hinab, bis er Jake erreichte, der Beth in seinen Armen hielt.

„Sie blutet so stark, Dirk.“ Jake blickte ihn elend an.

Rachel kam hinzu, kniete sich nieder und nahm die kalte Hand ihrer bewußtlosen Freundin. Sie sah Dirk mit Tränen in den Augen an. „Sie hat innere Blutungen, und Matts Puls ist kaum zu fühlen."

„Sie werden es schaffen, Rachel", sagte er und zog sie einen Augenblick lang an sich. „Reiß dich zusammen. Sie brauchen uns jetzt."

Er wandte sich an Jake, der leise vor sich hin murmelte: „Komm her, Jake. Diese Kofferraumklappe gibt eine gute Bahre ab. Wir legen Beth vorsichtig darauf und bringen sie zur Straße hinauf, damit alles für den Rettungsflug vorbereitet ist." Jake nickte, froh über die Möglichkeit, etwas tun zu können. Rachel ging zu Matt zurück, deckte ihn mit ihrem Pullover zu und beobachtete vom Wagen der Morgans aus, wie Dirk und Jake mit Beth vorsichtig den Hügel hochkletterten.

Im gleichen Augenblick blitzten die ersten Sonnenstrahlen über die Berggipfel im Osten. Die schöne Szene lenkte Rachels Aufmerksamkeit einen Moment lang ab und regte sie zum Gebet an: *Lieber Gott, du hast Sonnenaufgänge wie diesen geschaffen. Du bist allmächtig. Bitte halte Matt und Beth fest in deinen Armen, und mache sie wieder gesund. Ich vertraue sie dir an.*

In der Ferne zerschnitt das Geräusch eines Hubschraubers die friedliche Morgenstille.

*

Rachel wachte auf und rieb sich den steifen Nacken. Den schalen Zigarettengeruch, der sich in ihrer Kleidung festgesetzt hatte, versuchte sie zu ignorieren. Sie setzte sich auf und hob ihren Kopf von Dirks Schulter. Er murmelte leise, erwachte aber nicht. Es war halb neun Uhr abends, und in der Notaufnahme des Krankenhauses herrschte immer noch Hochbetrieb, wie schon den ganzen Tag.

Sie betrachtete Dirk, ohne ihn aufzuwecken. Er war den ganzen Tag im Zimmer auf- und abmarschiert, hatte Rachel getröstet, wenn sie weinte, und sie beruhigt, wenn sie nicht mehr weiterwußte. Trotz seiner eigenen Furcht und Sorge war er geduldig und liebevoll gewesen. *Was für ein wunderbarer Mann,* dachte Rachel, während sie seine Bartstoppeln betrachtete, die von Stunde zu Stunde dunkler wurden. *Ich könnte mich daran gewöhnen, ihn immer um mich zu haben.*

Ihre bislang einzigen Informationen zu Matts und Beths Zustand hatten sie am frühen Nachmittag von den Krankenhausangestellten erhalten. Bei der Gelegenheit hatten Rachel und Dirk erfahren, daß Beth im dritten Monat schwanger gewesen war und das Kind in den frühen Morgenstunden des Samstags verloren hatte. Matt hatte eine schwere Kopfverletzung erlitten und war noch immer bewußtlos. Dirk versuchte im Laufe des Tages mehrmals, weitere Auskünfte zu erhalten, doch die Ärzte äußerten sich nur vage. Rachel hatte das Warten satt und beschloß, jetzt sofort einen Zustandsbericht über ihre Freunde zu bekommen, selbst wenn sie dafür jemanden anspringen und schütteln mußte, bis er den Mund aufmachte.

Müde ging sie den Krankenhausflur entlang und durch den Eingang zur Notaufnahme. Dort versuchte sie, jemanden auf sich aufmerksam zu machen.

„Entschuldigen Sie bitte ...", rief sie einer Krankenschwester zu, die vorbeieilte. „Entschuldigung ...", versuchte sie es noch einmal mit einem Pfleger, der im Laufschritt ein Rollbett vor sich herschob.

Frustriert stellte sie sich dem nächsten Arzt, der vorbeikam, in den Weg, so daß er beinahe mit ihr zusammenstieß. Er blickte sie gereizt an. „Ja, bitte?"

„Hören Sie, wir sind mit zwei Freunden hierhergekommen, Matt und Beth Morgan, die heute in den frühen Morgenstunden einen Unfall hatten. Kann mir irgend jemand sagen, wie es ihnen geht?"

Er drehte sich um und sagte mit einer Handbewegung: „Schwesternstation der Notaufnahme." Mit diesen Worten eilte er auch schon gleich wieder davon.

Rachel machte sich erneut auf den Weg über den Flur. Eine junge Frau stand hinter dem Tresen der Station, den Telefonhörer hatte sie ans Ohr geklemmt, und vor ihr lag ein Stapel Krankenblätter. Rachel wartete einige Minuten lang geduldig und sagte dann, sobald die Frau eingehängt hatte: „Entschuldigen Sie bitte. Können Sie mir sagen, wie es Matthew und Beth Morgan geht?"

„Gehören Sie zur Familie?"

„Ich bin für Beth wie eine Schwester", sagte Rachel heiser. Die Frau in Weiß sollte nur nicht wagen, sich mit ihr anzulegen.

Die Krankenschwester sah sie einen Augenblick lang an, zuckte dann mit den Achseln und sagte: „Mr. Morgan wurde vor einer Stunde auf Zimmer 312D verlegt. Er kann keinen Besuch empfangen. Vielleicht morgen. Mrs. Morgan wurde von der Intensivstation in das Aufwachzimmer verlegt. Wenn alles glatt läuft, dann könnte sie morgen früh sogar auf ein normales Zimmer verlegt werden."

„Es geht also beiden besser?" fragte Rachel.

„Ja, Madam."

Kapitel Neunzehn

Sonntag, 25. Juli

Dirk und Rachel gingen am nächsten Morgen gemeinsam zum Gottesdienst, denn sie wollten Gott dafür danken, daß er den Morgans das Leben gerettet hatte, und sie wollten um den Verlust des ungeborenen Kindes trauern.

„Wie geht es ihnen?" fragte sie der Pastor sofort am Eingang, während sich seine Frau zu ihnen gesellte.

„Sie werden es schaffen", sagte Dirk. „Matt hat eine schwere Gehirnerschütterung von dem Aufprall auf die Windschutzscheibe, aber du weißt ja, wie hart sein Schädel ist. Der Doktor sagte, daß er vermutlich schon am Dienstag aus dem Krankenhaus entlassen werden kann. Beth wird ein wenig länger brauchen. Sie wird zwar auch schon in etwa einer Woche herauskommen, aber ihre Fehlgeburt wird sie wohl nicht so leicht verkraften."

„Sie hatte niemandem verraten, daß sie schwanger war", sagte Anne, die Frau des Pastors.

„Nicht einmal ich wußte es", erwiderte Rachel.

„Sagt ihnen, daß wir heute nachmittag bei ihnen vorbeischauen werden", meinte der Pastor.

Nachdem der Gottesdienst beendet war, nahm Dirk Rachels Hand und führte sie zum Wagen. Er fuhr hinaus auf die Hauptstraße in Richtung auf die Ranch, doch dann hielt er an einem Straßencafé an. „Ach, Dirk, ich habe keinen Hunger", begann Rachel müde.

„Rachel, du hast seit Freitag nichts Anständiges mehr gegessen und nur ein paar Stunden geschlafen. Ich habe auch keinen Hunger, aber Matt und Beth brauchen uns, und wir müssen unsere Gesundheit für sie bewahren."

Schicksalsergeben stieg Rachel aus dem Jeep, und sie gingen in das Café. Dirk bestellte Eier, Schinken und Frikadellen für beide. Nachdem sie sich gezwungen hatte, alles aufzuessen, mußte Rachel zugeben, daß es ihr tatsächlich viel besser ging. Sie warf einen Blick auf ihre Armbanduhr. „Die Besuchszeiten beginnen in einer Stunde. Machen wir uns auf den Weg, o.k.?"

Während sie zum Krankenhaus fuhren, erzählten sie sich abwechselnd Anekdoten von Beth und Matt. Ihre gemeinsame Zuneigung zu den Morgans verband sie noch enger miteinander.

Als Rachel das Zimmer betrat, lag Beth schlafend in ihrem Bett. Sie blieb stehen und betrachtete ihre beste Freundin. Dabei dankte sie Gott erneut dafür, daß Beth den Unfall überlebt hatte. Diese öffnete ihre geschwollenen Augen und erblickte Rachel, die sie betrachtete. „Ich muß schrecklich aussehen ..."

„Das ist doch egal. Hauptsache, du lebst. Das andere wird schon wieder", sagte Rachel, während sie sich neben sie setzte und ihre Hand nahm. Sie wählte ihre Worte sorgfältig aus. „Du hast mir nicht gesagt, daß du ein Kind erwartetest, Beth."

Beth wandte das Gesicht ab und blickte zur Decke. „Ich wollte noch ein bißchen warten. Ich hätte es dir beinahe gesagt, als wir am Fluß waren, aber dann kam Dirk dazwischen, und ich wollte noch nicht, daß es schon jemand anders erfahren sollte, verstehst du? Ich hatte mich so auf das Kind gefreut, daß ich fast Angst hatte, etwas zu sagen – als ob es nicht mehr wahr wäre, wenn ich es aussprach. Nur Matt wußte Bescheid ..."

„Deshalb wolltest du nie mit mir ausreiten?"

„Ja. Ich wollte mein Baby schützen und ihm jede Chance geben, durchzukommen. Ich hatte mich so sehr danach gesehnt. Ich hatte es schon richtig liebgewonnen."

Schweigend saßen die beiden Freundinnen da, während ihnen die Tränen übers Gesicht liefen.

„Der Arzt meint, daß Matt dich morgen mit dem Rollstuhl besuchen kann", sagte Rachel schließlich. Die Neuigkeit erhellte Beths Gesicht.

„Ich könnte einen Besuch von meinem Mann gebrauchen", erwiderte sie. „Gestern hat er mich viermal angerufen, bis die Krankenschwester ihm sagte, daß er mich schlafen lassen sollte."

„Wie verkraftet er es?"

„Ach, ihm hat es auch fast das Herz gebrochen. Aber er

versucht, sich auf den Gedanken zu konzentrieren, daß wir froh sein können, überhaupt noch am Leben zu sein. Er denkt an unsere Zukunft und an die Kinder, die wir eines Tages haben werden. Ich freue mich auch auf unsere Kinder, aber im Moment fehlt mir das eine, das nie eine Chance bekommen hat."

Ihre Trauer machte Rachel wütend. „Warum läßt Gott zu, daß dein Kind stirbt? Warum läßt er zu, daß dir so etwas Schreckliches zustößt? Du bist der liebenswerteste und netteste Mensch, den ich je kennengelernt habe. Warum tut er euch so etwas an?"

Beth wandte ihr tränenüberströmtes Gesicht wieder ihrer Freundin zu. „Rachel, nicht Gott hat mir das angetan. Nicht Gott ist schuld am Tod unseres Kindes, sondern ein Mensch. Jemand hat uns von der Fahrbahn gedrängt. Unser Gott ist ein Gott der Liebe und der Schöpfung. Er weint wie ich darüber, daß dieses Kind niemals geboren wird. Wenn Menschen versuchen, ohne Gott zu leben, dann ist das Ergebnis Verwüstung. So etwas, wie es uns passiert ist, ist eine Folge der Sünde und kein Handeln Gottes. Gott tut so etwas nicht."

Beth sprach mit ruhiger Autorität durch ihre zerschundenen Lippen, und ihre Worte besänftigten Rachels Zorn. Was sie sagte, ergab einen Sinn, und Rachel mußte an den Sonnenaufgang über der Unfallstelle denken.

„Ich glaube, er hat euch beide gerettet", sagte sie nüchtern. „Ich glaube sogar, daß er zu mir gesprochen hat, als wir euch fanden."

„Was hat er gesagt?" fragte Beth.

„Daß ihr es schaffen würdet." Rachel fühlte sich komisch, weil sie so etwas zugab, doch sie wußte, daß Beth es verstehen würde.

Beth drückte Rachels Hand. „Willst du damit sagen, daß du Gott gefunden hast?"

„Damit will ich sagen, daß er mir hier näher vorkommt als in San Francisco."

„Na, da haben wir ja noch ein Wunder. Das war vielleicht eine Woche!" sagte Beth müde und legte ihren Kopf zurück auf ihr Kissen. Rachel blieb bei ihr sitzen, bis sie eingeschlafen war, denn sie wollte ihre Hand nicht wegziehen und damit riskieren, ihre Freundin zu stören.

*

Matt verfolgte gerade ein Fußballspiel im Fernsehen, als Dirk eintrat.

„Ich werde Arnie verraten, daß du das Spiel angeschaut hast, statt den Gottesdienst zu besuchen, wie sich das für ein treues Gemeindemitglied gehört", scherzte Dirk.

„Ich muß das Beste aus meiner Situation machen, solange ich die Gelegenheit dazu habe", sagte Matt mit einer Spur von Lachen in der Stimme. „Hast du Beth schon gesehen?"

„Nein. Rachel und ich haben uns jeweils einen Patienten vorgenommen."

„Aha. Florence und Lawrence Nightingale."

„Wie geht es dir?"

„Mein Kopf tut weh wie verrückt, aber ansonsten würde ich am liebsten heute schon hier raus und zurück auf die Ranch."

„Diese Kopfschmerzen kann ich mir lebhaft vorstellen. Aber ganz ruhig. Die Morgan-Ranch wird von mir höchstpersönlich überwacht werden, also ruh du dich aus und kümmer dich darum, daß ihr bald gesund werdet." Er hielt inne und sagte dann leise: „Matt ... das mit dem Baby ..." Er brach ab.

„Wir wollten bis diese Woche warten, um es allen zu sagen. Das Kind wäre dann drei Monate alt gewesen ..." Matt blickte starr aus dem Krankenhausfenster.

„Es tut mir so leid, Matt. Du und Beth, ihr werdet bestimmt tolle Eltern sein."

„Wenn wir je die Gelegenheit dazu haben. Die Fehlgeburt hat Beth ziemlich mitgenommen. Die Ärzte sind sich nicht sicher, ob sie wieder schwanger werden kann."

„Das heißt doch noch nichts, Matt. Gott hat Großes mit euch vor, denk daran."

„Ja, Kumpel, ich weiß. Ich hatte mich nur so sehr auf dieses Kind gefreut; da ist es hart, sich auf die Zukunft zu konzentrieren, verstehst du? Ich versuche es schon wegen Beth ... aber es ist nicht so einfach."

Dirk nahm seine Hand fest in die seine, um ihm seine Unterstützung auszudrücken; es gab dafür keine Worte.

„Wann kann ich meine Frau sehen?" fragte Matt schläfrig. Die Medikamente machten sich bemerkbar.

„Rachel und ich kommen morgen nach dem Abendessen wieder. Es wird mir eine Ehre sein, dich dann mit dem Rollstuhl zu ihrem Zimmer hinüberzubringen." Dirks letzte Worte drangen gerade noch in Matts Gehirn, bevor er wieder einschlief. Dirk verließ ihn nach einem kurzen Gebet und machte sich auf die Suche nach Rachel. Er fand sie weinend im Wartezimmer. Zärtlich zog er sie in seine Arme, und während sie sich aneinander festhielten, kamen auch ihm die Tränen.

„Sie sind stark, Rachel. Sie werden diese Sache durchstehen."

Sie blickte zu ihm auf, während er sprach, und wischte sich Tränen und Wimperntusche von den Wangen. „Das weiß ich. Es ist nur so ungerecht. Sie sind die letzten, die so etwas verdienen."

„Ich weiß. Das einzige, was wir für sie tun können, ist wohl für sie dazusein und ihnen zuzuhören und zu helfen, wo immer es möglich ist."

„Nun, ich habe noch eine Woche, um mich auf der Morgan-Ranch nützlich zu machen." Die Erwähnung ihrer drohenden Abreise machte Dirk doppelt traurig, und sein Schmerz war nicht zu übersehen. Rachel wechselte das Thema. „Was meinst du, wie werden den Rancharbeitern meine Kochkünste gefallen?"

„Ich weiß nicht", sagte er trüb, denn er konnte an nichts anderes denken, als daß sie nach San Francisco zurückkehren würde. „Ich hatte noch keine Gelegenheit, sie kennenzulernen."

„Ich werde heute abend für dich kochen. Meine besten Rezepte kommen von McDonald's."

„Gehst du immer zum Essen ins Restaurant?"

„Meistens. Wenn ich um halb acht oder acht von der Arbeit komme, dann ist es schwer, mich dafür zu begeistern, einkaufen zu gehen und ein schönes Essen wie in diesen Frauenzeitschriften zu kochen" Sie lächelte ihn an, und er versuchte krampfhaft, es ihr gleichzutun.

„Ich werde morgen herüberkommen und dir beim Kochen für die Männer helfen. Ich habe ein paar Kniffe bei Mary aufgeschnappt. Das Aufräumen wird aber leider deine Sache sein. Mit zwei Ranches unter meiner Aufsicht werde ich für eine ganze Weile einen Arbeitstag haben, der in nichts hinter dem einer großstädtischen Werbefachfrau wie dir zurücksteht."

Er drehte Rachel vorsichtig zur Tür um und ließ dabei einen Arm um ihre Schultern. „Komm, wir gehen nach Hause. Wir können morgen mit ein paar Klamotten für Matt wiederkommen. Vielleicht fühlt sich Beth ja dann schon besser, und ich darf sie auch sehen."

Kapitel Zwanzig

Montag, 26. Juli

Der Sheriff fuhr gerade in dem Augenblick den Weg zum Anwesen der Morgans hoch, als Dirk und Rachel den Rancharbeitern das Frühstück servierten. Mit dampfenden Rühreiern, Frühstücksspeck und Toastbrot beladene Teller standen vor den Männer und dufteten verführerisch, doch die Arbeiter sprachen nur wenig, abgesehen von den Gebeten für die Morgans während des Tischgebets. Sie machten sich stumm über ihr Essen her, während Dirk und Rachel hinausgingen, um sich mit Bill Taylor zu unterhalten.

Irgendwie hatte Rachel das Gefühl, daß sie und Dirk durch die Nervenprobe am Wochenende zusammengewachsen waren und daß sie nun diesem Polizisten und allen anderen Dingen im Leben gemeinsam gegenüberstanden. Wie auf ein Stichwort legte Dirk seinen Arm um ihre Taille.

Bill Taylor schlenderte hinüber zur Veranda, nahm seinen Hut ab und begrüßte sie. „Ich wollte hören, ob Sie beide Anklage gegen Alex erheben wollen."

„Kommen Sie herauf, Bill", sagte Dirk. „Darüber können wir uns im Sitzen unterhalten."

Rachel erkundigte sich, ob er etwas trinken wolle, doch der Mann lehnte ab.

„Alex Jordan wurde wegen tätlichen Angriffs mit gefährlicher Waffe und versuchter gewaltsamer Entführung festgenommen. Aufgrund der Ereignisse um den Unfall der Morgans konnte ich Sie nicht erreichen, um Ihre offiziellen Aussagen zu bekommen. Als die Hauptopfer und -zeugen von Jordans Straftaten hatten Sie eine Schlüsselstellung inne, um ihn im Gefängnis zu halten. Wir mußten ihn gestern abend auf Kaution freilassen, denn wir konnten ihn nur für achtundvierzig Stunden festhalten."

Rachel blieb der Mund offenstehen. „Sie haben ihn freigelassen?"

„Das mußte ich, Madam. Ich habe gestern mehrmals versucht, Sie telefonisch zu erreichen, doch Sie waren nicht da, und ohne Ihre Zeugenaussage durfte ich ihn nicht länger einsperren."

„Wir waren gestern im Krankenhaus. Ich bekam eine Nachricht von Mary, doch selbstverständlich hatten wir uns völlig auf die Morgans konzentriert", erklärte Dirk.

„Das verstehe ich natürlich – aber es ist jetzt nicht mehr zu ändern. Leider habe ich noch mehr schlechte Nachrichten, die mit dem Unfall der Morgans zu tun haben. Nachdem wir Jordan freigelassen hatten, unterrichtete uns ein Informant davon, daß Jordan am Abend des Tanzes den Wagen eines Freundes gefahren hatte."

„Und?" fragte Rachel.

„Es war höchstwahrscheinlich der Wagen, der die Morgans von der Straße abdrängte. Matt erinnerte sich an die Farbe – gelb – und die Marke, und als wir das Lenkrad auf Fingerabdrücke untersuchten, fanden wir tatsächlich überall die von Jordan, und eine leere Whiskeyflasche lag auf dem Boden. Um dem ganzen die Spitze aufzusetzen, erinnert sich der Barkeeper des Saloons daran, daß er Jordan an jenem Abend weiteren Alkoholausschank verweigert hatte."

„Sie wollen uns also mitteilen, Sheriff", sagte Rachel gefährlich leise, „daß Sie einen Mann freigelassen haben, der nicht nur Dirk mit einem Brecheisen auf den Kopf geschlagen und versucht hat, mich wer-weiß-wohin zu schleppen, um mich vermutlich zu vergewaltigen, sondern der auch beinahe die Morgans umgebracht hat? Den Mann, der für den Tod ihres ungeborenen Kindes verantwortlich ist?"

Der Sheriff nickte langsam.

„Und warum sind Sie dann hier? Warum sind Sie dann nicht unterwegs, um ihn wieder festzunehmen?"

„Wir haben ihn nicht einfach freigelassen. Er hat eine Kaution hinterlegt und bekam die Auflage, in der Stadt zu bleiben, bis alles aufgeklärt sein würde ..."

„Warum spüre ich bloß, daß da ein ‚aber' mitschwingt?" fragte Rachel mißtrauisch.

„Aber er ist geflüchtet", führte der Sheriff seinen Satz mit gesenktem Blick zu Ende.

„Was?" riefen Rachel und Dirk wie aus einem Mund.

„Ich hatte einen Hilfssheriff auf ihn angesetzt, der ihn im Auge behalten sollte, doch er ist unerfahren, und Jordan schlüpfte ihm einfach durch die Finger."

Rachel starrte den Sheriff mit brennendem Blick an. „Er könnte also überall sein?"

„Überall."

*

Am Nachmittag des gleichen Tages fuhren Dirk und Rachel schweigend zum Krankenhaus. Als sie auf dem Parkplatz ankamen, sagte Dirk: „Wenn du dir Sorgen machst, daß Jordan dir wieder nachstellen könnte, dann versuche, das einfach zu verdrängen. Ich bin sicher, daß er das nicht tun wird. Er ist wahrscheinlich auf dem Weg nach Kanada oder Mexiko."

„Er ist krank, Dirk. Ich traue ihm so ziemlich alles zu."

„Nun, wenn er wieder in deine Nähe kommen sollte, dann wird ihm das leid tun."

„Das ist lieb von dir, Dirk. Aber du kannst nicht jeden Augenblick des Tages bei mir sein. Es gefällt mir ganz und gar nicht, daß ich zusätzlich zu allem anderen auch noch nach irgendwelchen Schatten Ausschau halten muß. Und es macht mich beinahe wahnsinnig, daß der Mann, der für Matts und Beths Unfall verantwortlich ist, frei herumläuft."

„Er wird das bekommen, was er verdient."

„Wie meinst du das? Eine nette kleine Hütte in Kanada oder ein Häuschen am Strand von Mexiko scheint mir nicht gerade das zu sein, was ein Mann wie Alex verdient."

„Wir haben einen gerechten Gott, Rachel. So oder so wird Alex das bekommen, was ihm zusteht."

Hand in Hand betraten sie das weiße Gebäude und gingen zu Beths Zimmer. Diese setzte sich auf und lächelte, als sie ins Zimmer traten. „Wie könnt ihr es wagen, ohne meinen Mann hier hereinzukommen!" sagte sie in gespieltem Zorn. Sie sah schon viel besser aus als am Tag zuvor.

„Tut mir leid, Hoheit", erwiderte Dirk ehrerbietig. „Ich gehe und hole ihn sofort, allerdings erst, nachdem ich von der Kranken eine Umarmung bekommen habe." Beth lachte, und während die beiden sich umarmten, bewunderte Rachel die vielen Blumensträuße, die um Beths Bett herumstanden.

„Wow, von wem ist denn dieser hier?" fragte sie und steckte ihre Nase in einen riesigen Strauß aus Rosen, Levkojen, Rittersporn, Tulpen und Gardenien.

„Der ist von den Jungs auf der Ranch", sagte Beth. „Siehst du? Ich habe dir doch gesagt, daß sie mich nicht nur wegen meiner kochtechnischen Fertigkeiten mögen. Und jetzt geht und holt meinen Mann!"

„Schon gut, schon gut, wir sind gleich wieder da", sagte Dirk.

Als sie in Matts Zimmer kamen, mußten sie lachen, denn er saß schon fix und fertig in einem Rollstuhl.

„Na, das wird aber auch Zeit!" sagte er und rollte auf der Stelle vor und zurück wie ein nervöses Pferd in der Startbox.

„Du bist genauso höflich wie deine Frau", neckte ihn Rachel.

„Ja, ja. Tut mir leid, aber ihr seid nun mal nicht Beth."

Dirk schob Matts Stuhl, während dieser die Krankenhausregeln verfluchte, die es ihm untersagten, auf eigene Faust über die Flure zu fahren. „Sogar wenn sie dich entlassen, müssen sie dich noch im Rollstuhl zum Ausgang schieben! Lächerlich!“ Als sie sich Beths Zimmer näherten, schaute er Dirk bittend an. „Laß mich alleine zu ihr, o.k., Kumpel? Wir brauchen ein wenig Privatsphäre.“

„Schon klar. Wir gehen ins Wartezimmer. Ruf uns über das Haustelefon, wenn du unsere Gesellschaft wünschst.“

Dirk und Rachel gingen an Beths Tür vorbei, winkten ihr kurz zu und verschwanden dann in Richtung Wartezimmer.

„Wir müssen ihnen das mit Alex irgendwann sagen“, meinte Dirk. Im Wartezimmer setzten sie sich auf die scheußlich orangefarbenen Plastiksessel, die vom vielen Gebrauch abgewetzt waren.

Rachel war seiner Meinung. „Aber erst, nachdem sie ihr Wiedersehen ein wenig genießen konnten.“

Nach einer Stunde gesellten sie sich wieder zu den Morgans. Der Arzt kam bald darauf, um nach ihnen zu sehen, und er hatte gute Neuigkeiten. Matthew durfte am nächsten Abend nach Hause gehen, und Beth sollte ebenfalls früher als erwartet entlassen werden - der genaue Zeitpunkt hing von einigen noch ausstehenden Untersuchungsergebnissen ab. Die beiden Paare feierten diese Aussicht mit einer Flasche lauwarmem Cidre aus dem Krankenhauskiosk und altem Knabbergebäck, das sie aus der Cafeteria stibitzt hatten.

Eine Stunde später kam eine Schwester herein und unterbrach den Trubel. Sie wies beide Patienten an, sich schlafenzulegen und forderte ihre Gäste zum Gehen auf. Sie informierte sie mit knappen Worten, daß sie „Mr. Morgan“ zurück auf sein Zimmer bringen würde und wartete, bis sie sich voneinander verabschiedet hatten.

„Wir kommen morgen wieder, um dich abzuholen, Matt“, sagte Rachel und zog hinter dem Rücken der Krankenschwester eine Grimasse. Die Frau drehte sich um, als sie merkte, daß die Morgans mühsam das Lachen unterdrückten, und Rachel sagte mit ernstem Gesicht: „Wir bereiten im Haus auch schon alles auf deine Heimkehr vor, Beth."

Sie flohen, bevor sie die Morgans in ernste Schwierigkeiten brachten, und lachten den ganzen Weg bis zum Auto über die gestrenge Schwester. Es tat gut, die Sorgen der letzten Tage abzuschütteln. Rachel überredete Dirk sogar dazu, das Abendessen der Rancharbeiter in der Hähnchen-Braterei am Weg zu besorgen. Sie kamen mit fünf großen Kartons voll Hähnchen, dreißig Brötchen und vier Plastikbehältern mit Kartoffelbrei und Krautsalat heraus. „Oh, das hat mich um ein kleines Vermögen erleichtert", sagte Rachel. „Ich *muß* diese Woche einfach Kochen lernen."

Als die Männer an jenem Abend zum Essen hereinkamen, informierte Rachel sie über die Fortschritte der Morgans. Die Unterhaltung verlief gleich viel beschwingter, nachdem sie die guten Neuigkeiten gehört hatten. Beim Tischgebet dankten die Männer Gott so ausgiebig für die Genesung der Morgans, daß Rachel schon fürchtete, das Essen würde kalt werden. *Na ja,* beschloß sie, *wenigstens wird es für eine gute Sache kalt.*

Kapitel Einundzwanzig

Dienstag, 27. Juli

Einige Frauen aus der Gemeinde der Morgans kamen am nächsten Tag zur Essenszeit auf der Ranch vorbei. Zwei gingen wie selbstverständlich in die Küche und übernahmen die verantwortungsvolle Aufgabe, die Rancharbeiter sattzubekommen. Andere halfen dabei, das Haus sauberzumachen, und Dirk kam mit Matts Vorarbeiter, um die sonstigen Abläufe auf der Morgan-Ranch zu überprüfen. Eine Last schien von Rachels Schultern zu fallen, als sie all die Helfer eintreffen sah. Sie konnte kaum fassen, wie nett sie alle waren und wie bereitwillig sie einsprangen. *Noch ein Pluspunkt für dich, Gott. Dein Bodenpersonal ist spitze!*

Nachdem Dirk seine Unterredung mit dem Vorarbeiter beendet und ein wenig mit Jake geplaudert hatte, ging er ins Haus, um Rachel zum Abendessen einzuladen. Sie waren inzwischen so vertraut miteinander, daß Dirk gar nicht auf den Gedanken kam, sie könnte ablehnen. Als er eintrat, war sie gerade dabei, das Bett der Morgans neu zu beziehen. Er trat hinter sie und schlang seine Arme um ihre Taille, als sie gerade dabei war, eine Ecke festzustecken. Rachel drehte sich um, lächelte ihn an, und sie küßten sich innig. Rachel liefen heiße Schauer über den Rücken.

„Wenn jetzt Matt und Beth gesund und munter wieder zu Hause wären, dann, glaube ich, wäre ich so glücklich wie noch nie in meinem Leben, Dirk."

„Ich kann mich auch nicht daran erinnern, jemals so glücklich gewesen zu sein. Ich weiß, daß wir uns noch nicht sehr lange kennen, Rachel, aber während dieser letzten paar Tage haben wir die Art von Freundschaft entwickelt, für die sonst Jahre notwendig sind, finde ich."

„Und was für eine Freundschaft ...", ergänzte sie vielsagend und neigte sich ihm zu einem zweiten Kuß entgegen. Gerade in dem Augenblick klingelte das Telefon.

„Geh nicht ran", bat er.

„Dirk! Ich muß aber! Was, wenn es Beth ist?" Sie warf sich quer über das Bett, um nach dem Hörer zu greifen, und zerknitterte dabei ihr soeben vollbrachtes Werk. Während sie mit dem Anrufer sprach, wurde ihr Lächeln breiter.

„Oh Matt, das ist wunderbar!" Sie legte ihre Hand auf den

Hörer und sagte zu Dirk: „Beth darf heute abend mit ihm zusammen nach Hause." Sie wandte sich wieder ihrem Gespräch mit Matt zu. „Wir holen euch um sieben ab. Ich freu' mich! Tschüß."

Rachel und Dirk lächelten sich breit an.

„Beth muß es ja bedeutend besser gehen", sagte Dirk.

„Viele Menschen haben mir gesagt, daß sie für sie beten. Die Ärzte dachten, daß sie frühestens morgen soweit sein würde", erwiderte Rachel.

„Nun, hier können sie sich doch auch viel besser erholen als im Krankenhaus."

„Ja. Wir werden sie in Decken einwickeln und mit einer Tasse Kräutertee in Schaukelstühlen auf die Veranda setzen. Ein bißchen Verwöhnen und frische Luft tun Wunder." Sie lachte über das Bild, das sie sich gerade ausmalte. Die Morgans wie zwei Rentner in Schaukelstühlen auf der Veranda – undenkbar! So wie sie Matt kannte, würde er von dem Augenblick an, in dem er aus dem Jeep stieg, nicht mehr stillsitzen.

„Komm, laß uns den Anlaß gebührend feiern. Wir satteln die Pferde und gehen picknicken", schlug Dirk vor.

„Großartige Idee. Ich bin seit letzter Woche nicht mehr ausgeritten und vermisse Kala schon richtig. Ich weiß gar nicht, wie das werden soll, wenn ich wieder zurück in San Francisco bin."

Das Lächeln erlosch in Dirks Augen, doch er sprach normal weiter: „Komm, wir machen uns ein paar Brote. Ich leihe mir Matts Pferd aus. Es braucht wahrscheinlich sowieso ein wenig Bewegung."

Sie machten sich schnell ihr Abendessen. Der Ablauf wurde von einer kurzen Lebensmittelschlacht unterbrochen, nachdem Rachel in aller Seelenruhe eine Schicht Erdnußbutter auf Dirks Hand gestrichen hatte, mit der er sich arglos auf den Tisch neben dem Brot abgestützt hatte. Er hielt sie auf dem Tisch fest und zwang sie, einen ganzen Löffel voll Marmelade zu essen. Dann lockerte er seinen Griff ein wenig und verlangte eine Entschuldigung.

„Eine Entschuldigung?" keuchte sie. „*Du* hast mich doch gerade gezwungen, ein halbes Glas Marmelade zu essen."

„*Du* hast aber damit angefangen", erwiderte er lächelnd.

„Na gut. Ich will endlich losgehen. Es tut mir ganz schrecklich leid, daß ich das Brot verfehlt habe und stattdessen versehentlich Ihre Hand erwischt habe, Sir. Ich vermute, mir fehlt einfach jegliches Talent für die Lebensmittelzubereitung."

Dirk zog Rachel hoch, so daß sie vor ihm stand. Er umfaßte zärtlich ihr Gesicht mit seinen Händen und sah dann kurz zur Seite und versuchte, die richtigen Worte zu finden. Schließlich blickte er wieder in ihre strahlend grünen Augen und sagte: „Ich verliebe mich immer mehr in dich, Rachel Johanssen. Ich liebe deinen Sinn für Blödsinn. Ich liebe deine Lebenslust und deine Neugier. Ich liebe deinen Respekt für andere Menschen ... ich liebe dich, Rachel."

Sie senkte den Blick, denn nach diesen Worten standen ihr die Tränen in den Augen. Dann blickte sie ihm durch die feuchten Wimpern hindurch fest in die Augen. „Ich liebe dich auch, Dirk. Du bist der wunderbarste Mann, den ich je kennengelernt habe. Aber ich bin so durcheinander. Was sollen wir bloß tun? Wir leben doch dreizehnhundert Kilometer voneinander entfernt. Soll ich einfach meine Arbeit aufgeben? Und wenn ich es nicht tue, wie sollen wir dann genug Zeit miteinander verbringen, um herauszufinden, ob wir zueinander gehören? Die ganze Sache macht mir angst. Ich möchte einfach nicht leiden, Dirk."

Er zog sie an sich und hielt sie eine ganze Weile fest, ohne ein Wort zu sagen. Dann meinte er: „Komm, Liebes. Jetzt gehen wir erst mal picknicken. Alles andere wird sich von selbst regeln."

Sie verbrachten den ganzen Nachmittag in den Bergen hinter der Morgan-Ranch. Dirk zeigte ihr seine Lieblingsplätze, und gemeinsam erkundeten sie die Gegend. Hoch oben in den Bergen hielten sie an einem kleinen Wasserfall an, der hinunter ins Tal strömte, das sich unter ihnen ausbreitete. Die Fälle stürzten in ein tiefes Becken, das sie in vielen Jahren ausgespült hatten, und flossen dann in ein weiteres, flacheres Becken hinein. Das Wasser war eiskalt, und es fühlte sich gut an, sich das heiße Gesicht damit abzuwaschen. Sie aßen ihre Brote und legten sich dann in die heiße Sonne, die nackten Füße ins Wasser getaucht.

Plötzlich stand Dirk auf und hob Rachel wortlos hoch. Bevor sie noch protestieren konnte, trat er an den Beckenrand und ließ sie einfach hineinfallen. Prustend tauchte sie wieder auf und kreischte vor Schreck über die Eiseskälte des Gletscherwassers. Dirk lachte schallend und war offensichtlich sehr zufrieden über das Ergebnis der Aktion. „Das ist für die Erdnußbutter."

„Aber du hast dich doch schon mit der Marmelade gerächt, und ich habe mich in aller Form entschuldigt!" protestierte sie, während sie Wasser trat.

„Ja, aber dann habe ich beschlossen, daß mich das nicht genug befriedigt."

„Ach. Und jetzt?"

„Jetzt, glaube ich, sind wir ungefähr quitt."

„Na, dann hilf mir aus dieser Gefriertruhe heraus." Dirk beugte sich nach vorn, reichte ihr eine Hand und zog sie mit Leichtigkeit heraus. Sobald Rachel wieder Boden unter den Füßen hatte, drehte sie sich um und schubste Dirk in Richtung Becken. Beinahe gewann er nach dem Stoß das Gleichgewicht wieder, denn er hatte so etwas schon fast erwartet. Doch alles Armrudern nutzte ihm nichts - er fiel hinein, daß das Wasser nur so spritzte.

Dirk schwamm unter dem sanften Wasserfall hervor und

kam tropfend und mit drohendem Gesichtsausdruck auf sie zu. Quietschend sprang Rachel zu ihm ins Wasser, denn sie zog es vor, selbst wieder hineinzuspringen, bevor er herauskam und ihr nachjagte.

Während er sie anblickte, wurde Dirk bewußt, daß Rachel sogar noch bezaubernder war, als er bei ihrer ersten Begegnung gedacht hatte. Ihr Haar breitete sich in glänzenden schwarzen Wellen auf dem Wasser aus, und ihre wohlgeformten Gliedmaßen hielten sie im Gleichgewicht. Sie sah so friedlich aus, während sie die Augen schloß und auf das Geräusch des Wassers lauschte, das sich donnernd ins Becken ergoß. Rachel konnte sich nicht daran erinnern, jemals zuvor so glücklich gewesen zu sein.

Dirk zog sie wieder in seine Arme. „Du siehst genau so aus, wie ich mir einen Engel vorstelle." Sanft zog er sie an den Rand des Beckens. Rachel lehnte sich zurück an das glatte Felsgestein hinter sich. Sie küßten sich lange und immer leidenschaftlicher, während beide an die drohende Trennung dachten. Auf einmal löste sich Dirk abrupt von ihr. „Wir gehen besser hier heraus. Wir sind beide so kalt, daß es nicht mehr weit bis zu einer Unterkühlung ist, und *trotzdem* wird das ganze jetzt ein wenig zu heiß für mich."

Sie legten sich neben das Becken, um sich trocknen zu lassen, während sie sich gegenseitig intensiv betrachteten. Rachel trocknete schneller als Dirk, denn sie trug nur Shorts statt Jeans wie er.

„Ich wette, es ist schon nach fünf Uhr", sagte sie mit einem Blick auf den Sonnenstand. „Wir packen wohl besser zusammen und machen uns auf den Weg."

„Ja. Das wird ein lustiger Ritt werden in triefenden Jeans."

„Bleib liegen und laß dich noch ein wenig trocknen; ich suche unseren Kram zusammen und sattle die Pferde." Rachel stand auf und ging auf die grasenden Pferde zu, als ihre Aufmerksamkeit plötzlich auf das Gebüsch hinter Kala gelenkt wurde. Sie blieb stehen und betrachtete die Stelle, an der sie eine Bewegung gesehen hatte, ganz genau.

Dirk bemerkte ihr Zögern und setzte sich auf. „Was ist los, Rachel?“

„Ich habe etwas gesehen.“

„Was?“

„Ich weiß nicht.“

Er stand auf und ging an ihr vorbei zu den Pferden. Dann rief er: „Hier hinten?“

„Genau. Das ist die Stelle.“

„Ich bin gleich wieder da. Schaue mich nur ein wenig um.“ Dirk zwängte sich durch das Dickicht und war gleich darauf verschwunden.

Rachel blickte sich argwöhnisch um, denn sie fürchtete, daß Alex auftauchen könnte - ja, sie erwartete ihn sogar.

Nichts.

Der sanfte Bergwind raschelte in den Blättern, und Rachel begann zu glauben, sie würde langsam verrückt. *Komm schon, Rachel, reiß dich zusammen.*

„Dirk?“ rief sie. Keine Antwort. „Dirk!“ rief sie wieder, dieses Mal lauter.

Er stürzte durch das Gebüsch zurück und sah sich erschrocken nach ihr um.

Sie zitterte, als er sie in seine Arme nahm. „Alles in Ordnung?“ fragte er.

„Ja. Vielleicht bin ich so ausgekühlt, daß ich schon anfange, Gespenster zu sehen.“

„Alex?“

„Könnte sein. Aber es hätte auch ein Bär oder ein Elch sein können.“

Dirk ging vorsichtig über die Lichtung. Er wollte erst die Gegend weiter absuchen, doch dann entschied er, sie nicht wieder allein zu lassen. „Es wäre verrückt von ihm, sich hier aufzuhalten, Rachel. Er muß doch schon längst weit weg sein. Und außerdem, wie sollte er uns bis hier heraus folgen?"

„Ich weiß, es klingt lächerlich zu glauben, daß er immer noch in Elk Horn ist. Er ist furchterregend, Dirk. Es mag dumm sein, aber ich kann mir einfach nicht helfen, ich habe das Gefühl, daß er direkt hinter mir ist."

„Komm, Rachel", sagte Dirk grimmig und legte seinen Arm um sie. „Gehen wir nach Hause."

Sie verließen den Berg leise, lauschten auf jedes Geräusch im Wald und konzentrierten sich kaum auf den Heimweg. Als sie auf der Morgan-Ranch angekommen waren, übergaben sie Jake ihre Pferde und gingen ins Haus, um sich zu duschen und umzuziehen. Auf dem Weg zum Krankenhaus sahen sie kurz bei Bill Taylor herein, um ihn zu fragen, ob er Alex inzwischen festgenommen hätte.

Hatte er aber nicht.

„Tun Sie einfach alles, um diesen Mann festzusetzen, Taylor", drängte Dirk.

„Das werde ich tun, Mr. Tanner. Wir schicken ein paar Männer los, um diese Wälder zu durchsuchen. Wenn sie irgendeine Spur von ihm finden, können wir versuchen, ihn aufzuspüren. Ich würde aber beinahe die Hand dafür ins Feuer legen, daß er sich längst aus dem Staub gemacht hat. Und wie Sie schon sagten, sind Sie sich ja nicht einmal sicher, ob Sie wirklich *ihn* gesehen haben. Aber wir zeigen uns dort mal und unternehmen morgen mit dem Bezirkshubschrauber einen Suchflug. Wenn er da irgendwo ist, wird er wenigstens wissen, daß wir ihn suchen; das wird ihn hoffentlich von Rachel fernhalten."

„Gut. Lassen Sie uns wissen, wenn Sie irgend etwas finden", sagte Dirk.

„In Ordnung."

Dirk begleitete Rachel zum Wagen. Seinen Arm hatte er dabei schützend um ihre Schultern gelegt.

„Mir wäre es sehr lieb, wenn du auf der Morgan-Ranch übernachten würdest, Dirk", sagte sie leise.

„Ich habe das Wohnzimmersofa schon gebucht."

Kapitel Zweiundzwanzig

Mittwoch, 28. Juli

Rachel wachte am nächsten Morgen um neun Uhr auf und ging gleich hinunter in die Küche, wo Dirk schon mit Kaffee und Frühstück auf sie wartete. Sie küßten sich leidenschaftlich mehrere Minuten lang, bis Rachel hörte, wie Dirks Magen vor Hunger knurrte.

„Wie lange bist du schon auf? Ich hoffe, du hast ein bißchen geschlafen und nicht die ganze Nacht Wache geschoben."

„Ich habe einen ziemlich leichten Schlaf, und da dachte ich, daß ich schon aufwachen würde, wenn ich etwas hören sollte. Aber um fünf Uhr bin ich sowieso aufgestanden und habe das Frühstück für die Jungs gemacht. Dann war ich draußen und habe nach den Tieren gesehen."

„Was hast du Schönes gemacht?"

„Hafergrütze mit gebratenem Schinken. Ich habe erst vor kurzem frische gemacht, um sie mit dir und unseren Patienten gemeinsam zu vertilgen."

„Sie schlafen noch. Wir können ja schon essen. Falls sie immer noch nicht auf sind, wenn wir fertig sind, dann bringen wir ihnen das Frühstück ans Bett."

„Gute Idee."

Das Essen schmeckte vorzüglich. Rachel verschlang zwei

dicke Scheiben Schinken und eine riesige Schüssel Hafergrütze mit Rosinen, Walnüssen und braunem Zucker. Erst jetzt fiel ihr auf, daß sie im Chaos des vorangegangenen Abends beide nichts gegessen hatten.

Dirk nahm sich eine zweite Schüssel Grütze, und sie plauderten angeregt miteinander.

Um halb zwölf beschlossen sie schließlich, nach den Morgans zu sehen. Rachel klopfte und trat ein, nachdem sie Beths leises „Herein" gehört hatte. Die beiden lagen noch im Bett und unterhielten sich leise.

„Ich will unsere Patienten ja nicht stören", entschuldigte sich Rachel, „aber wir sind der Meinung, daß ihr so langsam etwas Gutes essen solltet." Sie brachte die Kaffeekanne herein, und Dirk kam mit einem Tablett voller Essen hinterher. Mit viel Tamtam bediente er Beth und Matt, die beim Anblick ihres braungebrannten Freundes mit dem frisch gestärkten weißen Geschirrtuch über dem Arm laut lachen mußten. Nachdem sie die Morgans versorgt hatten, zogen Rachel und Dirk sich zurück, denn sie wollten Beth und Matt nicht länger stören als unbedingt nötig.

„Kommt herunter, wenn ihr fertig seid. Wir sind im Wohnzimmer oder auf der Veranda", sagte Rachel.

„Schon o.k.", erwiderte Matt. „Ihr zwei habt hier schon genug für uns getan. Geht und amüsiert euch ein bißchen. Wir kommen schon zurecht."

Dirk und Rachel sahen sich an, sie waren sich nicht sicher, ob sie sich damit einverstanden erklären sollten. Schließlich sagte Dirk: „Rachel hat den Dancara-See noch nicht gesehen. Ich würde liebend gerne mit dem Kanu hinfahren und irgendwo eine Zeitlang an Land gehen."

„Tut das", sagte Beth schmunzelnd an Rachel gewandt. „Ob du es glaubst oder nicht, liebe Freundin, du hast immer noch Urlaub. Geh und amüsier dich. Ihr könnt uns ja heute abend wieder bemuttern."

Der Gedanke, mit Dirk auf eine Kanutour zu gehen, war verlockend, doch Rachel wollte die Morgans ungern allein lassen, und vor allem der Gedanke, vielleicht Alex zu begegnen, gefiel ihr überhaupt nicht. Doch Dirk sah sie eindringlich an, und das überzeugte sie. „Na gut, vielleicht für ein paar Stunden. Aber am Nachmittag sind wir zurück. Übertreibt es nicht, ihr beiden."

„Aye, aye, Kapitän", sagte Matthew artig. Er wandte sich an Beth. „Wir werden wohl besser schnell wieder gesund, bevor sie das Kommando über die ganze Ranch übernimmt."

„Da könntest du recht haben", sagte Rachel. „Meuterei auf der Morgan-Ranch."

Dirk hob sie ungeduldig hoch und trug sie die Treppe hinunter, während Rachel laut lachte und quietschte: „Ist ja gut, Dirk, wir gehen ja schon, wir gehen!"

Von ihrem Bett aus lachten die Morgans mit.

*

Rachel bereitete ihr Mittagessen vor, während Dirk nach Hause fuhr, um das Kanu zu holen. Als er zurückkam, hatte er das Hardtop von seinem Jeep abmontiert und das Boot am Überrollbügel und an der Ladefläche des Fahrzeugs festgezurrt. Rachel hatte Vollkornsandwiches mit Roastbeef, frisches Obst, Chips und die köstlichen Schokoladenkekse, die Mary am Vortag gebacken hatte, zusammengepackt. Ihr Magen knurrte schon wieder, und sie knabberte an einem Keks, während sie zusah, wie Dirk aus dem Jeep sprang und zum Haus herüberkam. Ihr Herz klopfte beim Anblick dieses Prachtexemplares von Mann etwas schneller. Er ertappte sie dabei, wie sie ihn aus dem Fenster anstarrte, und lächelte breit. Als er bei ihr angekommen war, faßte er sie um die Taille und zog sie an sich.

„Du hast vom Nachtisch stibitzt, noch bevor wir zu Mittag gegessen haben", neckte er sie mit einem Grinsen.

„Ich ziehe es vor, dies als eine Vorspeise zu betrachten."

„Ach so", sagte er und tat so, als ob er darüber nachdenken müßte. „Ich ziehe es vor, deinen Kuß als eine Vorspeise zu betrachten."

„Dirk! Ich bin entsetzt und schockiert!" sagte sie und lächelte dabei immer breiter. „Ich glaube, wir geben deiner überschüssigen Energie besser eine Aufgabe."

„Einverstanden. Gehen wir."

Sie gingen Hand in Hand hinaus, Dirk hielt Rachel die Tür auf und stellte dann den Picknickkorb auf den Rücksitz. Sie fuhren in derselben Richtung davon wie bei ihrem ersten gemeinsamen Ausritt, doch diesmal bogen sie vorher ab. Der Jeep erklomm eine steile Schotterstraße und überwand mühelos die Gräben, die der Frühlingsregen gegraben hatte.

„Mir scheint, die Straßen könnten ein paar Reparaturen gebrauchen", überschrie Rachel den dröhnenden Motorlärm, während sie über die holprige Straße schaukelten.

„Ich schätze, Straßen wie diese findet man in San Francisco nur selten", brüllte Dirk zurück.

„So steile schon, aber nicht so schlechte!"

Schweigend fuhren sie weiter, und beide dachten dabei an Rachels Rückreise nach Kalifornien. Es war wieder ein schöner, heißer Tag im Tal, kein Wölkchen stand am Himmel. Rachel atmete tief ein, denn sie wollte den Geruch von Fichten, heißem Staub und Bergluft ganz tief in ihr Gedächtnis eingraben. Bald kamen sie an eine Stelle, wo die Straße plötzlich neben einem kleinen Tal mit einem traumhaft schönen See endete.

Dirk hielt an, sprang aus dem Jeep und ging zur Beifahrerseite, um ihr die Tür zu öffnen. „Willkommen am Dancara-See, Mademoiselle", sagte er und reichte ihr seine Hand. Sie stieg aus; seine Hand nahm sie dabei kaum wahr, denn sie blickte überwältigt auf den See.

„Oh, Dirk, dieses Plätzchen ist ja unglaublich schön! Gerade, als ich dachte, daß ich alles gesehen habe, was das Elk-Horn-Tal zu bieten hat, da zeigst du mir diesen atemberaubenden See!" Sie saugte die Umgebung förmlich in sich auf, während Dirk sanft seine Arme um sie legte. Der See war durch den Gletscherschlamm, der von den Bergen in der Umgebung herabkam und seinen Boden bedeckte, leuchtend türkisblau. Noch nie hatte Rachel etwas Schöneres gesehen.

Dirk küßte sie zärtlich auf die Schläfe und flüsterte ihr ins Ohr. „Gehen wir, Rachel."

Sie banden das Kanu los und trugen es ans Wasser. Dirk ging noch einmal zurück, um den Picknickkorb und sein tragbares Radio zu holen, das er auf einen Klassik-Sender einstellte, auf dem Vivaldis *Vier Jahreszeiten* liefen.

„Perfekt!" Rachel war begeistert. „Keine andere Musik könnte es mit diesem Ort aufnehmen." Vorsichtig stieg sie vorne ins Kanu, und Dirk schob es vom Ufer weg, bevor er mühelos im letzten Moment hineinsprang. Sie paddelten hinaus mitten auf den See und genossen den Blick auf die Berge, die sich auf drei Seiten majestätisch um sie herum erhoben. Dirk erklärte ihr, daß der Dancara-See von einem alten Gletscher gebildet worden war und daß die Überbleibsel jenes Gletschers auf dem Berg im Osten zu sehen seien. Über Tausende von Jahren hatte der Gletscher dieses winzige Tal und viele größere im Bezirk von Elk Horn ausgegraben. „Diese alten Giganten spielen eine große Rolle in der Geographie von Montana", sagte er und blickte hinauf zu den Abhängen im Osten.

Rachels Magen knurrte recht unkultiviert, und sie griff nach dem Korb. „Hunger?"

„Ich bin am Verhungern", sagte er und beobachtete sie freudig dabei, wie sie die Sandwiches herausholte.

Sie aßen und unterhielten sich dabei leise, während sie langsam in der leichten Brise dahintrieben. Wenn sie Dirk ansah, dann wußte Rachel, daß sie nie zuvor glücklicher gewesen war. Sein dunkles Haar glänzte in der Sonne, und seine Augen strahlten voller Wärme. Er aß sein Sandwich auf und biß in einen Apfel, ohne sie dabei aus den Augen zu lassen. „Du bist die ungewöhnlichste Frau, die ich je getroffen habe, Rachel Johanssen. Du bist schöner als diese Berge und der See und Vivaldis Komposition zusammen. Das weißt du, oder nicht?"

Sie errötete. „Bei dir fühle ich mich schön, Dirk. Aber ich wollte dir eigentlich gerade sagen, wie wunderbar ich dich finde", sagte sie.

„Na, dann sind wir beide zusammen ja direkt umwerfend, nicht wahr?"

„Der Grund, warum ich den Gedanken an uns beide zusammen gerne mag, geht über das Aussehen hinaus", sagte sie lächelnd.

„Ich denke genauso."

Sie lauschten der Musik und sahen sich zärtlich in die Augen. Nachdem sie fertig gegessen hatten, paddelten sie um den ganzen See herum, ungefähr dreizehn Kilometer. Rachels Muskeln schmerzten von der ungewohnten Anstrengung, doch es war trotzdem ein gutes Gefühl. Noch nie hatte sie sich so wunderbar gesund und ausgetobt gefühlt. *Es muß an diesem Ort liegen.*

Nach einigen Stunden paddelten sie zurück zum Jeep und gingen an Land.

„Das war absolut wunderbar, Dirk", sagte sie.

„Das war es", stimmte er ihr zu und lächelte sie an. Er küßte sie liebevoll und nahm sie dabei in seine Arme. „Ich liebe dich, Rachel. Mit jedem Tag, der vergeht, wird es schlimmer." Er ließ sie los und rief, so laut er konnte, auf den See hinaus:, *„ICH LIEBE RACHEL JOHANSSEN!"*

Rachel sah ihn lachend an. „Ich liebe dich auch, Dirk."

Das Echo seines Rufes schallte noch ein paarmal von den Bergwänden zurück, dann verstummte es.

Nachdem sie das Kanu getrocknet und wieder hinten auf dem Jeep festgezurrt hatten, wandte Rachel sich um, damit sie einen letzten Blick auf den See werfen konnte. Dirks Arme lagen tröstend um ihre Schultern.

„Gott hat wunderschöne Dinge geschaffen, nicht wahr?" sagte Dirk leise.

„Das hat er", sagte Rachel. „Das hat er wirklich." Die tiefe Wahrheit dieser Aussage machte sich problemlos in ihrem Herzen breit. Gott war der liebevolle Schöpfer, den sie suchte. Diese Liebe zwischen ihnen beiden war ein Geschenk von ihm. Und Rachel lächelte noch einmal, als sie dies erkannte.

Kapitel Dreiundzwanzig

Donnerstag, 29. Juli

Am Donnerstag ging es den Morgans so gut, daß Dirk widerwillig das Sofa räumte und zurück auf die Timberline-Ranch zog. Trotz heftiger Vorwürfe von Dirk, Rachel und seinem Vorarbeiter war Matt schon wieder draußen und überwachte die Heuernte auf den nördlichen Wiesen der Ranch. Beth blieb im Haus und las. Die Temperaturen waren mörderisch, und jedermann bewegte sich nur so viel wie unbedingt nötig, um nicht von der Hitze erschlagen zu werden.

„Ich dachte, daß es nur in Kalifornien so heiß wird", bemerkte Rachel, als sie Beth einen Eistee brachte.

„Für mich ist es auch eine Überraschung", sagte Beth.

„Letzten Sommer war unsere Höchsttemperatur 30 Grad, und heute sollen es über 38 werden." Die beiden Freundinnen unterhielten sich beim Teetrinken. Beth hatte immer noch ein wenig Schmerzen, doch es ging ihr unübersehbar besser. „Hat Dirk sich also endlich von dir losgerissen?" neckte Beth Rachel.

„Tja, ich fühle mich wie ein siamesischer Zwilling nach der Trennung, und ich muß zugeben, daß ich an nichts anderes denken kann - abgesehen von deiner Gesundheit natürlich - als daran, wann ich ihn endlich wiedersehe. Offensichtlich machte er sich Gedanken um seine Ranch und dachte, daß er lieber einmal nach dem Rechten sehen sollte."

„Verständlich. Trefft ihr euch heute abend?"

„Ja. Er sagt, er will mich zum Tanzen ausführen. Er kommt nach dem Abendessen vorbei und holt mich ab, also kann ich den ganzen Tag mit dir verbringen."

„ Zum Tanzen? Hier gibt es weit und breit keine Tanzgelegenheit. Das Gartenwicken-Fest ist das einzige Ereignis im Jahr, das in die Richtung geht."

„Hm. Aber er hat es gesagt. Er hat auch nicht davon gesprochen, daß wir weit fahren müßten."

„Nun, ich bin gespannt, wo er dich hinschleppt. Dann kann ich Matt vielleicht dazu überreden, mich auch mal dorthin auszuführen."

„Ich würde euch ja einladen mitzukommen ..."

„Ach, das würdest du nicht! Und wenn doch, dann würde ich mich trotzdem nie aufdrängen. Die Dinge entwickeln sich doch wunderbar zwischen Dirk und dir, und ich will nicht im Weg stehen. Ehe ich mich versehe, bist du meine Nachbarin."

„Davon weiß ich aber nichts", protestierte Rachel. „Hier ist es wunderschön, und mir geht es so gut wie noch nie ... Ich bin hin und weg von deinem wunderbaren Nachbarn.

Aber ich weiß nicht, ob ich für ihn meine Karriere aufgeben will, die Stadt ... mein ganzes *Leben.*"

„Es ist schon eine große Umstellung. Es gab ein paar Tage letzten Winter, da dachte ich, ich würde verrückt werden. Und es gibt einige Arbeitswochen, wie zum Beispiel während des Kalbens, in denen ich denke, ich muß sterben vor Erschöpfung. Aber ich kann dir sagen, Rachel, daß ich keine besseren Männer kenne als Matthew und Dirk und keinen schöneren Wohnort als Elk Horn. Dieser Ort, dieses Tal wecken in mir das Verlangen, jeden Tag zu feiern, den ich leben darf."

„Ja, aber wie steht es damit, auch mal neue Leute zu sehen, neue Gesichter? Seien wir doch mal ehrlich: Deine Welt ist jetzt ziemlich klein, und du hast das akzeptiert. Im Augenblick zieht sie mich ebenfalls an, aber werde ich sie in einem Jahr vielleicht ablehnen? In zwei Jahren? Zehn Jahren? Was würde dann mit Dirk und mir passieren?"

Beth seufzte. „Diese Menschen sind meine Familie, nicht irgendwelche Fremden auf einer blöden Cocktailparty. Die Begegnungen mit ihnen haben eine tiefere Bedeutung."

„Ich weiß, Beth. Ich weiß es wirklich. Aber ich kann mir einfach nicht vorstellen, alles aufzugeben, wofür ich so hart gearbeitet habe, nur um die ‚kleine Frau' auf Dirks Ranch zu werden."

„Ach, komm, Rachel, das ist nicht fair. Du weißt genau, daß Dirk dich niemals in so eine Rolle hineindrängen würde ..." Sie bremste sich. „Jetzt eilen wir aber den Dingen voraus. Du und Dirk, ihr schafft es vielleicht gar nicht, langfristig miteinander auszukommen, aber du kannst jetzt doch nicht gleich den Riegel vorschieben. Schlag ihm die Tür nicht vor der Nase zu, nur weil du dich davor fürchtest, deine ach so kostbare Unabhängigkeit aufzugeben."

Rachel starrte aus dem Panoramafenster und nahm die Worte ihrer Freundin in sich auf. Sie ertappte sich bei dem

Gedanken, wie schön es wäre, Dirk niemals verlassen zu müssen; wie wunderbar es wäre, wieder in Beths Nähe zu leben; wie angenehm, sich in diesem Tal niederzulassen und es ihr Zuhause zu nennen.

Sie verwarf diese Gedanken sofort wieder, als sie merkte, daß sie ihre Sicherheitsbarrieren hatte fallen lassen, und stand abrupt auf. „Sonntag nach dem Gottesdienst fahre ich ab. Solche Träume kann ich mir nicht erlauben. Es würde sonst zu sehr weh tun, wenn ich gehe."

„Ich kann dich nicht dazu überreden zu bleiben, Rachel. Das ist eine Sache zwischen dir und Gott. Du mußt deinen Frieden über diese Angelegenheit haben, und alles andere wird sich dann finden."

„Klingt einfach."

„Schön wär's. Aber das ist es nicht."

„Ich hatte befürchtet, daß du das sagen würdest."

*

Rachel überließ Beth ihrem Buch und machte sich daran, alle Fenster zu öffnen, denn die Sonne stieg höher und erwärmte das Haus noch mehr. Der Tag versprach brütend heiß zu werden. Alles lag wie ausgestorben da, und die Hitze flimmerte über der Schotterstraße, so daß die Scheune aussah wie eine Fata Morgana. Der wochenlange Sonnenschein hatte seinen Tribut gefordert, und das Gras sah immer verbrannter aus. Rachel fragte, ob sie den Rasensprenger anstellen sollte. Beth lachte.

„Ich habe Glück, daß ich hier oben überhaupt einen Rasen habe", sagte sie. „Matt beschwert sich immer darüber, daß er über zwölfhundert Hektar Felder zu versorgen hat und dann nach Hause kommt und den Rasen mähen muß, aber es ist meine letzte Verbindung zur Zivilisation, und auf die will ich nicht verzichten. Matt hat sich mit dem Rasen abgefunden, aber Rasensprenger muß man hier winterfest machen - und das war dann doch zuviel verlangt. Entweder du nimmst den Gartenschlauch, Schätzchen, oder gar nichts."

Rachel lachte und ging hinaus, um den Gartenschlauch zu suchen. Sie winkte Beth durch das Wohnzimmerfenster zu, bog um die Ecke – und lief Alex direkt in die Arme.

Ihr Herz blieb beinahe stehen, als sie ihn erkannte. Sie wollte wegrennen, doch er packte sie, bevor sie flüchten konnte, und preßte ihr die Hand vor den Mund. „Hab' auf dich gewartet, Baby. Hast dich doch noch für unser Rendezvous entschieden, hm?"

Die Bosheit quoll regelrecht aus ihm heraus. Rachels Magen drehte sich um, als sie das erkannte, und sie unterdrückte das Gefühl, gleich ohnmächtig zu werden. Er zerrte sie einige Meter weiter in den Schatten der Scheune und flüsterte ihr ins Ohr: „Konnte dich ein paar Tage lang nicht besuchen, Schatzi. Zu viele Leute unterwegs, und du warst mit deinem Freund ziemlich beschäftigt. Ich glaube, es gefällt mir nicht, daß du dich mit einem anderen abgibst."

Rachel versuchte, einen Arm frei zu bekommen, damit sie sich wehren konnte, doch sie hatte wenig Erfolg. Alex war zwar betrunken, aber verflixt stark.

Kapitel Vierundzwanzig

Beth, die von drinnen auf den Rasen hinausblickte, fragte sich, wo Rachel wohl steckte. Der Schlauch war doch direkt um die Ecke. *Wie konnte sie ihn nur übersehen?* Beth erhob sich, ging hinaus auf die Veranda und rief nach Rachel. Als ihre Freundin sich nicht meldete, stieg Beth vorsichtig und unter Schmerzen von der Veranda. Sie wußte, daß Rachel sie ausschimpfen würde, wenn sie sah, daß sie aufgestanden war. Als sie um die Ecke bog, sah sie sie in der Ferne Alex, der Rachel rücklings in den Wald zerrte, so heftig, daß ihre Füße Staubwolken aufwirbelten. Beth schrie auf und rannte hinter ihnen her, doch sie konnte sich einfach nicht schnell genug bewegen. Sie krümmte sich vor Schmerzen. „Matt!" schrie sie. „Hilfe! Alex, halt! Halt!"

Niemand antwortete ihr, doch Rachel war erleichtert, daß Beth sie gesehen hatte. *Bald kommt Hilfe*, dachte sie.

Doch sie täuschte sich.

Der Großteil der Männer war draußen auf den Feldern. Der einzige Mann, der noch da war, rannte gerade rechtzeitig aus der Scheune, um zu beobachten, wie Alex Rachel auf sein Pferd zerrte, doch er war zu weit entfernt, um sie noch zu erreichen. Er lief hinüber zu Beth und fing sie auf, als sie in Ohnmacht fiel.

Matt arbeitete gerade an einem Mähdrescher, sein Funkgerät knackte. „Boß! Boß! Wir haben hier einen Notfall. Rachel wurde entführt, und Ihre Frau ist bewußtlos!"

Matt blickte mit versteinertem Gesichtsausdruck auf seinen Begleiter und rief dann ins Funkgerät: „Rufen Sie den Arzt und den Sheriff. Sagen Sie ihm, wo Sie Rachel zuletzt gesehen haben. War es Jordan?"

„Ja, Boß."

„Rufen Sie auch Dirk." Er schaltete sein Funkgerät ab und trommelte sofort alle Männer zusammen. „Ihr springt auf meinen Jeep und kommt mit mir. Ihr anderen holt die restlichen Männer und kommt so schnell wie möglich nach. Wir müssen den Schurken kriegen. Los geht's!"

Jeder beeilte sich, Matts Befehl auszuführen.

*

Alex prügelte sein Pferd vorwärts und hielt Rachel dabei mit einer schmutzigen Hand an den Haaren fest. Fast zwei Kilometer von der Morgan-Ranch entfernt warf er sie vom Pferd und hielt sie neben sich fest. Er roch, als hätte er sich seit Tagen nicht gewaschen, und Rachel vermutete, daß er seine Zeit damit verbracht hatte, in der Umgebung der Morgan-Ranch herumzuspionieren.

Mit einem Seil, das er vom Sattel seines schweißgebadeten Pferdes herunterholte, band Alex Rachels Handgelenke hinter ihrem Rücken fest und knebelte sie dann, um ihre wiederholten Hilferufe zu ersticken. Einen Augenblick lang zog er sie eng an sich und starrte ihr in die Augen. Sie erwiderte seinen Blick trotzig, denn sie war fest entschlossen, sich durch ihn nicht wieder einschüchtern zu lassen. Doch das war schwierig, da er ihr eine unglaubliche Angst einflößte. Sein Blick war leer und ohne Mitgefühl. Seine Augen waren gelblich und tief eingesunken, und dunkle Ringe unterstrichen das trübe Gesamtbild. Er blickte starr vor sich hin.

„Du fragst dich wohl, warum ich dich hier heraufgebracht habe. Na, du wirst es früh genug herausfinden. Das Wichtigste ist, daß wir zusammen sind."

Er ist verrückt! hätte sie geschrien, wenn sie nicht geknebelt gewesen wäre. *Irgendwie hat er sich in den Kopf gesetzt, daß er mich haben muß – so oder so.* Sie zitterte unfreiwillig; über weitere Einzelheiten wollte sie lieber nicht nachdenken. *Du mußt nur diese Begegnung überleben, dann wird alles vorüber sein,* sagte Rachel sich. Irgend jemand mußte der Verlierer in diesem Katz-und-Maus-Spiel sein, das er hier spielte – aber sie würde es auf keinen Fall sein.

Alex stieg auf sein Pferd, ergriff Rachel an den Armen und hob sie vor sich in den Sattel. Dann ritt er auf einem kaum sichtbaren Pfad weiter. Rachel lauschte verzweifelt nach Geräuschen, irgendwelchen Hinweisen auf Rettung, doch sie hörte nichts hinter sich.

Alex lachte ohne ersichtlichen Grund laut auf, und seine Arme umschlossen sie noch enger.

Rachel betete so inbrünstig wie nie zuvor und bat Gott um sein Eingreifen.

Die Arbeiter auf der Morgan-Ranch brauchten zehn Minuten, um Dirk über Kurzwelle zu erreichen. Bis Dirk, Matt und der Sheriff bei den Morgans versammelt waren, verstrichen dreißig wertvolle Minuten. Dirk war außer sich vor Wut auf sich selbst, weil er Rachel allein gelassen hatte. Er hatte einfach nicht geglaubt, daß Alex es wagen würde, sie am hellichten Tag und gleich neben dem Haupthaus zu entführen. Ihm war ganz übel angesichts der Situation, doch er versuchte, sich auf die vor ihm liegende Aufgabe zu konzentrieren: Rachel zu finden, und zwar schnell.

Beth war bald, nachdem Alex mit Rachel davongeritten war, wieder zu sich gekommen, und sie fuhr den Arzt an, sie in Ruhe zu lassen.

„Ich habe keine Zeit für diesen Quatsch", sagte sie mit ungewohnter Schärfe, der sich niemand zu widersetzen wagte. Mary war zusammen mit Dirk gekommen, und Beth bat sie, Proviant für die Männer vorzubereiten. Während der Sheriff einen Verfolgungstrupp zusammenstellte, beruhigte Beth Dirk ein wenig und hielt ihn davon ab, sofort und ohne Verstärkung hinter Alex und Rachel herzujagen. Sie gab einem Hilfssheriff eine Beschreibung von Alex und Rachel, und nachdem sie sich vergewissert hatte, daß die Organisation des Suchtrupps gute Fortschritte machte, rief sie den Arzt wieder zu sich und gestattete ihm, sie zu untersuchen.

Matt betrachtete seine Frau einen Augenblick lang und wurde sich wieder neu bewußt, welch ein Segen es war, sie gefunden zu haben. Wenn er in Dirks besorgtes Gesicht blickte, wußte er, daß er ihm helfen mußte, Rachel zu finden. *Wenn Dirk nur einen Bruchteil dessen für Rachel empfindet, was ich für Beth fühle, dann muß der Mann Todesängste ausstehen.* Matt beobachtete seinen Freund, der nervös auf- und abmarschierte, während er sich ungeduldig Sheriff Taylors Plan anhörte. Zwölf Männer standen um eine Landkarte, und auf jeden von ihnen warteten draußen fünf weitere, die ihm dabei helfen sollten, eine bestimmte Bergregion abzusuchen. Das Ziel war, Alex schließlich zu umzingeln. Nachdem der Plan allen klar war, machten sie sich bereit zum Abmarsch.

„Es wird unter keinen Umständen geschossen", knurrte Dirk. „Wenn ihr sie seht, dann gebt zwei Schüsse in die Luft ab, und wir kommen euch sofort zu Hilfe."

Mary kam nach draußen, verteilte Brot und Dörrfleisch an die Männer und vergewisserte sich, daß alle Feldflaschen gefüllt waren. Die Pferde scharrten aufgeregt mit den Hufen und wieherten, denn sie spürten die Spannung, die in der Luft lag. Wenige Augenblicke später ritt der ganze Suchtrupp davon, ein Anblick, der Beth an einen alten Western erinnerte. Sie wünschte, dies hier wäre nur ein Film, den sie einfach abschalten könnte. Statt dessen kniete sie sich nieder und betete gemeinsam mit Mary für Rachels Rettung.

*

Alex und Rachel waren viele Kilometer weit geritten und hatten dabei einen Halbkreis beschrieben, als sie auf den Kootenai stießen. Rachels Herz klopfte wie wild, als sie merkte, daß sie sich nur ein paar Meilen stromaufwärts von Dirks Ranch befanden. Alex trieb das Pferd durchs seichte Wasser und ritt dann nach Süden in Richtung auf die Timberline weiter. Rachel war Alex' Plan klar: kehrtmachen und dadurch die Verfolger glauben machen, daß sie die falsche Fährte verfolgt hatten. Alex hatte seit Stunden kein Wort mehr gesprochen, und ihr Körper schrie nach einer Pause.

Als ob er ihre Gedanken gelesen hätte, hielt Alex das Pferd endlich an und erklärte, daß er pinkeln und seine Feldflasche füllen müßte. Er stieg ab, zerrte Rachel zu einem Baum und band sie daran fest. Sie machte sich sofort an dem Seil, mit dem ihre Hände festgebunden waren, zu schaffen, doch Alex kam zu schnell zurück. Augenblicke später band er sie ohnehin los und befreite sie auch vom Knebel. Ihr Mund war wie ausgetrocknet, und sie war völlig durchgeschwitzt. Sie kniete sich wortlos hin, schöpfte mit ihren Händen Wasser und wusch sich ihr Gesicht, während er auf einem Felsbrocken saß und sie beobachtete. „Ich bringe dich an einen Ort, wo du das frischeste Wasser im ganzen Tal trinken kannst."

„Was, wenn ich nicht mitkommen will?"

„Das steht doch gar nicht zur Debatte, oder? Vielleicht dauert es eine Weile, bis du mich magst. Aber wart's nur ab, du wirst bald darum betteln, mit mir gehen zu dürfen."

„Alex, wie oft muß ich es Ihnen noch sagen? Sie interessieren mich nicht, und mich zu entführen ist auch keine Lösung." Sie richtete sich auf und blickte ihn fest an. Ihre schmerzenden Muskeln ignorierte sie. „Ich werde sogar dafür sorgen, daß Sie für diese Eskapade sehr lange im Gefängnis landen."

„Ach, aber du wirst nie die Gelegenheit dazu haben. Du wirst lernen, mich zu mögen, oder du wirst sterben."

Angesichts dieser Drohung änderte sie ihre Taktik. Mit tiefer Stimme fragte sie leise: „Was ist geschehen, Alex? Wann sind Sie so verletzt worden? Warum sind Sie so zornig?"

Er ignorierte ihre Fragen. „Zeit zum Aufbruch. Es könnte sonst sein, daß sie uns einholen, und ich will nicht, daß sie uns bei unserer Hochzeitsnacht in die Quere kommen." Er grinste sie irre an.

Rachel holte tief Luft. „Ich bin nicht mit Ihnen verheiratet, Alex."

„Das weiß ich! Aber jetzt fängst du schon mal damit an,

dein Benehmen mir gegenüber zu ändern. Du könntest zumindest nett sein." Er ergriff ihre Arme und schüttelte sie heftig. Schweiß tropfte von seinem unrasierten Kinn. Sie protestierte nicht. Stumm sah sie zu, wie er ihre Handgelenke wieder zusammenband, dieses Mal vor ihrem Körper. „Wir müssen heute abend noch weit reiten", murmelte er. „Du wirst dich an mir festhalten müssen."

Kapitel Fünfundzwanzig

Gegen Abend wurden die Männer immer mutloser, und Dirk war völlig außer sich vor Verzweiflung. „Wir müssen sie vor Einbruch der Dunkelheit finden", sagte er drängend zu Matt, als sie sich kurz am Fluß trafen, um das weitere Vorgehen zu besprechen. „Über Nacht könnte der Mistkerl einen kilometerweiten Vorsprung erringen."

„Ich weiß nicht, Dirk. Ich glaube, Alex wird sich bis zum Sonnenaufgang irgendwo verkriechen und erst dann weiterziehen. Diese Wälder sind ziemlich dicht. Er verliert die Orientierung, wenn er heute nacht weiterreitet."

„Ich weiß. Ich will nur keine Wetten mehr auf Jordans Handlungsweise abschließen. Er ist nicht normal. Und ich will nicht, daß er allein mit ihr ist!"

Der Hubschrauber der Bezirkspolizei flog tief über sie hinweg, und sein Anblick ermutigte beide Männer. Er war vor einer Stunde angekommen, und sie waren sich sicher, daß er ihre größte Chance war, Rachel und ihren Entführer zu finden.

*

Das erste Mal, als der Hubschrauber über sie hinweggeflogen war, hatte Alex das Glück gehabt, daß sie sich in der Nähe eines Felsvorsprunges befanden. Mit einer schnellen Bewegung trieb er das Pferd darunter, und Rachel mußte sich tief bücken, um nicht gegen den Felsen geworfen zu werden. Alex fluchte lautstark über diese neue Entwicklung der Jagd. Sie blieben fünf Minuten in ihrem Versteck, dann kamen sie wieder hervor und ritten weiter. Ihr Weg führte extrem steil nach oben, und Alex' zu Tode erschöpftes Pferd kam kaum noch vorwärts, als die Schatten immer länger wurden. Rachel überlegte fieberhaft. Der Gedanke, die ganze Nacht mit Alex alleine zu sein, jagte ihr schreckliche Angst ein. Was sollte sie nur tun, wie konnte sie sich ihm entziehen?

Sie konnte den Hubschrauber mehrmals hören, doch es dauerte eine ganze Stunde, bis er wieder direkt über ihnen war, dieses Mal mit angeschalteten Suchscheinwerfern. Als Alex sich nach einem Versteck umsah, war Rachels Chance gekommen. Da sie keine andere Möglichkeit sah, stürzte sie sich vom Pferd und den Hang hinunter, den sie die ganze Zeit hochgeklettert waren.

Der Schwung des Sturzes beschleunigte ihre Abwärtsbewegung, und da ihre Hände immer noch vor ihrem Körper zusammengebunden waren, konnte sie sich auch nicht abfangen. Alex fluchte gotteslästerlich, doch Rachel hörte ihn nicht. Sie rollte den Hang hinunter und überschlug sich immer wieder in ihrem unkontrollierten Fall. Hilflos stieß sie an Felsblöcke und gefällte Baumstämme und löste so einen kleinen Bergrutsch aus. Zu Rachels Glück blieb dieser Erdrutsch von den Suchtrupps nicht unbemerkt.

Das Funkgerät des Sheriffs schaltete sich sogleich an. Als der Hubschrauberpilot meldete, wo Alex und Rachel waren, begannen die Verfolger sofort, den Kreis um Alex und sein Opfer enger zu ziehen. Dirks Herz klopfte wie wild. *Ich lasse sie nie wieder allein. Ich werde sie für immer beschützen.* In diesem

Augenblick verlor der Hubschrauberpilot Alex und Rachel aus den Augen.

Die Männer waren immer noch mehrere Kilometer weit weg, und schon umgab sie tiefe Dunkelheit. Alex ließ sein Pferd oben am Hang stehen und jagte Rachel zu Fuß hinterher, als er erkannte, wie zwecklos es war, das Tier den Pfad hinunterzutreiben. Er fluchte immer wieder, und seine Stimme überschlug sich vor Haß auf die Frau, die es wagte, vor ihm wegzulaufen. Er war entschlossen, sie wieder zu fangen, und wenn es das letzte war, was er tun würde.

Mit einem harten Krachen kam Rachel endlich zum Stillstand. Sie schüttelte den Kopf und starrte in die Dunkelheit, wo sie Alex hören konnte, der hinter ihr her stürzte. Jeder abgebrochene Zweig, jedes Blätterrascheln, jeder knarrende Ast unter seinen Füßen gellte in ihren Ohren wider.

Sie durfte sich nicht noch einmal von ihm erwischen lassen.

Sie rappelte sich auf und stolperte weiter. Während sie Schritt für Schritt den Berg hinuntersprang, löste sie den Knebel und versuchte, die Knoten zu öffnen, die ihre Handgelenke zusammenbanden. Der Hubschrauber hatte sie offenbar in der Dunkelheit verloren, und sie verließ sich darauf, daß Dirk, Matt und die anderen ihr bald zu Hilfe kommen würden. Sie konnte nicht stehenbleiben und warten, bis sie sie finden würden. Sie durfte Alex keine Chance geben, wieder in ihre Nähe zu gelangen. Es war nicht auszudenken, was er ihr antun würde, und sie wollte es bestimmt nicht herausfinden.

Rachel konnte nicht das geringste Anzeichen erkennen, daß ihr jemand zur Hilfe käme. Der Hubschrauber war weiter oben in den Bergen und konzentrierte sich entweder auf Alex oder suchte vergeblich nach ihnen beiden. Sie dachte wieder an die Suchscheinwerfer und war sich sicher, daß der Pilot sie gesehen hatte, als sie vom Pferd sprang. Doch im

Moment gab es nur sie selbst, Alex und Gott. *Bitte, Vater, zeig mir den Weg.*

*

Dirk dachte, er hätte Rachel schreien hören, doch als er und Matt die Pferde anhielten, hörten sie nichts. Die Nacht war pechschwarz und mondlos. Der Hubschrauber hatte beinahe keinen Treibstoff mehr und befand sich auf dem Rückweg in die Stadt. Dirk war nahe daran zu verzweifeln, während sein Pferd sich durch das dichte Unterholz hin zu Rachels letztem bekannten Aufenthaltsort kämpfte. Die anderen Sucher hatten sich auf den Heimweg gemacht. Nur Matt bestand darauf, mit Dirk weiterzusuchen, denn er wollte helfen – koste es, was es wolle.

*

Rachel blieb einen Augenblick stehen, um zu lauschen: Alex holte auf! Außer sich vor Angst stürzte sie weiter, ohne auf die Äste zu achten, die sie peitschten. Dann hörte sie in der Ferne Wasser rauschen und bemerkte, daß der Boden sanft abfiel. Sie war in der Nähe der Ranch! Sie kannte den Ort. Alex stieß etwa fünfzehn Meter hinter ihr einen unmenschlichen Schrei aus, und Rachel eilte auf den Fluß zu und wäre beinahe in die kleine Schlucht gestürzt, die das Gewässer in den Boden gefressen hatte. Sie ruderte wie wild mit den Armen, um nicht in den schnell dahinfließenden Fluß zu fallen.

Sie saß in der Falle.

Kapitel Sechsundzwanzig

Dirk und Matt hörten Alex' animalischen Schrei ebenfalls. Es war ein wildes Zornesgebrüll, das ihnen einen Schauer den Rücken hinunterjagte.

„Schnell“, brüllte Dirk, während er sich ins Gestrüpp stürzte, ohne auch nur eine Minute zu zögern.

★

Rachel rang nach Atem und wartete darauf, daß Alex sich zeigen würde. Er kam mit einem grausamen Lachen aus dem Wald, voller Selbstbewußtsein, wie ein Jäger vor einer leichten Beute. Er hatte sie genau im Auge, und selbst in der kühlen Bergnacht konnte sie die Hitze seines Blickes spüren.

Alex kam absichtlich ganz langsam auf sie zu. „Ich wollte dich lieben. Du hättest mich nur wiederlieben müssen. Aber das fandest du ja leider unmöglich. Du wirst für das bezahlen, was du mir angetan hast.“

Rachel spürte seinen Atem auf ihrer Haut. Kalter Schweiß bedeckte ihren Körper. Sie sah keine andere Möglichkeit – entschlossen sprang sie von dem Felsvorsprung in den dunklen Fluß, und sie betete, daß sie nirgendwo aufschlagen würde. Aus sechs Metern Höhe klatschte sie ins Wasser und tauchte beinahe vier Meter weit ein, bevor sie nach Luft ringend wieder an die Oberfläche kam. Von oben hörte sie es knallen, während die Strömung sie rasch stromabwärts zog. Mit eisigem Schrecken erkannte sie, daß Alex auf sie schoß, und tauchte sofort unter.

★

Dirk und Matt kämpften sich durch die letzte Baumgruppe, die sie noch von Alex trennte. Die Männer entdeckten sich gleichzeitig, und der Entführer drehte sich ruhig um und schoß ohne zu zögern auf sie. Beide duckten sich und rutschten von ihren Pferden, dann endete das Gewehrfeuer abrupt. Als sie wieder aufsahen, war Alex verschwunden und auch Rachel war nirgends zu sehen. Sie überließen Alex seinem Schicksal und riefen mehrmals nach Rachel, doch es kam keine Antwort. Dirks Herz klopfte ängstlich, denn er war sich fast sicher, daß Alex sie erschossen und irgendwo tot in den Wäldern zurückgelassen hatte. „Rachel!“ rief er verzweifelt. „Rachel!“

*

Rachel zuckte vor Schmerz zusammen, als sie mit voller Wucht auf einen glatten Felsblock im Hauptstrom des Flusses prallte. Nachdem sie bereits etwa fünf Minuten lang stromabwärts getrieben war, wurde ihr klar, daß sie nicht viel länger in dem eiskalten Wasser bleiben konnte, wenn sie nicht vollkommen unterkühlt werden wollte. Und doch wußte sie, daß es ihr einziger Fluchtweg war, und daß sie sich, je länger sie im Wasser blieb, um so weiter von Alex entfernen würde. Sie biß die Zähne zusammen und streckte ihre Füße nach vorne, um gegen weitere Felsblöcke gewappnet zu sein, während sie stromabwärts getragen wurde.

Hinter ihr wurde auch Alex schnell flußabwärts getrieben.

*

Die Erkenntnis dämmerte ihnen beiden im selben Augenblick. „Sie sind hineingesprungen!“ sagte Matt zu Dirk. Es war zu spät, ihnen nachzuspringen. Ihre einzige Chance würde es sein, an beiden Seiten den Fluß entlang hinabzureiten und zu beten, daß sie Rachel vor Alex finden würden. Die Chancen standen nicht gut. Es waren schon fünf Minuten vergangen. Alex mußte schon etwa zwei Kilometer von ihnen entfernt sein, wenn er die starke Mittelströmung ausnutzte. Es war schwer zu sagen, wie weit Rachel ihm voraus war.

*

Rachel wollte gerade ans Ufer schwimmen, als sie eine Brücke entdeckte, von der sie wußte, daß sie sich nahe am südlichen Ende der Timberline-Ranch befand. Sie und Dirk waren hier bei einem ihrer Ausritte entlanggekommen, und Dirk hatte ihr einen Wasserstrudel und ein Becken gezeigt, das dem ähnelte, welches sie und Beth bei ihrem Picknick entdeckt hatten. Sie schwamm nach links in der Hoffnung, daß sie einen der Brückenpfeiler ergreifen und feststellen konnte, ob Alex ihr folgte oder nicht. Mit einem leisen Aufschrei traf sie auf den Stützpfeiler und griff nach seiner glitschigen Außenseite. *Geht nicht*, dachte sie. Sie glitt ab und überließ sich wieder der Strömung, die sie in den Strudel in der Mitte des Beckens riß.

Der Strudel zog sie wieder stromaufwärts, und einen Augenblick lang befürchtete sie, sie würde sich nicht mehr aus seiner Gewalt befreien können. Als sie wieder am Ufer angelangt war, griff sie nach einer vorstehenden Wurzel und hielt sich daran fest. Die Strömung zerrte an ihr, während sie den nächsten Schritt überlegte. Wenn sie sich gut versteckte, schwamm Alex auf seiner Suche vielleicht an ihr vorbei. Wenn sie dagegen versuchte, aus dem Wasser zu klettern, sah er sie vielleicht trotz der Dunkelheit. Ihr Herz sagte ihr, daß sie im Wasser bleiben sollte.

Sie preßte sich eng an das Flußufer und versuchte, absolut bewegungslos zu bleiben, um nicht irgendein Licht zu reflektieren, das Alex' Aufmerksamkeit auf sie ziehen könnte. Er würde frieren und erwarten, daß Rachel jeden Moment aus dem Wasser steigen würde. Sie zitterte unkontrolliert. Verzweifelt versuchte sie, ihre Zähne vom Klappern abzuhalten. Es kam ihr vor, als ob sogar er ihr Herz klopfen hören würde. Wieder betete sie.

Genau in diesem Augenblick entdeckte sie Alex, der an ihr vorbeitrieb, Kopf und Schultern über Wasser. *Ruhig.* Sie hielt den Atem an und wartete, bis er außer Sicht war. *Ruhig.*

*

Dirk und Matt kamen gut voran, als sie endlich aus dem Dickicht heraus waren und ihren Pfad besser sehen konnten. Als sie die Brücke erreichten, überquerte Matt den Fluß und gesellte sich zu Dirk auf die andere Seite, damit sie das weitere Vorgehen besprechen konnten.

„Sie müssen doch halberfroren sein, wenn sie immer noch da drin sind", sagte Matt.

„Ich glaube nicht, daß sie noch im Wasser sind", antwortete Dirk.

„Denkst du, wir haben sie übersehen?"

„Wer weiß? Verdammter Mist, daß ausgerechnet heute Neumond ist." Er blickte hinüber zu dem Becken, das er Rachel neulich gezeigt hatte. Wie sehr hoffte er, sie jetzt dort zu sehen! „Gib mir mal deine Taschenlampe, Matt."

„Warum?" Matt reichte sie ihm. Er beobachtete, wie sein Freund sie auf das kleine Becken und das schlammige Ufer direkt unterhalb richtete. Dort sahen sie, daß Steiglöcher in grober Treppenform aus dem Ufer herausgegraben waren. Sie ritten näher und stiegen ab.

„Rachel?" fragte Matt und untersuchte die Größe der Löcher näher.

„Soweit ich weiß, trug Alex Arbeitsstiefel. Es muß Rachel gewesen sein.“

*

Alex erkannte, daß sie entweder ertrunken oder ihm auf den letzten beiden Kilometern entkommen sein mußte. Er fror schrecklich, und er wußte, daß sie die Kälte gewiß nicht besser verkraften konnte als er. Er kämpfte sich zum Ufer vor und leerte das Wasser aus seinen schweren Stiefeln. Dann wrang er seine Kleidung notdürftig aus und setzte sich sofort wieder in Bewegung. Er spürte die Kälte nicht länger. Er spürte keinerlei Müdigkeit. Es war die erfrischendste Nacht seines Lebens. Nichts konnte ihn aufhalten. Er fühlte sich übermenschlich, und bald würde er Rachel finden und besitzen. Bald!

Kapitel Siebenundzwanzig

Freitag, 30. Juli

Rachel hielt an und sank in die Knie. Sie zitterte völlig unkontrolliert und konnte nicht mehr richtig sehen. Sie betete, daß sie in die richtige Richtung ging, denn sie war sich bewußt, daß ihr Gehirn ihr nicht mehr so recht gehorchte. *Wenn ich doch nur ausruhen könnte.* In ihrem Inneren schrie es, daß das das letzte war, was sie tun sollte, doch sie konnte nicht mehr anders. Überwältigt von Erschöpfung verlor sie neben einem Baum das Bewußtsein und sackte zusammen.

Dirk konnte Rachels Spur problemlos folgen. Er entdeckte ihre Fußabdrücke im feuchten Boden. Ihre Schritte waren ungleich und schwankend, und er merkte bald, daß sie entweder verletzt oder völlig erschöpft sein mußte. „Vielleicht unterkühlt", sagte Matt leise zu sich, während er sich zu seinem Freund gesellte und die Spuren untersuchte.

Dirk sagte nichts, trieb nur sein müdes Pferd noch mehr an. Sie fanden Rachel Minuten später. Dirk sprang mit einem Aufschrei von seinem Pferd und rannte zu ihr.

Nur knapp sechzig Meter entfernt hörte Alex seinen Ruf und blieb wie angewurzelt stehen, wie ein Löwe, der innehält, um sein Opfer ins Visier zu nehmen. Er schlich sich von hinten an sie heran. Dirk und Matt merkten nichts davon, denn sie konzentrierten sich ganz auf Rachel.

„Sie ist eiskalt!" sagte Dirk, während er seine Arme um Rachel legte. Sie war bewußtlos, und ihr feuchtes Haar klebte ihr wirr am Kopf. Ihre Kleider waren triefend naß, und die beiden Männer beeilten sich, sie ihr auszuziehen. Sie hüllten sie vorsichtig in Dirks Mantel ein. Dann nahm Matt seinem Pferd den Sattel ab und warf Dirk die warme Satteldecke zu, die dieser Rachel um die Beine wickelte.

Die beiden Männer nahmen sie zwischen sich und versuchten, ihr soviel wie möglich von ihrer eigenen Körperwärme zu geben, während sie ihr Arme und Rücken rieben.

„Ich wette, du wolltest uns beide schon immer einmal so nahe haben", witzelte Matt.

„Du warst aber nicht Teil dieses Wunsches, Kumpel", erwiderte Dirk.

Nach und nach hörte Rachel auf zu zittern, doch sie war immer noch bewußtlos.

Matt blickte Dirk über ihren Kopf hinweg an. „Ich muß Hilfe holen." Er ging zu seinem Pferd, nahm sein Gewehr aus dem Sattel und feuerte zwei Schüsse in die Luft ab.

„Jetzt wissen sie, daß wir sie gefunden haben", sagte er. „Aber es wird eine Weile dauern, bis sie unsere genaue Position herausfinden. Wir sind ziemlich nahe an der Timberline. Vielleicht ist das unsere größte Chance."

Dirk nickte zustimmend, doch er wandte keinen Blick von Rachel. Da war noch etwas anderes als die Unterkühlung. Bei ihrem Sturz hatte sie sich offensichtlich einige Knochen gebrochen, und Dirk machte sich Sorgen, ob sie innere Blutungen hatte. „Geh", sagte er schroff zu Matt.

Matt kam mit einer weiteren Satteldecke zurück und half Dirk dabei, Rachel auch darin einzuwickeln. Dann stieg er auf sein Pferd. „Ich bin bald zurück", versprach er. Mit diesen Worten ritt er davon.

Zufrieden beobachtete Alex, wie seine Gegner sich trennten. Jetzt war nur noch Dirk da. Alex fühlte sich stark und männlich. Er würde Dirk zeigen, daß er ihm nicht das Mädchen ausspannen und die Sache überleben konnte. *Dieses Mal bekomme ich, was ich will!*

Er stürzte aus dem Wald und direkt auf Dirk zu. Dieser legte Rachel vorsichtig ins Moos und drehte sich zu seinem Angreifer um.

„Geh weg von ihr", knurrte Alex.

„Langsam, Mann", sagte Dirk mit erhobenen Händen. „Niemand von uns muß hier verletzt werden."

Alex hob das Gewehr und zeigte damit auf Dirks Brust. „Du hättest dich von Anfang an aus dieser Sache heraushalten sollen. Jetzt tust du, was ich sage, oder ich muß dich umbringen."

„Was hast du davon?"

„Ich habe keine Probleme mehr mit dir, und du läßt uns in Ruhe."

Dirk warf einen Blick auf Rachel und nickte in ihre Richtung. „Sieht sie wie eine Frau aus, die es kaum erwarten kann, mit dir durchzubrennen?"

„Sie wird es tun, oder sie *stirbt*. Und jetzt setz sie auf das Pferd."

„Du machst wohl Witze? Du glaubst wirklich, ich helfe dir bei der Flucht?"

„Du hast keine andere Wahl. Tu's, oder ich bringe sie vor deinen Augen um und mache danach *dir* den Garaus. Großer Rancher, der denkt, ich wäre unfähig. Schätze, du erkennst jetzt endlich, aus welchem Holz ich geschnitzt bin." Er grinste Dirk herausfordernd an.

„Tja, das tue ich. Zu schade, daß mir nicht gefällt, was ich da sehe."

„Jetzt setz sie darauf, Großmaul."

Rachel hatte inzwischen das Bewußtsein wiedererlangt, doch sie öffnete die Augen nicht. Sie war geistesgegenwärtig genug, um das Gespräch zu verstehen und zu erkennen, daß sie nicht die einzige war, die sich in Gefahr befand. Also tat sie so, als wäre sie immer noch ohnmächtig.

Als Dirk sie aufhob, sah er, wie sie ihm durch die zusammengekniffenen Augen heimlich zublinzelte. Er legte sie nach vornüber auf Bucks Rücken und drehte sich dann nach Alex um. „Ich brauche wohl ein Seil, um sie auf dem Pferd festzubinden."

Als Alex an Matts Sattel nach einem Seil suchte, schlug Dirk seinem Pferd mit der flachen Hand auf das Hinterteil und schrie: „Los, Buck! Lauf!"

Rachel öffnete die Augen und boxte das Pferd in die Seite, um es schneller voranzutreiben. Alex schrie auf und rannte hinter ihr her, doch Dirk warf ihn zu Boden. In dem Bewußtsein, daß sie nicht helfen konnte, selbst wenn sie blieb, schwang Rachel das rechte Bein über das Pferd, so daß sie richtig im Sattel saß, und ritt, so schnell sie konnte, in Richtung auf die Timberline-Ranch davon.

Hinter ihr kämpften Dirk und Alex weiter. Das Gewehr war auf den Boden gefallen, und beide Männer kämpften nun darum, es zuerst zu erreichen. Alex streckte sich danach aus, während Dirk seine Hände um seinen Hals legte und ihn würgte. Mit einem verzweifelten Ruck erreichte Alex die Gewehrtrommel, packte die Waffe und schlug sie gegen Dirks Kopf. Dirk rollte schreiend auf den Rücken, während er seine Hand auf die alte Wunde preßte, die wieder heftig zu bluten begann.

Weil er wußte, daß Matt zurückkommen würde, um Dirk zu helfen, wenn er die Waffe abfeuern würde, nahm Alex einen schweren Ast und schlug Dirk mit voller Wucht auf den Hinterkopf. Er grunzte selbstgefällig, als sein Gegner stöhnend zusammenbrach und regungslos liegenblieb. Dann rannte er in die Richtung los, in die Rachel davongeritten war. *Dieses Mal wird sie sterben.*

Kapitel Achtundzwanzig

Als Rachel beim Haus ankam, hätte sie beinahe vor Erleichterung geweint. Sie glitt von dem Pferd und schleppte sich die Verandastufen hinauf. Die Schmerzen nahmen ihr fast den Atem. Rachel öffnete die Tür und rief nach Mary. Niemand antwortete. Sie hörte eine Stimme in der Küche und stolperte zu dem Raum hinüber. Matthew stand am Telefon und erklärte Beth, wo er Dirk und Rachel zehn Minuten zuvor zurückgelassen hatte. Er drehte sich um und sah gerade noch, wie Rachel in der Tür zusammenbrach.

*

Alex ließ den Waldrand hinter sich. Die Timberline-Ranch war in Sicht. Davor standen die Pferde, auf denen Rachel und

Matthew entflohen waren. Er überprüfte die Munition im Gewehr. *Voll. Das ist gut.* Er spannte den Gewehrhahn.

*

Der Polizeihubschrauber war wieder aufgestiegen, und der Pilot wurde sofort von Matts Anruf informiert. In der Annahme, daß Alex Jordan nicht weit von ihnen entfernt sein konnte, flog der Hubschrauber zur Timberline-Ranch.

*

Im Haus schaute Matt aus dem Fenster und sah Alex draußen bei seinem Pferd. Er duckte sich noch rechtzeitig, bevor der erste Schuß durch das Küchenfenster pfiff. Auf der Suche nach Deckung trat er gerade in dem Augenblick in den hinteren Flur, als Alex durch die Haustür hinein stürzte.

*

Das Rettungsteam rückte sofort aus. Mit Fahrzeugen und Pferden bereiteten sie sich auf eine weitere Querfeldeinjagd vor. Der Hubschrauberpilot entdeckte schließlich Dirks regungslose Gestalt auf einer kleinen Lichtung in der Nähe der Ranch. Der Pilot ging tief hinunter und gab seine Position an die Suchtrupps weiter, die sich auf der Straße in der Nähe befanden, denn sie konnten die Wälder in der Nähe der Timberline-Ranch vor den Helfern erreichen.

*

Jake und zwei weitere Männer fanden Dirk zuerst. Jake beugte sich über den Verletzten, der zu sprechen versuchte. „Rachel ..."

„Ganz ruhig, Dirk. Rachel geht es gut. Du mußt dich jetzt auf dich selbst konzentrieren.“ Jake wies einen Mann an, seine Hand auf Dirks Hinterkopf zu pressen, was die Blutung sofort eindämmte. Der andere Mann breitete eine Decke auf dem Boden aus. Dann hoben die drei Dirk vorsichtig auf die improvisierte Trage. Durch die Bewegung und den Verlust des Gegendrucks durch die Hand schoß neues Blut aus seiner Kopfwunde. Er wurde wieder ohnmächtig, als die Männer sich erhoben und unendlich vorsichtig zum Transporter gingen, in dem Versuch, ihren Patienten nicht mehr als nötig zu bewegen.

Dirks letzter Gedanke, bevor er das Bewußtsein verlor, galt Rachel.

*

Matt hielt vor Schreck den Atem an, als Rachel sich bewegte und leise stöhnte. Sie waren im Wäschezimmer versteckt, gleich neben dem Schlafzimmer, das Alex gerade betreten hatte. In dem Bewußtsein, daß er jeden Moment um die Ecke kommen und sie sehen würde, beschloß Matt, sich zur Hintertür durchzukämpfen, doch dazu würde er Rachel zurücklassen müssen. Die Hintertür knarrte laut; zwei Wochen zuvor hatte Matt noch deswegen mit Dirk geschimpft. „Ein wenig Öl würde das in wenigen Sekunden beheben.“

Er legte Rachel vorsichtig auf den Boden und schloß die Tür halb. Er würde so schnell laufen müssen, wie er nur konnte, in der Hoffnung, daß Alex nicht ins Wäschezimmer schaute, wenn er Matt fliehen sah.

„Ich liebe dich, Beth“, flüsterte Matt und wünschte seine Worte in ihr Herz hinein. *Es ist unsere einzige Chance.*

Er drehte sich um und rannte über den Flur. Alex wirbelte herum, als er die Hintertür laut quietschen hörte. Der Hubschrauber dröhnte über ihren Köpfen.

*

Matt hatte knapp die Sicherheit der Ställe erreicht, als Alex aus dem Haus rannte. Alex' Aufmerksamkeit wurde sofort auf die Polizisten im Hubschrauber über ihm gelenkt, die ihn durch ihre Lautsprecher aufforderten, seine Waffe fallen zu lassen. Statt dessen legte Alex das Gewehr an, zielte auf den Helikopter und schoß. Die Kugel streifte eine Tür des Cockpits und zerbrach ein Fenster. Während Alex nachlud, feuerte der Hilfssheriff an Bord. Als bester Scharfschütze der Polizeiakademie benötigte er nur einen Schuß, um Alex davon abzuhalten, jemals wieder einem Menschen etwas zuleide zu tun.

*

Beth und Mary sahen schweigend zu, wie Doktor Harmon Rachels Untersuchung beendete. Er wickelte ihre übel verstauchten Handgelenke in einen Eisverband und bandagierte drei gebrochene Rippen, dann gab er ihr ein leichtes Beruhigungsmittel, um sie davon abzuhalten, sich im Schlaf wild herumzuwälzen und so ihre Schmerzen zu verschlimmern. „Sie leidet an Unterkühlung und braucht ein paar Wochen Ruhe, aber sie wird wieder gesund werden", sagte er abschließend.

*

Rachel wachte eine Stunde später in einem Gästezimmer der Timberline-Ranch auf. Die Stille erschreckte sie, und sie stand ächzend auf, um herauszufinden, was eigentlich geschehen war.

Dirk saß mit verbundenem Kopf im Wohnzimmer. Matt stand neben ihm. Beide lächelten, als sie Rachel erblickten. Sie war übel zugerichtet, das Gesicht voller Blutergüsse, ihr

Haar völlig zerzaust. „Hallo, Schöne", sagte Dirk und versuchte aufzustehen, doch ohne Erfolg.

Sie lachte und stolperte zu ihm hinüber. Dann sank sie vor ihm zu Boden und umarmte ihn erleichtert. Sein Kopf dröhnte, als er sich vorbeugte, um sie in den Arm zu nehmen, aber unter keinen Umständen wollte er sie loslassen. „Gott sei Dank, daß du in Ordnung bist, Rachel. Es tut mir so leid!"

„Oh, Dirk, dir muß nichts leid tun. Du hast getan, was du konntest. Dieser Mann war verrückt." Plötzlich sah sie ängstlich aus. „Haben sie ihn erwischt? Ist er im Gefängnis?"

„Ein Hilfssheriff hat ihn erschossen, nachdem er versucht hatte, den Hubschrauber abzuschießen. Er wird nie wieder jemanden bedrohen, Rachel."

Ihre Erleichterung war offensichtlich. Er küßte sie auf die Stirn und ließ sie erst los, als Beth energisch sagte: „Sie braucht jetzt Ruhe und du auch!"

Kapitel Neunundzwanzig

Samstag, 31. Juli

Rachel erwachte am Nachmittag und sah direkt in Dirks dunkle Augen, die sie intensiv ansahen. „Hunger?" fragte er.

„Ich bin praktisch am Verhungern. Aber noch mehr am Verdursten."

Dirk stand auf und holte ein vollbeladenes Tablett. Eine halbe Stunde später hatten sie alle Köstlichkeiten aufgegessen.

„Damit haben wir kurzen Prozeß gemacht", lachte Rachel. Jetzt, wo sie sich besser fühlte, begann sie langsam wieder, an die Welt außerhalb dieses Zimmers zu denken. „Wie geht es Matt und Beth?“ fragte sie besorgt.

„Beiden geht es immer besser.“

„Wir bilden ja inzwischen das reinste Invalidenlager. Ist es immer so aufregend hier draußen?“

„Nicht immer“, sagte er. „Und ich hoffe, daß ich Aufregung dieser Art nie wieder erleben werde.“ Zärtlich legte er seine Hände um ihre Wangen.

Sie senkte die Augen. „Welcher Tag ist heute, Dirk?“

Er ließ seine Hand sinken. „Es ist Samstag.“

„Samstag ... morgen muß ich abreisen.“

„Du bist nicht in der Verfassung dafür“, sagte er aufgebracht, stürmte hinüber ans Fenster und starrte hinaus.

„Vielleicht hast du recht. Aber wenn nicht morgen, dann muß ich doch spätestens am Montag fahren. Oder Dienstag. Wir haben uns beide seit Tagen vor diesem Augenblick gefürchtet, und nun ist er gekommen. Wir können ihm nicht ausweichen. Ich gehe, und du bleibst.“

„Du mußt nicht gehen.“

Sie seufzte und griff nach dem Laken, das sie in ihrer Hand zerknüllte. „Doch. Was sollte ich denn hier anfangen? Ich kann doch nach einem zweiwöchigen Urlaub nicht einfach so hopplahopp aus meinem bisherigen Leben verschwinden.“

Er sah sie eindringlich an, bis sie ihm in die Augen schaute, und sein Blick verursachte ihr Herzklopfen. Die Sonne strahlte durch das Fenster hinter ihm herein und unterstrich seine markante Kieferpartie. „Bitte geh nicht weg, Rachel.“

„Ich muß“, murmelte sie gepreßt und starrte auf das weiße Laken.

Er ging hinüber zum Bett und kniete davor nieder. Zärtlich nahm er ihre Hand. „Rachel Johanssen, du bist die wunderbarste Frau, die ich je kennengelernt habe, innerlich und äußerlich. Ich wünsche mir, daß du meine Frau wirst. Ich verspreche dir, mein Bestes zu tun, um dir Geborgenheit zu geben, und ich werde dich immer lieben."

Tränen liefen über ihre Wangen. „Ich kann nicht, Dirk."

Er stand abrupt auf. „Warum nicht?"

„Wir können doch nach zwei wunderbaren Wochen voller Romantik und Abenteuer nicht einfach heiraten. Das ist doch nicht das wirkliche Leben, Dirk! Wie können wir wissen, wie es uns in fünf oder zehn Jahren gehen wird? Ich bin nicht bereit dazu, alles, was ich mir erarbeitet habe, für solch ein Wagnis hinter mir zu lassen, und ich kann mir absolut nicht vorstellen, daß du zu mir in die Stadt ziehen würdest."

Er öffnete den Mund und wollte etwas sagen, doch dann hielt er sich zurück. Er war sichtlich wütend und frustriert über ihr Verhalten, zugleich aber auch hilflos angesichts der Logik ihrer Worte. Er schüttelte den Kopf und starrte aufgebracht aus dem Fenster. Dann verließ er den Raum.

*

Am gleichen Abend rief Beth Rachel an; Mary brachte Rachel das schnurlose Telefon ans Bett. Sie sagte nichts über deren tränenverschmiertes Gesicht und ihre geschwollenen Augen, aber sie bemerkte schnell den Zusammenhang mit Dirks schlechter Laune. Rachel bat Beth, zu kommen und sie abzuholen. Sie sagte nur, sie würde ihren letzten Abend im Tal lieber auf der Morgan-Ranch verbringen. Beth kam bald darauf, und angesichts des offensichtlichen Kummers ihrer Freundin schwieg sie. Dirk war nicht da, als Rachel Mary herzlich umarmte und ihr für ihre Hilfe dankte. Er stand im Schatten hinter der Scheune und sah von einem Fenster aus zu, wie Rachel sich suchend nach ihm umblickte, dann wortlos in Beths Auto einstieg und davonfuhr.

Mary wußte, wo er war. Sie ging zur Scheune hinüber und fand ihn wie ein Häuflein Elend dasitzend und in das verlöschende Sonnenlicht starrend, das durch das Fenster hereinschien. Sein Gesicht war teilweise von Schatten verdeckt. „Du willst sie also einfach so gehen lassen?"

„Ich habe sie gebeten, mich zu heiraten. Sie sagte, sie könnte es nicht."

„Also gibst du auf?"

„Was soll ich denn noch tun?"

„Dirk Tanner, dein ganzes Leben lang habe ich noch nie miterlebt, daß du dich vor einem Kampf gedrückt hättest. Dieses Mädchen hat in letzter Zeit viel durchgemacht, aber sie liebt dich! Und du liebst sie auch, das sehe ich doch!"

„Tragisch, nicht wahr?" sagte er mit vor Sarkasmus triefender Stimme.

„Das ist es – wenn du sie morgen in dieses Flugzeug einsteigen läßt!"

„Ich muß sie gehen lassen, Mary. Verstehst du das nicht? Zuviel ist passiert. Sie kann es noch nicht sehen; es ist zu nahe vor Augen. Es bringt mich beinahe um, aber ich muß sie gehen lassen."

„Ich kann es einfach nicht glauben", sagte Mary kopfschüttelnd und verließ die Scheune frustriert.

*

Matt gab es auf, mit Beth und Rachel vernünftig reden zu wollen. Die Situation war einfach zu emotionsgeladen für ihn; er konnte nicht damit umgehen. Erschöpft gingen sie schließlich alle früh zu Bett, damit sie bereits im Morgengrauen aufstehen konnten, um gemeinsam zu frühstücken, bevor sie Rachel auf den Heimweg schickten.

Kapitel Dreißig

Sonntag, 1. August

Obwohl es Rachel viel besser ging, war sie immer noch steif und angeschlagen. Als sie die Küche betrat und Beth erblickte, setzte sie ein gekünsteltes Lächeln auf und sagte: „Na ja, ich muß abschließend feststellen: Ein sonniger Inselstrand wäre viel erholsamer gewesen als die paar Wochen hier bei dir."

Beth erwiderte ihr Lächeln. „Aber dann hättest du Dirk nicht kennengelernt."

Rachel hob die Hände. „Bitte. Laß uns nicht darüber sprechen."

„Bist du sicher, daß du nicht noch ein bißchen bleiben kannst?" fragte Beth hoffnungsvoll. „Ich verspreche dir eine sehr ruhige Zeit – du müßtest noch nicht einmal in der Küche mithelfen –, und vielleicht könnten Dirk und du eine gemeinsame Lösung finden."

„Darum geht es nicht, Beth. Dirk ist wunderbar. Ich muß einfach nach Hause gehen und wieder ein normales Leben führen. Ich brauche Zeit, um nachzudenken."

„Ich verstehe. Kannst du dir wenigstens noch ein paar Tage freinehmen, um dich zu erholen?"

„Ich glaube nicht, daß das klappen wird. In der Firma sind sie wahrscheinlich inzwischen schon mit den Nerven völlig am Ende. Mir geht es besser. Ich werde in dieser Woche einfach meine Arbeitszeit ein bißchen einschränken."

„Wann geht dein Flugzeug?"

„Um neun."

„Wir bringen dich hin und gehen in den zweiten Gottesdienst."

„Ich wünschte, ich könnte den Gottesdienst noch einmal besuchen. Dieser Urlaub hat meine Sichtweise von Gott und dem Glauben wirklich verändert, und eure Gemeinde hat den Anstoß dazu gegeben."

„Es ist toll dort", stimmte Beth zu. „Ich wünschte, du könntest Gemeindemitglied werden ..."

„Schluß jetzt, Beth."

*

Dirk stand mit der Sonne auf und machte sich sofort auf den Weg zur Kapelle. Über eine Stunde lang betete er dort inbrünstig um Kraft und Geduld.

*

Matt lud Rachels Gepäck auf den Transporter und fuhr sie und Beth hinaus zum Flugplatz. Rachel blickte angestrengt aus dem Fenster, denn sie wollte sich jeden Baum des Landes einprägen, damit sie es nicht vergessen würde. Wie sehr sie sich in den zwei kurzen Wochen doch verändert hatte! Ihre Wertschätzung für das Landleben war sehr gewachsen, es würde immer etwas Besonderes für sie sein. Sie war untröstlich darüber, daß sie sich nicht von Dirk hatte verabschieden können, und beim Gedanken daran kämpfte sie wieder mit den Tränen. *Matt und Beth haben schon genug Tränen gesehen.* Sie mußte sich zurückhalten, bis sie im Flugzeug saß.

Sie fuhren schweigend dahin, bis Matt von der Hauptstraße auf den Parkplatz des kleinen Flughafens einbog. Es war ein stürmischer Tag. Flaumige Wolken trieben über ihnen dahin und wurden immer größer, je näher sie den Bergen kamen. Rachel atmete die frische, saubere Luft ein und versuchte noch einmal, sich jedes winzige Detail tief ins Gedächtnis einzuprägen.

Matthew nahm das Gepäck, und Beth hakte sich bei Rachel ein und schob sie sanft zur Abfertigungshalle. Kurz bevor sie eintraten, rief jemand Rachels Namen.

Sie erkannte Dirks Stimme und drehte sich erleichtert um. Sie unterdrückte den Drang, sich in seine Arme zu werfen, doch er umfaßte ihre Taille und küßte sie zärtlich. „Geh, wenn du gehen mußt, Rachel. Aber du sollst wissen, daß ich dich liebe. Versprich mir, daß du daran denken wirst."

Die Morgans gingen diskret voraus in die Abfertigungshalle, um dort zu warten.

„Ich weiß, daß du mich liebst, Dirk. Und ich liebe dich auch. Wenn wir doch nur mehr Zeit hätten! Ich bin einfach so durcheinander. Ich will dich nicht verlassen", sagte sie und lehnte ihr Gesicht an seine Brust.

„Und ich will nicht, daß du gehst."

Sie standen eng beieinander, bis Rachels Flug aufgerufen wurde. Beide fühlten sich elend. Rachel riß sich schließlich widerstrebend von ihm los und hob ihren Kopf, um seinen Blick zu erwidern. „Danke, daß du gekommen bist, um auf Wiedersehen zu sagen, Dirk. Ich hätte es nicht verkraften können, wenn du nicht gekommen wärst."

„Ich mußte es tun – Wiedersehen, Liebste."

Mit tränenüberströmtem Gesicht trat sie in die Abfertigungshalle, nahm ihre Taschen von den Morgans in Empfang und reichte sie zusammen mit ihrem Ticket wortlos dem Angestellten der Fluglinie. Sie umarmte Matt und Beth und ging dann los, ohne ein Wort zu sagen. Während sie die Stufen zum Flugzeug hochstieg, weinte sie hemmungsloser. Jeder Schritt tat ihr weh, und ihr Herz schrie danach, stehenzubleiben und umzukehren. Doch sie ging weiter.

Als ihr Flugzeug in den strahlend blauen Himmel aufstieg, stand Dirk neben seinem Jeep und ließ den Tränen freien Lauf.

Kapitel Einunddreißig

Mittwoch, 25. August

Rachel sprang aus der Kabelbahn und genoß den frischen Wind, der von der Bucht in die Stadt hineinwehte. Einen Augenblick lang fühlte sich die Luft an wie an dem Tag, als sie das Elk-Horn-Tal hinter sich gelassen hatte. Wie so oft blieb Rachel stehen und erinnerte sich zurück. Wenn sie sich ganz fest konzentrierte, konnte sie Dirks After-shave riechen und seine starken Arme um sich spüren. Plötzlich wurde ihr bewußt, daß sie die Aufmerksamkeit der Passanten auf sich zog, weil sie mit geschlossenen Augen mitten auf dem Weg stehengeblieben war. Während sie sich zwang weiterzugehen, hatte sie das Gefühl, als würde sie sich gewaltsam von Dirk losreißen.

Sie hatten nicht miteinander gesprochen, seitdem sie nach Hause zurückgekehrt war. Trotz der Tatsache, daß Rachel sich sofort wieder in ihre Arbeit gestürzt und begonnen hatte, sich verschiedene Kirchengemeinden anzusehen, vergingen keine fünf Minuten, ohne daß sie an Dirk dachte. Ein neuer Kollege widmete ihr in letzter Zeit besondere Aufmerksamkeit, doch für Rachel war klar, daß er es niemals mit Dirk aufnehmen konnte. Sie ignorierte seine Avancen und träumte jede Nacht von dem Mann in Montana.

Sie war sich bewußt, daß sie bis über beide Ohren in Dirk Tanner verliebt war und daß es nicht nur eine vorübergehende Sache war. Doch sie konnte sich nicht dazu überwinden, ihn anzurufen. Jeden Abend saß sie neben ihrem Telefon und kämpfte mit dem Wunsch, seine Nummer zu wählen, einfach seine Stimme zu hören, doch jedes Mal entschied sie sich am Ende dagegen. Dann kroch sie, erschöpft von der

Schlacht, die in ihrem Inneren tobte, ins Bett. Sie wußte, daß Dirk ihre Entscheidung abwartete, daß er ihr den Freiraum und die Zeit schenkte, die sie benötigte, um sich über ihre Gefühle klarzuwerden.

Die traurige Tatsache war aber, daß sie mit jedem Tag nur noch verwirrter wurde. Sie wollte ihn anrufen, doch sie wollte auch nicht den Anschein erwecken, als würde sie ihm nachlaufen. Sie kämpfte mit dem Stolz: Stolz auf ihre Arbeit. Stolz auf ihre Fähigkeit, Entscheidungen zu treffen. Stolz auf ihren Lebensstil. Ihn anzurufen bedeutete, daß sie all das loslassen mußte.

*

Rachel verließ das Büro zur Mittagspause und blickte zu den hohen Gebäuden hinauf, die sie umgaben und ihr das Gefühl vermittelten, winzig und bedeutungslos zu sein. Aus einer Laune heraus schlenderte sie hinüber in die Kathedrale, setzte sich in eine Bank und starrte lange das Kreuz und die schönen bunten Glasfenster an. In der Kirche fühlte sie sich geborgen und beschützt. Ihre Gedanken begannen sich zu klären.

Sie liebte ihre Arbeit. Ihre Aufstiegsmöglichkeiten sahen blendend aus. Doch plötzlich schien das nicht mehr genug zu sein. Sie wollte mehr. Sie wollte einen Ehemann. Sie wollte die wunderschöne weite Landschaft um sich haben, nicht das grelle Licht der Stadt.

Nachdem sie eine Zeitlang gebetet hatte, saß sie einfach nur da und nahm die friedvolle Stimmung in sich auf. Ihre Entscheidung schien plötzlich klar vor ihr zu stehen. Rachel stand auf und ging zurück ins Büro. *Du mußt eine mutige Entscheidung treffen, Rachel. Wer nicht wagt, der nicht gewinnt. Und Dirk ist das Wagnis wert.*

Ihre Sekretärin blickte sie ernst an; offenbar mißbilligte sie heute Rachels ziemlich lange, zweistündige Mittagspause. Rachel ignorierte ihren Blick und ging geradewegs zum Büro ihrer Chefin. Sie klopfte und steckte dann den Kopf zur Tür hinein.

„Susan?“ fragte sie.

Susan winkte sie herein, während sie an zwei Apparaten gleichzeitig sprach. Rachel setzte sich und wartete. Ihre Entscheidung geriet wieder ins Wanken. Nach fünfzehn Minuten legte Susan schließlich beide Hörer gleichzeitig auf. „Sie sollten nicht einmal in *Erwägung* ziehen, sich mehr als einen Telefonanschluß in Ihr Büro legen zu lassen, Rachel.“ Susan hatte die Angewohnheit, laut und schnell zu sprechen.

„Ja, also, weswegen ich mit Ihnen reden wollte ...“

„Also reden Sie, gute Frau, reden Sie! Hat es etwas damit zu tun, daß irgend etwas mit Ihnen los ist? Ja, mir ist aufgefallen, daß Sie nicht Ihre übliche brillante Arbeit geleistet haben. Damit will ich nicht sagen, daß Ihre Ideen nicht gut gewesen wären. Es fehlt nur der letzte *Kick*, wissen Sie – seitdem Sie wieder aus Alaska, oder wo immer Sie waren, zurück sind. Was ist eigentlich los?“

„Ich hoffe, Sie werden mir deswegen nicht böse sein, Susan, aber ich ... ich muß kündigen. In Montana habe ich einen Mann kennengelernt. Einen ganz wunderbaren Mann sogar. Den besten, den es gibt, um genau zu sein. Ich liebe ihn. Ich liebe auch meine Arbeit, aber er ist wichtiger. Wenn er mich noch haben will, dann gehe ich zurück nach Montana und heirate ihn.“ Sie wartete ängstlich auf die Antwort ihrer Chefin.

Susan lehnte sich zurück und legte ihre Füße auf den Schreibtisch. Ein Telefon surrte, und sie bat die Empfangsdame, das Gespräch entgegenzunehmen. „Ich vermute, Sie haben sich das gut überlegt?“

Rachel nickte schwach.

„Sie haben daran gedacht, welches Einkommen Sie verlieren werden?“

„Ja."

„Sie haben an die Altersversorgung und die Gesundheitsvorsorge gedacht?"

„Ja."

„Sie sind bereit dazu, all das hier – die schicken Partys, die Oper ... die Einkaufsmöglichkeiten aufzugeben?"

Rachel lächelte. „Alles. Glauben Sie mir, ich habe an alles Schreckliche gedacht, in dem Versuch, meine Gefühle für diesen Mann zu besiegen."

Susan schürzte die Lippen und betrachtete Rachel eingehend. „Klingt, als wären Sie fest entschlossen."

Rachel holte tief Luft. „Das bin ich."

„Tja, wie kann ich gegen die Liebe konkurrieren? Wer hätte je gedacht, daß Rachel Johanssen mitten in der Pampa die Liebe ihres Lebens finden würde? Sind Sie sicher, daß es das Risiko wert ist?"

„Wenn ich es nicht herausfinde, werde ich mir das nie verzeihen. Was, wenn er tatsächlich all das ist, wofür ich ihn halte, Susan?"

Susan warf dramatisch die Hände in die Luft und lachte. „Sie stehen tief in meiner Schuld für das, was ich jetzt sage, Schätzchen: Gehen Sie, und finden Sie es heraus. Wenn es nicht funktioniert, dann kommen Sie zurück. Hier wird eine Stelle auf Sie warten, und mir gefällt der Gedanke ungemein, daß Sie tief in meiner Schuld stehen."

„Oh, Susan, vielen Dank für Ihre Großzügigkeit! Die Zusammenarbeit mit Ihnen wird mir fehlen. Ein letztes ... Ich wollte die zwei Wochen Kündigungsfrist einhalten, aber jetzt, wo ich mich entschieden habe, kann ich den Gedanken, auch nur einen Tag zu warten, nicht ertragen. Ich möchte es Dirk persönlich sagen."

„Ich muß darauf bestehen, daß Sie ein paar andere Angestellte in Ihre Projekte einweisen, bevor Sie gehen. Bleiben Sie noch bis zum Ende der Woche, und fliegen Sie dann am

Wochenende nach Montana. Dauert es nicht sowieso eine Weile, bis man eines dieser Buschflugzeuge angeheuert hat?"

„Es ist nicht ganz so abgelegen!" grinste Rachel und erinnerte sich an ihren ersten Eindruck von der provinziellen Fluglinie. „Aber ich will versuchen, noch ein paar Tage zu überleben. Ich will Sie nicht im Stich lassen, aber ich weiß auch, daß ich jetzt, da die Entscheidung getroffen ist, ohnehin hier nicht mehr viel taugen werde."

„Machen Sie Ihre Arbeit zu Ende, und dann hauen Sie ab. So eine richtig schmalzige Liebesgeschichte gefällt selbst mir hin und wieder!"

Rachel verließ strahlend Susans Büro und setzte sich an ihren Schreibtisch, um damit zu beginnen, ihre Projekte nach ihrer Wichtigkeit zu ordnen. Am nächsten Morgen würde sie damit beginnen, sie zu verteilen.

Kapitel Zweiunddreißig

Während sie am Abend mit der Bahn aus dem Stadtzentrum nach Hause fuhr, fieberte Rachel danach, Dirk anzurufen. Der Gedanke, daß sie ihn verlassen und wochenlang nicht angerufen hatte, quälte sie jetzt furchtbar. Vielleicht war er so zornig, daß er nicht mehr mit ihr reden wollte? Er schien ihre Bedenken akzeptiert zu haben, doch man konnte nicht wissen, wie ihn die letzten Wochen beeinflußt hatten. Gedankenverloren stieß sie beinahe mit einer alten Frau zusammen, als sie aus der Bahn sprang. Sie eilte zu ihrem Wohnblock und öffnete die hundert Jahre alte Haustür mit einem überdimensional großen Schlüssel.

Als sie den Flur betrat, bekam sie große Augen – und dann lachte sie lauthals vor Freude, während sie die drei Stockwerke zu ihrer Wohnung hinaufstieg. Auf jeder Stufe lag eine wunderschöne rote Rose. Im Gehen hob sie jede einzelne auf, und ihr Herz setzte einen Schlag lang aus, während sie überlegte, ob es wirklich Dirk war, der die Rosen dort hingelegt hatte. *Beruhige dich. Es war vielleicht dieser Typ aus dem Büro.* Als sie oben angekommen war, hatte sie achtundvierzig rote Rosen eingesammelt, und eine weitere weiße war an ihre Türe geheftet. Ein Zettel hing daran, auf dem stand: „Wir treffen uns um sechs heute abend am Reiterhof im Golden Gate Park. Dirk."

Ihr Herz hüpfte, während sie lachend und weinend zugleich zu Boden sank. *Dirk ist hier! Er ist gekommen, um mich zu holen! Er will mich immer noch haben!*

Sie stellte die Rosen in eine riesige Kristallvase, duschte sich schnell und zog sich warm an. Selbst im Spätsommer war es abends im Park recht frisch. Ihren Hunger bemerkte sie nicht – sie ließ das Abendessen ausfallen. Zitternd vor Freude ging sie zum Telefon und rief ein Taxi.

Als sie bei den Ställen ankam, reichte sie dem Taxifahrer über den Sitz hinweg einen Zwanzigdollarschein; über das Wechselgeld machte sie sich keine Gedanken. Sie versuchte sich zu bremsen und nicht gleich loszurennen und ging auf der Suche nach Dirk zunächst zum Hauptbüro.

Eine kleine Glocke über der Tür klingelte, als sie sie öffnete, und eine freundlich dreinblickende Frau trat von hinten in den Raum. Sie sah Rachel lächelnd an. „Miss Johanssen?"

„Ja, das bin ich", sagte Rachel und hoffte verzweifelt, daß Dirk nicht angerufen hatte, um zu sagen, daß er doch nicht kommen würde.

„Mr. Tanner hat zwei Pferde gemietet und ist mit seinem bereits vorausgeritten. Sie finden Salome, Ihre Stute, in Stall fünf fertig gesattelt vor. Hier haben Sie eine Karte des Parks. Sie sollen ihn hier treffen." Sie zeigte auf ein rotes Kreuz und lächelte Rachel verschwörerisch an. Sie war in das Geheimnis eingeweiht und genoß das offensichtlich sehr.

Die Sonne ging gerade unter, als Rachel auf ihrem Pferd den Pfad zu der Stelle entlangritt, wo Dirk sie erwartete. Ihr Herz klopfte, während Salome die schönste Stelle des Parks ansteuerte: die Klippen über dem Ozean.

Dirk stand mit dem Rücken zum Meer vor einem Sonnenuntergang in wunderschönen Orange- und Rottönen. Der Wind blies sein Haar nach vorne. Sein Pferd, das an einer zerzausten Pazifikeiche festgebunden war, stand müßig in der Nähe. Ohne auch nur einen einzigen Augenblick seine Augen von ihr abzuwenden, eilte Dirk auf Rachel zu, um ihr beim Absteigen zu helfen. Sie umarmten sich leidenschaftlich, ohne ein Wort zu sagen. Erst nach mehreren Minuten ließ er sie los, doch als sie den Mund öffnete, um ihm Fragen zu stellen, brachte er sie rasch mit einem innigen Kuß zum Schweigen.

Dann nahm er sie bei der Hand und führte sie zu einem Baum, an dem eine rote Rose befestigt war. Sie strahlte ihn an, und er hielt sie fest, während sie den Zettel von der Blume pflückte und die Botschaft laut vorlas:

Und Gott der Herr baute eine Frau aus der Rippe, die er von dem Menschen nahm, und brachte sie zu ihm. Da sprach der Mann: „Das ist doch Bein von meinem Bein und Fleisch von meinem Fleisch; man wird sie ‚Männin' nennen, weil sie vom Manne genommen ist. 1. Buch Mose.

Rachel blickte von dem Zettel auf, um Dirks Blick zu erwidern. Er sprach leise und ernst, als er redete. „Rachel, am Tag, als du fortgingst, fühlte ich mich, als ob man mir eine Rippe herausgerissen hätte. Damals wußte ich, daß wir zusammengehören, doch ich hielt mich zurück, um dir Zeit zum Nachdenken zu geben. Ich möchte dich nicht drängen, aber ich habe vor, dir bis an mein Lebensende hinterherzulaufen, selbst wenn du mich immer wieder ablehnst. Ich bin so fasziniert von dir, daß ich sogar in diese elende Stadt ziehen würde, um bei dir zu sein."

Sie konnte nichts sagen, sie lächelte ihn nur an, während er sie zum nächsten Baum führte. Eine riesige weiße Rose war daran festgebunden. Er nahm den Zettel ab, las jedoch nicht vor, was darauf stand. Statt dessen rezitierte er den Vers aus dem Gedächtnis, während er sich vor ihr niederkniete:

„*Die Liebe ist langmütig und freundlich, die Liebe ereifert sich nicht, die Liebe treibt nicht Mutwillen, sie bläht sich nicht auf, sie verhält sich nicht ungehörig, sie sucht nicht das Ihre, sich läßt sich nicht erbittern, sie rechnet das Böse nicht zu, sie freut sich nicht über die Ungerechtigkeit, sie freut sich aber an der Wahrheit; sie erträgt alles, sie glaubt alles, sie hofft alles, sie duldet alles.* Rachel, ich liebe dich. Diese letzten Verse sollen uns dabei helfen, die Art von Liebe zu entwickeln, die uns unser ganzes Leben lang zusammenhalten wird." Er ergriff die Rose und band sie los. Aus der weißen Knospe zog er einen in Silber gefaßten Verlobungsring mit einem großen quadratischen Diamanten hervor, der von mehreren Smaragden auf jeder Seite eingefaßt war. Immer noch auf den Knien sagte er: „Rachel Johanssen, willst du mich heiraten?"

Sie sah hinab in sein ernstes Gesicht und dann mit feuchten Augen hinaus in die untergehende Sonne. Ihr Herz sang, und sie konnte sich nichts Schöneres vorstellen, als den Rest ihres Lebens mit diesem Mann zu verbringen. Ihr Herz sagte ihr, daß dies richtig war, daß es gut war, und sie traf ihre Entscheidung:

„Ja, Dirk, ja."

Teil 2
Emily

Kapitel Eins

Das dünne blonde Mädchen beobachtete traurig das geschäftige Treiben um sich herum. *Vielleicht kommt Mami ja auch nicht mehr zurück.* Bei diesem Gedanken runzelte die Siebenjährige ängstlich die Stirn. Immerhin hatte ihr Vater sich damals auch vor sie hingekniet und versprochen, „in ein paar Tagen" zurück zu sein. Das war nun schon viele Monate her. Die Erinnerung trieb dem Kind die Tränen in die blauen Augen, die durch die helle Haut und die hohen, ausgeprägten Wangenknochen noch betont wurden.

Wie die freundliche Nonne ihr aufgetragen hatte, betete sie, daß ihre Mutter wieder gesund werden würde. Schließlich waren sie ja in einem Krankenhaus, das wie ihre Mutter nach der heiligen Katharina benannt war. *Das heißt, daß Gott mich hören wird.* Der Gedanke tröstete sie.

Emily öffnete die Augen und beobachtete wieder angespannt, was um sie herum vorging. Den schmalen Rücken hielt sie ganz gerade. Als die Nonne, die sie in das Wartezimmer gebracht hatte, eilig über den Korridor ging, flüsterte Emily: „Wo ist Mami?"

Doch die Frau in der Tracht hörte sie nicht.

Emily rutschte von ihrem Stuhl und schaute verstohlen den Flur entlang. Sie wollte zur Schwesternstation gehen, doch auf halbem Weg blieb sie im Korridor stehen. Von weitem sah sie die Station. Die Schwestern der Nachtwache wirkten im Licht der Neonleuchten wie Gespenster. Außerdem kam ihr keine der Frauen bekannt vor, so daß sie nicht den Mut hatte, jemanden direkt anzusprechen. Niedergeschlagen ging sie mit hängenden Schultern zurück zum Wartezimmer.

*

Stunden später nahm eine junge Krankenschwester ihren Mantel von der Garderobe und ging über den Korridor zum Parkplatz. Erschöpft rieb sie sich den Nacken. Als sie am Wartezimmer vorbeikam, entdeckte sie das kleine Mädchen, das sich auf den hellgrünen Kissen zusammengekuschelt hatte. Emily hatte das Warten am Ende doch aufgegeben und war eingeschlafen. Stirnrunzelnd kehrte die Schwester zur Schwesternstation zurück.

„Was ist los?“ fragte die diensthabende Nonne. „Haben Sie immer noch nicht genug für heute?“

„Wir haben da anscheinend ein Problem. Bitte sehen Sie doch mal nach dem Traumaopfer, das wir heute früh hereinbekamen. Die Frau mit den vielen Kopfverletzungen. Ich glaube, ihr Name war Walters oder so ähnlich.“

Als sie den ernsten Blick ihrer Kollegin sah, beeilte sich die Schwester, das entsprechende Krankenblatt herauszusuchen. „Walker. Katharina Walker. Um 7.30 Uhr auf die Intensivstation überwiesen und um 10.43 Uhr aufgrund mehrfacher Kopfverletzungen verstorben. Scheint so schlimm gewesen zu sein, daß sie nur noch beten konnten.“

„War sie verheiratet?“

„Laut Ausweis ja, aber wir konnten den Mann nicht aufspüren. Es scheint, als ob sie alleine war.“

„Nicht ganz allein. Ich hörte heute morgen etwas von einem kleinen Mädchen, und ich glaube, das Kind ist immer noch hier. Sie starten wohl besser einen Notruf ans Jugendamt.“

Die Krankenschwester ging zum Wartezimmer zurück, nachdem sie zuvor ein Glas Wasser und einen Schokoladenriegel für die Kleine geholt hatte. *Es ist Sache der Ärzte, es den engsten Angehörigen mitzuteilen,* dachte sie wütend. Offensichtlich war dieses kleine Mädchen einfach übersehen worden.

„Kind“, flüsterte sie und berührte das Mädchen sanft an der Schulter, während sie sich neben es setzte. Emily war sofort wach, denn sie dachte, es wäre die Hand ihrer Mutter. Sie war enttäuscht, als sie merkte, daß es bloß eine Schwester war. Den Schokoladenriegel lehnte sie ab, doch das Glas Wasser trank sie aus.

„Wie heißt du, mein Kind?“

„Emily.“

„Und wie weiter?“

„Emily Walker“, flüsterte die Kleine. Sie hatte Angst vor dem, was diese Frau jetzt sagen würde. Die Nonne blickte traurig drein, ganz schrecklich traurig, und der Blick erinnerte Emily an den Gesichtsausdruck ihrer Mutter, wenn Emily nach ihrem Vater fragte. Sie hatte bald beschlossen, lieber nicht mehr nach ihm zu fragen.

„Emily, wir haben versucht, deinen Vater anzurufen. Ist er bei der Arbeit?“

„Vati ist fortgegangen.“

„Oh, ich verstehe. Kann man ihn irgendwo erreichen?“

„Ich weiß nicht. Aber das müssen Sie gar nicht. Mami und mir geht es auch ohne ihn gut.“

„Ach so.“ Die Nonne suchte nach den richtigen Worten, um ihr die schreckliche Nachricht mitzuteilen. Sie empfand tiefes Mitleid für Emily und wollte ihr nicht noch mehr Schmerz zufügen. *Oh Gott, bitte hilf diesem Kind.* Im stillen betete sie, während sie das Kind in den Arm nahm und auf den Sozialarbeiter vom Jugendamt wartete.

Zwanzig Minuten später betrat eine große Frau mit blonden halblangen Haaren das Wartezimmer. Als sie die Schwester und das kleine Mädchen sah, ging sie zu ihnen hinüber und kniete sich vor sie hin.

„Bist du Katharina Walkers Tochter?“ fragte sie das Kind vorsichtig.

Emily runzelte mißtrauisch die Stirn, denn sie war sich

nicht sicher, ob sie der fremden Frau antworten sollte. Die Schwester nickte ihr ermutigend zu.

Emily sah wieder die große blonde Frau an und nickte.

Die Frau lächelte sie zaghaft an. „Ich heiße Kim", sagte sie. „Wir haben versucht, deinen Vati zu finden. Weißt du, wo er ist?"

„Nein." Emilys Unterlippe zitterte.

„Du mußt mit mir kommen, Liebes. Wir werden versuchen, ihn zu finden. Jetzt bringen wir dich ins Bett und fangen gleich morgen früh damit an."

Aus Angst, daß man sie von ihrer Mutter wegbringen würde, wagte Emily, die Frage zu stellen, die sie bisher zurückgehalten hatte. „Wo ist meine Mami?"

Kim sah die junge Schwester an. „Hat noch niemand mit diesem Kind gesprochen?"

Die Schwester schüttelte traurig den Kopf und wandte sich dann an Emily. „Emily, deine Mami ist heute morgen gestorben. Wir haben versucht, ihr zu helfen, aber sie war zu schwer verletzt. Es tut mir leid ... so leid. Ich weiß, daß es schwer für dich sein wird, ohne sie weiterzuleben. Aber ich verspreche dir, daß sie jetzt an einem viel schöneren Ort ist."

„Gott hat mich nicht gehört", sagte das kleine Mädchen und brach in Tränen aus.

„Gott hat dich gehört, Emily. Er wollte deine Mutter nur näher bei sich haben. Er wird für sie sorgen und auch auf dich aufpassen." Die Schwester bemühte sich, stark und zuversichtlich zu klingen.

Emily war offensichtlich nicht überzeugt.

„Du mußt mit dieser Dame gehen, Emily. Sie wird sich darum kümmern, daß du ein neues Zuhause findest. Du wirst sehen, es wird dir gut gehen."

Emily wandte ihren Blick von der Schwester ab, schob sich von dem Sofa und stellte sich neben die Sozialarbeiterin.

Schüchtern nahm sie die Hand, die ihr die Fremde entgegenstreckte und ging mit ihr hinaus in die dunkle, eiskalte Nacht.

Kapitel Zwei

Siebzehn Jahre später
16. Januar

Ein heftiger Schneesturm tobte, als Dirk und Rachel Tanner zusammen mit ihrem Vorarbeiter Jake Rierdon vom Gottesdienst nach Hause fuhren. Gewaltige Böen wirbelten die riesigen Schneeverwehungen durcheinander, die die Straße säumten. Das Schneegestöber und der dunkle, wolkenverhangene Himmel beschränkten die Sicht auf wenige Meter.

„Mann, so ein übles Wetter habe ich seit Jahren nicht mehr erlebt", meinte Dirk und kniff die Augen zusammen, um besser sehen zu können.

„Paß auf. Hier gibt es viele Wildwechsel", warnte ihn Jake. „In dieser Gegend habe ich massenhaft Rotwild gesehen." Wegen des andauernden schlechten Wetters wagten sich die Tiere auf der Suche nach Nahrung weiter als sonst ins Tal hinab.

„Achtung!" rief Jake, als er im Scheinwerferlicht plötzlich eine Bewegung am Straßenrand sah. Rachel griff erschrocken nach Dirks Arm, und ihr Mann wich der Gestalt gerade noch aus.

„Das war aber kein Reh!" sagte Rachel. „Da draußen ist ein Mensch!" Dirk hielt an, knöpfte seinen warm gefütterten Fleece-Mantel zu und zog seine Handschuhe an. Jake war schon ausgestiegen und kämpfte sich gegen den Wind zurück zu der geheimnisvollen Gestalt am Straßenrand.

Rasch schloß Rachel die Autotür hinter den beiden, denn schon dieser kurze Kontakt mit der eisigen Kälte reichte ihr. Sie hielt ihre Hände vor die Heizung und sah sich nach den Männern um. Doch Dirk und Jake waren schon hinter einer Wand aus umherwirbelndem Schnee verschwunden. „Bitte, Herr, paß auf sie auf", flüsterte Rachel.

*

Die junge Frau in der abgetragenen Kleidung blieb stehen, als der Geländewagen vorbeifuhr. Ihr war so kalt ... sie konnte nicht mehr weitergehen. Sobald ihre Beine nicht mehr in Bewegung waren, knickten sie unter ihr weg, und sie kämpfte nicht länger gegen die bleierne Müdigkeit an. *Ich kann einfach nicht mehr. Ich muß mich ausruhen ... nur einen Augenblick.* Sie schloß die Augen und verlor sofort das Bewußtsein.

*

Dirk und Jake stapften durch den Sturm zurück. Sie schrien gegen den Wind an und suchten verzweifelt nach der Gestalt, an der sie vorbeigefahren waren. Nachdem sie sich eine Zeitlang erfolglos umgesehen hatten, schüttelte Dirk den Kopf und rief seinem Freund zu: „Hier draußen ist niemand! Wir müssen uns geirrt haben. Komm! Wir kehren besser um, sonst kriegen wir noch Frostbeulen!"

Jake drehte sich widerwillig um, suchte aber auf dem Weg zum Jeep weiter die Schneewehen am Straßenrand ab. Endlich entdeckte er etwas im rechten Straßengraben. „Da!" übertönte er den Wind, und Dirk folgte ihm durch die Schneeverwehung, die ihm bis zu den Oberschenkeln reichte.

Es war eine junge Frau, und es sah ziemlich schlecht für sie aus. Ihre blauen Lippen und das blasse Gesicht verrieten, daß sie schon eine ganze Weile in dem Sturm unterwegs sein mußte. Ohne zu zögern, kniete Jake nieder und hob die Fremde auf. Dirk stieg vor ihm die Böschung wieder hinauf und bahnte seinem Freund einen Weg.

Vom Fenster aus sah Rachel sie zum Wagen zurückkommen. Sofort sprang sie heraus und half Jake dabei, mit der Frau in seinen Armen einzusteigen. Dann griff sie nach dem Funkgerät und stellte einen Kontakt mit Doc Harmon her, während Dirk eilig den Wagen startete. Der Doktor wohnte nicht weit von ihrer Ranch, und man war sich einig, daß er ihr Haus schneller erreichen konnte als sie die Klinik in der Stadt. Auf dem Heimweg führte Jake sorgfältig die Anweisungen aus, die der Arzt ihnen über Funk mitteilte. Er zog der Frau die dünnen Handschuhe aus und steckte ihre eiskalten Finger zwischen seinen Mantel und sein warmes Hemd. Wie winzig ihre Hände in seinen wirkten!

„Sie ist naß bis auf die Knochen", sagte Jake. Vorsichtig zog er dem Mädchen die nassen Schuhe und den Mantel aus. Darunter trug sie nur ein tropfnasses T-Shirt und Jeans. „Sie ist eiskalt!" Er zog sie ganz nahe an sich. Am liebsten hätte er ihr seine eigene Körperwärme eingeflößt. *Bitte, Herr,* betete er, *laß nicht zu, daß sie stirbt.*

Sie bogen von der Hauptstraße ab und kamen bald an dem imposanten Farmhaus an, das das Herz der Timberline-Ranch war. Jake sprang aus dem Jeep und eilte mit der Fremden in den Armen an der erstaunten Haushälterin vorbei ins Haus.

„Kommen Sie schon, Mary", drängte er. „Wir brauchen Sie." Er brachte die Fremde in ein Gästezimmer im oberen Stockwerk, das besonders gut und schnell zu heizen war. Während er die junge Frau in eine Daunendecke einwickelte, bat er Mary, ihr ein Bad einzulassen, das laut Doc Harmons Anweisungen über 40 Grad Temperatur haben sollte.

Er nahm die zierliche Frau in seine Arme, paßte dabei aber auf, daß sie gut zugedeckt blieb. Ihre Pulsfrequenz war so langsam, daß es ihm angst machte, und er beschwor sie leise, weiterzuatmen.

Ein paar Augenblicke später kam Rachel ins Zimmer. „Okay, ist das Badewasser soweit? Mary und ich legen sie jetzt in die Badewanne. Das wird vielleicht weh tun, aber wir müssen sie rasch wieder aufwärmen."

Jake nickte und überließ Rachel seinen Findling. Nachdem er aus dem Zimmer gegangen war, schälten Mary und Rachel die immer noch bewußtlose Frau aus ihrer verdreckten und abgetragenen Kleidung. „Ich weiß ja nicht, wo du dich herumgetrieben hast, Schwesterherz", flüsterte Rachel kaum hörbar, „aber es war ein langer und schmutziger Weg, was?" Als sie die Patientin langsam ins warme Wasser gleiten ließen, stöhnte die Frau auf, blieb aber bewußtlos. Mary holte aus einem anderen Badezimmer ein Thermometer und hielt es der Unbekannten unter die Zunge.

„Fünfunddreißig Grad", verkündete Mary eine Minute später angespannt. In diesem Augenblick betrat Doc Harmon das Zimmer.

„Die Frau hat Glück, daß Sie sie nicht später gefunden haben." Der Arzt stellte seine schwarze Tasche ab und ging zu der Patientin. Er hob ihre Augenlider und überprüfte ihre Pupillen. „Bei unter vierunddreißig Grad ist es nicht mehr weit bis zum Herzstillstand." Er untersuchte seine Patientin und musterte die seltsamen Narben, die ihren Körper bedeckten. „Ist Ihnen diese Frau bekannt?" fragte er.

Rachel und Mary schüttelten den Kopf.

Doc Harmon fuhr mit der Untersuchung fort, hörte den Herzschlag ab und überprüfte die Pulsfrequenz. Rachel nahm einen Waschlappen und wusch der Frau das Gesicht ab. Unter der Schmutzschicht war sie richtig hübsch – sie hatte schöne Haut und feine Gesichtszüge. Rachel vermutete, daß ihr Haar wohl hellblond sein würde, wenn es erst einmal sauber war.

Doc Harmon beugte sich über Rachels Schulter und betrachtete seine Patientin. „Ziemlich junges Ding, nicht wahr?“ meinte er, ohne auf eine Antwort zu warten. „Sie hat einige Quetschungen und Erfrierungen an Händen und Füßen, und sie ist unterkühlt. Außerdem scheint sie mir unterernährt zu sein. Ein oder zwei Tage lang sollte man sie eigentlich nicht transportieren. Ich würde sie gerne hier lassen.“

„Das geht in Ordnung“, sagte Rachel.

Wieder überprüfte der Arzt die Körpertemperatur der jungen Frau. „Jetzt ist sie auf 36,5 Grad. Trocknen wir sie ab und legen sie ins Bett. Haben Sie ein langärmeliges Nachthemd, das wir ihr anziehen könnten?“

„Sie wird darin untergehen, aber wir können's ja versuchen.“

„Besser Ihres als eines von Dirk“, entgegnete der Arzt amüsiert.

*

Nachdem sie die junge Frau angezogen hatten, bat Rachel Jake ins Badezimmer. Mit Leichtigkeit hob er die Fremde auf, trug sie hinüber zum Bett und deckte sie sorgfältig bis zur Nasenspitze zu. *Sie ist so zerbrechlich,* dachte er. *Und so hübsch.*

Doc Harmon bereitete eine Infusion vor und stach eine Nadel in den Arm der jungen Frau. Es war nicht ganz leicht, eine Vene zu finden. Dann steckte er ihren Arm unter die Bettdecke zurück.

„Diese Lady braucht jetzt viel Ruhe, Wärme und gutes Essen“, sagte er. „Wegen der Erfrierungen können wir eigentlich nichts tun, bis sie wieder bei Bewußtsein ist und mir sagen kann, wie sich ihre Zehen anfühlen. Ich werde dafür sorgen, daß sie so bald wie möglich ins Bezirkskrankenhaus gebracht wird."

„Sie ist uns hier willkommen, so lange sie bleiben will", sagte Rachel entschlossen.

„Ach, das ist nett von Ihnen, Rachel." Der Arzt erhob sich und reichte Dirk zum Abschied die Hand. „Ich würde gern bleiben und warten, bis sie aufwacht, aber Sherry Johnson entbindet wahrscheinlich in ein paar Stunden, und ich muß ins Krankenhaus, um ihr Kind in Empfang zu nehmen. Bei diesem Wetter werde ich wohl ganz schön lange brauchen, bis ich hinkomme. Heute abend bin ich wieder da, um nachzusehen, wie es ihr geht. Behalten Sie sie gut im Auge. Und bitte keine elektrischen Heizlüfter oder sowas aufstellen; erfrorene Haut verbrennt leicht. Wissen Sie, wie sie heißt?"

„Wir wissen überhaupt nichts über sie", antwortete Dirk.

„Kein Ausweis?"

„Sie hatte keinerlei Ausweis und auch kein Geld bei sich. Ich glaube, sie ist obdachlos und pleite", sagte Rachel und betrachtete die junge Frau voller Mitleid.

„Führst du ein Doppelleben als Privatdetektiv?" fragte Dirk.

„Nein. Ich mache mir nur ein paar Gedanken. Wenn man ab und zu in den Obdachlosenasylen von San Francisco ausgeholfen hat, dann lernt man, eins und eins zusammenzuzählen."

Jake betrachtete die junge Frau unter ihrem Deckenberg und flüsterte: „Du meinst wirklich, daß dieses Mädchen obdachlos ist?"

„Dieses *Mädchen* ist eine junge Frau in den Zwanzigern", korrigierte ihn der Arzt und machte sich dann auf den Weg.

Jake trat einen Schritt zurück und betrachtete die Fremde zum ersten Mal als Erwachsene. „Sie ist so alt wie ich?" wunderte er sich laut. Er blickte zu Rachel. „Aber sie ist so klein!"

„Sie ist sehr dünn“, stimmte Rachel zu. „Wahrscheinlich hat sie seit ewigen Zeiten keine ordentliche Mahlzeit mehr bekommen.“

Jake war voller Mitgefühl für die Fremde. „Was meinst du, was sie da draußen gesucht hat?“ fragte er.

„Wer weiß?“ erwiderte Rachel. „Wir werden wohl warten müssen, bis sie aufwacht.“ Sie zog einen großen, bequemen Sessel aus der Zimmerecke ans Bett. „Einer von euch übernimmt die erste Wache, während ich uns etwas zu essen mache.“

„Das übernehme ich“, sagte Jake rasch.

Dirk hatte gar keine Gelegenheit, sich anzubieten.

Kapitel Drei

Dirk und Rachel standen in der Küche, schmierten Brote und kochten Tee für sich, Mary und Jake. Die Rancharbeiter hatten sonntags frei und versorgten sich selbst.

„Jake scheint ziemlich viel Interesse an der Unbekannten zu haben“, sinnierte Dirk, während er Bratenreste aufschnitt, damit Rachel sie auf die Brote legen konnte.

„Sie ist rätselhaft, und Männer interessieren sich nun mal für Geheimnisse. Besonders, wenn es um so hübsche Geheimnisse geht. Da erwacht bei euch großen, starken Muskelprotzen gleich der Beschützerinstinkt.“ Rachel schmunzelte, während sie sich über ihren Mann lustig machte.

„Willst du allen Ernstes behaupten, daß wir großen, starken Muskelprotze es gerne sehen, wenn Frauen in Not sind?“ fragte Dirk und nahm seine Frau in die Arme.

„Nein“, gab Rachel nach. „Bei Problemen steigt nur euer Hormonspiegel drastisch an. Eigentlich könnt ihr gar nichts dafür.“ Sie schmierte einen Klecks Mayonnaise auf Dirks Nasenspitze, nahm den Teller mit den Broten und ging ins Wohnzimmer.

Dirk schüttelte den Kopf. Seine Frau schaffte es doch immer wieder, ihn zu verblüffen.

Rachel stellte drei Sandwiches für Mary, Dirk und sich auf den Beistelltisch und brachte das vierte nach oben zu Jake.

*

Vor einem Jahr hatte Jake Rierdon seine Stellung bei einem angesehenen Architekturbüro in San Francisco mit der Begründung aufgegeben, ein einfacheres Leben führen zu wollen – und damit hatte er den grenzenlosen Zorn seiner Eltern auf sich geladen. Sein Traum war es, in der Landwirtschaft zu arbeiten, und so rief er seine alte Bekannte Beth Morgan an, die auch eine frühere Geschäftspartnerin seines Vaters war. Sie und ihr Mann Matt freuten sich, Jake eine Stelle anbieten zu können. Es zeigte sich rasch, daß ihr neuer Mitarbeiter ein Naturtalent war, und bald nach Jakes Ankunft in Montana hatte Dirk Tanner ihm eine Anstellung als Vorarbeiter auf seiner Ranch angeboten.

Nach diesem ersten Jahr in Montana war Jake glücklicher als je zuvor. Er liebte das Leben auf der Ranch und war immer zur Stelle, wenn Dirk Hilfe brauchte. Bald hörten die anderen Rancharbeiter auch damit auf, ihn „kalifornisches Weichei“ zu nennen, denn sie waren beeindruckt von seiner Geschicklichkeit im Umgang mit Pferden.

Während seines Studiums hatte Jake so viele Kurse über Landwirtschaft belegt, wie es sein Stundenplan zuließ, und nun konnte er auf das aufbauen, was er dort gelernt hatte. Die praktischen Fertigkeiten kamen nach und nach dazu, und jeden Abend las er alle Zeitschriften und Bücher, die er in die Finger bekam, um sich darüber zu informieren, wie man eine Ranch effektiver leiten konnte.

Jake ging genau so an die Rancharbeit heran wie zuvor an die Architektur: dynamisch, begeistert und mit System. Ununterbrochen stellte er Dirk Fragen und entwickelte neue Ideen, denn er hatte es sich zum Ziel gesetzt, die Produktivität der Timberline-Ranch deutlich zu steigern. Während der ersten sechs Monate auf der Ranch hatte er Dirk dabei geholfen, Insektizide im Wert von über viertausend Dollar einzusparen, und er hatte eine seltene Krankheit erkannt, bevor sie sich rasch unter den neugeborenen Kälbern ausbreitete. Jake hatte einen ansteckenden Sinn für Humor, und Dirk und Rachel schlossen ihn bald als Freund und Mitarbeiter in ihr Herz. Dirk hatte ihm von Anfang an eine harte Gangart auferlegt; auch bei den Routinearbeiten auf der Ranch mußte Jake hart mit anpacken. Doch er bestand Dirks Prüfungen mit Bravour und begegnete jeder neuen Herausforderung mit echtem Enthusiasmus. Er vergewisserte sich nur immer wieder durch Rückfragen, ob er neue Aufgaben auch tatsächlich richtig ausführte.

Bald hatte er Dirk ganz für sich gewonnen. „Er saugt alles Wissen in sich auf wie ein trockener Schwamm“, erzählte Dirk seiner Frau bewundernd. „Immer, wenn ich denke, daß ich ihm eine Aufgabe aufgetragen habe, die ihm nun bestimmt nicht gefällt, geht er an die Sache heran, als sei sie das Wunderbarste auf der Welt.“

„Meinst du wirklich *alles*?“ fragte Rachel und dachte dabei an einige Rancharbeiten, die sie besonders scheußlich fand.

„*Alles*. Heute morgen habe ich ihn die Ställe ausmisten lassen, und nach einer Stunde kam er an und meinte doch allen Ernstes, daß er den Geruch von Mist eigentlich ganz gern mag. ‚Er ist so erdig‘, sagte er. Da mußte ich wirklich lachen, aber als ich darüber nachdachte, mußte ich zugeben, daß er recht hatte."

*

Rachel lächelte, als sie mit Jakes Sandwich ins Gästezimmer trat. Jake saß vorgebeugt da und betrachtete intensiv das Gesicht der Fremden, so als suchte er nach Hinweisen auf ihre Gedanken, ihre Erinnerungen. Rachel hielt inne. *Er sieht sie an wie ... Dirk, als er mich das erste Mal angesehen hat.*

Sie unterbrach Jakes Starren mit einem Räuspern, und er wurde rot, als er ihren wissenden Blick sah. „Nur interessiert, das ist alles ...", murmelte er.

Rachel nickte schmunzelnd. „Ich glaube, nach dem Abendessen sollte ich wohl besser die Wache übernehmen."

„Klar doch, Rachel", sagte er mit einem Anflug von Enttäuschung. „Klar." Er blickte wieder auf die junge Frau; das Sandwich auf seinem Schoß hatte er vergessen.

Kapitel Vier

18. Januar

Achtundvierzig Stunden später wachte die Frau auf, gerade als einmal kurz niemand bei ihr war. Je klarer ihr Blick wurde, desto mehr ergriff sie Panik, als sie die fremde Umgebung wahrnahm. Sie sah sich um und stellte fest, daß sie nicht in einem Krankenhaus war. Doch da war die Infusionsnadel in ihrem Arm.

Sie schlug die karierte Decke zurück und bemerkte, daß

sie ein weites Flanellnachthemd trug, das ganz bestimmt nicht ihr gehörte. Suchend sah sie sich nach ihren eigenen Kleidern um und atmete erleichtert auf, als sie sie frisch gewaschen und ordentlich gefaltet neben dem offenen Kamin liegen sah.

Es gefiel ihr gar nicht, in einem fremden Haus zu sein, vor allem, da sie sich nicht erinnern konnte, wie sie dorthin gelangt war. Ihr erster Gedanke war wegzulaufen, und sie folgte grundsätzlich ihrem Instinkt. Nur deswegen hatte sie bisher überlebt.

Sie holte tief Luft, riß die Infusionsnadel aus ihrem Arm und wickelte ein Tuch, das in Reichweite lag, um die blutende Wunde. Als sie aus dem Bett stieg, zuckte sie vor Schmerzen in ihren Füßen zusammen. Dann fiel sie schwer auf den Parkettboden. Doch mit zusammengebissenen Zähnen rappelte sie sich wieder auf, kroch hinüber zum Kamin und zog sich rasch an.

Unten legte Rachel rasch ihr Buch weg, als sie den dumpfen Schlag hörte. Schnell verließ sie die Bibliothek, um nach der Frau zu sehen.

*

Die Fremde war gerade dabei, trotz der Schmerzen ihre zerschlissenen Turnschuhe über die blauverfärbten Zehen zu ziehen, als Rachel das Zimmer betrat. Rachel sah gleich das Blut auf dem weißen Handtuch. „Sind Sie verletzt?" fragte sie.

Als sie auf die Frau zueilte, duckte sich diese instinktiv und hob schützend den Arm vors Gesicht.

Ihre Reaktion ließ Rachel schnell innehalten. Das Verhalten dieser Unbekannten erinnerte sie an den Hund, den sie als Kind aus einem Tierheim geholt hatte. Selbst nach Jahren noch war er jedes Mal zusammengezuckt, wenn sie sich zu ihm hinuntergebeugt hatte, um ihn zu streicheln. Es hatte unendlich lange gedauert, bis er ihr vertraute.

Rachel holte tief Luft und sagte ruhig: „Ich bin Rachel Tanner, und dies ist mein Haus. Wir haben Sie vor zwei Tagen halb erfroren draußen auf der Straße gefunden und hierher gebracht. Es war ein so heftiger Sturm, daß wir Sie nicht ins Krankenhaus bringen konnten." Rachel verstummte; sie wußte nicht weiter und hoffte, die Frau würde irgend etwas sagen.

Doch das tat sie nicht. Als sie merkte, daß Rachel sie nicht schlagen würde, hob sie den Kopf und betrachtete ihre Gastgeberin. Dann stand sie unsicher auf, konnte aber nicht stehen, ohne sich an der Wand festzuhalten.

Rachel wollte sie stützen, doch die Fremde wich ihrer Berührung aus und ergriff ihre alte Jacke, die ebenfalls frisch gewaschen war. Bei jeder Bewegung zuckte sie vor Schmerzen zusammen, doch sie ging trotzdem los in Richtung Tür: Schritt, Zusammenzucken, Kopf und Schultern wieder aufrichten, Schritt, Zusammenzucken, wieder aufrichten. Jahrelang hatte sie sich auf die Lebensmuster verlassen, die sie sich angeeignet hatte: Lauf weg, wenn Gefahr droht; geh fort, wenn du verletzt werden könntest; atme gleichmäßig, wenn du etwas stiehlst.

Als die Frau am Treppenabsatz stehenblieb, überholte Rachel sie schnell und versuchte sie davon abzuhalten, sich noch mehr weh zu tun. „He, das sollten Sie nicht tun! Sie sind nicht in der Verfassung, um einfach davonzulaufen. Ihre Füße machen da nicht mit! Ich bringe Sie gerne sofort ins Krankenhaus, wenn Sie sich hier nicht sicher fühlen. Ich fahre Sie, wohin Sie wollen! Gibt es jemanden, den ich für Sie anrufen kann?"

Rachel ging rückwärts die Treppe hinunter, während die Unbekannte auf jeder Stufe stehenblieb, um ihr Gleichgewicht wiederzuerlangen und den Schmerz zu unterdrücken.

Rachel bemerkte, wie die Fremde immer blasser wurde, und sah kommen, was kommen mußte.

Als die Frau auf der vorletzten Stufe zusammenbrach, konnte sie sie mit Leichtigkeit auffangen. Sie schätzte, daß die Frau nicht einmal fünfzig Kilogramm wog; trotzdem war es nicht einfach, sie von der Stelle zu bewegen. Rachel rief nach Jake, der direkt vor der Haustür Schnee schippte. Er kam sofort die Verandatreppen hoch und öffnete die Tür.

„Rachel?“ fragte er vorsichtig und steckte den Kopf zur Tür herein. Als er die beiden Frauen erspähte, rannte er hinein und ließ die Tür offenstehen.

„Was ist passiert?“ fragte er und hob die schlaffe Gestalt der jungen Frau auf. Dabei blickte er Rachel vorwurfsvoll an.

„Nun mach aber mal halblang“, lachte Rachel. „Was meinst du denn, was ich hier tue, sie hinauswerfen? Sie ist weggelaufen wie ein verängstigtes Kaninchen!“

Jakes Gesichtsausdruck entspannte sich. „Tut mir leid, Rachel. Schätze, mein Beschützerinstinkt ist mit mir durchgegangen.“ Er blickte auf die Frau hinunter. „Soll ich sie wieder hochbringen?“

„Ja. Wir bringen sie wieder hoch und richten einen Wachdienst ein. Ich muß mit ihr reden, bevor sie die Gelegenheit hat, nochmal davonzulaufen. Ich übernehme die erste Schicht. Du rufst wohl besser Doc Harmon an. Wie du siehst, hatte sie die Infusion satt.“

Kapitel Fünf

Doc Harmon kam kurz nach Jakes Anruf und nähte die Wunde, die die herausgerissene Infusionsnadel hinterlassen hatte. „Eigentlich hat sie sie auch nicht mehr gebraucht", sagte er. „Ich hätte sie heute morgen sowieso entfernen können. Der Arm dürfte gut verheilen. Wahrscheinlich ist sie ohnmächtig geworden, weil sie sich zu schnell bewegt hat, nachdem sie tagelang im Bett gelegen hatte. Kreislauf."

„Was können wir tun?" fragte Rachel.

„Nun, ich habe ihr ein leichtes Beruhigungsmittel verabreicht. Wenn sie diesmal aufwacht, haben Sie vielleicht eine Chance, mit ihr zu sprechen. Sagen Sie ihr, daß ich auf der Stelle kommen und sie ins Krankenhaus bringen werde. Aber lassen Sie sie auf keinen Fall gehen, ohne daß ich sie zuvor untersucht habe."

„Ich habe ja versucht, mit ihr zu reden", wandte Rachel ein. „Sie hat gar nicht zugehört. Sie wollte nur weg von hier. Ich habe solches Mitleid mit ihr."

„Wenn sie dir auch nur die geringste Chance gibt", sagte Jake, „dann wird sie merken, daß die Ranch hier das Beste ist, was ihr je passiert ist. Jede Wette."

„Willst du nicht eigentlich sagen, wenn sie *dir* auch nur die geringste Chance gibt, dann wird sie merken, daß *du* das Beste bist, was ihr je begegnet ist?" neckte Dirk. Jake blickte seinen Freund finster an, hielt sich jedoch zurück.

„Also, wir behalten sie gerne eine Zeitlang hier, wenn sie bleiben will", sagte Rachel und betrachtete dabei die junge Frau. „Aber ich werde sie nicht drängen. Ich vermute, sie ist in ihrem Leben schon viel zu viel herumgeschubst worden."

*

Die junge Fremde wachte wieder auf, doch dieses Mal waren ihre Augenlider schwer, und ihre Gliedmaßen fühlten sich an wie Blei, während sie sich ihre Umgebung ansah. Ihr Blick blieb an einer Frau hängen, die in einer Ecke des Zimmers saß. Rachel sah von ihrem Buch auf.

„Ah, Sie sind wieder wach. Sie haben mir wirklich einen Schrecken eingejagt, als Sie auf der Treppe ohnmächtig wurden. Können wir noch einmal von vorne anfangen?"

Die Frau holte tief Luft. „Okay", flüsterte sie.

„Wunderbar!" rief Rachel fröhlich. „Wie ich schon sagte, heiße ich Rachel Tanner, und ich bin Ihre Gastgeberin, wenn man das so sagen kann. Sie befinden sich auf der Timberline-Ranch. Ich bin eigentlich auch neu hier, denn ich bin erst seit sechs Monaten mit dem Chef des Hauses verheiratet. Er heißt Dirk. Spreche ich zu schnell für Sie?"

Die Frau schüttelte den Kopf.

„Ich denke, Sie wissen, daß Sie in Montana sind. Wußten Sie auch, daß Sie sich im Elk-Horn-Tal befinden?"

Wieder schüttelte die Fremde den Kopf.

„Ich dachte, Sie wären vielleicht auf Reisen und hätten ein wenig die Orientierung verloren. Ich weiß ja absolut nichts über Ihre Lebensumstände, und ich will mich auch nicht einmischen. Aber ich vermute, Sie hatten wohl ziemlich großes Pech, daß Sie sich bei solch einem Schneesturm im Freien aufhalten mußten. Tatsache ist, daß ich hier ganz gut ein bißchen Hilfe gebrauchen könnte. Wenn Sie also bleiben und eine Zeitlang hier arbeiten möchten, wenn Sie wieder fit sind, dann würden mein Mann und ich uns sehr freuen - und wenn es nur so lange ist, bis Sie wieder auf die Beine kommen."

Die Unbekannte war überwältigt von dem, was sie da gerade gehört hatte. *Hierbleiben? Warum ist sie so nett? Die Sache hat bestimmt einen Haken!*

Rachel fuhr fort: „Sie müssen mir nicht gleich antworten. Ruhen Sie sich einfach ein paar Tage aus, überlegen Sie es sich, und finden Sie heraus, ob es Ihnen hier gefällt. Wie heißen Sie eigentlich?"

Die junge Frau betrachtete Rachel genau und überlegte, ob ihr eine andere Wahl blieb als die, Auskunft zu geben.

„Emily", sagte sie dann leise. „Emily Walker."

*

Beim Abendessen sah Rachel die fragenden Blicke der Männer, doch niemand wagte, die Fragen auszusprechen. Es waren alles zuverlässige Leute, und Rachel beschloß, daß es das beste wäre, wenn sie geradeheraus mit ihnen redete.

Beim Nachtisch machte sie also eine Ankündigung: „Sicher habt ihr alle mitbekommen, daß wir einen Gast haben. Die junge Dame heißt Emily Walker, und wir haben sie am Sonntag halb erfroren draußen in der Kälte gefunden. Diese junge Frau hat eine Menge durchgemacht, und ich möchte, daß ihr sie alle mit Samthandschuhen anfaßt. Begegnet ihr mit äußerstem Respekt und großer Umsicht, und macht keine unerwarteten Sachen in ihrer Nähe. Bei ihr muß erstmal einiges verheilen, sowohl innerlich als auch äußerlich."

Die Männer nickten ernst und übernahmen diese neue Verantwortung wie ein Haufen gewissenhafter Patenonkel. „Wie lange wird sie bleiben?" fragte ein Mann namens Jeffrey.

„Das hängt ganz allein von ihr ab", antwortete Rachel.

Dirk hatte seine Angestellten sorgfältig ausgesucht, und das zahlte sich nun aus. Der jüngste Zuwachs war ein wettergegerbter fünfzigjähriger Mann aus England, der Anton hieß und eine sehr seltsame Art hatte sich auszudrücken. Die Jungs mußten sich erst daran gewöhnen, daß er im Gespräch regelmäßig lange Zitate aus irgendwelchen Büchern gebrauchte.

„Doch euch, die ihr meinen Namen fürchtet, soll die Sonne der Gerechtigkeit mit heilenden Flügeln aufgehen", sagte Anton jetzt feierlich. „Diese Frau wird hier Heilung finden", fuhr er mit prophetischem Unterton an Rachel gewandt fort.

Jake stimmte zu. „Wenn sie irgendwo auf der Welt gesund wird, dann wird das hier auf der Timberline-Ranch passieren."

Rachel lächelte die Männer, die um den Tisch versammelt waren, an. „Das wollen wir hoffen, Jungs. Das wollen wir doch hoffen."

*

Nach dem Abendessen gingen Rachel und Dirk zusammen ins Wohnzimmer und machten es sich auf dem Sofa gemütlich. Jake kam gleich danach herein und setzte sich ihnen gegenüber in einen Ledersessel. Offensichtlich hatte er etwas auf dem Herzen.

„Meint ihr, Emily ist soweit, daß sie jemand Neues kennenlernen könnte?" Er kam gleich zur Sache. „Das heißt ... äm ... ich meine ... mich."

Rachel antwortete fest, doch voller Mitgefühl: „Ach Jake, das ist zu früh. Sie ist so verschreckt; sie muß sich erst einmal an mich gewöhnen. Dann werden wir langsam mit dem Kennenlernen anfangen. Ich habe das Gefühl, daß Emily bislang nicht besonders viel Kontakt zu Männern wie dir und den anderen hier auf der Ranch hatte. Es wird wohl noch einige Zeit dauern, bis sie soweit ist."

Jake nickte enttäuscht und setzte seinen Hut auf. „Ich denke, du hast recht. Ich will nur das Beste für sie. Also dann, gute Nacht." Er ging zur Haustür hinaus und zog sie leise hinter sich zu.

„Puh! Er hat die Frau noch nicht einmal kennengelernt,

und schon hat's ihn erwischt", schmunzelte Dirk. „Ich verstehe, wie der arme Kerl sich fühlt. Weißt du noch, letzten Sommer, als ich bei Beth in die Küche geplatzt bin und dich gesehen habe? Ich hatte mich schon Hals über Kopf in dich verliebt, bevor wir überhaupt ein Wort miteinander gewechselt hatten."

„Oh Dirk", gurrte Rachel. „Du weißt wirklich, was eine Frau gerne hört, nicht wahr?" Zärtlich küßte sie ihren Mann, strich ihm dann eine weiche braune Locke aus dem Gesicht und sah ihm tief in die schokoladenbraunen Augen.

„Also ... ", sagte er.

„Also was?"

„Jetzt bist du an der Reihe."

„An der Reihe womit?"

„Na damit, mir zu gestehen, wie umwerfend ich aussah und daß du beinahe in Ohnmacht gefallen wärst, als ich das erste Mal zur Tür hereinkam."

„Ach ... das." Sie tat verwundert. „Moment mal, war es wirklich so?"

„Du weißt doch genau, daß du keine Chance mehr hattest, Mrs. Tanner."

„Du meinst wirklich, daß ich dir so schnell verfallen bin, ja?"

„Wer hat denn nur ganze zwei Monate später meinen Heiratsantrag angenommen?"

„Nun, ich glaube schon, daß ich das war", sagte Rachel schmunzelnd und dachte an Dirks Heiratsantrag im Golden Gate Park in San Francisco.

Als sie sich im vergangenen Sommer vorgenommen hatte, Beth und Matt Morgan in Montana zu besuchen, hatte sie nicht im Traum daran gedacht, daß sie sich verlieben würde. Zwei Monate nach ihrem Urlaub war Dirk ihr nach San Francisco gefolgt und hatte um ihre Hand angehalten. Nun waren die Morgans und sie Nachbarn und ein unzertrennliches Gespann.

„Wann darf *ich* denn Emily kennenlernen?" fragte Dirk und unterbrach damit Rachels Träumerei.

„Ach Schatz, ich glaube, dich sollte sie als nächsten kennenlernen. Aber warten wir damit lieber bis morgen früh. Ich habe es ja Jake schon gesagt: Mein Instinkt verrät mir, daß sie mit der Gesellschaft von Männern Probleme haben wird."

„Verstanden. Sag mir einfach, wenn du meinst, daß die Zeit reif ist. Ich will sie nicht verschrecken. *Mein* Instinkt verrät mir nämlich, daß sie aus gutem Grund hier ist."

Kapitel Sechs

19. Januar

Emily wachte vom Geräusch plätschernden Wassers auf. „Guten Morgen!" sagte Rachel fröhlich, als sie aus dem dampfenden Badezimmer kam. „Bei mir bewirkt ein schönes heißes Bad mit duftenden Kräutern wahre Wunder. Wie wär's? Ich hab' Badewasser für Sie eingelassen."

„Das wäre nett ..." Emily klang mißtrauisch. *Warum ist diese Frau so freundlich zu mir?*

„Nett? Sie werden sehen, es ist phantastisch! Ich war in einem tollen Laden für Badezubehör in San Francisco, bevor ich die Zivilisation hinter mir ließ, und habe einen ganzen Korb mit Badesalz und Schaumbädern gekauft. Wenn man auf einer Ranch lebt, braucht man als Frau ab und zu einfach ein wenig Zeit, um sich *wirklich* wie eine Frau zu fühlen. Das Meerschaumbad und die Pfefferminzseife kann ich besonders empfehlen."

Emily setzte sich auf und schaffte es mit Rachels Hilfe ins

Badezimmer. Dort stützte sie sich auf das Waschbecken, bedankte sich bei ihrer Gastgeberin und schloß die Tür. Einen Augenblick später hörte Rachel, wie sie den Schlüssel im Schloß umdrehte.

Rachel kämpfte dagegen an, nicht beleidigt zu sein. „Doc Harmon wird in zwei Stunden hier sein, um mit Ihnen über Ihre Erfrierungen zu sprechen. Ich komme später wieder, für den Fall, daß Sie Hilfe brauchen, wenn Sie fertig sind." Sie zog das Bett ab, hörte, wie Emily in die Wanne stieg, und ging nachdenklich aus dem Zimmer.

*

Emily glitt in das warme Wasser und spürte, wie ihre Anspannung langsam nachließ. Das tat gut! Es schien Ewigkeiten her zu sein, seit sie sich das letzte Mal normal mit jemandem unterhalten hatte, und nicht einmal Rachel schaffte es, daß sie sich wohl dabei fühlte. Sie hatte das Gefühl, als wäre eine Mauer zwischen ihr und dem Rest der Welt. Ihre Verletzungen saßen so tief, daß sie glaubte, nie ein normales Leben führen zu können.

Es war eine altmodische, ziemlich tiefe Wanne, in die Emily bis zum Hals eintauchen konnte. Das warme blaugrüne Wasser erinnerte sie tatsächlich an Meerschaum, und sie mußte über den Luxus schmunzeln. Seit ihrer Kindheit gab es nichts Schöneres für sie als ein Schaumbad. Dankbarkeit machte sich in ihr breit. *Könnte ich wirklich hierbleiben? Brauchen sie tatsächlich Hilfe, oder wollen sie mir nur Almosen geben? Diese Hilfsbereitschaft wird mit der Zeit sicher vergehen.* Ihre Gedanken drehten sich wild im Kreis. Sie konnte sich kaum entspannen.

Emily wusch sich den Schmutz von ihrem Körper und aus dem Haar und genoß das ungewohnte Gefühl der Sauberkeit. Sie verdrängte die häßlichen Erinnerungen an Dreck und Verzweiflung und versuchte sich auf ihre angenehme Umgebung zu konzentrieren. Nach einer langen Weile stieg sie aus der Wanne und zog den Stöpsel. Fasziniert beobachtete sie, wie die Wanne sich leerte. Sie stellte sich vor, daß die Spuren ihres alten Lebens zusammen mit dem schmutzigen Wasser davonflossen. *Vielleicht kann ich ja tatsächlich hierbleiben. Vielleicht brauchen diese Leute wirklich zusätzliche Hilfe. Vielleicht … kann ich am Ende doch noch ein wenig Frieden finden.* Sie sehnte sich nach Ruhe und wollte der Sache hier eine faire Chance geben.

Als das letzte bißchen Wasser geräuschvoll durch den Ausguß davonschlürfte, klopfte Rachel leise an die Tür. „Brauchen Sie Hilfe, Emily? Doc Harmon wird in ein paar Minuten hier sein."

„Es geht schon. Ich bin gleich fertig."

„In Ordnung. Ich habe Ihnen einen frischen Bademantel herausgelegt. Sie müssen ja ganz aufgeweicht sein, so lange waren Sie da drin. War schön, hm?"

„Ja." Emily hielt inne und versuchte sich daran zu erinnern, wie man ein freundliches Gespräch führte. „Danke schön." Sie klang gestelzt, traurig und einsam.

Rachel stützte sich mit dem Kopf gegen die Tür. *Warum ist es nur so schwer, sich mit dieser jungen Frau zu unterhalten?* Sie holte tief Luft und sagte nur: „Gern geschehen, Emily." Dann verließ sie das Zimmer und ging zum Treppenabsatz, um dort zu warten, bis sich ihr Gast wieder ins Bett gelegt hatte. Sie wollte in der Nähe sein, falls Emily doch noch Hilfe brauchen sollte. Bei diesem Gedanken mußte sie lachen. Emily Walker war offensichtlich viel zu dickköpfig, um um Hilfe zu bitten.

Nach ein paar Minuten rief Rachel durch die angelehnte Tür: „Emily? Sind Sie soweit? Ich glaube, ich höre Doc Harmon mit Dirk in der Küche."

„Ja." Emily zog ihre Jeans und ein T-Shirt an, das Rachel

ihr gegeben hatte. Von einem Tischchen neben ihrem Bett nahm sie eine große Haarbürste und bewunderte die weichen Borsten. Ausdruckslos starrte sie dann in den Spiegel und suchte in ihrem Gesicht nach der Antwort auf eine Frage, die sie nicht artikulieren konnte. Sie fühlte sich wohl hier. Doch es fehlte etwas.

Rachel trat hinter Emily und unterbrach so ihren Gedankengang. Die junge Frau zuckte zusammen. „Tut mir leid, wenn ich Sie erschreckt habe", entschuldigte sich Rachel. „An meine Schwester oder meine Freundin Beth hätte ich mich bewußt angeschlichen, um ihnen einen Schreck einzujagen. Haben Sie Schwestern?"

„Nein." Emily betrachtete Rachels Spiegelbild, anstatt direkt mit ihr zu sprechen. Sie wünschte, sie hätte schon vor langer Zeit eine Frau wie Rachel kennengelernt.

Rachel nahm die Bürste und begann Emilys Haar zu bürsten.

„Darf ich?" fragte sie.

Emily sagte nichts, denn sie war solche Aufmerksamkeiten nicht gewohnt. Aber sie wollte auch nicht, daß Rachel damit aufhörte. Rachel beschloß, ihr Schweigen als Einwilligung zu werten und nicht als Unhöflichkeit. „Wußte ich's doch, daß unter der Schmutzschicht eine schöne Frau verborgen ist", sagte Rachel.

Emily sah sich noch einmal im Spiegel an. *Schön?* In ihrem ganzen Leben hatte sie sich noch nie attraktiv gefunden. Sie hatte sogar beträchtliche Zeit damit zugebracht, jegliche Spur von Schönheit zu verbergen. Die Straße war nicht gerade der ideale Aufenthaltsort für eine hübsche, zierliche Frau. Sie hatte immer darauf achten müssen, so schlecht wie möglich auszusehen. Tränen standen ihr in den Augen, als sie daran dachte, wie oft ihr ruppiges Auftreten sie *nicht* beschützt hatte ...

„Blicken Sie nicht so überrascht drein", sagte Rachel und

unterbrach ihre Gedanken. „Ich habe dieses T-Shirt für Sie ausgesucht, weil ich wußte, daß es toll zu Ihren schönen blauen Augen passen würde. Und ich habe mir immer gewünscht, so zierlich wie Sie zu sein und nicht so eine schlaksige Giraffe."

Emily betrachtete ihre Gastgeberin im Spiegel. „Ich wollte immer größer sein", gab sie zu.

Rachel sah Emilys Spiegelbild in die Augen und schmunzelte. „Na, dann können wir ja vielleicht einen gegenseitigen Fanclub aufmachen, oder?"

Emily senkte die Augen. Der Blickkontakt mit Rachel war ihr unangenehm, denn er offenbarte zu viel von ihrem Inneren. Rachel berührte sie sanft an der Schulter. „Fangen Sie einfach damit an, sich als die hübsche Frau zu betrachten, die Sie in Wirklichkeit sind. Lassen Sie es einfach zu. Ich weiß nicht, wieso Sie diesen Teil von sich ablehnen, aber es ist ein großes Geschenk, so schön geschaffen worden zu sein. So, und jetzt soll Doc Harmon sich um Ihre halb erfrorenen Zehen und Finger kümmern, damit Sie von Kopf bis Fuß hübsch sind."

Als Rachel gerade aus dem Zimmer gehen wollte, rief ihr Emily hinterher: „Rachel?"

Rachel drehte sich im Flur zu ihr um. „Ja?"

„Brauchen Sie *wirklich* Hilfe hier auf der Ranch?"

„Miss Walker, wenn Sie bleiben, dann sind Sie ein Geschenk des Himmels. Es langweilt mich zu Tode, für die Rancharbeiter zu kochen. Und Saubermachen ist auch nicht gerade meine Stärke. Ich schaffe es gerade noch, Fertiggerichte einzukaufen und eine Haushaltshilfe zu bestellen. Mehr ist nicht drin. Dirk und ich haben uns darauf geeinigt, daß ich mein eigenes Geschäft aufbauen kann, wenn die Rancharbeit mir nicht gefällt, und ich bin gerade dabei, auf Teilzeitbasis über On-Line-Computer wieder in meine alte Firma einzusteigen ... Sie dürfen also dreimal raten, wie ich mich ans Ranchleben gewöhnt habe." Sie grinste.

„Leider heißt das für unsere wunderbare Haushälterin Mary, daß sie für alles alleine zuständig ist. Sie ist wirklich toll, aber nachdem wir allein im letzten Jahr fünf neue Rancharbeiter eingestellt haben, wird es für sie ohne Hilfe einfach zu viel. Wenn Sie bereit dazu wären, in irgendeiner Weise zu helfen, sobald Sie wieder gesund sind, dann wartet hier *die* Gelegenheit auf Sie. Das hat absolut nichts mit Mildtätigkeit zu tun", fügte sie bestimmt hinzu, denn sie spürte, daß Emily das ablehnen würde. „Es ist eine ganz normale Arbeitsstelle."

Emily saß sehr aufrecht da, mit geradem Rücken und erhobenem Kopf. *Ich kann ja jederzeit gehen, wenn es mir nicht gefällt.* Rachel bewunderte die Haltung der jungen Frau.

„Wenn ich Ihnen wirklich eine Hilfe wäre, könnte ich eine Zeitlang bleiben. Ich stehe sowieso in Ihrer Schuld."

Rachel unterdrückte ein Schmunzeln. „Glauben Sie mir, diese Schuld werden Sie bald abarbeiten können."

Sie überließ Emily ihren Gedanken und grinste den ganzen Weg die Treppe hinunter bis in die Küche über beide Ohren.

Dirk streckte die Arme aus, um sie zu begrüßen. „Worüber freust du dich so?"

Rachels grüne Augen strahlten. „Sie bleibt hier", flüsterte sie. „Sie will für uns arbeiten!"

„Ist sie denn kräftig genug dafür?" fragte Dirk.

„Oh nein. Noch nicht. Und ich werde Mary weiter helfen, bis sie soweit ist. Aber eines sage ich dir, diese Kleine hat einen eisernen Willen. Ich denke, daß sie Ende der Woche schon beim Kartoffelschälen in der Küche zu finden sein wird."

Dirk nickte, ließ seine Frau los und wandte sich an die Haushälterin. „Was meinst du, Mary?" fragte er sie leise, denn er wollte nicht, daß Emily es hörte.

„Aber ja!" Ein Winken mit ihrem Geschirrtuch brachte ihn zum Schweigen. „Rachel und ich haben uns ausführlich darüber unterhalten. Ich glaube, es ist genau das Richtige, wenn ich das Küken unter meine Fittiche nehme."

Dirk lachte und wandte sich an den Arzt. „Merken Sie, was hier vor sich geht? In meinem Leben haben die Frauen das Sagen!"

Doc Harmon klopfte ihm mitleidig auf die Schulter, während sie zusammen die Küche verließen. „Ja, guter Mann, daran gewöhnen Sie sich wohl besser. Mit meinen zwanzig Jahren Eheerfahrung kann ich getrost sagen, daß das erst der Anfang ist."

*

Als der Arzt eine halbe Stunde später wieder aus Emilys Zimmer kam, war seine Prognose ermutigend. „Das Gefühl in ihren Füßen ist zurückgekehrt. Wenn wir Glück haben, wird sich ihr Zustand weiter bessern, und sie wird ganz normal gehen können. Ein kleiner Finger ist immer noch völlig taub, aber alles andere sollte wieder in Ordnung kommen. Was ihre Erschöpfung und die Unterernährung angeht, erholt sie sich dank Ihrer Fürsorge und bei dem guten Essen sicher rasch – Sie sind wahrscheinlich das einzig Gute, das ihr seit langem widerfahren ist", fuhr der Doktor fort. „Ich bin der Meinung, daß Sie vielleicht einen Besuch bei einem Psychologen in Elk Horn in Erwägung ziehen sollten, wenn sie sich innerhalb von ein paar Wochen nicht erholt."

„Sie wird sich erholen", sagte Rachel bestimmt. „Aber ich werde mir Ihren Ratschlag merken."

„Was für gute Nachrichten!" rief Mary aus, als der Arzt sich auf den Weg machte. „Und vielleicht wird das kleine Küken ja eine bessere Küchenhilfe sein als unsere frischgebackene Braut hier", sagte sie verschmitzt und knuffte Rachel leicht in die Seite.

„Das wollen wir hoffen“, lachte diese. „Sonst bekommen wir *alle* große Schwierigkeiten.“

Kapitel Sieben

22. Januar

Drei Tage später war Emily soweit zu Kräften gekommen, daß sie sich an einigen leichten Aufgaben im Haus versuchen konnte. Bei dieser Gelegenheit traf sie zum ersten Mal mit Jake zusammen.

Er stieg gerade die Stufen zur Veranda hinauf, als er sah, wie sie mit einer viel zu schweren Ladung Holz durch den Schnee stapfte. Jake blieb wie angewurzelt stehen. Emily verschwand beinahe in Rachels Lederjacke, und sie trug dicke Wollsocken und Marys ausgelatschte Gummistiefel, um ihre Zehen zu schützen. Der Wind wirbelte ihr blondes Haar durcheinander und ließ ihre Wangen rosig aussehen. Jake wurde plötzlich schwindelig; da erst merkte er, daß er vergessen hatte zu atmen. Er zwang sich dazu, ganz bewußt durchzuatmen, während er sie beobachtete. *Sie ist wirklich schön: so zerbrechlich, so vollkommen.*

Jake sah zu, wie sie versuchte, ein Stück Holz, das ihr hinuntergefallen war, wieder aufzuheben. Als sie sich herunterbeugte, purzelten ihr die anderen Scheite vom Arm. Er sprang die zwei Stufen auf einmal hinunter und war Sekunden später bei ihr.

Emily blickte erschrocken auf, als der große Mann näherkam, doch dann erkannte sie ihn. Er war einer der Männer, die Rachel ihr während der letzten Tage vom Haus aus bei der Arbeit gezeigt hatte. *Entspann dich,* redete sie sich selbst gut zu. *Es ist nur einer der Rancharbeiter.*

Jake lächelte sie an, während er sich bückte, um das Holz aufzuheben. „Hallo, ich bin Jake Rierdon. Lassen Sie mich helfen - Sie haben da ja eine ganz schön schwere Last.“

„Ich hab's schon“, sagte sie. Sie nahm schnell das Holzscheit, das er aufgehoben hatte, fügte es dem Stapel hinzu, den sie schon auf ihrem Arm hatte, und balancierte ihre Last vorsichtig aus.

„Ich wollte nur helfen“, versuchte Jake sie zu beruhigen. Er konnte den Blick kaum von ihr wenden. Ihre Augen waren so blau, die Wangen so rosig und die Lippen so sanft geschwungen.

Sie stand regungslos vor ihm. *Was hat dieser Mann nur an sich?* überlegte sie. Es hatte nur wenige Männer in ihrem Leben gegeben, in deren Nähe sie sich so gefühlt hatte. Ihr fiel auf, wie gut Jake aussah: Er hatte warme braune Augen, ein markantes Kinn mit einem Dreitagebart und braunes Haar, auf dem ein bißchen Schnee lag. Er war gute fünfzehn Zentimeter größer als sie. So große Männer erschreckten sie normalerweise, doch bei Jake war das zu ihrer Überraschung nicht der Fall.

„Ich schaffe es schon, danke“, sagte sie schließlich und beendete den zauberhaften Moment. *Ich schulde niemandem etwas,* ermahnte sie sich. Sie drehte sich um und stapfte den schneebedeckten Pfad zum Haus hinauf.

Drinnen stand Rachel mit einer Tasse Kaffee am großen Fenster. Als Emily das Haus betrat, merkte sie, daß Rachel ihre Begegnung mit Jake gesehen haben mußte. Sie ging hinüber zu dem riesigen offenen Kamin und ließ den Stapel Holz aus ihren schmerzenden Armen fallen.

„Jake ist ein bemerkenswerter Mann“, sagte Rachel leise. Sie blieb am Fenster stehen und sah zu, wie draußen der Schnee umherwirbelte. Jake stand immer noch an der Stelle, an der Emily ihn stehengelassen hatte.

„Ich denke, da haben Sie recht", murmelte Emily. Sie machte sich auf den Weg in die Küche zu Mary.

„Er hat Sie gerettet, Emily", rief Rachel ihr hinterher.

Emily blieb unter der Tür stehen und sah Rachel an. „Wie meinen Sie das?"

„Er hat Sie am Straßenrand entdeckt. Als er und Dirk zurückgingen, um nach Ihnen zu suchen, fanden sie zuerst nichts. Dirk wollte schon aufgeben, als Jake Sie sah. Sie lagen tief im Schnee im Straßengraben vergraben. Er holte Sie daraus."

Emily starrte Rachel einen Augenblick lang an und ging dann wortlos in die Küche.

Kapitel Acht

22. Februar

Das Klingeln von Schlittenglöckchen lockte Mary ans Küchenfenster, und sie mußte lachen, als sie Dirk und Jake dabei erspähte, wie sie Decken in einen alten Pferdeschlitten stapelten.

„Was ist los?" fragte Emily.

„Ach, die beiden haben wieder Unfug im Sinn. Sie haben diesen uralten Schlitten aus der Scheune gezerrt. Dirk besteht darauf, ihn mindestens einmal pro Winter hervorzuholen. Du wirst schon sehen. Er wird darauf drängen, daß wir alle auf eine Ausfahrt mitkommen."

„Na ja, vielleicht kann ich ja hierbleiben ..."

„Du kannst genausogut gleich damit anfangen, dich warm einzupacken. Dirk wird kein Nein akzeptieren."

Wie auf ein Stichwort kam Dirk zur Tür hereingeplatzt.

„Rachel! Mary! Emily! Kommt heraus!" rief er aus Leibeskräften.

Rachel kam aus ihrem Arbeitszimmer, verwundert darüber, daß Dirk mitten am Tag den gesamten Haushalt zusammentrommelte. „Was um Himmels willen ..."

Er zog sie in die Arme. „Zieh dich warm an, du kalifornischer Grünschnabel. Wir nehmen die Damen auf eine Schlittenfahrt mit."

„Ach Dirk, ich hab' so viel zu tun."

Er hob sie hoch, und sie mußte lachen. „Dirk - "

„Du hast gehört, was ich gesagt habe. Zieh dich warm an. Wenn du es nicht tust, dann nehme ich dich einfach so mit."

„Schon gut!"

Als Dirk sie wieder absetzte, sah Rachel die beiden anderen Frauen, die schmunzelnd unter der Küchentür standen. „Kommt schon, Mädels. Machen wir uns für eine Schlittenfahrt fertig."

„Rachel, ich ...", setzte Emily an.

„Nein, keine Chance, Emily. Wenn ich gehen muß, dann mußt du auch."

*

Dirk saß mit Rachel vorne auf dem Kutscherbock unter drei dicken Wolldecken. Er hielt die Zügel, während Jake Emily und Mary in den offenen Schlitten half. Der Schlitten war schon über 100 Jahre alt. Bereits Dirks Großvater war damit während der kalten Wintertage zur Schule gebracht worden. Dirk bestand darauf, das Ding jedes Jahr hervorzuholen und sich all die Geschichten in Erinnerung zu rufen, die sich um das Gefährt rankten; so fühlte er sich mit seiner Familie verbunden, die er früh verloren hatte.

Mary setzte sich ans rechte Ende der Bank und ließ damit

Emily keine Chance, den Sitzplatz zu wählen. „Komm, Kind“, sagte Mary, als Emily zögerte, sich neben Jake zu setzen. „Zwischen uns beiden wirst du es wärmer haben.“

Folgsam nahm Emily Platz und zog eine Decke über ihren Schoß. Jake setzte sich neben sie. *Zu* nahe, merkte er, als sie sich enger an Mary drängte. Trotzdem war er einfach glücklich darüber, wenigstens so nahe bei Emily zu sein.

Sobald Jake saß, schnalzte Dirk den beiden kräftigen Pferden zu, und schon ging es los. Die Glocken klangen, und die Kufen ächzten, während sie über den knirschenden Schnee glitten. Emily schloß die Augen und nahm die Gerüche und Geräusche ihrer ersten winterlichen Schlittenfahrt tief in sich auf. Jake bemerkte, wie sich ihr verkrampftes Bein neben seinem langsam entspannte.

„Los, wir singen ein paar Weihnachtslieder!“ schlug Dirk begeistert vor.

„Weihnachten ist doch schon zwei Monate her!“ rief Rachel.

„Ja, aber damals war es doch zu kalt, um den alten Schlitten hervorzuholen. Das müssen wir jetzt eben nachholen.“

Rachel schmunzelte über seinen entschlossenen Blick und begann zu singen: „Jingle Bells, Jingle Bells ...“

Die anderen stimmten mit ein und sangen laut in Begleitung der Schlittenglocken. Sogar Emily gestattete es sich, leise mitzusummen.

Kapitel Neun

24. März

Nach zwei Monaten hatte sich Emily als geschickte Arbeitskraft erwiesen. Eines Vormittags war sie gerade in der Küche zu Gange, als Mary mit einem Stapel frischgewaschener Hand- und Geschirrtücher hereinkam. Sie verstaute ihre Wäsche im Schrank und versuchte den Duft zu identifizieren, der in der Luft lag.

„Irgend etwas riecht hier ganz köstlich. Was machst du?"

„Ach ... na ja, ich habe Rachel erzählt, wieviel Spaß mir das Kochen macht, und da brachte sie mir ein neues Kochbuch mit. Schau, hier ist es. Ich dachte mir, ich mache weiße Sauce als Grundstock für eine Suppe. Und vielleicht Maisauflauf mit rotem Paprika?"

Mary stellte sich neben Emily, während diese Butter, Zwiebeln, und Mehl in einem tiefen gußeisernen Topf anrührte. Sie nahm die junge Frau spontan in den Arm. „Es wird bestimmt phantastisch schmecken."

Während Emilys Aufenthalt auf der Timberline-Ranch hatte Marys mütterliche Art die Barrieren der scheuen jungen Frau eingerissen, und nun schenkte sie der Haushälterin ihr uneingeschränktes Vertrauen.

Emily blickte lächelnd hinter Mary her, als diese wieder hinausging, um noch mehr Wäsche zu holen. Emily experimentierte unter dem wachsamen Auge von Mary häufig mit neuen Kochrezepten, und diese kreative Arbeit machte ihr viel Freude. Noch mehr gefiel es ihr, daß die Rancharbeiter ausgesprochen zufrieden mit ihren Mahlzeiten waren. Sie hatte sich gar nicht mehr daran erinnern können, wie es war, anderen etwas geben zu können. Dieses Gefühl machte sie zum ersten Mal in ihrem Leben richtig glücklich. Die letzten beiden Monate waren eine atemberaubende Erfahrung gewesen: Sie hatte eine komplette Mannschaft von dreizehn Rancharbeitern kennengelernt, sich in die knifflige Aufgabe eingearbeitet, für eine ganze „Armee“ zu kochen, und sie hatte wie wild geputzt, bis der Haushalt vor Sauberkeit blitzte.

Emily begann sich mit einem Schimmer Hoffnung im Spiegel zu betrachten. Sie hatte eine Richtung, ein Ziel. Sie konnte sogar mit ihren eigenen Augen eine Spur von Schönheit in ihrem vom vielen Kämpfen mitgenommenem Gesicht entdecken. Und als die Schneeschmelze einsetzte, spürte sie, wie die Spuren ihres alten Lebens - das Elend, der Schmerz und die Krankheit - langsam mit dem Schnee wegtauten. Doch so sehr sie auch ihr altes Dasein verabscheute, fühlte sie sich doch noch nicht hundertprozentig wohl in ihrem neuen Leben. Die Welt, in der sie sich jetzt bewegte, war ziemlich verwirrend.

Und am verwirrendsten war Jake.

Als ob er ihre Gedanken gelesen hätte, trat Jake just in diesem Augenblick in die Küche, um sich ein Glas Saft zu holen. Die meisten Rancharbeiter hielten sich in der Gemeinschaftsunterkunft und der kleinen Kantine auf, wenn sie frei hatten. Doch als Vorarbeiter hatte Jake freien Zugang zur Küche und zum Haupthaus - ein Privileg, das er seit Emilys Ankunft voll ausnutzte.

Emilys Herz schlug schneller, als Jake auftauchte, doch sie tat so, als würde sie ihn kaum wahrnehmen, während sie weiter in dem Topf rührte.

„Hallo, Emily“, sagte Jake leise. „Was kochst du da?“

„Maisauflauf.“

„Ich liebe Maisauflauf! Hab' keinen mehr gegessen, seit ich von daheim weg bin.“

Er machte eine Pause, sprach dann aber weiter, als sie nicht auf ihn einging. „Die Timberline-Ranch kommt mir mehr und mehr wie mein Zuhause vor. Aber aufgewachsen bin ich in San Francisco. Am liebsten mag ich zum Maisauflauf ein schönes knuspriges Stangenweißbrot. Zu schade, daß man hier kein Baguette bekommen kann."

Sie antwortete immer noch nicht, und er mußte sich sehr beherrschen, um sich nicht noch mehr aufzudrängen. *Vorsicht, Jake. Übertreib es nicht. Sachte ... ganz sachte,* ermahnte er sich. *Sei immer ganz sanft in Emilys Gegenwart.*

Schließlich riß er sich von ihr los und ging. Er traute sich selbst nicht über den Weg, wenn er zu lange in ihrer Nähe war; immer hatte er Angst, einen Hanswurst aus sich zu machen. Sie sah ihm durch das Küchenfenster nach, während er zu den Ställen hinüberging.

Egal, wie sie reagierte, Jake war immer da, immer freundlich, immer hilfsbereit. Er achtete sorgfältig darauf, Abstand zu wahren, doch es war nicht zu übersehen, daß seine Zuneigung zu ihr von Tag zu Tag wuchs. Die Tatsache, daß er sich zu ihr hingezogen fühlte, erschreckte und freute sie gleichzeitig. *Ich bin so durcheinander,* dachte sie. *Ich kann wirklich nicht noch mehr Komplikationen in meinem Leben brauchen.* Trotzdem ertappte sie sich dabei, wie sie das Kochbuch auf der Suche nach einem Rezept für französisches Weißbrot durchblätterte.

Beim Abendessen legte sie frisches Weißbrot auf den Tisch und lächelte scheu, als Jake sie erfreut ansah. Dann wandte sie sich schnell um, bevor er irgend etwas sagen konnte, und machte sich daran, Auflauf an die anderen auszuteilen.

Es war das erste Mal, daß sie sich getraut hatte, einen Schritt auf Jake zuzutun. Er spürte ihre Furcht und beschloß, auch weiterhin Abstand zu halten, um sie nicht zu erschrecken. Aber gleichzeitig wollte er auch in der Nähe sein, damit er merkte, wenn sie bereit war, ihn an sich heranzulassen. Er hatte schreckliche Angst davor, sie abzuschrecken, oder – was noch schlimmer gewesen wäre – ihr irgendwie Schmerz zuzufügen.

Jake war in einer wohlhabenden Familie in einer angesehenen Wohngegend aufgewachsen und hatte alle Vorteile des großzügigen Lebensstils seiner Eltern genossen. Die Verletzungen, die ihm zugefügt worden waren, waren anderer Natur als die von Emily. Sie rührten von dem jahrelangen Versuch, Eltern zufriedenzustellen, die nie zufrieden sein konnten. Sie resultierten aus einem Leben, das jahrelang nach den Wünschen der Eltern ausgerichtet war. Er hatte nie Architekt werden wollen; schon immer hatte er gewußt, daß sein Herzenswunsch ein einfaches und ganzheitliches, echtes und andersartiges Leben war. So war er auf die Timberline-Ranch gekommen. Und er sehnte sich verzweifelt danach, daß auch Emily dort zu sich selbst finden würde.

Kapitel Zehn

30. März

Über einen Monat nach Emilys erster Schlittenfahrt fuhren die Morgans auf ihrem eigenen improvisierten Schlitten vor: einem überdimensional großen Rodelschlitten. Matt hatte ein Seil am Sattel montiert, damit er Beth auf dem Schlitten hinter seinem Pferd herziehen konnte, und an einem wunderschönen Samstagnachmittag kamen sie so hinüber zu den Tanners.

„Kommt mit!“ rief Beth und stürzte in die Küche. „In diesem Monat haben wir auf der Ranch am wenigsten zu tun. Also kommt, gehen wir uns amüsieren!“

„Ach, macht ihr nur", sagte Mary. „Geht und holt Dirk und Jake; die beiden machen bestimmt mit. Vielleicht kommt sogar Rachel mit. Aber ich bin zu alt für solche Kindereien."

„Na gut", antwortete Beth, die viel zu aufgeregt war, um sich durch Marys Absage die Laune verderben zu lassen. „Was ist mit dir, Emily? Es würde dir bestimmt gut tun, mal ein wenig an die frische Luft zu kommen. Komm doch mit! Es wird ein Riesenspaß!"

Als Emily in Beths fröhliches, erhitztes Gesicht sah und daran dachte, wie schön der vorherige Ausflug gewesen war, wollte sie nicht nein sagen. Trotzdem machte sie der Gedanke nervös, mit Jake zusammen zu sein. „Ich weiß nicht so recht, Beth. Der Arzt sagt, ich soll immer noch aufpassen, daß ich keine kalten Füße bekomme."

„Mach dir keine Sorgen! Wir halten dich schön warm. Wenn dir kalt werden sollte, dann fahren wir sofort nach Hause. Komm, mach dich fertig! Ich locke so lange Rachel aus ihrer Arbeitshöhle."

Sie ging los, noch bevor Emily ein Wort sagen konnte.

Warum fällt es mir bei diesen Leuten so schwer, nein zu sagen? wunderte sie sich. Doch sie war irgendwie froh, daß sie sie dabeihaben wollten. Sie ging in ihr Zimmer, um sich warm anzuziehen, nachdem sie sich zuvor vergewissert hatte, daß es Mary nichts ausmachte, wenn sie sie für kurze Zeit allein ließ.

„Weißt du noch, wie gut dir die Schlittenfahrt letzten Monat gefallen hat? Geh, Kind! Es wird dir bestimmt Spaß machen. Es geht nichts über eine Schlittenfahrt, wenn man die Durchblutung ein wenig anregen will."

*

Draußen auf dem Hügel reservierten Dirk und Rachel die beiden vorderen Plätze auf dem Rodelschlitten für sich.

Emily stieg hinter ihnen auf und hielt sich vorsichtig an Dirks Schultern fest. Jake klemmte sich hinter Emily und Matt machte sich bereit, um die ganze Mannschaft anzuschieben. Es hätten leicht alle sechs auf dem alten, über zwei Meter langen Rodelschlitten Platz gefunden, doch Beth lehnte dankend ab, denn sie wollte das Baby, das sie unter ihrem Herzen trug, unter keinen Umständen in Gefahr bringen. Sie war im siebten Monat schwanger und fuhr nur auf ebener Fläche hinter Matts Pferd mit. „Nächstes Jahr werde ich es mit euch allen aufnehmen“, rief sie herausfordernd. „Dann fahre ich einen viel steileren Berg hinunter als diesen jämmerlichen Maulwurfshügel!“

„Ja, ja, ... prahle du nur, Mami“, konterte Rachel, während sie mit weit aufgerissenen Augen den Weg hinunter blickte, den sie vor sich hatten. „Wir werden ja sehen, wie mutig du nächstes Jahr bist.“

Matt schob den ächzenden Schlitten an, und das Gefährt wurde rasch schneller. Rachel kreischte, während sie den Berg hinunterrasten, und Emily hielt den Atem an. „Achtung!“ schrie Dirk plötzlich, aber zu spät. Sie fuhren auf einen kleinen Erdhaufen auf, und schon purzelten alle vier durch den Schnee. Emily öffnete vorsichtig die Augen und merkte, daß sie beinahe auf Jake lag. Der schmunzelte sie aus schneeverklebtem Gesicht an. Sie brauchte eine Weile, bis sie reagieren konnte.

„Oh Jake, das tut mir aber leid ...“

„Aber nein! Ist schon gut! Es ist nun mal ein Teil der Gefahren, die mit dem Rodeln verbunden sind, daß einem eine hübsche Lady auf dem Schoß landen kann.“

Emily lief rot an und beeilte sich, hinter Rachel her den Hügel hinaufzustapfen, auf dem Matt und Beth sich vor Lachen bogen.

Kapitel Elf

19. April

Hinter der Scheune versteckt, beobachtete Jake Emily dabei, wie sie Schneematsch von der Veranda kehrte. Sie hatte Rachels alte Jacke angezogen, und ihr Atem bildete kleine Nebelwölkchen in der Frühlingsluft. Ihr zierlicher Körper wiegte sich zu einer Melodie, die sie in Gedanken vor sich hin summte, so daß ihre Arbeit wie ein Tanz wirkte.

Anton kam in die Scheune geritten, ohne daß Jake ihn bemerkte. Er band seine Stute an einen Pfosten und trat hinter Jake, um zu sehen, welcher Anblick ihn so fesselte.

„Ach so", sagte der ältere Mann verständnisvoll. Er klopfte Jake freundschaftlich auf die Schulter. „Ich weiß, daß es schwer für dich ist, Jake. Offensichtlich willst du ihr Zeit lassen, und das fällt dir bestimmt nicht leicht. Aber du denkst zuerst an ihre Bedürfnisse, und das ist eine wichtige Lektion der wahren Liebe. Mein alter Freund Sir Walter Scott hat das einmal so gesagt: ‚Wir werden niemals lernen, unsere wahre Berufung zu erkennen und zu respektieren, wenn wir uns nicht darin geübt haben, alles als nichtig zu betrachten im Vergleich mit der Erziehung des Herzens.'"

„Es tut mir richtig weh", sagte Jake und riß seinen Blick von Emily los, um Anton anzusehen. „Ich möchte ihr so gerne helfen."

„Sie muß ihren eigenen Weg finden, Jake", erklärte ihm der ältere Mann mit fester Stimme. „Wenn du ihr im Weg stehst, dann garantiere ich dir, daß du dir jegliche Chance verscherzen wirst. Das Küken ist schwer angeschlagen, sehr schwer sogar. Ihre Federn beginnen gerade erst nachzuwachsen. Behindere sie nicht, und lenke sie jetzt auch nicht ab.

Wenn es so sein soll, dann wird sie zu dir kommen, wenn sie soweit ist." Jake drehte sich um und beobachtete Emily dabei, wie sie wieder ins Haus zurückging. Er überdachte Antons Rat. Es war die längste Rede, die Jake seit seiner Ankunft von ihm gehört hatte, von einigen längeren Zitaten einmal abgesehen. *Wenn sie soweit ist,* wiederholte er im stillen. *Wenn sie soweit ist.*

*

Am nächsten Morgen scheuchte Mary Emily aus dem Haus, nachdem die Mannschaft vom Frühstück aufgestanden war, und trug ihr auf, ein wenig die Gegend zu erkunden. „Du bist schon drei Monate lang hier, und ich wette, daß du noch nicht weiter als bis zur Verandatreppe gekommen bist. Geh schon, Kind. Nimm dir heute morgen mal frei. Das Haus ist sauber. Komm in ein paar Stunden zurück, und dann machen wir uns an das Mittagessen."

Emily unterdrückte das Gefühl, hinausgeworfen zu werden, denn sie wußte, daß die mütterliche Haushälterin ihr nur helfen wollte. Und es stimmte: sie war tatsächlich noch nicht viel weiter gekommen als bis zur Verandatreppe. Sie trat ans Wohnzimmerfenster und sah hinaus. Es war ein wunderschöner Frühlingsmorgen. Der Himmel war wolkenlos blau, und es war sogar ein paar Grad wärmer geworden.

Sie hörte Rachel in der Bibliothek telefonieren. Mit ihrer Chefin in San Francisco sammelte sie fleißig Ideen für eine Werbekampagne. Rachels Versuch, von zu Hause aus zu arbeiten, funktionierte gut. Sie war als Teilzeitkraft angestellt, doch sie investierte vierzig Stunden pro Woche in ihren Beruf, um zu beweisen, daß sie für die On-Line-Arbeit geeignet war. Emily war sich bewußt, daß sie Rachel ermöglichte, das zu tun, was sie wirklich tun wollte. Das freute

Emily ... und sie fühlte sich so ein bißchen weniger in Rachels Schuld.

Sie atmete tief durch, nahm Rachels Mantel vom Haken neben der Tür und legte ihn sich um die Schultern. Seine warmen Stoffschichten umhüllten sie und gaben ihr ein Gefühl der Sicherheit. *Vielleicht kann ich mir ja tatsächlich ein wenig von der Ranch ansehen.*

Emily trat hinaus auf die Veranda und schlang die Arme um ihren Körper, denn in der frischen Frühlingsluft fröstelte sie. Sie überlegte, ob sie die Scheune und den Stall erkunden sollte, verwarf den Gedanken jedoch gleich wieder, denn sie hatte Angst davor, einigen der Männer zu begegnen. *Schlimmer noch wäre es, Jake über den Weg zu laufen. Was sollte ich dann sagen?*

Auf dem Weg zu den Pferdekoppeln entdeckte sie Jake und Dirk mit zwei Fohlen. Zuerst wollte Emily eine andere Richtung einschlagen, doch statt dessen trat sie näher, in der Hoffnung, einen Teil des Gespräches mitzuhören.

Es bestand kaum Gefahr, bemerkt zu werden. Jake erklärte Dirk gerade ganz eifrig eine neue Trainingsmethode, über die er gelesen hatte, eine, bei der das Pferd von klein auf daran gewöhnte wurde, schließlich einen Reiter zu akzeptieren.

Emily blieb stehen und genoß die Szene. Der Himmel war herrlich blau, und in den Sonnenstrahlen lag schon eine Ahnung vom nahen Sommer. Sie schloß die Augen, streckte ihr Gesicht der Sonne entgegen, um die Wärme in sich aufzunehmen, und lauschte auf die Geräuschkulisse der Ranch: In der Ferne hörte man leise das Brummen einer Kettensäge, Pferde wieherten zufrieden, eine Tür wurde zugeschlagen ... *Heute ist viel los auf der Ranch.*

Sie machte die Augen wieder auf und beobachtete die beiden Männer. Dirk ging gerade ruhig auf das eine Fohlen zu. Er gab Jake einen Wink, damit dieser es festhielt, während er Zähne und Hufe des jungen Pferdes untersuchte. Doch als

Dirk die Lippe des kleinen Pferdes anfaßte, scheute es plötzlich und warf Jake im Herumwirbeln zu Boden.

Emily lachte laut auf – das überraschte sie selbst. Sie legte rasch die Hand vor den Mund und blickte sich um, um sicherzugehen, daß niemand sie bemerkt hatte. Lachen war ihr fremd. Sicher, auf der Ranch hatte sie mehr Gelächter gehört als im Laufe ihres Lebens, doch bisher hatte sie noch nicht die Freiheit gehabt, selbst zu lachen. Wenn Mary sie bemutterte und so viel Tamtam um sie machte, dann wurde Emily ganz warm ums Herz. Rachels offene und spritzige Art gefiel ihr sehr. Und über Dirks zärtliche Liebe zu Rachel mußte sie oft lächeln. Doch bis jetzt hatte es noch niemand geschafft, sie zum Lachen zu bringen.

Für Emily war das Gefühl gleichzeitig köstlich und schrecklich, weil sie es nicht bewußt hatte kontrollieren können. Doch sie beschloß, daß die positive Seite überwog und verschwand leise hinter dem Haus. Unterdessen klopfte sich Jake den Schmutz aus seinen Kleidern, während Dirks Gelächter langsam verebbte.

*

Beth fuhr in ihrem Geländewagen vor. Sie freute sich schon unbändig darauf, Rachel nach dem zweiwöchigen Urlaub in San Francisco wiederzusehen. Diese erspähte sie und quietschte vor Freude; neugierig trat Mary mitsamt Geschirrtuch und nassem Teller aus der Küche.

„Beth ist wieder da!“ informierte Rachel sie freudig. Sie lief aus dem Haus und eilte Beth entgegen, die gerade aus dem Wagen stieg.

„Wow! Du paßt ja kaum noch durch die Tür, gute Frau!“

„Ach, sei still und umarme lieber deine Freundin. Das habe ich nach dem Besuch bei meiner Verwandtschaft dringend nötig.“

Rachel streckte sich über den dicken Bauch ihrer Freundin und umarmte sie herzlich. „Ach, es tut gut, dich zu sehen, Beth! Komm herein, sonst erkältest du dich noch. Erzähl mir, was es Neues in der Stadt gibt."

„Erkälten? Es ist schon fast Sommer! Und ich brauche ganz sicher keine Bemutterung; die eine Mutter, die ich habe, reicht mir voll und ganz."

„Muttchen ist dir wohl auf die Nerven gegangen?"

Arm in Arm stiegen sie die Stufen zur Veranda hoch.

„Sie war nicht die einzige." Als sie ins Haus traten, kam Mary herzu und umarmte Beth ebenfalls.

„Du siehst gut aus!" Sie tätschelte Beths Bauch und warf Rachel einen bedeutungsvollen Blick zu.

„Nun mach aber mal halblang, Mary. Dirk und ich sind erst seit neun Monaten verheiratet!" protestierte Rachel gegen die unausgesprochene Botschaft.

„Das ist kein Argument", sagte Mary, während sie davonging, um Tee zu kochen. „Du wirst auch nicht jünger, weißt du."

Rachel rollte die Augen und zog Beth zum Sofa. „Ich muß mir um meine biologische Uhr keine Sorgen machen. Das erledigt schon Mary für mich!"

*

Emily biß sich auf die Lippe und eilte den Pfad entlang. Sie dachte daran, was Dirk vor Wochen gesagt hatte: „Hinter dem Haus gibt es einen Pfad, der zu einer Kapelle auf dem Hügel führt. Die ist einfach ideal zum Nachdenken geeignet." Sie war schon weit geklettert, und die Füße taten ihr weh, doch sie wollte die Kapelle unbedingt sehen.

Emily trat aus einer dichten Baumgruppe hervor und stieß einen überraschten Schrei aus. Sie stand auf einem Felsvorsprung, von dem aus man das ganze Tal überblickte, und direkt vor sich sah sie eine einladend wirkende kleine Kapelle. Sie atmete die frische Luft ein, die so angenehm nach Tannennadeln duftete, zog ihre eiskalte Hand aus der Jackentasche und öffnete die hölzerne Tür.

Drinnen entdeckte sie erfreut zwei bequeme Sessel und einen Holzofen, außerdem einen kleinen Altar und ein Kreuz. *Ich verstehe das nicht. Warum ein ganzes Gebäude für so etwas?* Geichzeitig fühlte sie sich von einem tiefen Frieden umgeben.

Wenn es hier bloß ein bißchen wärmer wäre, dann würde ich eine Weile bleiben. Sie machte den kleinen Holzofen auf und entdeckte Holzscheite und Anzündholz auf dem Rost, die nur noch entfacht werden mußten. *Wer hat das vorbereitet? Dirk? Oder vielleicht Jake?* Sie zündete ein Streichholz an und hielt es an das trockene Holz. Freudig beobachtete sie, wie es gleich zu brennen anfing. *Ich komme morgen wieder und bringe neues Holz mit.*

Während sie zusah, wie die Flammen in Blau-, Rot- und Orangetönen aufzüngelten und immer größer wurden, mußte Emily plötzlich an ihre Pflegeeltern denken. Mit zwölf war sie zu Arthur und Anna Jones gezogen, nachdem sie jahrelang im Kinderheim gelebt hatte. Ihr Pflegevater war ein liebenswerter Mensch gewesen, der Kinder sehr gern mochte. Emily erinnerte sich daran, wie er immer im offenen Kamin ihres gemütlichen Hauses Feuer gemacht hatte.

Das Ehepaar Jones hatte Emily gutes Benehmen beigebracht, ihr Interesse am Lesen geweckt und ihr dabei geholfen, langsam Vertrauen und Liebe zu lernen. Doch vier Jahre nachdem Emily ein Teil der Familie geworden war, diagnostizierte man bei Anna Jones eine unheilbare Krankheit, und kurz darauf wurde sie schon bettlägerig. Annas Krankheit nahm viel von Arthurs Aufmerksamkeit in Anspruch, und während Anna im Laufe der darauffolgenden zwei Jahre langsam dahinsiechte, wurde auch ihr Mann immer schwächer.

Als Emily achtzehn wurde, hatte sie erneut beide „Eltern“ verloren.

Nachdem sie mit der Schule fertig war, machte sich Emily auf die Suche nach ihrem leiblichen Vater. Da sie ihn nicht finden konnte, war daraus ihre gegenwärtige Suche geworden: die Suche nach sich selbst und nach einem Zuhause.

*

„Ich verliere noch den Verstand, Dirk“, bekannte Jake, während sie die beiden Stuten mit ihrem Nachwuchs wieder auf die Koppel entließen. Dirk kletterte auf den Zaun und setzte sich darauf.

„Die Sache geht dir wirklich an die Substanz, nicht wahr?“

„Sie ist so ...! Ich sehne mich so sehr danach, ihr näherzukommen. Es wäre eine Sache, wenn ich einfach nur eine Freundschaft mit ihr wollte, aber ich will mehr. Ich habe solche Sehnsucht nach ihr, verstehst du? Und das Schlimmste ist, daß ich nichts tun kann, um dieses Gefühl zu lindern.“

„Jake, Junge, warum bist du nach Elk Horn gekommen?“

Jake blickte seinen Freund verwirrt an. „Dirk, du kennst doch meine Gründe: ich wollte raus aus der Stadt, weg von einem Leben, in dem ich mich wie ein Gefangener fühlte.“

„Weg von all dem. Aber was hast du gesucht?“

Jake dachte einen Augenblick lang nach. „Ich wollte zu mir selbst finden. Und mehr über die Dinge lernen, die mir wirklich wichtig sind.“

„Weißt du, Emily und du, ihr kommt aus zwei ganz verschiedenen Welten. Du hattest Zeit, über die Dinge nachzudenken, die dir wirklich wichtig sind, und herauszufinden, wie du sie erreichen kannst. Aber Rachel sagt, daß diese junge Frau sich lange Zeit nur aufs nackte Überleben konzentrieren mußte. Plötzlich hat sie Zeit, darüber nachzudenken, wo sie steht und wohin sie will. Aber zuerst muß sie sich daran gewöhnen, daß sie anderen Leuten etwas bedeutet und daß sie sich einfach mal wohl fühlt. Das allein scheint schon ein Vollzeitjob zu sein."

Jake blieb stumm und starrte auf seine Stiefel.

„Vielleicht empfindet sie etwas für dich, Jake", ermutigte Dirk seinen Freund. „Vielleicht sogar viel. Aber Liebe benötigt viel Energie, und Emily ist wohl einfach noch nicht soweit. Laß ihr Zeit. Zeit, um heil zu werden." Er schwang sich über den Zaun und sprang zu Boden. „Konzentriere du dich darauf, geduldig zu bleiben, ... und arbeite hart. Du wirst es schon schaffen. Und jetzt komm. Gehen wir zu den anderen und sehen nach den Kälbern."

Kapitel Zwölf

Das Feuer, das Emily angezündet hatte, vertrieb langsam die Kälte, und bald war es in der kleinen Kapelle gemütlich warm. Emily kuschelte sich in einen der großen Polstersessel. Von dort aus betrachtete sie zuerst das handgeschnitzte Kreuz im vorderen Teil des Raumes, und dann blickte sie aus dem großen Fenster auf das malerische Tal dahinter.

Die waldbedeckten Berge leuchteten grün. Ganz obenauf saß immer noch eine Schneemütze, doch im Tal zu ihren Füßen sproß bereits saftiges Gras. Der Fluß am Rand des Tales wand sich in abenteuerlichen Kurven dem fernen Ozean entgegen. Beinahe eine Stunde lang fesselte dieser Anblick Emilys Aufmerksamkeit. Es war atemberaubend! Immer wieder fragte sie sich: *Ist das hier der Ort, an dem ich bleiben soll?*

Sie fand keine Antwort.

Als ihr wärmer wurde, stand sie auf, zog Rachels Mantel aus und legte noch ein Holzscheit aufs Feuer. Beim Aufhängen der Jacke bemerkte sie eine Bibel, auf deren Einband der Name „Dirk James Tanner" geprägt war. *„James." Sprach Mary nicht von Dirks Vater als „James"?* Sie hatte gehört, daß Dirks Eltern früh gestorben waren und daß das der Grund für den Bau der Kapelle gewesen war.

Seit sie von diesem schmerzlichen Verlust wußte, fühlte sich Emily stärker zu Dirk hingezogen. Sie konnte seine Trauer nachempfinden und auch sein Bedürfnis, etwas deswegen zu unternehmen. *Ich wünschte, ich hätte etwas tun können, als meine Mutter starb. Aber was hätte ich tun sollen? Ich habe mich so allein und verlassen gefühlt. Und immer noch fühle ich mich so.* Emily wurde es weh ums Herz, als sie an ihre Mutter dachte; seit langem hatte sie sich solche Gefühle nicht mehr erlaubt.

Sie nahm die Bibel und blätterte ziellos darin herum. Emily hielt die Tanners für tief religiös. Sie hatte mitbekommen, daß die beiden jeden Sonntag mit den Rancharbeitern im Gefolge zum Gottesdienst gingen und jeden Mittwoch abend zur Bibelstunde. Sie luden sie jedes Mal ein mitzukommen, doch sie lehnte immer ab, denn der Gedanke daran, den einzigen sicheren Ort zu verlassen, den sie seit Jahren gekannt hatte, flößte ihr Furcht ein.

Die anderen bemerkten ihren Widerwillen, aus dem Haus zu gehen, und sie taten ihr Bestes, um sie dennoch dazu zu ermutigen. Das heute war die weiteste Strecke, die sie sich bisher davon weggewagt hatte. Sie war froh, daß Mary sie dazu überredet hatte, sich ein wenig umzusehen. Es war gar nicht so übel, und sie hatte das Gefühl, daß sie sich in der Kapelle immer noch „zu Hause" befand.

Es tat gut, wieder einmal alleine zu sein und sich trotzdem sicher und geborgen zu fühlen. Vorher war Alleinsein immer gleichbedeutend damit gewesen, auf der Straße zu sein und nach einem Zuhause zu suchen. Sie wandte ihre Aufmerksamkeit der aufgeschlagenen Bibel vor sich zu. „Gnade und Frieden von Gott dem Vater und Jesus Christus, unserem Erlöser."

Gnade. Frieden. Vater. Erlöser. Die Worte waren wie Balsam und lösten wohlige Gefühle in ihr aus. Während sie in einem Buch mit dem Titel „Titus" las, mußte sie an eine ihrer früheren Pflegefamilien denken. Die Leute hatten sich als Christen bezeichnet, sich aber alles andere als christlich verhalten. Emily versuchte die häßlichen Erinnerungen zu verdrängen. Sie blickte wieder auf den Text und las, daß der Verfasser ein solches Benehmen ablehnte. *Das ist gut.*

Sie schlug einen anderen Teil der Bibel auf, weil sie nicht mehr über ihre Vergangenheit nachdenken wollte. Jesaja. „Lieblicher Weinberg, singet ihm zu! Ich, der Herr, behüte ihn und begieße ihn immer wieder. Damit man ihn nicht verderbe, will ich ihn Tag und Nacht behüten. Ich zürne nicht. Sollten aber Disteln und Dornen aufschießen, so wollte ich über sie herfallen und sie alle miteinander anstecken, es sei denn, sie suchen Zuflucht bei mir und machen Frieden mit mir, ja, Frieden mit mir."

Diese Worte taten Emily gut. *Es sei denn, sie suchen Zuflucht bei mir.* Plötzlich fühlte sich Emily Gott näher als je zuvor. Seine Gegenwart in dem Raum war beinahe greifbar. „Willst du sogar mich haben?" flüsterte Emily laut.

Es gab keine hörbare Antwort. Doch eine Welle von Frieden und Wärme erfüllte Emilys Herz ... und sie wußte die Antwort. Endlich hatte sie eine Ahnung von der wahren Liebe bekommen. Und diese Ahnung war schön. Sie fühlte sich angenommen und heil.

*

„Es ist mein Ernst! Dein Bauch ist doppelt so dick wie vor deiner Abreise", neckte Rachel ihre Freundin, während sie ihr eine Tasse Kräutertee reichte.

„Wenigstens habe *ich* eine gute Entschuldigung dafür", konterte ihre Freundin.

Rachel lachte. „Hör auf! Mit Marys guter Küche und Emilys tollen kulinarischen Experimenten muß ich wirklich aufpassen. Ich habe bestimmt fünf Kilo zugenommen! Aber lassen wir dieses unangenehme Thema. Erzähl mir mehr von der Verwandtschaft und von der Stadt. Warst du im Büro?"

„Oh, ja. Susan und ich sind zusammen essen gegangen. Sie kann es kaum fassen, daß du wieder zur Mannschaft gehörst, auch wenn über tausend Kilometer dazwischen liegen. Sie hat versucht mich auch einzuwickeln."

„Hm, *sehr* interessant. Wie hast du reagiert?"

„Ich habe ihr gesagt, daß ich rundum zufrieden mit dem gemächlichen Tempo des Ranchlebens bin und daß ich sie anrufen würde, wenn mir je langweilig werden sollte. Im Gegensatz zu dir habe ich außer meinem Beruf auch den ganzen Streß in San Francisco zurückgelassen."

„Du willst mir doch nicht erzählen, daß es nicht stressig ist, die Mannschaft zu versorgen und das Haus in Schuß zu halten!"

„Schon. Aber das ist etwas anderes. Ich glaube, das Leben auf der Ranch ist für mich leichter als für dich. Aber ich muß zugeben, daß ich mit dem Gedanken gespielt habe, auf Teilzeitbasis mit dir zusammenzuarbeiten und eine Hilfe anzustellen."

„Oh, Beth! Das wäre ja super! Wieder mit dir zusammenarbeiten! Wir Mädels vom Land könnten die Städter bestimmt ganz schön ins Schwitzen bringen."

„Nun warte mal. Ich habe Susan erst mal abgesagt. Ich möchte nicht, daß sie Wind davon bekommt, denn sonst wird sie mir deswegen gnadenlos auf die Pelle rücken. Ich behalte die Idee nur im Hinterkopf, für später, wenn die kleinen Morgans in den Kindergarten kommen."

„Ach so. Ich werde keinen Ton mehr darüber verlieren, bis

du selbst wieder davon anfängst. Und wo wir schon beim Baby sind, wie geht es euch beiden?"

„Sehr gut. Ich will dich aber nicht mit Lobgesängen auf das Wunder der Mutterschaft langweilen. Nur eines sage ich dir: es ist das Schönste, das ich je erlebt habe. Man kann es gar nicht mit Worten beschreiben. Und Mary hat recht. Du und Dirk, ihr solltet euch an die Arbeit machen. Unser Kleines braucht schließlich einen Spielkameraden in der Nachbarschaft."

„Oh Mann! Du und Mary – ihr seid mir schon welche!"

Beth lachte, während Rachel sie spitzbübisch anblickte.

„Wie geht es deinen Eltern?"

„Sie befürchten, daß wir hier hinterm Mond leben, was die medizinische Versorgung angeht. Nachdem wir unser erstes Baby bei dem Unfall verloren haben, ist ihnen das ganze Gesundheitswesen von Montana suspekt. Sie begreifen nicht, daß sie dankbar dafür sein sollten, daß Matt und ich den Unfall überhaupt überlebt haben. Sie versuchen sogar, mich dazu zu überreden, im letzten Schwangerschaftsmonat nach Hause zu kommen, damit ich das Kind in einer dieser noblen Entbindungskliniken bekommen kann."

„Kommt das für dich denn in Frage?"

„Aber nie im Leben. Matt und ich überlegen sogar, ob wir das Kind zu Hause zur Welt bringen sollen. Wir informieren uns gerade über die Hebammen, die es hier im Tal gibt."

„Hast du jemanden von meiner Familie gesehen?"

„Ich habe mit deiner Mutter telefoniert. Sie klang fröhlich. Und sie hat mir einen goldigen Strampler für das Baby geschickt."

„Wer ist dir dann noch auf die Nerven gegangen, wenn nicht meine Mutter?"

„Eleanor Rierdon. Ihrer Meinung nach wären weder Jake noch du hier gelandet, wenn ich nicht gewesen wäre."

„Da ist was Wahres dran."

„Sie bestand darauf, mal vorbeizukommen. Sie war ja immer mehr deine als meine Bekannte, aber sie wollte so viel Informationen wie möglich aus mir herausquetschen."

„Hast du ihr etwas von Emily erzählt?"

„Natürlich nicht! Ich werde dieses Thema nicht einmal von weitem anschneiden. Das überlasse ich dir, Schätzchen."

„Oh, vielen Dank."

„Wie geht es denn Emily?" fragte Beth leise und blickte über ihre Schulter in Richtung Küche.

Rachel machte eine Kopfbewegung, um anzudeuten, daß Emily nicht im Haus war, und sprach in normaler Lautstärke. „Sie ist heute sogar aus dem Haus gegangen, das ist ein riesiger Fortschritt für sie. Gewöhnlich geht sie jedem aus dem Weg und macht nur den Mund auf, wenn ihr keine andere Wahl bleibt. Aber sie hat zugenommen und sieht viel besser aus, sie lächelt häufiger und scheint sich rundum wohl zu fühlen. Und sie arbeitet - Junge, kann die Kleine arbeiten! Es ist, als ob sie denkt, daß ich sie hinauswerfe, sobald sie ein wenig nachläßt. Sie will absolut keine Almosen."

„Habt ihr es geschafft, sie mal mit in den Gottesdienst zu schleppen?"

„Noch nicht."

„Sind Jake und Emily sich schon ein bißchen nähergekommen?"

„Da tut sich wenig. Das Mädchen ist scheu wie ein Reh. Und du kennst ja Jake. Es tut mir richtig weh, ihn zu beobachten, wenn er in ihrer Nähe ist. Der Mann sieht aus, als würde er jeden Augenblick in Ohnmacht fallen, wenn sie nur mit ihren Wimpern in seine Richtung klimpert."

Gerade in diesem Augenblick stapfte Dirk die Stufen zur Veranda herauf und versuchte halbherzig, den Dreck von seinen Schuhen zu streifen, bevor er ins Haus trat.

„Ist das Beths Auto da draußen?" Er strahlte beim Anblick ihrer gemeinsamen Freundin und kam herein, um sie kräftig zu umarmen. Dann küßte er seine Frau und setzte sich neben sie. Ihren übertriebenen Versuch, von seinem schweißdurchnäßten Hemd Abstand zu halten, ignorierte er einfach. „Du siehst absolut wunderbar aus, Beth. Wie ein Vorbild für strahlende, erfüllte Mutterschaft." Er warf seiner Frau einen Blick zu. „Was meinst du, Rachel? Sollen wir auch anfangen, an einer Familie zu basteln?"

„Da hast du's", flüsterte Rachel Beth zu. Sie wandte sich wieder ihrem Mann zu. „Hm, also, gerade im Augenblick bist du wirklich unwiderstehlich. Ich kann mich kaum erinnern, wann ich dich das letzte Mal so verführerisch fand. Vielleicht letzte Woche, als du in den Ställen die Begegnung mit dem Stinktier hattest."

Beth lachte überrascht. „Du machst Witze."

„Nein, im Ernst", erwiderte Rachel schmunzelnd. „Wir mußten ihn drei Stunden lang einweichen, um den Gestank wegzubekommen."

*

Emily lief rasch den Pfad hinunter, denn sie wollte rechtzeitig zurück im Haus sein, um beim Abendessen zu helfen. Die Tanners sollten keinen Grund zur Klage haben. Doch als sie zu den Ställen kam, fiel ihr eine Stute auf, die mit ihrem Fohlen abseits der Herde stand. Sie konnte nicht widerstehen und trat näher.

Sie bewegte sich langsam, um die Pferde nicht zu stören, und sprach leise mit der Stute, um deren Vertrauen zu gewinnen. Das Pferd wirkte überraschenderweise interessiert. Offensichtlich hatte es gemerkt, daß die zierliche Frau keine wirkliche Bedrohung darstellte.

Jake stand unbemerkt im Schatten der Scheune und beobachtete sie. Er hielt den Atem an, während er zusah, wie sie sich der Stute und ihrem Fohlen näherte. *Nur noch drei Meter.*

Bestimmt konnte sie sein Herz klopfen hören. *Was wird sie denken, wenn sie mich dabei ertappt, wie ich hinter ihr herspioniere?* Er umklammerte die Mistgabel so fest, daß seine Knöchel ganz weiß wurden. *Ach, Emily, wirst du mich nie näher an dich heranlassen?*

Er sah zu, wie sie langsam ihre Hand hob, damit die Stute daran riechen konnte. Mit ihren großen Nüstern nahm sie Emilys Geruch in sich auf. Jake wurde plötzlich eifersüchtig auf das Pferd und mußte über seine eigene Reaktion beinahe lachen. Mit einem Ruck drehte er sich um und lehnte die Mistgabel an die Wand der Pferdebox, dann verließ er den Stall.

Als er hinaus ins Freie trat, tat er so, als wäre er überrascht, Emily zu sehen. „Emily! Hallo."

Sofort ließ sie ihre Hand sinken und schien davonlaufen zu wollen. Die Stute hob ihren Kopf und spitzte die Ohren beim Klang von Jakes Stimme.

Jake ignorierte Emilys Unbehagen einfach. „Schließt du Freundschaft mit den Pferden?"

„Ich hatte eigentlich noch nie etwas mit Pferden zu tun", sagte sie leise.

Ermutigt durch ihre positive, wenn auch halbherzige Antwort nickte Jake. Wie immer bewegte er sich in ihrer Gegenwart ganz vorsichtig. „Ich könnte dir das Reiten beibringen", bot er ihr an.

„Ach nein. Das könnte ich nicht."

„Warum nicht?"

„Da gibt es viele Gründe."

„Angst?" riet er.

„Vielleicht." Sie wollte gehen. „Ich gehe jetzt besser rein und helfe Mary mit dem Abendessen."

Jake betrachtete sie eingehend, während sie wegging. „Mein Angebot gilt", rief er ihr nach.

Kapitel Dreizehn

27. April

„Die sind für dich!“ Jake hielt Emily eine Handvoll Wiesenblumen hin, als sie nach dem Spülen des Frühstücksgeschirrs auf die Veranda hinaustrat.

Zuerst zögerte sie. Doch dann sah sie ihm in die Augen. Sie wußte instinktiv, daß sie sein Geschenk auf keinen Fall ablehnen konnte. In ihrem ganzen Leben war sie nie einer so beständigen Zuneigung begegnet wie der von Jake. Er war immer für sie da, immer hilfsbereit. Aber sie war sich auch der Tatsache bewußt, daß er jederzeit darauf achtete, ihr den Freiraum zu lassen, den sie benötigte.

Jake war ein sehr einfühlsamer Mensch, und er konnte träumen. Er liebte das Leben auf der Timberline-Ranch, und Emily hatte gehört, wie Dirk Rachel erzählte, daß sein Vorarbeiter eines Tages seine eigene Ranch besitzen wolle. Emily war sich sicher, daß er das schaffen würde; Jake war ein Mann, der es verstand, seine Träume in die Tat umzusetzen. Sie dachte daran, daß er seine angesehene berufliche Laufbahn aufgegeben hatte, um in Montana ganz von vorne anzufangen. *Er weiß, was er will. Jake steht mit beiden Beinen im Leben.* Von den Männern, die ihr in ihrem Leben begegnet waren, war er eindeutig der tollste.

Als sie die Blumen nahm, berührten sich ihre Finger, und beide spürten das Kribbeln, das sich über ihre Arme bis zur Brust ausbreitete. „Sie sind sehr schön, Jake.“ Ein Lächeln breitete sich auf Emilys Gesicht aus.

Er strahlte bis über beide Ohren. „Ich kann dir zeigen, wo sie wachsen – oben, auf einer bildschönen Bergwiese ein paar Kilometer südwestlich von hier. Wir könnten hinreiten.“

„Du weißt doch, daß ich gar nicht reiten kann."

„Ich habe versprochen, es dir beizubringen, weißt du noch? Du könntest heute ein Stück mit mir zusammen reiten, um ein Gefühl dafür zu bekommen. Später setzen wir dich dann auf dein eigenes Pferd. Es dauert nur eine Minute, bis Cyrano gesattelt ist." Er zeigte auf den grauen Hengst, der faul in der warmen Sonne graste.

Emily wurde bei dem Gedanken, Jake körperlich so nahe zu kommen, ganz bange. *Auf einem Pferd gibt es keine Möglichkeit auseinanderzurücken. Wie lange es wohl dauern würde, ein paar Kilometer hin- und wieder zurückzureiten?* „Hast du denn nichts zu tun?" wich sie ihm aus.

„Ich habe heute nachmittag frei. Später werde ich der Mannschaft dabei helfen, ein paar Entwässerungsgräben zu reparieren, aber vorher habe ich ein paar Stunden Zeit."

Mary kam heraus auf die Veranda und trocknete im Gehen ihre Hände an einem Geschirrtuch ab, das über ihrer Schulter lag. „Nun geh schon mit, Emily Walker. Das ist doch die perfekte Gelegenheit für dich, einmal aus dem Haus zu kommen und ein wenig von Gottes schöner Welt zu sehen." Sie nickte aufmunternd und meinte gleichzeitig: „Keine Widerrede."

Emily wurde rot, als sie merkte, daß ihr Gespräch durch das offene Küchenfenster mitgehört worden war. Verlegen blickte sie wieder zu Jake, der sie anlachte.

„Ich gehe mich umziehen."

*

Emily kam in Jeans und Leinenbluse, unter der ein weißer Rollkragenpullover hervorlugte, aus dem Haus. Über beides hatte sie noch einen blauen Wollpullover gestreift, der ihr bis über die Taille reichte. Außerdem trug sie neue Cowboystiefel, die die Winzigkeit ihrer Füße betonten. Jake, der schon auf Cyrano saß, verschlug es bei ihrem Anblick fast den Atem. Er konnte kaum glauben, daß sie wirklich dort auf der Veranda stand, um mit ihm auszureiten.

Er führte das Pferd neben die Verandatreppe, damit sie ohne größere Anstrengung aufsteigen konnte. Weil sie so zierlich war, dachte er, daß es besser wäre, wenn sie das Auf- und Absteigen später auf einem kleineren Pferd lernen würde.

Er blickte vom Pferd aus zu ihr hinauf. „Wie ich sehe, bist du bereit."

„Ich vermute, daß ich zumindest wie eine Reiterin *aussehe*."

Er schmunzelte über diesen Kommentar. „Also, komm an Bord. Ich habe mir überlegt, daß du dich am besten hier vor mich auf den Sattel setzt."

Emily betrachtete die Stelle, die er meinte, und fragte sich, ob dort Platz genug für sie beide war. Sie hielt die Luft an und tat, wie Jake gesagt hatte.

Beide blieben sie einen Augenblick lang still sitzen, um sich an die Nähe des anderen zu gewöhnen. Emily bekam Herzklopfen, und Jake versuchte so flach wie möglich zu atmen, damit er mit seinem kräftigen Brustkorb nicht zu viel von ihrem Rücken berührte. Als er merkte, daß er wenig Erfolg hatte, gab er seine Anstrengungen auf und lehnte sich nach vorne, um die Zügel zu ergreifen. Er konnte problemlos über ihren Kopf hinweg sehen, denn sie reichte ihm nur bis zur Schulter.

„Hier, Emily. Jetzt reiten wir einfach ein paar Schritte, und ich halte dabei die Zügel." Sie schaukelten im Rhythmus von Cyranos Gangart los. „Spürst du es?" fragte Jake. „Dieser Rhythmus ist der Schlüssel ... er und deine Beziehung zum Pferd natürlich." Sie ritten noch ein Stückchen um den Garten vor dem Haus. „Bist du bereit? Dann können wir uns jetzt auf den Weg machen", schlug er leise vor.

Emily drückte ihre Augen fest zu und wünschte sich den tiefen Frieden herbei, den sie in der Kapelle empfunden hatte. Mit klopfendem Herzen nahm sie ihren ganzen Mut zusammen, um dem Mann vertrauen zu können, der sich so sehr danach sehnte, sie besser kennenzulernen. Rachel vertraute ihm. Dirk vertraute ihm. Mary vertraute ihm. *Wage es zu vertrauen, dies eine Mal noch, Emily. Geh das Risiko dies eine Mal noch ein,* redete sie sich selbst gut zu. „Ja, Jake. Schauen wir uns deine Bergwiese einmal an."

Mary und Rachel lächelten, während sie die beiden draußen beobachteten. „Vielleicht, ganz vielleicht", sagte Mary, während sie davonritten, „wird diese junge Frau heil werden."

*

Jake und Emily ritten auf dem grauen Hengst nach Süden in Richtung Morgan-Ranch und überquerten den Kootenai auf der alten Holzbrücke. Der wilde Fluß war durch die Schneeschmelze angeschwollen. Emily wurde ganz schwindlig von all den neuen Eindrücken: die sich hoch auftürmenden Berge, die Bewegung des Pferdes, die kühle Luft beim Überqueren des Flusses, die Nähe des Mannes, der hinter ihr saß. Ihre Körper berührten sich, Rücken an Brust, und beide bemühten sich sehr, das zu ignorieren.

Als sie auf der anderen Seite ankamen, hielt Jake das Pferd an. „Okay, Emily. Jetzt gebe ich dir mal die Zügel." Er band die beiden Lederriemen zu einem Knoten zusammen und zeigte ihr, wie sie den Hengst lenken und zum Stehen bringen konnte. „Halte die Zügel locker. Cyrano reagiert sehr fein, du mußt also keine deiner Bewegungen übertreiben. Laß ihn einfach ganz sachte wissen, was du willst, und mache ihn glauben, daß du schon seit Jahren reitest."

Sie nahm die Zügel zögernd entgegen. Jake preßte seine

Beine in die Flanken des Pferdes, um es anzutreiben. Emily entfuhr ein unterdrückter Freudenschrei, als Cyrano exakt auf ihre Befehle reagierte. Jake sagte ihr, daß sie weiter nach Süden reiten sollte. Sie ritten um das Morgan-Land herum, wo die Rancharbeiter genau wie die auf der Timberline-Ranch mit dem Ausbessern der Bewässerungsgräben beschäftigt waren.

Jake freute sich insgeheim, als Matt ihnen einen Gruß zurief und mit seinem Hut herüberwinkte. Die anderen Männer packten die Gelegenheit, Jake in Verlegenheit zu bringen, genüßlich beim Schopfe, und schrien und pfiffen ebenfalls.

Emily wurde unwillkürlich rot. Sie stellte sich vor, daß sie alle ihr puterrotes Gesicht selbst aus fünfhundert Metern Entfernung noch sehen konnten, und so war sie heilfroh, daß es die Arbeiter von der Morgan-Ranch waren und nicht die von der Timberline. So vorsichtig sie auch mit ihr umgingen, so wußte sie doch, daß Jakes Mitarbeiter gnadenlos sein konnten, wenn sich die Gelegenheit bot, jemanden aufzuziehen.

Die Männer wandten sich wieder ihrer Arbeit zu, und bald waren sie außer Sicht. Nach fünfzehn weiteren Minuten zeigte Jake auf einen Pfad vor ihnen. „Da geht's lang, Emily", sagte er leise. Im richtigen Augenblick legte sie den rechten Zügel an Cyranos Hals, und gehorsam schwang sich der Hengst herum. Das Pferd schnaubte, als sie einen kurzen, steilen Hügel erklommen, und senkte dann den Kopf, als die Steigung stärker wurde.

„Gut gemacht, Emily. Ich glaube, du hast ein besonderes Talent im Umgang mit Pferden."

„Bevor ich hierherkam, konnte ich nicht glauben, daß ich eine besondere Gabe im Umgang mit irgend etwas habe."

Eine Weile ritten sie schweigend weiter.

Dann räusperte sich Jake. „Emily", sagte er leise, „macht es dir etwas aus, wenn ich dir eine persönliche Frage stelle?"

Sie überlegte einen Moment, bevor sie ihm antwortete. „Hängt davon ab, wie persönlich die Frage ist."

„Na ja, du mußt ja nichts sagen, wenn du sie nicht beantworten möchtest."

„Das denke ich auch."

Jake sprach vorsichtig. „Wie bist du letzten Januar auf der Straße gelandet?"

Emily schwieg, während sie überlegte, wie sie antworten sollte.

„Es tut mir leid, Emily. Ich habe zu viel gefragt, nicht wahr?"

„Nein -" Sie verkrampfte sich und blickte starr geradeaus, während sie allen Mut zusammennahm, um ihm zu antworten. *Hab' nur noch einmal Vertrauen, Emily,* sagte sie sich wieder. „Mein Vater hat uns verlassen, als ich noch sehr klein war. Er kniete sich vor mich hin, versprach mir, daß er bald wieder zu Hause sein würde – und dann kam er nie wieder. Meine Mutter und ich wurden bald, nachdem er weg war, in einen Unfall verwickelt, und sie kam dabei ums Leben. Ich war sieben Jahre alt, als sie starb. Ich habe nur sehr wenige Erinnerungen an meine richtige Familie. Bis zu meinem achtzehnten Lebensjahr wurde ich zwischen dem Kinderheim und verschiedenen Pflegefamilien hin und her gereicht. Dann machte ich mich auf die Suche nach meinem Vater. Ich wollte ihm sagen, wie sehr er uns verletzt hatte. Aber ich konnte ihn nicht finden, und als ich endlich aufgab, war ich mittel- und heimatlos. Im Januar probierte ich, vom Osten zurück an die Westküste zu trampen, wo ich von vorne anfangen wollte."

Jake schlang spontan seine Arme um ihre Taille und zog sie an sich. Sie wurde ganz steif und drückte sanft Jakes Arme weg. Er versuchte sich durch ihre Ablehnung nicht entmutigen zu lassen und war gleichzeitig wütend auf sich selbst, weil er sich nicht besser im Griff gehabt hatte.

Cyrano spürte, daß seine Reiter abgelenkt waren, und blieb stehen, um die Gelegenheit zu nutzen und von den appetitlich aussehenden Frühlingsgräsern zu naschen, die am Wegrand wuchsen.

„Es tut mir leid, Emily. Ich hätte nicht -"

„Schon gut."

Wortlos saßen sie da.

„Keine sehr schöne Geschichte, nicht wahr?"

„Nein", stimmte er zu. „Hat die Heimleitung nicht versucht, dir zu helfen? Ein Zuhause für dich zu finden?"

„Sie fanden mehrere Pflegefamilien. Mit zwölf hatte ich schon drei verschiedene Familien hinter mir. Danach weigerte ich mich bis zum Alter von vierzehn Jahren, wieder einer Familie zugewiesen zu werden. Das Leben im Kinderheim war leichter, als immer wieder Zuneigung zu Menschen zu fassen – und zu wissen, daß ich mich wieder von ihnen trennen mußte. Dann kam Arthur ins Heim und brachte einen ganzen Monat damit zu, mein Vertrauen zu gewinnen. Er und seine Frau nahmen mich auf, doch sie starben beide, bevor ich mit der Schule fertig war. Und da war ich wieder Vollwaise. Damals machte ich mich auf die Suche nach meinem Vater und nach meinem Platz in dieser Welt ... ich war sicher, ich würde beides finden."

„Wie alt bist du jetzt?"

„Vierundzwanzig."

Emily trieb Cyrano wieder an, und sie ritten aus dem Wald auf eine sonnige Wiese hinaus, auf der die gleichen Blumen wuchsen wie die, die Jake für sie gepflückt hatte. Ein Meer von tiefroten, gelben, zartrosa und purpurroten Blüten bedeckte die Wiese. Weiter oben stand eine Gruppe von Birken, und zwischen den Bäumen wuchs weißes Bärengras. Zu ihrer Rechten floß ein Bach dahin.

Jake stieg von dem schweißglänzenden Pferd ab und streckte die Arme aus, um Emily herunterzuhelfen. Erst als sie zu Boden sprang, bemerkten sie einen großen Elch, der in dem hohen Frühlingsgras ein Sonnenbad nahm. Sein Geweih breitete sich eindrucksvoll über ihm aus. Das Tier erhob sich, schüttelte sich leicht und blieb stehen, um sie zu beobachten. Königlich und kein bißchen erschrocken über ihr Eindringen stand der Riese da. Nachdem er sie eine geschlagene Minute lang betrachtet hatte, drehte er sich um und verschwand langsam im Schutz des Waldes.

Jake schaute Emily so lange an, bis sie ihr Kinn hob und seinen Blick erwiderte. Eine ganze Weile lang standen sie so beieinander und sahen sich an, bis Emily den Blick verlegen senkte. Vorsichtig nahm Jake ihre Hand, ohne daß sie sich dagegen wehrte.

Er versuchte seine Aufregung zu bändigen und normal zu klingen. „Emily Walker, hast du deinen Platz in der Welt gefunden?"

„Ich glaube schon."

„Hier?"

„Hier."

Kapitel Vierzehn

Später vertilgten sie das Picknick, das Mary für sie eingepackt hatte, und legten sich dann ins hohe Gras. Sie genossen ihr Zusammensein. Emily stützte sich auf einen Ellbogen und blickte hinüber zu Jake. Er sah so gut aus, wie er friedlich und reglos mit geschlossenen Augen dalag. Sein braunes Haar glänzte in der Sonne. Dann blinzelte er, öffnete die Augen und sah sie an.

„Danke, daß du mir zugehört hast, Jake."

„Es war mir ein Vergnügen. Ich bin froh, daß du mich endlich ein bißchen näher an dich herangelassen hast."

„Meine Vergangenheit stört dich nicht?"

„Deine Vergangenheit ist Vergangenheit. Ich würde am liebsten zurückgehen und diese Leute, die dich so behandelt haben, ordentlich zusammenstauchen, Emily. Aber ich wünsche mir, daß du heil wirst. Ich wünsche mir, daß du nach vorne blicken kannst und nicht mehr in der Vergangenheit hängenbleibst. Damit meine ich nicht, daß du dich nicht mit der Vergangenheit auseinandersetzen solltest. Das ist ganz sicher nötig, und es klingt, als hättest du da viel Arbeit vor dir. Aber ich freue mich auf die Zukunft."

Sie ließ ihren Blick über die Blumenwiese schweifen und sah dann zu Boden. „Das Leben auf der Straße war hart, Jake. Man hat mich nicht nur ein bißchen herumgeschubst. Ich ... ich bin auch mißbraucht worden. Ich bin nicht die Art von Mensch, mit der du deine Zeit vergeuden solltest."

Jake senkte auch den Blick und nahm die häßliche Offenbarung in sich auf. In ihm brodelte ein Zorn auf die Menschen, die es gewagt hatten, diese schutzlose, zerbrechliche Frau zu verletzen. Er schloß die Augen und betete kurz um Hilfe und Führung. Dann machte er die Augen wieder auf und sah Emily zärtlich an.

Während er nach ihrer Hand griff, kämpfte er gegen den Wunsch an, sie in seine Arme zu nehmen und all die Verletzungen wegzuküssen. Ihre Augen waren weit aufgerissen und ihre Schultern sehr gerade, denn sie wappnete sich gegen die Möglichkeit, daß er jetzt, wo er die Wahrheit über sie kannte, aufstehen und davongehen könnte. *Diese Frau ist schon zu oft verletzt und im Stich gelassen worden,* dachte er.

In dem Wissen, daß sie Worte brauchte und keine Umarmung, blickte er ihr fest in die Augen und sagte: „Was mich anbelangt, Emily Walker, bist du ein neuer Mensch geworden, als du ins Elk-Horn-Tal gekommen bist. Du bist in mein Leben getreten und hast es vollkommen verändert. Ich möchte dir echte Liebe zeigen; ich möchte ein Mensch sein, dem du vertrauen kannst. Mach dir keine Gedanken um deine Vergangenheit. Mir gefällt, wie du bist. Ich bin einfach nur froh, daß du gekommen bist." Er hielt inne. „Du bist zu mir gekommen, nicht wahr, Emily?"

Sie sah ihn an; endlich ließ sie ihren Tränen freien Lauf. „Ja, Jake. Zumindest ein Teil von mir."

„Ich werde diesen Teil nehmen und um den Rest kämpfen." Während er das sagte, mußte er die eigenen Tränen unterdrücken.

Sie sahen sich noch einen Augenblick länger in die Augen und genossen es, einander nahe zu sein. Wortlos stand Jake schließlich auf und nahm die Zügel von Cyrano, der die Wiese nur widerwillig hinter sich ließ. Jake zeigte Emily, wie man aufstieg. „Ich helfe dir auf Cyrano hinauf, weil er zu groß für dich ist. Aber wenn Dirk und Rachel dir dein eigenes Pferd geben, dann bist du allein auf dich gestellt."

„Jake, die Tanners geben mir kein Pferd."

„Doch, das werden sie tun, wenn ich sie dazu überrede."

„Oh, tu das bloß nicht! Sie sind sowieso schon die großzügigsten Menschen, die ich je kennengelernt habe, und ich möchte sie nicht ausnutzen."

„Mir geht es genauso mit ihnen. Denk daran, daß sie auch für mich eine Menge getan haben."

„Du hast mir nicht viel über deine Vergangenheit erzählt", sagte Emily.

„Aber ich wette, Mary und Rachel haben das für mich erledigt!"

„Ich habe genug gehört, um zu wissen, daß wir aus zwei völlig verschiedenen Welten kommen."

„Du hast recht. Ich habe Glück, daß du mich überhaupt eines Blickes gewürdigt hast.“

*

Sie verließen den Waldweg und stießen auf Beths Jeep, der in der Nähe der Felder geparkt war, auf denen zuvor die Rancharbeiter beschäftigt gewesen waren. Die Männer waren nicht mehr zu sehen, sie arbeiteten inzwischen auf einem Feld weiter im Osten. Als Jake und Emily näher kamen, bemerkten sie, daß der Motor des Fahrzeugs lief. Jake lenkte Cyrano um den Wagen herum auf die Fahrerseite. Zuerst dachte er, der Jeep sei leer. Dann entdeckten sie Beth, die schweißnaß und verkrümmt vor Schmerzen quer über der Sitzfläche lag.

„Beth!“ Jake sprang erschrocken vom Pferd. Emily rutschte beunruhigt von Cyrano herunter, ohne einen Gedanken daran zu verschwenden, wie hoch oben sie war. Sogleich war sie an Beths Seite.

„Beth, was ist los?“

Diese stöhnte vor Schmerzen. „Die Fruchtblase ist geplatzt“, antwortete sie und schnappte dabei nach Luft. „Das Baby kommt ... ich dachte, daß Matt hier draußen wäre. Das Funkgerät funktioniert nicht ... keiner daheim.“ Sie stöhnte erneut auf, als eine weitere Wehe ihren Körper durchfuhr.

„Halt aus, Beth. Ich hole Hilfe.“ Ganz aufgelöst wandte sich Jake an Emily, „Emily? Kümmere dich um sie.“

Sie signalisierte ihre Zustimmung durch ein Nicken.

„Ich beeile mich.“ Er stellte seinen Fuß in den Steigbügel und schwang sich auf Cyrano, gleichzeitig trieb er das Pferd zum Galopp an. Cyrano begrüßte die Gelegenheit, endlich laufen zu dürfen, und galoppierte mehr als willig los.

*

Sowohl Emily als auch Beth merkten bald, daß das Baby nicht auf Hilfe warten wollte. „Um Himmels willen, es kommt! Ich kann nicht warten, Emily. Das Kind will jetzt sofort auf die Welt! Bitte hilf mir." Sie griff nach Emilys Hand.

„Ich bin da." Emily versuchte, so zuversichtlich wie möglich zu klingen. Sie ignorierte Beths Fingernägel, die sich bei jeder neuen Wehe schmerzhaft in ihre Hand gruben. „Im wievielten Monat bist du?"

Beth legte stöhnend ihren Kopf wieder auf den Beifahrersitz, die Frage hörte sie nicht. „Bete, Emily. Gott kann uns helfen."

Als eine weitere Wehe über sie hinwegschwappte, schrie Beth laut auf und begann, ernsthaft zu pressen.

Emily fing an zu beten.

Beth lehnte sich stöhnend zurück. „Bitte, nicht", schrie sie mit tränenüberströmtem Gesicht. „Vater, ich will dieses Kind behalten. Laß nicht zu, daß es auch noch stirbt. Bitte, Herr. Oh, bitte, Jesus." Sie setzte sich in Erwartung der nächsten Wehe auf. Zähneknirschend preßte sie wieder und umklammerte dabei Emilys Hand ganz fest.

Als die Wehe vorbei war, fragte Emily noch einmal: „Im wievielten Monat bist du, Beth?"

„Im achten. Ach Emily, bete für mich! Es darf einfach nicht sein, daß ich das Kind nun doch noch verliere! Gott kann uns helfen."

„Wann haben die Wehen angefangen?"

„Vor fünfundzwanzig ... dreißig Minuten. Bete, Emily, bete. Ich will dieses Kind behalten!"

„Bitte, Gott, hilf uns. Beschütze Beth und ihr Baby", flüsterte Emily eindringlich, während sie zusah, wie Beth wieder und wieder preßte. Ein kühler Frühlingswind wehte sanft durch die Fahrertür herein.

Die nächste Wehe war sogar noch stärker als die vorherige, und Emily wußte instinktiv, daß das Baby in kurzer Zeit zur

Welt kommen würde. *Bitte, Gott, keine Traurigkeit mehr. Laß nicht zu, daß ich dieses Kind sterben lasse. Sie würden mir niemals vergeben.* „Alles in Ordnung, Beth?“ fragte sie angespannt.

„Klar“, ächzte diese. „Abgesehen davon, daß ich gerade mitten in der Pampa ein Kind bekomme!“

„Wird es gehen?“ fragte Emily und ging nicht auf ihren Versuch zu scherzen ein.

„Glaube schon. Ist meine erste Geburt.“

„Hm, so wie die Dinge aussehen, wirst du gleich ein Baby haben, und wir sind auf uns allein gestellt“, sagte Emily leise.

Beth knirschte mit den Zähnen und bereitete sich auf die nächste Wehe vor. Als diese verebbt war, lehnte sie sich stöhnend wieder im Sitz zurück. „Wir sind nicht allein, Emily. Wir sind nicht allein.“

*

Jake ritt in vollem Galopp auf die Männer zu, die ihn schon von weitem gesehen hatten. Dann brachte er Cyrano aus vollem Lauf zum Stehen, so daß der Schlamm um die Hufe nur so spritzte. Matt wischte sich den Schweiß von der Stirn. „Was – “

„Matt! Beth bekommt ihr Baby! Drei Kilometer westlich von hier; dort, wo ihr vorhin gearbeitet habt! Komm schnell! Jeff, nimm Kontakt mit der Timberline auf. Sie sollen den Rettungshubschrauber rufen. Das Funkgerät auf der Morgan-Ranch funktioniert nicht. Also drei Kilometer südlich von der nordwestlichen Ecke der Ranch. Verstanden?“

Matt saß schon in seinem Geländewagen und raste über den holprigen Feldweg zu seiner Frau.

„Verstanden!“ Jeff nahm das Funkgerät, während Jake sein schweißnasses Pferd wendete, um sofort zurückzureiten.

*

„Sei bei uns, Jesus", betete Beth eindringlich. „Du bist allmächtig, laß uns –" Eine Wehe unterbrach ihr Gebet, und sie biß die Zähne zusammen. Schweiß lief ihr an Kopf und Wangen hinab.

„Du bist allmächtig", wiederholte Emily. Sie zog ihren dicken Pullover aus, um ihn für das Baby parat zu haben. „Sei bei uns. Beschütze Beth und ihr Baby!" Ihre Stimme überschlug sich beinahe, als sie den Kopf des Kindes entdeckte. „Es kommt, Beth! Ich sehe seinen Kopf!"

„Danke, Herr", stöhnte Beth und preßte weiter. Das Baby kam herausgeglitten und verzog das winzige Gesicht, als es die Bergluft auf seiner nassen Haut spürte.

„Es bewegt sich, Beth! Es bewegt sich", schrie Emily aufgeregt. „Weiter! Gleich kannst du es in den Arm nehmen!"

Mit einer weiteren heftigen Preßwehe kamen die Schultern des Kindes zum Vorschein, und dann folgte rasch der Körper. Emily wickelte das Baby in ihren Pullover ein und sah es liebevoll an. Sie mußte lachen, als es den ersten richtigen Atemzug machte und vor Wut über die kühle Luft zu schreien anfing.

„Ist es gesund?" fragte Beth ängstlich.

„*Sie* ist wunderbar", sagte Emily lachend und gab Beth das Kind. Beide weinten, als sie zuerst das Baby und dann sich gegenseitig ansahen.

„Danke, Herr!" rief Beth unter Tränen, und Emily tat es ihr im stillen gleich. Dann entdeckte Emily ein Auto, das sich in einem Wahnsinnstempo näherte, und vermutete sofort, daß der Verrückte, der da am Steuer saß, nur Matt sein konnte.

„Dein Mann ist gleich bei uns, Beth. Dann wird alles gut werden."

„Danke, Emily. Danke, daß du da warst. Ohne dich hätte ich es nicht geschafft."

Emily zögerte und sagte dann unsicher: „Ich hatte das Gefühl, als wären wir nicht allein gewesen. Verstehst du, was ich meine?“

Beth hob den Kopf und sah Emily in die Augen. „Oh ja, ich verstehe dich.“

Matt brachte den Jeep mit knirschenden Reifen zum Stehen. Als er mit sorgenvollem Blick auf sie zu rannte, strahlte Emily ihn an. „Du willst doch wohl nicht etwa deine Tochter kennenlernen?“

Er stieß einen Freudenschrei aus und rannte auf den Wagen zu. Vorsichtig öffnete er die Tür, sah liebevoll auf seine Frau, die ein kleines Bündel im Arm hielt, und bedeckte beide über und über mit Küssen. „Beth, Liebling ... ist alles in Ordnung?“

„Mir geht es gut. Ich wünschte, du hättest dabeisein können, aber Emily war ein wunderbarer Ersatz.“

Emily wandte sich ab, um diesen Moment der Intimität nicht zu stören.

„Ist das Baby gesund?“ fragte Matt besorgt.

„Meiner Meinung nach sieht sie gut aus. Ich glaube, Doc Harmon hat meinen Entbindungstermin falsch berechnet. Sie ist so groß, sie kann unmöglich vier Wochen zu früh dran sein.“

„Denk daran, daß ich ihr Vater bin“, sagte Matt und blähte dabei zum Spaß seine Brust auf.

„Wie wollen wir sie nennen, Matt?“ fragte Beth und lächelte dabei ihren Mann glücklich an.

„Hm, sie war von sehr viel Gebet und Hoffnung umgeben. Wir waren uns nicht sicher, ob wir dich wirklich eines Tages haben durften, Kleine.“ Er umfaßte den Kopf seiner Tochter mit seiner großen, rauhen Handfläche und streichelte ihre Stirn.

Mit Matts Hilfe richtete sich Beth auf und blickte in das Tal hinunter. Sie beobachtete, wie Emily den nervösen Jake begrüßte und ihm von ihren Abenteuern als Hebamme berichtete. Dann betrachtete sie wieder ihre Tochter, die erneut ihr Gesicht verzog, bevor sie heftig zu schreien begann. Von weitem hörte man den Rettungshubschrauber.

„‚Hope'. Wir nennen sie ‚Hope' – Hoffnung. Das ist ihr Name."

Matt sah seine Frau und seine Tochter liebevoll an und winkte dann Jake und Emily, die hinzutraten. „Jake und Emily, darf ich euch mit meiner Tochter Hope bekannt machen." Er blickte zuerst auf Emily, dann auf seine Frau, die zustimmend nickte. „Hope *Emily* Morgan."

Alle vier lachten herzlich. Ganz gerührt von der Ehre, die ihr zuteil geworden war, nahm Emily die winzige Hand des Kindes und überschrie den Lärm des landenden Hubschraubers: „Schön, dich kennenzulernen, Hope!"

Kapitel Fünfzehn

12. Mai

„Emily, kommst du nach dem Abendessen mit auf einen Ausritt?" fragte Jake und bezwang seine Nervosität. Er stand in der Küchentür, während sie Plätzchenteig ausrollte, mit einem Glas aus dem Teig Kreise ausschnitt und sie auf ein Backblech legte.

„Ich glaube nicht. Aber danke für die Einladung."

„Warum nicht? Du gehst mir seit Wochen aus dem Weg! Ich dachte, wir hätten eine Beziehung begonnen – und nicht beendet."

„Ich brauche einfach ein wenig Abstand, Jake. An dem Tag damals ist viel passiert."

„Du brauchst Abstand? Gut, du sollst Abstand haben." Er drehte sich um und stürmte frustriert hinaus, blieb dann aber stehen, weil er nicht wollte, daß sie das Gefühl hatte, wie schon so oft in ihrem Leben im Stich gelassen zu werden. „Um das klarzustellen: ich gehe, weil du mich fortschickst; nicht, weil ich es möchte, okay?"

*

Anton überraschte ihn, als er aus der Küche rauschte. „Holla, Jake. Gibt es Neuigkeiten vom Kind der Morgans?"

„Woher soll ich das wissen?" sagte Jake ärgerlich. „Ich würde ja Emily fragen, aber sie will nichts mit mir zu tun haben."

„Aha. Beziehungsprobleme. Das Gefühl kenne ich leider auch. Byron hat einmal gesagt: ‚Oh, die Liebe zu den Frauen! Sie ist bekannt als lieblich' und fürchterlich' Ding zugleich!'"

Jake betrachtete den älteren Mann: Er hatte dichtes Haar, das langsam grau wurde, und warme Augen, die von vielen kleinen Lachfalten umgeben waren. „Wann hattest du Beziehungsprobleme, Anton?"

Die beiden Männer unterhielten sich beim Hinausgehen. „Es gab eine junge Dame namens Johanna, die ich von Herzen liebte, als ich ein junger Bursche war. Wir gingen zusammen auf die Universität, und dann begab sie sich auf Reisen. Sie fand ausländische Männer viel charmanter als mich – wie schwer das auch nachzuvollziehen ist –, und wir gingen auseinander. Sie reiste weiter umher, während ich nach Amerika ging und mit der Rancharbeit anfing. Ich habe seit Johanna auch für andere Frauen Zuneigung empfunden – doch nicht im gleichen Maße. Trotzdem lerne ich in jeder Beziehung etwas Neues. Wenn du fünfundfünfzig bist, Jake, dann weißt du garantiert auch eine ganze Menge über die Frauen."

Jake blieb stehen. „Ich glaube nicht, daß ich diese Frau jemals verstehen werde."

„Du weißt besser als ich, wie sehr Emily verletzt wurde. Laß ihr Zeit, ihre Gefühle in Ordnung zu bringen, damit sie *wirklich* lieben kann. Sie wird es schaffen.“ Er klopfte Jake auf die Schulter. „Versuche nicht, *alles* auf einmal zu verstehen. Warte, bis sie freiwillig zu dir kommt und jeden Aspekt ihres Lebens mit dir teilt – wenn sie dazu bereit ist.“

Anton ging zurück zur Veranda und ließ Jake alleine stehen, der aufs Tal hinausblickte und über seine Worte nachdachte.

*

Anton kam in die Küche und überredete Mary, ihm eines ihrer frisch gebackenen Apfelküchlein zu geben. Sobald er eintrat, band Emily ihre Schürze los und ergriff die Gelegenheit, aus der Küche zu flüchten. Nach dem kurzen Wortwechsel mit Jake war sie ganz aufgeregt. *Ich fürchte mich,* gestand sie sich ein. *Ich habe mich einfach zu weit vorgewagt. Bestimmt werde ich wieder verletzt.*

Sie nahm eine Jacke vom Haken neben der Tür zum Hausarbeitsraum und drehte sich zur Küche um, um Mary Bescheid zu geben, wo sie hinging. Diese scheuchte gerade Anton aus der Küche, der sie wortreich davon abzuhalten versuchte. Mary fühlte sich offensichtlich von Antons Komplimenten geschmeichelt, doch sie behielt das Zepter in ihrem Reich fest in der Hand.

„Oh, Mary, du backst dich mitten in mein Herz hinein“, neckte Anton sie.

Emily hörte, wie Rachel in ihrem Büro wie wild auf ihrem Computer herumtippte. Mit einem Achselzucken beschloß Emily, einfach zu gehen.

Sie stieg den Pfad hinter dem Haus hinauf, denn sie wollte zur Kapelle. Graue Wolken verdunkelten die Bergspitzen und verhießen Regen.

Emily schlug den Kragen ihrer Jacke hoch und ging

schneller. Der Wald war still, so als ob er auf den Regen warten würde. Emily stolperte und fiel auf die Knie. Sie stöhnte, klopfte die feuchte Erde ab, die an ihren Jeans klebte, und ging rasch weiter.

Emily blieb an der Tür zur Kapelle nicht stehen, sondern trat sofort ein. Dann sah sie Dirk, der betend am Altar kniete. Emily blieb unschlüssig stehen. Nach einer Weile drehte Dirk sich um und lächelte sie freundlich an, während sie verlegen von einem Bein auf das andere trat.

„Hallo! Ich wußte gar nicht, daß du auch öfters hierher kommst“, sagte er.

„Äm, na ja ... ich würde es nicht ‚öfters‘ nennen. Das ist das zweite Mal.“

Dirk stand auf und sah dabei immer noch freundlich drein. „Ich freue mich trotzdem. Ich möchte, daß das hier ein Ort ist, zu dem die Leute kommen und gehen können, wie sie wollen. Mach es dir bequem“, sagte er und zeigte auf einen Sessel, während er sich wieder hinkniete. „Ich bin in ein paar Minuten fertig.“

Emily setzte sich und betrachtete peinlich berührt Dirks Rücken, während er konzentriert weiterbetete. *Wie komme ich wieder hier weg, ohne ihn zu verletzen?*

Sie blickte zum Fenster hinaus und beobachtete den grauen Himmel, bis Dirk ihre Gedanken unterbrach. Er saß auf der Kniebank und betrachtete sie intensiv. Sie wurde rot und senkte den Blick.

„Du erinnerst mich an Ruth“, sagte er leise und versöhnlich.

„An wen?“

„Ruth. Eine phantastische Frau. Sie ist eine biblische Gestalt; du kannst die Berichte über sie ja bei Gelegenheit einmal nachschlagen. Sie war jung und hatte ein großes Herz, so wie du. Sie hat in ihrem Leben viel mitgemacht, doch Gott gebrauchte sie, um große Dinge zu vollbringen.“

„Ah ja", murmelte Emily und wurde rot wegen des Kompliments, das Dirk ihr indirekt gemacht hatte.

Er wurde ernst. „Du weißt, was es heißt, Schlimmes zu erleiden, nicht wahr, Emily?"

„Ich ... ich glaube schon."

„Ich auch. Du hast ja schon mitbekommen, daß meine Eltern bei einem Autounfall ums Leben kamen."

„Ja", sagte sie und sah ihm in die Augen.

„Der Schmerz brachte mich beinahe um den Verstand. Es tat so weh, daß ich dachte, ich würde es nicht überleben. Ich hätte noch so viel von ihnen lernen können, noch so viel mit ihnen erleben können ... verstehst du? Aber da war ich nun, ganz allein. Ich mußte etwas mit meinem Schmerz, mit dieser Energie anfangen. Also baute ich diese Kapelle. Ich arbeitete wie ein Verrückter, bis ich fertig war, und niemand durfte mir dabei helfen. Und doch fühlte ich immer noch diese Leere in mir, als ich fertig war. Ich hatte das Gefühl, als hätte mich ein Lastwagen überrollt, und mein Inneres schien völlig leer zu sein. Ich dachte, ich hätte diese Kapelle zu Gottes Ehre gebaut. Doch als ich mich endlich darin niedersetzte, merkte ich, daß ich wütend auf ihn war ... unglaublich wütend. Ich war so außer mir vor Wut, daß ich es nicht einmal in Worte fassen konnte. Ich wollte alleingelassen werden. Ich wollte am liebsten nie wieder tiefe Gefühle für einen Menschen empfinden."

Er setzte sich neben sie in den zweiten Sessel. „Ich bin sicher, daß es dir in deinem Leben bisher weit schlechter ergangen ist als mir, Emily. Aber ich kenne die Leere in deinem Herzen aus eigener Erfahrung, die Furcht, die dich vor jedem Menschen zurückscheuen läßt, der versucht näher an dich heranzukommen. Du möchtest nicht wieder verletzt werden. Ich weiß, daß du die ersten zaghaften Schritte auf eine Beziehung zu Gott hin gemacht hast." Dirk hielt inne und zeigte mit der anderen Hand auf das Kreuz hinter sich. „Ich weiß, daß er dir helfen kann, heil zu werden. Er kann deine Seele an Stellen berühren, wo niemand sonst hingelangen kann. Ich glaube, daß du ihn an dich heranlassen willst, Emily. Aber du mußt ihm zuerst sagen, wie zornig und verletzt du bist. Es ist überhaupt kein Problem, mit ihm darüber zu sprechen. Er weiß sowieso schon alles."

Emily saß wortlos da und hielt sich an der Sessellehne fest, während sie ihm zuhörte. Sie spürte Dirks schützende, brüderliche Liebe zu ihr und fühlte sich aufgrund ihrer ähnlichen Erfahrungen mit ihm verbunden. Neben ihr saß ein Mensch, der es irgendwie geschafft hatte, Frieden mit seinem Kummer und mit Gott zu schließen. Das wollte sie auch – genau das.

„Soll ich hier bei dir bleiben, während du betest?"

„Okay", sagte sie mit zittriger Stimme. Zusammen knieten sie sich hin, und Dirk legte seinen Arm um ihre Schultern. Stockend zählte Emily die Schrecken ihres Lebens einen nach dem anderen auf und bat Gott um Einsicht und um Frieden. Dirk spürte die Gegenwart Gottes in der kleinen Kapelle so stark wie noch nie und saß einfach still da, um Gott Raum zu geben, ohne äußere Einmischung sein heilendes Werk an Emily zu tun.

Kapitel Sechzehn

15. Juni

Emily saß neben Jake auf der Verandaschaukel und erzählte begeistert von dem Buch Ruth und davon, wie gut sie sich mit dieser Frau identifizieren konnte. Jake war wie verzaubert von dem neuen Licht, das in Emilys Augen glänzte. Obwohl sie ihn immer noch auf Abstand hielt, hatte sie sich doch so weit geöffnet, daß sie die kühlen Frühsommerabende mit ihm zusammen verbrachte.

Für Emily verging die Zeit wie im Flug, doch für Jake entwickelte sich ihre Beziehung in einem schmerzlichen Schneckentempo. Sechs Monate nachdem sie sich kennengelernt hatten und mehr als einen Monat nach ihrem Picknick auf der Wiese, hatte Jake immer noch nicht die richtige Gelegenheit gefunden, ihr wirklich näherzukommen – auch körperlich. Er betete um Geduld, so wie es Dirk ihm geraten hatte. Jake respektierte die Ratschläge seines Freundes, aber er konnte sich nicht vorstellen, daß er noch viel länger warten konnte.

Jakes Sehnsucht nach Emily war stark; er hätte sie am liebsten an sich gezogen, um ihr ein Gefühl der vollkommenen Sicherheit zu geben. Doch die Frau, die sich ihm da vor seinen Augen offenbarte, verwirrte ihn.

Emily wurde jeden Tag selbstbewußter und unabhängiger. Sie hatte es sich zur Gewohnheit gemacht, morgens in aller Frühe aufzustehen und noch vor dem Frühstück zur Kapelle hinaufzusteigen. Ihre Beziehung zu Gott wurde immer intensiver, und Jake hatte das Gefühl, daß er dabei auf der Strecke blieb, und er verabscheute sich dafür. Doch wenn er dann von Emilys blauen Augen auf ihre süße kleine Nase und weiter zu ihren vollen Lippen blickte, dann wußte er, daß er wieder einmal eine schlaflose Nacht damit zubringen würde, an sie zu denken.

Jake stand unvermittelt auf und sprang von der Veranda. Emily war überrascht. Zwei Wochen lang hatten sie sich jeden Abend getroffen, und immer war sie es gewesen, die ihre gemeinsame Zeit beendet hatte.

„Ich muß gehen", murmelte Jake und lächelte sie gequält an.

„In Ordnung", meinte sie. „Stimmt etwas nicht?"

„Doch, doch. Ich muß mich nur erst an die neue Emily Walker gewöhnen." Jake spielte mit seiner Stiefelspitze im Staub, dann sah er sie wieder an. „Versteh mich nicht falsch, Emily. Mir gefällt, was ich da sehe. Es gefällt mir sogar viel zu gut. Dein neues Selbstvertrauen und deine Unabhängigkeit machen meine Sehnsucht nach dir nur noch stärker. Aber diese Sehnsucht ist gefährlich. Und ich möchte, daß du von selbst zu mir kommst, wenn du bereit dazu bist. Weißt du, ich sehne mich so sehr nach einem Kuß von dir. Aber ich wünsche mir, daß du zuerst dich selbst entdeckst, bevor du damit beginnst, uns beide zu entdecken. Dadurch wird es nur um so schöner für uns zwei. Aber bitte hab' Verständnis dafür, daß es Zeiten geben wird, wo ich nicht anders kann, als einfach davonzugehen. Einverstanden?"

„Einverstanden. Danke, daß du mir soviel Freiraum läßt, Jake."

Bei dieser liebevollen Antwort wäre Jake am liebsten zurück auf die Veranda gesprungen und hätte sie in den Arm genommen. Er holte tief Luft. „Gute Nacht, Emily. Wir sehen uns morgen früh."

„Gute Nacht." Sie sah ihm nach, während er zur Gemeinschaftsunterkunft ging. Ihre Gedanken drehten sich um die große Ehrlichkeit und Liebe, die ihr dieser Mann entgegenbrachte, und um die Selbstbeherrschung, zu der ihn diese Liebe befähigte.

Kapitel Siebzehn

29. Juni

Zwei Wochen später kamen Rachel und Dirk abends gerade aus dem Stall zurück, als Jake sich von Emily verabschiedete. Dirk fing Jake ab, als er aus dem Haus kam, und die Männer gingen davon und besprachen ein neues Ranchprojekt. Rachel gesellte sich zu Emily auf die Hollywoodschaukel, und Emily begrüßte Rachel, die sie so sehr bewunderte, herzlich.

Mary steckte ihren Kopf durch die Küchentür heraus. „Soll ich euch beiden eine Tasse Tee bringen?"

„Nein, danke", lehnte Emily ab.

„Ach, Emily, bleib noch einen Augenblick! Unterhalte dich ein wenig mit mir. Wir haben schon seit Wochen nicht mehr richtig miteinander geredet", bat Rachel sie.

„Na gut."

„Heißer Zitronentee wäre toll, Mary. Und wieso setzt du dich nicht ein wenig zu uns?"

Mary lachte. „Der Tee ist in einer Sekunde fertig. Aber ich lasse euch beide lieber allein, damit ihr euch unterhalten könnt. Ich werde drinnen ein wenig lesen."

Die Tür schloß sich hinter ihr.

„Ist alles in Ordnung? Habe ich irgend etwas falsch gemacht?" fragte Emily.

„Aber natürlich nicht! Du bist praktisch ein Engel. Ich danke Gott jeden Abend auf Knien dafür, daß er dich hierher geführt hat."

Emily wippte nervös mit den Füßen und wartete auf das, was Rachel zu sagen hatte. Es fiel Emily immer noch schwer zu glauben, daß irgend jemand sich in ihrer Gesellschaft wohl fühlen könnte oder daß sie in der Lage war, Dinge zu tun, die andere gut fanden.

„Emily, bist du glücklich?"

„Glücklicher als je zuvor in meinem Leben." Emily lächelte, und ihr Blick wanderte unbewußt zu Jake, der in einiger Entfernung neben Dirk herging.

„Macht dir deine Arbeit hier Spaß?"

„Oh ja!"

„Möchtest du gerne etwas anderes tun?"

„Ich bin wirklich zufrieden."

„Also, wie ich schon sagte, du machst deine Arbeit sehr gut. Aber ich will sichergehen, daß du etwas tust, das dir auch wirklich Spaß macht. Mary kann stundenlang vor sich hin kochen, aber mich macht das verrückt. Worauf ich hinauswill, ist folgendes: ich möchte, daß du glücklich bist, Emily." Sie nahm Emilys Hand und blickte sie freundlich an. „Wir haben dich ganz schön in unser Herz geschlossen, und wir möchten, daß es dir gut geht."

Emily wußte nicht, was sie antworten sollte, und erwiderte nur schüchtern Rachels Blick.

Rachel schwieg einen Augenblick und fragte dann: „Welchen Schulabschluß hast du?"

„Ich habe die High School fertig gemacht."

„Ich weiß, daß du gerne liest. Mir fällt auf, daß alle zwei Wochen ein anderes Buch in meinem Bücherregal fehlt."

„Aber ich habe sie zurückgestellt! Du hast so tolle Bücher, daß ich dachte, ich könnte ..."

„Das weiß ich. Und es ist auch vollkommen in Ordnung. Sie sind ja dazu da, daß die Leute ihre Freude daran haben. Und ich bin der Meinung, daß Lesen einer der besten Wege ist, sich zu bilden." Sie hielt inne und dachte nach. „Weißt du, der Staat Montana bietet Fernkurse an. Hättest du Lust, einen auszuprobieren?"

Emily zog bei dem Vorschlag die Augenbrauen hoch. Sie

hatte nie darüber nachgedacht, aufs College zu gehen. „Aber ich weiß nicht ... Meinst du, ich bin intelligent genug, um so etwas zu schaffen?"

„Absolut! Und wo ist das Risiko? Die einzigen Menschen, die davon erfahren, werden du und ich sein, und wem du sonst davon erzählen möchtest. Ich wünschte, ich hätte die Möglichkeit gehabt, meinen Chemiekurs am College per Fernuniversität zu absolvieren. Dann hätte dieser blöde Dr. Peabody keine Gelegenheit gehabt, mich jedes Mal anzufunkeln, wenn ich ein Experiment vermasselt habe."

„*Du* hast einen Kurs nicht bestanden?"

Rachel lachte über Emilys schockierten Gesichtsausdruck. „Aber ja! Und es war auch nicht der einzige. Ich war in Biologie ungefähr genau so gut wie beim Kochen", flüsterte sie verschwörerisch.

Emily versuchte die Tatsache zu verdauen, daß Rachel fähig war zu versagen. *Diese Frau war eine Superkraft in der Werbebranche und bastelt jetzt von einer abgelegenen Ranch aus weiter an ihrer Karriere. Sie hat alles aufs Spiel gesetzt, um Dirk zu heiraten.*

„Emily Walker, deinetwegen bekomme ich noch Komplexe", beschwerte sich Rachel, als sie Emilys Gesichtsausdruck sah.

„Das tut mir leid. Ich habe immer gedacht, du wärst vollkommen."

„*Beinahe* vollkommen", sagte Mary, die gerade mit dem Tee und einem Teller voll Keksen auf die Veranda trat.

„‚*Beinahe*'?" äffte Rachel sie nach, so als wäre sie entsetzt über diese Einschätzung. „Wie meinst du das?"

Mary spitzte die Lippen und eilte geschäftig zurück in ihr Allerheiligstes. „Wenn du vollkommen wärst, dann hätte Dirk dir nicht bis nach San Francisco nachlaufen müssen, um dich hierher zurückzulocken."

Rachel schmunzelte, während die Tür zufiel. Sie warf

Emily einen Blick zu, die sich wegen des kleinen Wortgefechtes Sorgen zu machen schien. „Ach sie hat doch nur Spaß gemacht! Emily, du mußt lernen, daß du auch den Menschen, die du eigentlich liebhast, auf die Nerven gehen kannst. Wenn ich in Marys Augen durchgefallen bin, weil ich nicht den erstbesten Köder geschluckt habe, den Dirk mir hinwarf, was soll's? Ich weiß, daß sie mich wirklich gern hat. Und darauf kommt es an. Du mußt alles aus dem richtigen Blickwinkel zu betrachten lernen."

Emily lachte über ihrer Teetasse. „Ich lerne zur Zeit ganz schön viel."

„Ist das nicht wunderbar?"

„Ja, da hast du recht."

„Also überlegen wir einmal. Welcher Kurs könnte dich interessieren? Was hast du in der Schule gern gemacht?"

„Mir hat fast alles gefallen. Am besten war ich in Geschichte und in Englisch."

„Ich auch! Ich besorge einen Katalog von der Fern-Uni, und vielleicht kannst du dann ja im kommenden Herbst einen Kurs ausprobieren. Wenn es dir Spaß macht, können wir uns darüber unterhalten, was als nächstes dran ist." Mit einem Blick auf Emilys beunruhigten Gesichtsausdruck fügte sie rasch hinzu: „Aber wir machen einen Schritt nach dem anderen. Und *du* bestimmst, wann du soweit bist."

„Aber was ist, wenn ich es nicht schaffe, Rachel?"

„Unsinn! Du kannst alles, Emily Walker. Du bist intelligent, und du kannst hart arbeiten. *Darauf* kommt es an."

Emily studierte schüchtern ihre Hände und blickte dann Rachel in die Augen. Durch das Vertrauen, das diese Frau ihr entgegenbrachte, fühlte sie sich stark und mutig. „Sag mal, Rachel, was hat es eigentlich mit diesem Gartenwicken-Fest auf sich, von dem Mary immer wieder redet?"

„Ah ... das Gartenwicken-Fest. Das ist ein schönes Fest zu Ehren dieser gelben Blumen, die gerade überall am Spalier auf der Westseite zu blühen beginnen. Aber vor allem ist es eine Gelegenheit für die Leute aus dem Tal, sich zu treffen und so richtig zu feiern. Das Fest ist *die* Attraktion im ganzen Jahr ..." Rachel ließ ihren Blick an Dirk vorbei zu den Bergen schweifen. Plötzlich war sie ganz in ihren Gedanken versunken.

Emily betrachtete sie genau. „Rachel", wagte sie zu unterbrechen, „woran denkst du?"

„Ach", sagte diese verlegen. „Mary hat dir wahrscheinlich erzählt, was letztes Jahr passiert ist."

„Ein wenig. War das, als der Verrückte dich zum ersten Mal belästigt hat?"

„Nicht zum ersten und bestimmt auch nicht zum letzten Mal. Aber viel schlimmer als das, was Alex mir angetan hat, war der Unfall, in den er die Morgans verwickelte. Ich hatte solche Angst, daß Beth nie wieder schwanger werden könnte. Sie ist die geborene Mutter. Das hätte ich vor fünf Jahren niemals gesagt, aber wenn ich sehe, wie sie Hope in ihren Armen hält und wie zärtlich sie sie anblickt, dann wünsche ich mir auch ein Kind - zumindest für eine halbe Stunde am Tag", endete sie lachend.

„Rachel", flüsterte Emily leise. „Wie bist du über die Sache mit Alex hinweggekommen?"

Rachel dachte über die Frage nach. „Es war ganz schön hart für mich, völlig die Kontrolle über die Situation zu verlieren. Ich habe während der ganzen Zeit, als Alex mich in seiner Gewalt hatte, nie aufgehört zu kämpfen, weißt du. Aber ein paarmal mußte ich die Dinge aus der Hand geben, um überhaupt zu überleben. Wenn dich jemand dazu zwingt, dich ihm zu unterwerfen - dann ist es ganz schön schwer, darüber hinwegzukommen. Er hat mich nicht vergewaltigt, und doch habe ich mich genau so gefühlt, als hätte er es getan."

Emily nickte und blickte unverwandt auf den Horizont und die untergehende Sonne.

„Du hattest nicht soviel Glück, nicht wahr, Emily?"

Emily zögerte. „Nein, hatte ich nicht. Die Straße ... ist nicht gerade der sicherste Aufenthaltsort, den man sich vorstellen kann."

Rachel legte ihren Arm um Emily und zog sie an sich. „Das tut mir so leid, Emily. Es tut mir sehr leid. Du hättest immer einen Beschützer haben sollen, jemanden, der dir Sicherheit gibt."

Zum ersten Mal lehnte sich Emily an die Schulter einer Freundin und ließ zu, daß eine Träne langsam über die Wange hinunterkullerte. „Hm, die Welt ist manchmal kein schöner Ort, oder?"

„Nein. Und doch gibt es immer einen Grund zum Hoffen."

Kapitel Achtzehn

5. Juli

An einem strahlenden Morgen bat Rachel die Männer, die Möbel aus dem Erdgeschoß hinaus auf die sonnige Veranda zu bringen. Dann fegten Mary und Rachel das ganze Stockwerk aus. Anschließend rollte Rachel die Ärmel hoch, legte eine CD mit fetziger Musik ein, drehte die Anlage laut auf und ging auf die Knie, um gemeinsam mit den beiden anderen Frauen und drei zuverlässigen Männern den Boden zu schrubben.

Auf dem alten Parkettboden hatte sich im Laufe der Jahre eine dicke Schicht aus Politur, Schmutz und Staub angesammelt. Rachel hatte vor, den Boden innerhalb von zwei Wochen neu zu versiegeln. Jakes Eltern wollten Ende des Monats zu Besuch kommen.

Kapitel Neunzehn

6. Juli

Am folgenden Abend hörte man Rachel im Wohnzimmer vor Begeisterung quietschen und dann Emily von der Verandaschaukel hereinrufen: „Emily! Das mußt du gesehen haben! Es ist wie für dich gemacht!"

Emily kam zur Tür herein, die sie gewissenhaft auffing, bevor sie laut zuschlagen konnte. Jake folgte, frustriert über die Unterbrechung, aber doch neugierig. Rachel hatte einen der Versandhauskataloge in der Hand, die ihr immer noch in Massen zugeschickt wurden, obwohl sie längst nicht mehr so viel bestellte wie früher. „Nein, nein, Jake Rierdon. Das hier ist allein für Emilys Augen bestimmt. Es könnte das Kleid des Jahrhunderts sein. Und jetzt raus mit dir! Ich leihe sie mir ja nur für eine Minute aus."

Jake ging rückwärts zur Tür hinaus und tat so, als hätte er Angst. „Schon gut, Rachel. Ich geh' ja schon, ich geh' ja schon." Er ging hinaus und setzte sich wieder auf die Schaukel.

Dirk stand vom Sofa auf. „Nimm ruhig meinen Platz, Emily. Ich mache uns einen Kaffee. Du schaust bestimmt sowieso viel lieber Kataloge an als ich."

Rachel klopfte auf das Kissen neben sich. „Setz dich, setz dich! Schau – ist es nicht wunderschön?"

Emily strich die zerknitterte Seite glatt und betrachtete das Bild begeistert.

„Oh, Rachel. Es ist atemberaubend! Aber ich kann nicht. Sieh nur, wie teuer es ist. Ich würde –", sie rechnete im stillen nach, „drei Tage arbeiten müssen, um es bezahlen zu können."

„Dann kriegst du eben Urlaubsgeld! Du mußt es einfach haben! Schau dir nur dieses Smaragdgrün an - es paßt perfekt zu deinen Augen. Und erst der Schnitt ... damit wirst du bestimmt die Königin auf dem Gartenwicken-Fest."

Emily erschrak. „So etwas machen sie doch nicht etwa, oder?"

„Natürlich nicht. Aber wolltest du nicht immer schon einmal für einen Tag die Königin sein? Kleider sind schon ein lustiges Phänomen. Wenn du das richtige Kleid anziehst, dann fühlst du dich gleich fünf Kilo leichter, hundertmal schöner ..." Sie betrachtete die junge Frau neben sich. Emilys blondes Haar bildete den perfekten Rahmen für ihre strahlend blauen Augen.

„Emily, hast du jemals ein neues Kleid besessen?"

„Nein."

„Na also. Keine Widerrede mehr."

Kapitel Zwanzig

13. Juli

„Du bekommst also das Kleid", sagte Jake eine Woche später, während er Heuballen vom Lastwagen gabelte und sie in die Scheune warf. Emily saß auf der Ladefläche und sah ihm zu. Es freute sie immer mehr, daß Jake so viel für sie empfand und sich so sehr für sie interessierte.

„Warum interessiert dich das?" fragte sie ihn herausfordernd.

Ihr Übermut kam überraschend, gefiel ihm aber. Es schien wirklich, als ob Emily jeden Augenblick mehr aufblühte und mehr Selbstvertrauen gewann. Jake lockerte seine Muskeln und setzte sich dann auf einen Heuballen. „Vielleicht bin ich einfach nur neugierig darauf, wie die Frau aussehen wird, die ich zum Gartenwicken-Fest ausführe."

„Schätze, sie wird ganz passabel aussehen."

Sie grinsten sich an, und Jake fuhr mit seiner Arbeit fort.

Nach einer Weile legte er wieder eine Pause ein, um ein wenig zu verschnaufen.

„Jake?"

„Ja?"

„Kannst du tanzen?"

„Als Teenager hat mich meine Mutter drei Jahre lang regelmäßig in die Tanzstunde geschickt."

„Oh."

„Ich vermute, du kannst es nicht."

„Das habe ich nicht gesagt."

„Du hast aber auch nicht gesagt, daß du es kannst."

Emily schwieg einige Minuten lang. Jake versuchte sie aufzumuntern.

„Emily, was hältst du davon, wenn wir heute abend ausreiten?"

Die Aussicht auf einen Ausflug in die Berge heiterte Emily auf. „Oh ja, ich bin dabei!" Sie hüpfte vom Lastwagen und ging mit federnden Schritten davon.

Jake ließ seine Augen keine Sekunde von ihr.

*

Pünktlich um sieben ritt Jake mit Rachels Stute im Schlepptau hinauf zum Haus. Als er Emily beim Aufsteigen half, fuhren Rachel und Dirk in ihrem Jeep vorbei. Sie waren auf dem Weg zu den Morgans, mit denen sie einen Spieleabend veranstalten wollten.

Emily winkte ihnen nach. Sie war glücklicher als je zuvor. *Ach, ist das Leben schön. Ich bin so glücklich. Und endlich habe ich Frieden gefunden.*

Beim Reiten konnte Emily sich immer gut entspannen. Jake überließ ihr die Führung. „Reite du voraus. Heute abend bist du der Pfadfinder."

Während keiner ihrer vielen Reitstunden waren sie zu der Wiese geritten, die das Ziel bei ihrem ersten Ritt zusammen mit Jake gewesen war. Nun schlug Emily diese Richtung ein.

Jake, der hinter ihr herritt, freute sich insgeheim, als er merkte, wo sie hinwollte.

Der Abend war immer noch warm, doch auch ein wenig schwül. Jake blickte besorgt zu den Bergwänden hinauf, an denen sich Wolken zusammenzogen.

„Emily", setzte Jake an und deutete zu den Bergen hin. „Meinst du, wir sollten wirklich noch weiter hinaufreiten? Das Gewitter braut sich doch schneller zusammen, als ich dachte."

Sie blickte in die Richtung, in die er zeigte. „Ach, das Wetter wird schon noch halten, Jake. Und wenn nicht, dann werden wir eben ein bißchen naß. Und schau doch da drüben im Osten. Dort ist es taghell."

„Schon, aber das Wetter kommt von Westen."

Sie sagte nichts, ritt aber weiter. Jake folgte ihr, voller Bewunderung für ihre Entschlossenheit.

„Dieses arme Pferd hier wird nicht oft geritten", bemerkte sie und streichelte Rachels Stute am Nacken.

„Rachel zieht anscheinend Cyrano vor, obwohl ich glaube, daß es Dirk lieber wäre, wenn sie Tana reiten würde. Ich habe gehört, daß sie daran denkt, dir Tana zu geben."

Tana war eine unauffällige, kräftige Stute. Emily mochte das

Pferd und war fest davon überzeugt, daß es aufblühen würde, wenn es nur mehr Aufmerksamkeit erhielt. Der Gedanke, daß man es ihr schenken könnte, begeisterte und erschreckte sie zugleich. „So ein Geschenk könnte ich gar nicht annehmen!"

„Jeder auf der Ranch hat ein Pferd, außer Mary ... und das auch nur, weil sie nicht gerne reitet. Es ist also dein gutes Recht, auch eines zu haben. Betrachte es einfach als Bonus einer Ranchangestellten."

„Aber sie haben mir doch schon so viel gegeben."

„Moment mal, du verdienst dir doch deinen Lebensunterhalt."

Die Tatsache, daß sie ihren Unterhalt tatsächlich selbst erwirtschaftete, entlockte Emily ein zufriedenes Lächeln. „Komm schon, Trantüte", neckte sie Jake. „Versuch mich einzuholen!"

*

Als sie die Wiese erreichten, waren die Berge bereits hinter dunklen Wolken verschwunden. Das Gras war feucht, und Emily zögerte mit dem Absteigen, denn sie wollte sich nicht schmutzig machen.

Jake rettete sie aus ihrem Dilemma. „Wenn du einen Augenblick wartest, dann breite ich diese alte Decke für uns aus." Er sprang von seinem Pferd und band eine alte Karodecke vom Sattel los. Darunter hatte er verschiedene andere Gegenstände verstaut, unter anderem einen kleinen tragbaren CD-Spieler. Er grinste sie triumphierend an. „Ich dachte, ich nutze unser Alleinsein für eine Tanzstunde - wenn du Unterricht von einem bescheidenen Ex-Tanzschüler annehmen kannst."

Emily zog schüchtern den Kopf ein. „Das klingt fabelhaft. Ich weiß allerdings nicht, wie es deinen Füßen bekommen wird."

Er ging hinüber zu ihr. „Ach, ich hab' ja Stiefel an."

Sie nahm ihren Fuß aus dem Steigbügel und schwang ihr rechtes Bein über das Pferd. Als Jake sie um die Taille faßte, ließ sie Tanas Rücken los. Jake hob sie langsam herunter und sah ihr dabei wie gebannt in die Augen. Ihre körperliche Nähe tat ihm gut. Nach einer Weile unterbrach Emily die romantische Stimmung. „Ich vermute, daß du Musik dabei hast."

Widerwillig ließ er sie los und wandte sich zu seinem Pferd um. „Natürlich. Dirk schlug mir vor, ein Radio mitzubringen, aber in puncto Qualität habe ich ihn übertrumpft." Jake band den CD-Spieler los und stellte ihn auf die Decke. Stellenweise drang schon die Feuchtigkeit durch die Wolle, aber keinem der beiden fiel das auf.

Jake kniete sich neben den CD-Spieler, drückte auf „Play", und leise erklang Nat King Coles „Unforgettable".

Plötzlich ließ Emily den Kopf hängen.

„Schlechte Wahl?" fragte Jake besorgt, denn er wollte nicht, daß irgend etwas den schönen Augenblick ruinierte.

Sie sah ihn mit Tränen in den Augen an und schüttelte den Kopf. „Nein ... du hättest keine bessere Wahl treffen können. Ich muß nur gerade daran denken, wie meine Mutter dieses Lied immer auf unserem Plattenspieler abspielte und so tat, als wäre ich ihr Tanzpartner. Wir tanzten stundenlang in unserem kleinen Wohnzimmer herum."

Jake trat ganz nahe an Emily heran und hob sanft ihr Kinn mit seiner Hand. „Ich wette, daß deine Mutter dich zu einer fabelhaften Tänzerin gemacht hätte, wenn sie länger gelebt hätte."

„Und ich wette, daß meine Mutter dich sehr gern gehabt hätte, Jake."

„Wie kommst du darauf?"

„Weil ich in meinem Leben keinen netteren, tolleren und liebevolleren Mann kennengelernt habe als dich."

Jake zog sie in seine Arme und drückte sie an sich, während die Stimme Nat King Coles in der Stille des Abends erklang.

*

„Oh, sie wird ja jedes Mal süßer, wenn ich sie sehe!" rief Rachel, die an Hopes Wiege stand.

Rachel betrachtete Beth, die mit leuchtenden Augen ihr kleines Wunder anhimmelte.

„Ich finde, sie sieht aus wie Beth", warf Dirk ein.

„Moment mal", protestierte Matt. „Sie hat bestimmt mein gutes Aussehen geerbt. Schaut euch nur die Nase an! Sieht die so aus, als würde daraus Beths freche kleine Knopfnase werden? Nein, sage ich, diese Nase wird bestimmt ein richtig aristokratischer Morgan-Kolben."

„Ich glaube, du phantasierst schon vor Übermüdung, Matt", neckte ihn Rachel. „Man halluziniert leicht, wenn man immer um vier Uhr morgens geweckt wird."

Matt nickte ernst. „Das könnte stimmen. Aber in ein paar Jahren wird sich ja herausstellen, wer recht hatte!"

„Ich wette zehn Dollar, daß sie Beth wie aus dem Gesicht geschnitten ist", forderte Dirk Matt heraus.

„Ich bin dabei, Kumpel." Matt klopfte Dirk auf die Schulter, während die beiden aus dem Kinderzimmer gingen.

„Ich *muß* sie einfach mal auf den Arm nehmen", sagte Rachel und hob das Baby aus dem Bettchen. Der winzigkleine Körper fühlte sich warm und weich an.

„Also ehrlich, Rachel", sagte Beth. „So ein Kind im Arm steht dir gut."

„Mir reicht es vorerst, herüberzukommen und deines auf den Arm zu nehmen."

„Du wirst auch nicht jünger – "

„Diese Entscheidung werden Dirk und ich alleine treffen, wenn wir soweit sind, vielen Dank."

„Ich mein' ja bloß", sagte Beth und hob ihre Hände, als wollte sie sich ergeben. „Ich möchte einfach nicht, daß Hope ohne Spielkameraden in der Nachbarschaft aufwächst, verstehst du?"

„Ich verstehe dich schon, Beth."

„Wer zögert noch? Du oder Dirk?"

„Ich. Ich gewöhne mich gerade erst daran, von der Ranch aus zu arbeiten, mit dem On-Line-System und all dem. Da fällt es mir schwer, mich schon wieder auf etwas anderes einzustellen."

„Ein Baby zu haben macht dich glücklicher, als es ein dickes Bankkonto oder eine gelungene Werbekampagne je könnten."

Rachel sah ihre Freundin ärgerlich an. „Jetzt hör endlich auf, Beth. Du hast deine Meinung deutlich gesagt. Und Hope ist die beste Werbung fürs Muttersein, die du dir hättest ausdenken können."

*

Jake und Emily tanzten noch immer.

„Du hast ein wunderbares Rhythmusgefühl, Emily Walker", sagte er leise. Sie trat ihm zum zweiten Mal auf die Zehen, doch es kümmerte ihn nicht, denn sie faszinierte ihn viel zu sehr, als daß ihm solch eine Nebensächlichkeit etwas ausmachen würde. Er ließ sich durch nichts ablenken.

Jake brachte Emily einige Grundschritte bei, zeigte ihr aber vor allem, wie sie sich von ihm führen lassen konnte. Er drehte Emily formvollendet im Kreis und bewunderte ihre elegante Haltung und ihre Sicherheit in dieser neuartigen Situation. Er zog sie nahe an sich heran und sang ihr leise ins Ohr.

Ein kühler Regen begann zu fallen, doch sie bemerkten es nicht einmal. Jake drückte Emily an sich und spürte, wie sie sich an ihn schmiegte.

Während der Regen von ihren Haaren und ihren Kleidern tropfte, tanzten Jake und Emily weiter. Ein stürmischer Wind zog auf, und es begann zu blitzen und zu donnern. Die Pferde hoben irritiert die Köpfe. Einen Augenblick lang befürchtete Jake, sein Herz würde stehenbleiben. Denn Emily neigte ihren Kopf nach hinten und wartete mit geschlossenen Augen auf einen Kuß.

Jake legte all seine Liebe und Sehnsucht in diesen ersten Kuß.

Ein Blitz und ein lauter Donnerschlag rissen sie schließlich aus diesem romantischen Augenblick. Mit einem Krächzen brach das Lied mitten im Text ab, denn das Wasser war nun doch in zu viele Öffnungen eingedrungen, so daß der CD-Spieler seinen Geist aufgab. Die Pferde scharrten nervös mit den Hufen. Ihre Augen wurden immer größer, und ihre Ohren waren eng angelegt. Emily ergriff die Zügel und führte die Tiere zu Jake, der rasch ihre tropfnassen Habseligkeiten auflas.

Emily strahlte Jake an, als dieser ihr noch einen flüchtigen Kuß gab. „Reite bei mir mit!" Jake mußte beinahe schreien, um den tosenden Wind zu übertönen. Emily nickte und zog Rachels Stute hinter sich her, um sie am Sattel des Braunen festzubinden. Jake hob Emily in den Sattel, stieg dann vor ihr auf und lenkte das Pferd von der Wiese herunter.

Emily vergrub ihr Gesicht in seinem warmen Mantel und nahm die wohligen Gerüche von Leder und Regen, von dem Pferd ... und von Jake in sich auf. Selbst mitten im Sturm fühlte sie sich sicher, geborgen und geliebt.

Kapitel Einundzwanzig

17. Juli

Am folgenden Sonntag stand Emily früh auf und machte sich für den Gottesdienst fertig. Rachel und Dirk unterdrückten einen Kommentar, als sie zum Frühstück in die Küche kam, doch Mary konnte ihren Mund nicht halten. „Es wird aber auch Zeit, daß du endlich mal mit in den Gottesdienst kommst, Emily Walker! Pastor Lear wird sich freuen, dich kennenzulernen!"

„Das hoffe ich", sagte sie leise.

„Warum sollte er sich nicht darüber freuen, dich in der Gemeinde zu haben?"

„Ich bin nicht gerade in einer frommen Familie aufgewachsen."

„Die Menschen dort sind unterschiedlicher Herkunft."

Rachel mußte lächeln, denn sie dachte an ihren ersten Gottesdienst in der kleinen Kirche in der Stadt. Für sie war es eine sehr ergreifende Erfahrung gewesen, eine Erfahrung, die ihr das Herz für Gott, den Glauben und die Gemeinde geöffnet hatte.

Rachel und Dirk hatten Emily immer wieder in den Gottesdienst eingeladen, sie aber nie gedrängt mitzukommen. Genau wie Gott selbst wollten auch Rachel und Dirk, daß sie aus freien Stücken zu ihm kam. Emily hatte ihren Weg mit Gott in der Kapelle oben auf dem Hügel begonnen, und Rachel hoffte, daß sie auch zur Gemeinde eine Beziehung aufbauen würde.

Jake kam in die Küche und entdeckte Emily. Seine Augen strahlten freudig. „Sag bloß, du kommst endlich mit mir in den Gottesdienst, Emily?"

Sie erwiderte sein Lachen nicht. „Wenn du so großes Trara um diese Sache machst, dann gehe ich nicht mit. Ich will keinen Druck, und ich will kein schlechtes Gewissen haben, falls ich nicht nochmal mitkommen will."

Er hob die Hände, als wolle er sich ergeben. „Schon gut, schon gut. Mach es so, wie du es für richtig hältst. Ich bin einfach nur froh, daß du mitkommst."

„Das weiß ich." Sie schloß das Thema ab und ging zum Herd, um sich eine Tasse von Marys Kaffee einzugießen. „Will noch jemand Kaffee?"

Jake nickte ernst, doch seine Augen verrieten weiterhin seine große Freude.

*

Als sie vor der kleinen Kirche vorfuhren, hatte Emily Herzklopfen. Bei jedem Ausflug, der sie über die Grenzen der Ranch hinausführte, brach sie noch immer beinahe in Panik aus. Doch sie hatte daran gearbeitet, sich häufiger hinauszuwagen, zum Markt zu fahren, zur Post und zum Schreibwarenladen, um Besorgungen für die Tanners und für Mary zu machen. Sie wollte sich nicht ans Haus fesseln, nur weil sie sich dort so sicher und geborgen fühlte.

Dirk parkte den Wagen auf dem Parkplatz vor der Gemeinde, und alle stiegen aus. Emily und Jake gingen hinter den Tanners die Stufen hoch. Kurz vor der Tür nahm Jake Emily bei der Hand und sah sie aufmunternd an. Ganz natürlich und gelassen stellte er sie Pastor Lear vor, der sie herzlich begrüßte. Dann zog Jake sie weiter, bevor sie sich hätte unwohl fühlen können. Dankbar drückte sie seine Hand. Gemeinsam mit den Tanners und den anderen Mitarbeitern der Ranch, die an diesem Tag zum Gottesdienst gekommen waren, belegten sie drei ganze Kirchenbänke.

Emily sah sich um, war dabei aber bemüht, ihre Neugier

nicht zu offen zur Schau zu tragen. Die alte Kirche wirkte, als käme sie direkt aus einer Folge von „Unsere kleine Farm", und diese Erinnerung an ihre Kindheit beruhigte sie ein wenig. Ein Gottesdiensthelfer, der in der Nachbarschaft der Tanners wohnte, trat mit seiner Gitarre nach vorne und begleitete die Gemeinde beim Singen. Obwohl Emily die Liedertexte vor sich hatte, sang sie nicht mit, denn sie wollte sich lieber zurücklehnen und die vielen Eindrücke in sich aufnehmen.

Emily gefiel, was sie sah und hörte, und doch war sie ein wenig enttäuscht. Sie hatte ein geistliches Hochgefühl wie in der Kapelle erwartet. Statt dessen spürte sie ein gewisses Gemeinschaftsgefühl, das ihr zwar auch sehr gut gefiel; alle waren ja mit demselben Ziel zusammengekommen. Und die Predigt des Pastors regte sie zu tiefgründigen Gedanken über Gott an. Doch alles in allem war es nicht das, was sie erwartet hatte.

Nachher fragte Jake sie neugierig: „Und, was denkst du?"

„Es war ... ganz nett."

„Nett?"

„Ja, nett."

Er dachte nach. „Das verstehe ich nicht. Für mich war es eine umwerfende Erfahrung, das erste Mal in eine Gemeinde wie diese zu kommen. Ich wuchs in einer Kirche auf, wo es wichtiger war, die richtigen Klamotten zu tragen, als mit Gott im reinen zu sein. Diese kleine Gemeinde und die Tanners haben meinen Glauben revolutioniert. Und du findest nur, daß es ‚ganz nett' ist?"

„Jake, ich muß in dieser Sache meinen eigenen Weg finden."

Jake brauchte einen Augenblick, um ihre Aussage zu verdauen. „Da hast du recht. Ich hatte nur gehofft, daß du genauso begeistert von der Gemeinde sein würdest wie ich, als ich das erste Mal hierher kam."

Nachdem Dirk und Rachel Jakes letzten Satz mitgehört hatten, als sie zum Wagen kamen, entschieden sie sich dafür, lieber nichts zu sagen. Sie sahen die beiden nur freundlich an, stiegen in den Jeep ein und ließen die Tür hinter sich offen. Emily blickte in Jakes trauriges Gesicht und flüsterte: „Ich habe ja nicht gesagt, daß ich nicht mehr mitkommen würde."

*

Am gleichen Abend machten Emily und Jake zusammen mit den Tanners einen Ausritt. Die vier lachten und redeten viel, während sie an der östlichen Grenze der Timberline-Ranch entlangritten und den Anblick der Berge vor dem herrlichen sommerlichen Sonnenuntergang genossen. Sie blieben stehen und betrachteten ehrfürchtig die Szene.

„Man kann so etwas nicht sehen und gleichzeitig sagen, daß es keinen Gott gibt", sagte Dirk leise.

Sein Kommentar machte Emily nachdenklich, und sie betrachtete das Elk-Horn-Tal zum ersten Mal als das Werk Gottes. Die untergehende Sonne warf in den Tälern zwischen den einzelnen Bergen tiefe Schatten und hob das dunkle Grün der Wälder hervor. Die Gipfel wirkten purpurfarben vor einem Teppich aus Gold-, Rot- und Orangetönen.

„Er ist ein Künstler", sagte sie schließlich.

„Du solltest einmal sehen, was er erst mit dem Sonnen*aufgang* macht", warf Jake ein.

Nach einer Weile ritten sie weiter und unterhielten sich über eine ganze Reihe von Themen. Sie kamen auch auf den Glauben zu sprechen, und die anderen machten Emily deutlich, daß sie sie genau so akzeptierten, wie sie war, und auch immer akzeptieren würden. Das gab Emily ein Gefühl der Sicherheit, und sie mochte die anderen nur um so mehr.

Als sie durch ein Wäldchen ritten, lenkte Jake sein Pferd neben das von Emily und brachte beide zum Stehen. Die

Tanners ignorierten das Paar hinter sich bewußt und ritten weiter.

Jake, der entspannt im Sattel saß, sah Emily tief in die Augen. „Ich mußte dich jetzt einfach mal ansehen", beantwortete er ihren fragenden Blick. „Weißt du, wie unglaublich schön du bist?"

Emily senkte den Kopf und wurde rot. „Nein, Jake. Ich doch nicht. Ich sehe ganz okay aus. Aber Rachel ... die ist schön."

„Das hast du ganz falsch verstanden, Emily", sagte er und beugte sich näher zu ihr hinüber. „Du bist die wunderbarste Frau, die ich je gesehen habe. Wenn du mich mit deinen großen blauen Augen anschaust, dann schmelze ich fast. Wenn du mich berührst, dann ist es, als würden mich hunderttausend Volt durchfahren." Er hielt inne und blickte sie ernst an. „Emily, was ich sagen will, ist, daß ich dich von ganzem Herzen liebe."

Er beugte sich zu ihr hinüber und küßte sie sanft. „Du mußt nichts sagen. Ich wollte nur, daß du es weißt."

„Ich weiß es, Jake. Ich weiß es." Sie sah ihn zärtlich an.

*

Am nächsten Tag waren Emilys Kleid und der Katalog der Fernuniversität in der Post. Rachel hatte recht gehabt. Das Kleid war wie für Emily gemacht.

Sie bewunderte sich in dem großen Spiegel. Tatsächlich, es stand ihr ausgezeichnet. Die kurzen Ärmel mündeten in einen weichen U-Boot-Ausschnitt und ein eng anliegendes Oberteil, das ihre schmale Taille betonte. Der Rock war weit und reichte ihr bis knapp oberhalb der Knöchel.

Rachel überraschte Emily mit Schuhen, die perfekt zu dem Kleid paßten, und kommentierte dann die Anprobe mit vielen Ohs und Ahs. Die Farbe, ein dunkles Smaragdgrün, unterstrich ihre schöne von der stundenlangen Arbeit in Marys Garten gebräunte Haut und ließ ihre Augen sogar noch blauer wirken.

„Du wirst die Schönste beim Tanz sein“, sagte Rachel.

„Ach, das glaube ich aber nicht“, protestierte Emily.

„Ich schon.“ Rachel betrachtete sie nachdenklich, während diese weiter ungläubig in den Spiegel sah. „Schminkst du dich eigentlich manchmal, Emily?“

„Nie.“

„Darf ich dich für das Fest ein wenig schminken? Nur ein ganz kleines bißchen. Ich will nur deine natürliche Schönheit ein wenig betonen.“ Sie sprang vom Bett.

„Da wirst du einiges zu tun haben.“

Rachel blieb unter der Tür stehen. „Werde ich nicht. Jake hat dir inzwischen sicher gesagt, daß du eine sehr schöne junge Frau bist. Und wenn du weißt, was gut für euch beide ist, dann paß auf, daß er dich in diesem Kleid erst sieht, wenn ihr nicht allein seid“, neckte sie Emily.

Kapitel Zweiundzwanzig

19. Juli

Zwei Tage später kamen Eleanor und Jakob Rierdon in Elk Horn an. Bis zum Gartenwicken-Fest waren es noch vier Tage. Eleanor runzelte die Stirn, als sie aus dem Flugzeug stieg, denn sie ärgerte sich über den Piloten, über den turbulenten Flug und über die Knitterfalten in ihrem weißen Leinenkostüm. Mit ihren fünfundfünfzig Jahren war Eleanor schlank und elegant wie ein Fotomodell. Jakes Vater war groß und sah mit seinen grauen Schläfen beeindruckend aus. Zusammen waren sie ein perfektes Paar.

Eleanor lächelte, als sie Rachel entdeckte, und küßte sie auf beide Wangen, dann wandte sie sich Jake zu, um ihn zu umarmen. „Ich muß schon sagen, du hast dich gut versteckt hier in diesem abgeschiedenen Tal." Eine Spur von Mißfallen schwang in Eleanors Tonfall mit.

„Das hält uns die Kalifornier vom Leib", konterte Jake trocken.

Eleanor ignorierte seinen Kommentar und wandte sich an Rachel. „Sie füllen Ihre Rolle wirklich gut aus, meine Liebe."

„Meine ‚Rolle'?"

„Als Frau eines Ranchers in Montana. Sehr – wie sagt man – ‚natürlich'."

„Tja, Eleanor, ich lebe jetzt in einer anderen Welt. Ich habe nicht die Möglichkeit, Kleider wie Ihres einzukaufen", erwiderte Rachel mit einem bewundernden Blick auf ihr weißes Kostüm. „Ich würde mir allerdings auch nicht die Zeit nehmen wollen, es zu bügeln. Die Welt der Modeboutiquen überlasse ich gerne Ihnen."

Rachels etwas gereizte Bemerkung schien Eleanor nichts auszumachen. „Vielleicht könnten Sie mir dabei behilflich sein, ein echtes Western-Outfit für zu Hause zu finden. Die Damen in San Francisco würden umkommen vor Neid; der Western-Look ist zur Zeit einfach absolut in."

„Da haben wir aber Glück", sagte Rachel und sah an ihren Jeans, ihren Stiefeln und ihrem T-Shirt hinunter. Sie wandte sich Eleanors Mann zu und begrüßte ihn mit einem herzlichen Händedruck. „Jakob, ich hätte nie gedacht, daß Sie es schaffen, Eleanor aus der Stadt loszueisen."

„Nun, Sie kennen ja meine liebe Gattin. Das Landleben liegt ihr einfach nicht. Aber sie denkt, daß dies ihre einzige Chance ist, Jake dazu zu überreden, nach Hause zurückzukommen."

Rachel sah ihren früheren Geschäftspartner verschmitzt an. „Da hat sie sich aber einiges vorgenommen."

„Das habe ich ihr auch schon gesagt", entgegnete er resigniert. „Ich für meinen Teil freue mich einfach nur, daß wir uns wiedersehen und mit eigenen Augen begutachten können, wovon Jake schon das ganze Jahr über schwärmt. Soweit ich bisher gesehen habe, ist es wirklich schön hier."

Es war ein heißer, klarer Tag, und der Wind wirbelte Staubwolken auf dem beinahe leeren Parkplatz auf. Eleanor mußte ihre Jacke festhalten, damit sie ihr nicht davonflog, während sie in ihren Stöckelschuhen über den unebenen Platz balancierte.

Jake hob das Gepäck seiner Eltern hinten auf die Ladefläche des Wagens und warf Rachel wegen Eleanors Gesichtsausdruck einen amüsierten Blick zu. Diese reagierte reichlich pikiert, als sie merkte, daß sie in einem Geländewagen fahren mußten.

„Wie in einem dieser Western-Filme", murmelte sie und schlängelte sich geziert auf den winzigen Rücksitz des Wagens.

Rachel atmete tief durch, während sie sich neben sie setzte. Der Besuch der Rierdons schien ihr jetzt schon endlos zu dauern.

*

Sie erreichten das Haus kurz vor dem Abendessen. Der Wind hatte sich gelegt, so daß es sogar noch heißer zu sein schien als um die Mittagszeit. Als sie die Verandastufen hochstiegen, hörte Jake Mary und Emily in der Küche bei den Vorbereitungen für das Essen herumwerkeln. Wie so oft bekam er Herzklopfen, wenn er an die Frau dachte, die er liebte. Er trug das Gepäck seiner Eltern auf ihr Zimmer und stahl sich dann leise und unauffällig davon.

Rachel begann Eleanors und Jakobs Besuch mit einem Rundgang durch das Haus. Eleanor war angenehm überrascht. „Ach, wie schön! Alles sieht aus, als käme es direkt aus einem Laura-Ashley-Katalog. Wirklich hübsch. Es paßt perfekt in diese Umgebung."

Sie gingen die geschwungene Treppe hinunter und kamen in Hörweite der Küche, wo Mary Jake gerade ausschimpfte, weil er vom Essen genascht hatte. Emilys helles Lachen drang zu ihnen herauf, als sie näher traten, dann wurde plötzlich ein Quietschen daraus. Rachel, die eine Szene vermeiden wollte, versuchte Jakob und seine Frau in eine andere Richtung zu lenken, doch Eleanor schob sich an Rachel vorbei in die Küche, wo sie wie angewurzelt stehenblieb.

Jake hatte Emily hochgehoben und hielt sie wie einen Schutzschild zwischen sich und Mary, die mit einem Holzlöffel drohte. Emily hatte ihr Haar mit einem Tuch aus der feuchten Stirn gebunden, und sie war von der Arbeit in der heißen Küche ziemlich verschwitzt. Eleanors Gesichtsausdruck ließ ihr Lachen sofort verstummen. Emily klopfte Jake auf die Brust, ohne ihren Blick von der zornesbleichen Frau zu nehmen.

„Laß mich hinunter, Jake", flüsterte sie.

Er gehorchte. Als ihm bewußt wurde, welch peinliche Situation er herbeigeführt hatte, zwang er sich, fröhlich zu klingen. „Mutter, Vater, ich möchte euch gerne Mary vorstellen." Er zeigte auf die Frau mit den rosigen Wangen in ihrer schmutzigen Schürze. „Und das hier ... das hier ist die wundervollste Frau, die ich je kennengelernt habe: Emily Walker."

Emily richtete sich auf und streckte Eleanor die Hand entgegen. „Es ist mir ein Vergnügen, Mrs. Rierdon." Sie lächelte freundlich und versuchte, gelassen zu wirken.

Eleanor nahm die angebotene Hand nicht.

„Dessen bin ich sicher", sagte sie mit einem falschen Lächeln zu Emily. „Es tut mir leid, aber mein Sohn hat es versäumt, mir mitzuteilen, daß er eine Freundin hat. Aber er informiert uns nicht immer über seine neueste Beziehung." Sie wandte sich angewidert ab, und Emily blieb wie vom Donner gerührt stehen.

„Mutter", sagte Jake wütend. „Ich möchte gerne draußen mit dir sprechen."

„Aber sicher, mein Junge." Eleanors Augen blitzten, als sie hinter ihrem Sohn die Küche verließ.

*

„Emily", begrüßte Jakob Rierdon die junge Frau herzlich. Er schüttelte ihr mit einem aufrichtigen Lächeln liebevoll die Hand. „Bitte verzeihen Sie Eleanors Benehmen. Es fällt ihr schwer zu akzeptieren, daß Jake Entscheidungen trifft, die ihn scheinbar von ihr wegführen. Daß er die Firma verließ, das Leben auf der Ranch vorzog ... sich verliebt hat. Ich weiß, daß es keine Entschuldigung für das Verhalten meiner Frau gibt. Aber bitte verstehen Sie, daß die Situation für jede Mutter gewöhnungsbedürftig wäre."

Rachel legte ihren Arm um Emilys Schultern, um sie ein wenig zu trösten. „Er hat recht, Emily. Sie wird ihre Einstellung mit der Zeit ändern. Was geschehen ist, tut mir leid. Sie hatte kein Recht, dich so zu behandeln."

Emily begann zu weinen. „Ich hatte ja nur gehofft, daß wir miteinander auskommen würden ... daß sie mich vielleicht ein wenig mögen würde."

Rachel blickte sie liebevoll an. „Laß ihr Zeit, Emily. Wenn sie auch nur ein wenig Verstand hat, dann wird sie dich bald zum Fressen gern haben. Und wenn nicht ... glaube mir, dann ist es ihre eigene Schuld."

*

Vor dem Haus unterdrückte Jake das Bedürfnis, seine Mutter kräftig zu schütteln. „Du hattest kein Recht, so mit Emily umzugehen", zischte er wütend.

„Nun, du hättest dich auch anständig benehmen und mich warnen können, daß du dich mit einer Hausangestellten befreundet hast."

„Du hast es immer noch nicht kapiert, oder? *Ich* bin hier der Angestellte. Ich habe keine bessere soziale Stellung als Emily. Außerdem ist es hier ganz anders als in San Francisco. Solche Dinge spielen überhaupt keine Rolle. Und gerade das gefällt mir so."

„Mein lieber Junge, die soziale Schicht spielt überall eine Rolle, egal, wo du hingehst. Und es stimmt nun einmal, daß du aus einer wohlhabenden Großstadtfamilie stammst, die seit Jahrzehnten in den besten Kreisen von San Francisco verkehrt. Diese Tatsache paßt dir vielleicht nicht, aber sie wird immer zwischen euch beiden stehen. Am Ende wird deine kleine Emily nur verletzt werden."

„Wie kannst du so etwas sagen? Du hast keine Ahnung von dem, was mir wichtig ist. Und du hast bestimmt keine Ahnung von Emily. Sie ist klug und liebenswert und wunderbar. Und ich lerne viel von ihr - Dinge, die man nicht auf der Universität lernt oder in den Clubs, auf die du so stolz bist."

„Darauf wette ich", sagte sie sarkastisch.

Zornig wandte er ihr den Rücken zu, denn er fürchtete, daß er sonst etwas tun könnte, was er später bereuen würde. „Mutter, ich schlage dir vor, daß du dich bemühst, Emily zu akzeptieren, denn ich habe vor, mein Leben mit ihr zu verbringen. Wenn du Interesse an einer weiteren Beziehung mit mir hast, dann änderst du wohl besser deine Einstellung. Ansonsten", er drehte sich wieder zu ihr um und sah sie mit blitzenden Augen an, „wenn du mich dazu zwingst, zwischen dir und Emily zu wählen, dann ist mir mehr als klar, für wen ich mich entscheiden werde."

Eleanor stand stumm da und sah ihrem Sohn nach, als er davonging. Als er hinter dem Haus verschwand, blickte sie haßerfüllt hinaus auf die Berge. *Dieses Land und diese Frau haben mir meinen Sohn weggenommen.*

*

Beim Abendessen ging es sehr einsilbig zu. Die Männer fühlten sich unwohl mit den Rierdons am Tisch, und Jake kochte immer noch vor Wut. Jeder aß schnell auf und flüchtete dann vom Tisch.

Rachel seufzte leise in ihre Serviette hinein, als Dirk sich zu ihr hinüberbeugte und flüsterte: „Noch *zehn* Tage?"

Während sie sich am Abend fürs Zubettgehen fertig machten, stellte Dirk Rachel Fragen über Eleanor. „Wie konntest du dich je mit dieser Frau befreunden?"

„Wir waren nie das, was ich ‚Freunde' nennen würde. Ihr Mann ist ein netter Kerl. Die Arbeit für ihn hat viel Spaß gemacht. Offensichtlich stammt das meiste in Jakes Charakter von ihm. Hin und wieder habe ich mich aus geschäftlichen Gründen mit Eleanor getroffen. Du weißt schon ... den Kunden ein wenig Honig um den Mund schmieren und so."

Dirk dachte über die Situation nach. „Muß Spaß gemacht haben, mit dieser Frau essen zu gehen."

„Sie wirkte irgendwie anders. Entweder habe ich vergessen, wie eingebildet die Leute sein können, oder sie ist schlimmer geworden."

Rachel zog ein Nachthemd aus Spitze an. Sie stieg ins Bett, und Dirk nahm sie in seine Arme. „Vielleicht müssen wir uns einfach jeden Abend sehr früh zurückziehen, um ihr zu entkommen – gar keine so schlechte Aussicht ...", flüsterte er ihr ins Ohr.

Kapitel Dreiundzwanzig

22. Juli

An den darauffolgenden Tagen gab sich Eleanor tatsächlich Mühe, Emily höflich zu begegnen. Gelegentlich beklagte sie sich über den Wind, den Pollenflug, den Staub, die kalten Nächte oder die heißen Tage. Doch meistens tat sie so, als sei sie sehr in einen Roman vertieft. Dieses Buch benutzte sie als Entschuldigung, um dem Ärger aus dem Weg zu gehen, der an allen Ecken und Enden auf sie zu lauern schien.

Eines Nachmittags fuhr sie zusammen mit Jake auf die Felder im Norden der Ranch, um „einmal etwas anderes zu sehen." Dort arbeiteten die Männer immer noch am Bewässerungssystem der Timberline-Ranch.

Während sie sich im Führerhäuschen des Geländewagens Luft zufächelte, beobachtete Eleanor ihren Sohn, der mit nacktem Oberkörper zusammen mit den anderen arbeitete. Er war einen Kopf größer als der Rest der Mannschaft und arbeitete kraftvoll und zielstrebig. *Was er alles erreichen könnte! Mit seinen Führungsqualitäten ... und seiner Entschlossenheit. Er könnte so erfolgreich sein!* dachte Eleanor zornig.

Jake richtete sich von der Arbeit auf, um sich die Stirn abzuwischen und nach seiner Mutter zu sehen. Er lehnte sich durch das offene Fenster und fragte: „Hast du dein Buch fertig?"

„Nein, ich mache eine Pause."

„Ach so. Du hast mich angesehen, als wolltest du etwas von mir. Alles in Ordnung?"

„Ich sitze nur hier und denke darüber nach, wieso ich meinen Sohn verloren habe. Was habe ich nur falsch gemacht? Habe ich etwas Falsches gesagt?"

Jake fuhr sich mit der Hand durch das naßgeschwitzte Haar. „Mutter, du hast mich nicht verloren. Ich gehe nur meinen eigenen Weg. Ich liebe das Leben hier. Ich will eines Tages meine eigene Ranch haben."

„Deine eigene Ranch? Aber dann würdest du ja nie wieder zurück in die Stadt ziehen."

„Ganz genau. Kapierst du es denn nicht? Ich will nicht zurück. Ich bin hier tausendmal zufriedener als in diesem stickigen Stadtbüro. All die Jahre bin ich beinahe eingegangen. Ich habe mich richtig elend gefühlt – aber hier bin ich glücklich." Jake trat einen Schritt zurück und zeigte mit einer ausladenden Geste auf das Tal. „Hier *lebe* ich!" Er schlug sich auf die Brust, um das Gesagte zu unterstreichen. „Ich weiß, du wünschst dir, daß ich in Vaters Fußstapfen trete, aber das will ich nicht. Er scheint es akzeptiert zu haben. Warum kannst du dich nicht auch damit abfinden?"

„Weil du mit deinen gerade mal achtundzwanzig Jahren dastehst und mir sagst, was du vorhast – ich weiß, daß du einem tragischen Irrtum unterliegst."

„Achtundzwanzig Jahre. Mutter, mit achtundzwanzig warst du schon sieben Jahre verheiratet und hattest drei Kinder. Du willst mir doch nicht sagen, daß du dich zu dem Zeitpunkt noch nicht wie eine Erwachsene gefühlt hast, die sehr wohl dazu in der Lage war, ihre eigenen Entscheidungen zu treffen."

„Das war damals etwas anderes", sagte sie mit einem Naserümpfen, denn sie fühlte sich ertappt.

„Wie anders?" schmunzelte Jake, der wußte, daß er sie überrumpelt hatte.

„Es war einfach anders."

„Ach so, ich verstehe." Sein Grinsen verriet ihr deutlich, daß er diese Runde gewonnen hatte. Er ging wieder hinüber zu den anderen.

*

Im Stall schlich sich Jake von hinten an Emily heran, während sie gerade das kranke Kälbchen fütterte. Sie stieß einen Freudenschrei aus, als er sie hochhob, herumwirbelte und dann vorsichtig wieder absetzte, um sie ausgiebig zu küssen. Nach einer Weile riß er sich los und sah ihr in die Augen.

„Ich habe diese Lippen vermißt, Miss Walker", sagte er.

„Und ich deine", erwiderte sie schüchtern. „Mir fehlen auch unsere Abendspaziergänge und die Gespräche auf der Verandaschaukel."

„Du weißt, daß du dich jederzeit zu meinen Eltern und mir setzen kannst. Ich habe dich oft genug eingeladen."

„Ich weiß, Jake. Aber ich habe einfach schreckliche Angst vor deiner Mutter. Und sie hat eine Frage aufgeworfen, die ich nicht beantworten kann. Wir kommen tatsächlich aus zwei völlig verschiedenen Welten. Wie können wir uns in der Mitte treffen? Hier funktioniert es ja gut, aber was ist, wenn du über Weihnachten nach Hause fahren und mich all deinen vornehmen Freunden vorstellen mußt? Ich gehöre nicht dorthin."

„Du wirst deine Sache gut machen. Du bist eine wunderbare Frau, und jeder Mensch, der auch nur ein Fünkchen Verstand hat, wird das erkennen. Und außerdem, was kümmert mich das Gerede der Leute? Du bist der wichtigste Mensch in meinem Leben. Wenn Mutter dich nicht akzeptiert, dann wird sie einfach keine Rolle mehr in unserem Leben spielen. Das habe ich ihr schon deutlich gesagt."

Emily wurde bleich. „Wie kannst du so etwas sagen, Jake? Du würdest den Kontakt zu deinen Eltern abbrechen? Weißt du, wie sehr ich meine eigene Familie vermisse und was ich dafür geben würde, wenn ich sie wiederhaben könnte? Und du würdest dich aus freien Stücken dafür entscheiden, deine Familie nie wiederzusehen? Vielleicht ist deine Mutter ja unmöglich, aber ich weiß, wie sehr du an deinem Vater hängst.

Wie würde es dir in zehn Jahren mit deiner Entscheidung gehen?"

Jake blickte entschlossen drein. „Sie würden ihre Einstellung am Ende doch ändern. Vater würde Mutter die guten Seiten vor Augen führen."

„Man kann ihr nichts vor Augen führen, was sie nicht sehen will."

Jake drehte sich um und sah aus dem Fenster.

Emily griff nach seinem Arm und blickte ihn fragend an. Sie war den Tränen nahe. „Verstehst du denn nicht, Jake? Ich würde alles hergeben, um wieder mit meiner Familie zusammensein zu können. Wie könnte ich mich da zwischen dich und deine Familie stellen?"

Er drehte sich zurück und nahm sie ganz fest in seine Arme. „Es wird alles gut werden, Emily. Du wirst schon sehen."

Aber etwas in ihrem Herzen sagte Emily, daß es nicht gut werden würde.

Kapitel Vierundzwanzig

23. Juli

Aufregung lag in der Luft, als die Arbeit auf der Ranch frühzeitig beendet wurde, damit man sich auf das Gartenwicken-Fest vorbereiten konnte. Der Stadtrat hatte beschlossen, daß das Festival mit einem Grillfest beginnen sollte. Allein der Gedanke daran machte Eleanor krank, so daß sie und ihr Mann sich entschuldigten und zur großen Erleichterung der anderen zu Hause blieben.

Jake wartete unten an der Treppe auf Emily. Er sah blendend aus in seinen schwarzen Jeans, dem frisch gebügelten cremefarbenen Hemd und schwarzen Stiefeln, die zur Feier des Tages auf Hochglanz poliert waren. Seine Mutter begegnete ihm auf dem Weg in die Küche und lächelte süßlich, sagte aber nichts.

Endlich öffnete sich die Tür von Dirks und Rachels Zimmer, und Emily trat heraus. Sie sah aus wie ein Engel in ihrem neuen Kleid. Bei ihrem Anblick verschlug es Jake die Sprache.

Mit dem geschickt aufgetragenen Lidstrich und den leicht getuschten Wimpern wirkten Emilys Augen wie große meerblaue Teiche, und Jake hätte seinen Blick am liebsten nie mehr von ihnen gelassen. Aber da gab es noch so viel anderes Schönes zu sehen. Sie hatte eine neue Frisur, die ihr sehr gut stand. Von ihren Ohrläppchen baumelten zierliche grüne Steintropfen, die perfekt zu dem Kleid paßten. Und erst das Kleid ... er mußte sich zwingen, sie nicht dauernd anzusehen.

Rachel kam hinter Emily die Treppe hinunter, und Dirk stieß einen langen leisen Pfiff aus. „Sogar noch umwerfender als letztes Jahr“, sagte er und nahm Rachels Hand. „Emily, das ist ein tolles Kleid - du siehst phantastisch aus. Aber trotzdem wird für mich immer Rachel die Ballkönigin bleiben.“ Emily lachte Rachel ehrlich erfreut an.

Diese sah tatsächlich umwerfend aus in ihrem neuen weißen Kleid, das sich eng um ihre Hüften legte und ihre gute Figur betonte. Ihr Haar war in große Locken gelegt, die bei jedem Schritt mitschwangen und im sanften Licht seidig schimmerten.

„Dieser Anblick muß für die Nachwelt festgehalten werden“, sagte Rachel, griff nach einem Fotoapparat und rückte alle Anwesenden für eine Aufnahme zurecht.

*

Der Abend war zauberhaft, und das Wetter spielte perfekt mit, genau wie im Jahr zuvor. Vor der Stadthalle beobachtete Emily die Männer, die um drei große Gruben standen und Abdeckungen aus Stahl entfernten, um die riesigen Roste mit Rippchen und Braten aus dem Erdgrill zu holen. Das Fleisch schmeckte köstlich. Der Lärm im Zelt machte einen beinahe taub, von den Tischen ertönte Gelächter und laute Unterhaltung. Als Jake sie anlächelte, hatte Emily ihre Meinungsverschiedenheit vom Nachmittag zuvor schon fast vergessen.

Jeden Tisch schmückte ein großer Strauß mit Gartenwicken, die die Gäste des Festes überall im Tal gepflückt hatten. Rachel hatte keine beigesteuert, denn sie zog es vor, die wunderschönen Blumen am Spalier zu lassen, um länger Freude an den Blüten zu haben. Statt dessen hatte sie Dirk dazu überredet, eines ihrer prämierten Schweine für den Grill zu spenden.

Emily schmunzelte in sich hinein. *Das Schweinefleisch war eine viel wertvollere Spende als die Blumen. Aber der Wert einer Sache hängt wohl wirklich vom Betrachter ab.*

*

„Genau so schön wie letztes Jahr", bewunderte Rachel die Stadthalle, als sie nach dem Essen hinübergingen. Papierlaternen tauchten den Saal in ein sanftes Licht, und die Wände wurden von Heuballen gesäumt. Zwei ältere Damen aus ihrer Gemeinde winkten den Neuankömmlingen von der anderen Seite des Raumes zu, wo sie gerade dabei waren, Gläser und große Krüge mit Limonade auf den Bowletisch zu stellen.

„Hoffentlich wirst du dieses Jahr nicht von einem Verrückten entführt. Die Kopfschmerzen würde ich mir gerne ersparen, und auch den Morgans würde es dann besser gehen", meinte Dirk wehmütig zu ihr.

Wie auf ein Stichwort betraten die Morgans den Saal. Sie hatten sich dafür entschieden, das Abendessen ausfallen zu lassen. Es war einfacher, so lange wie möglich zu Hause bei ihrem Baby zu bleiben, als schon früh auszugehen, nur um dann von einem verzweifelten Babysitter nach Hause gerufen zu werden, der es nicht fertigbrachte, das weinende Kind zu beruhigen. Heute abend hatte Beth sich dafür entschieden, daß der Tanz wichtiger war als die Rippchen, auch wenn einige dieser Rippchen von der Timberline kamen.

„Schläft die Kleine schon?" fragte Rachel, während Dirk und Matt plaudernd davonschlenderten.

„Gerade so. Matt meint, wir sollten sie öfter alleine lassen, damit sie sich daran gewöhnt, daß andere Leute sie zu Bett bringen, aber das halte ich kaum aus. Für mich ist es die schönste Zeit des Tages, wenn ihr langsam die Äuglein zufallen und sie mich so verträumt anblickt."

„Es wird leichter gehen, wenn du sie nicht mehr stillst. Ihr seid so eng miteinander verbunden, daß man kaum mehr weiß, wer von euch beiden wer ist", neckte Rachel sie.

Beth lachte. „Wart's nur ab. Du wirst noch viel schlimmer sein."

„Bestimmt nicht. Ich werde das Kind schon nach vier Wochen abstillen."

„Ha!"

„Das ist kein Witz. Ich möchte nicht, daß mich etwas hindert, wenn Dirk mich wie so oft abends ausführen möchte, in eins dieser französischen Restaurants oder ins Ballett", sagte sie sarkastisch.

„Recht hast du. Hier in der Gegend gibt es wirklich viel, was eine Mutter von ihrem Kind wegzieht."

„Ja, überleg nur mal! Heute abend hattest du die Wahl zwischen zwei sehr attraktiven Angeboten: köstliche Schweinerippchen oder den Tanz des Jahres. Es ist einfach so viel los, man kann sich kaum entscheiden!“

„Dir ist hoffentlich aufgefallen, daß ich statt zum Essen lieber zum Tanzen gekommen bin, weil das ja bekanntlich schlank macht.“

„Das stimmt, und ich bin sehr stolz auf dich. Aber wetten, daß Dirk und Matt nicht so diszipliniert sind? Zehn Dollar, daß sie sich hinausgeschlichen haben, um ein paar übriggebliebene Rippchen zu ergattern.“

„Und dafür ihre schönen Frauen im Stich gelassen haben? Unmöglich.“

„Die Wette gilt.“

Während sich die Band einspielte, setzten sich die beiden Freundinnen auf einen Heuballen und sahen zu, wie die Leute einzeln oder paarweise hereinströmten.

„Hast du mit unangenehmen Erinnerungen zu kämpfen?“ fragte Beth vorsichtig.

„Eigentlich nicht. Der Tanz letztes Jahr war ja wunderschön. Der Alptraum begann erst danach. Und du?“

„Auch nicht. Es ist schon erstaunlich, wieviel Heilung Gott innerhalb eines Jahres geschenkt hat. Ich denke immer noch ab und zu an mein erstes Baby. Aber Hope ist so ein wunderbares Geschenk, da bleibt nicht viel Raum für Traurigkeit.“

Rachel nickte zustimmend. Sie blickte auf Dirk und Matt, die sich drüben am Bowletisch angeregt unterhielten. „Wir können keine Gedanken an die Vergangenheit verschwenden, solange wir Eleanor Rierdon hier haben.“

„Ich bin sicher, daß Eleanor diese ganze Sache mit Emily ziemlich mitnimmt.“

„Meinst du, daß in ihren Augen *irgend jemand* gut genug für ihren Sohn gewesen wäre?“

„Eine der Töchter von Eleanors Freundinnen wäre wohl mehr nach ihrem Geschmack gewesen. Aber wirklich gegönnt hätte sie ihn sowieso keiner.“

„Wie konnten wir es früher in San Francisco nur mit ihr aushalten?" fragte Beth.

„Es war einfach wichtig für unseren Job."

„Wahrscheinlich hast du recht."

Beide drehten sich um, als Jake und Emily strahlend den Raum betraten. Beth verschlug es fast die Sprache. „Was um alles in der Welt hast du mit dieser Kleinen angestellt?"

Rachel lachte. „Ein bißchen Make-up, ein neuer Haarschnitt, und dieses Kleid aus dem Katalog, von dem ich dir erzählt habe. Sieht sie nicht phantastisch aus?"

Die Band begann zu spielen, und Jake führte Emily auf die Tanzfläche. Ihr Rock flog etwas hoch und zeigte schlanke, braungebrannte Beine. Obwohl sie sich auf einem ländlichen Fest befand, wirkte sie doch, als wäre sie die Prinzessin auf einem Ball. Und Jake, der sie unentwegt anstrahlte, paßte perfekt in die Rolle des dazugehörigen Prinzen.

Rachel und Beth sahen sich suchend nach ihren Ehemännern um, weil sie auch tanzen wollten. Auf Verdacht öffneten sie eine Nebentür und ertappten die beiden dabei, wie diese lachend übriggebliebene Rippchen in sich hineinstopften, als ob sie nie wieder etwas zu essen bekommen würden. Als ihre Ehemänner sie schuldbewußt ansahen, begannen beide Frauen, ausgelassen zu kichern.

„Was gibt es da zu lachen?" fragte Matt. „Ich hatte Hunger."

„Offensichtlich", sagte Beth.

„Ich versuche ja nicht, zehn Kilo abzunehmen."

„Nein, da hast du recht. Aber für diesen Kommentar schuldest du Rachel zehn Dollar."

Rachel hielt voller Erwartung die Hand auf. Matt blickte von einer Frau zur anderen und zog seine Geldbörse hervor. „Ich weiß ja nicht, wofür ich bezahle, aber ich hoffe, ihr beide seid der Meinung, daß es die Sache wert ist."

Die Frauen schmunzelten und gingen ohne ein erklärendes Wort zur Tür. „Ihr beide meldet euch in spätestens zehn

Minuten auf der Tanzfläche, sonst bekommt ihr es mit uns zu tun!" ordnete Rachel lachend an.

„Wir kommen gleich", erwiderte Dirk. Wenn er sie so ansah, bekam sie immer noch weiche Knie. „Wir sind sofort da", wiederholte er.

*

Emily und Jake tanzten den ganzen Abend zu den schnellen Country-Rhythmen und zu den langsameren Balladen. Emily konnte sich nicht erinnern, jemals mehr Spaß gehabt zu haben.

Spät am Abend führte Jake Emily durch eine Nebentür hinaus. Wie bei einem Tango tanzte er mit ihr quer durch das Zelt und hinaus auf die Felder. Er drückte Emily an sich, und überwältigt betrachteten sie den Himmel.

„Es gibt nichts, was ich mir mehr wünsche, als dich in meinen Armen zu halten, Emily Walker. Ich bin Gott so dankbar dafür, daß er dich in mein Leben gebracht hat."

Er drückte sie an sich und küßte sie zärtlich auf das Haar, während Emily sich ganz zittrig vor Glück an seine Schulter lehnte.

Kapitel Fünfundzwanzig

24. Juli

Der folgende Tag verging ereignislos. Jake verbrachte den größten Teil des Tages auf den Feldern und half den Rancharbeitern dabei, einen Teil der Herde zusammenzutreiben, um mit den Impfungen zu beginnen. Emily arbeitete mit Mary in der Küche. An diesem Tag war sie sogar noch ruhiger und nachdenklicher als sonst.

Nach dem Abendessen suchten Jakob und Eleanor ihren Sohn in den Ställen auf, denn sie hofften auf eine Gelegenheit, mit ihm alleine sprechen zu können. Emily, die nicht wußte, daß sie da waren, ging ebenfalls los, um ihn zu suchen. Als sie in die Nähe der Stallfenster kam, hörte sie laute, zornige Stimmen.

„Jake, ich finde, du solltest deine Mutter ausreden lassen. Sie hat Emily am Anfang schlecht behandelt und sich dafür entschuldigt. Aber sie hat echte Bedenken."

„Hör mir gut zu, mein Junge", sagte Eleanor. „Das Leben, für das du dich entschieden hast, gefällt mir nicht, aber ich versuche, mich damit abzufinden, genau wie ich versuche zu akzeptieren, daß deine Schwester Julia an die Ostküste gezogen ist. Doch dein Wohnort ist nicht das eigentliche Problem, auch nicht deine Arbeit. Das Problem ist Emily."

Jake biß die Zähne zusammen. „Sei vorsichtig mit dem, was du sagst."

„Ach, Jake, sei nicht so dickköpfig! Offensichtlich bin ich nicht von Emily überwältigt. Und ich gebe zu, daß ich nicht gerade gut mit meinen Bedenken umgegangen bin. Aber ich mache mir Sorgen um dich. Ich möchte nicht, daß du jetzt etwas tust, das du später bereuen wirst. Ihr zwei stammt aus ganz verschiedenen Welten, und das weißt du auch. Sie kann nicht wirklich in deine Welt kommen und du nicht in ihre. Was ist, wenn du aus irgendwelchen unvorhergesehenen Gründen nach San Francisco zurückkehren mußt? Was geschieht dann mit Emily?"

„Das wird nicht passieren."

„Mein Sohn", sagte Jakob, „du bist für diese Arbeit hier begabt; das ist sonnenklar. Aber was das Finanzielle betrifft, gehen heutzutage mehr als genug Höfe unter. Was ist, wenn du irgendwann einmal keine andere Chance hast, als zurück in die Stadt zu gehen, um deinen Lebensunterhalt zu verdienen?"

Jake schwieg.

„Es steht einfach zuviel gegen euch", sagte Eleanor eindringlich. „Vielleicht siehst du das jetzt noch nicht. Aber wenn der Rausch der ersten Verliebtheit vorbei ist, dann wirst du merken, daß die Dinge nicht so vollkommen sind, wie sie jetzt scheinen. Am Ende werdet ihr euch gegenseitig zerfleischen. Wenn Emily dich wirklich lieben würde, Jake, dann würde sie dir diesen Schmerz ersparen."

Emily preßte die Augen fest zu, um die Tränen zurückzuhalten. *Sie hat recht. Was habe ich mir nur dabei gedacht? Wie könnte unsere Beziehung jemals auf lange Sicht überleben?* Emily konnte ihre Angst nicht länger unter Kontrolle halten und griff auf das einzige Mittel zurück, das sie kannte, um damit fertigzuwerden: Sie stahl sich leise davon und rannte zurück zum Haus. Sie wollte nicht hören, was Jake zu sagen hatte.

Im Stall fuhr sich Jake entnervt mit der Hand durch das Haar.

„Ich weiß, daß ich euch wichtig bin", sprach er. „Und ihr habt eure Meinung gesagt. Aber das ist mir egal. Ich liebe Emily. Ich glaube, daß Gott uns dabei helfen kann, jede Herausforderung, der wir begegnen, zu überstehen." Er ging zur Tür, drehte sich dann aber noch einmal um und sagte mit Nachdruck: „Emily ist ein Teil meines Lebens, und so wird es immer sein. Wagt es nicht, je wieder ein Wort gegen die Frau zu sagen, die ich liebe."

*

Emily kauerte sich in einer Ecke ihres Zimmers zusammen und schluchzte vor Angst, Verzweiflung und Schmerz.

Nach einer Weile klopfte jemand leise an die Tür.

„Wer ist da?" fragte sie.

„Ich bin's, Rachel. Jake ist unten und möchte dich zum Spazierengehen abholen."

„Ach, Rachel, ich habe fürchterliche Kopfschmerzen und bin schon im Bett. Könntest du ihm ausrichten, daß ich nicht kann?"

„Klar doch", antwortete Rachel. „Alles in Ordnung? Kann ich dir irgend etwas bringen?"

„Nein, danke. Ich brauche einfach nur Schlaf."

Emily lauschte auf Rachels Schritte, als diese wegging, dann stand sie auf und wischte sich die Tränen vom Gesicht, während sie darüber nachdachte, was sie als nächstes tun sollte.

Kapitel Sechsundzwanzig

25. Juli

Mary wendete den Frühstücksspeck und rührte im Pfannkuchenteig. Ihr Unmut stieg von Minute zu Minute. *Wo bleibt das Mädchen nur heute morgen? Sie hätte mir wenigstens sagen können, wenn sie vorhat, später zu kommen.*

Zehn Minuten später war sie mit ihrer Geduld am Ende. Sie stellte die Schüssel auf die Arbeitsfläche und drehte die Platte herunter, dann ging sie hinüber zu Emilys Schlafzimmer und klopfte an die Tür. Niemand antwortete.

Sie klopfte wieder, dann steckte sie den Kopf zur Türe hinein. Die Gestalt im Bett lag ruhig und regungslos da. Mary wußte, daß es nicht Emilys Art war zu verschlafen, und ihr Ärger wandelte sich in Besorgnis. Sie trat ans Bett, um die junge Frau aufzuwecken, aber sie entdeckte nur einen Stapel Kissen unter der Decke.

Mary rannte ins obere Stockwerk zu den Tanners. Erschrocken zog Rachel sich rasch an und lief hinüber zu den Ställen und zur Scheune, um dort nach Emily zu suchen, während Dirk zur Gemeinschaftsunterkunft der Rancharbeiter ging, um Jake zu informieren. Emily war nirgends zu finden.

In der Hoffnung, daß sie vielleicht in der Kapelle war, spurtete Jake den Berg hinauf und durch den Wald zu dem kleinen Gebäude. Er öffnete leise die Tür, denn er wollte sie nicht stören, falls sie gerade betete. Der Raum war leer. Jake zermarterte sich das Hirn, wo sie sonst noch sein könnte.

Aber tief in seinem Herzen wußte er, daß sie fort war.

⋆

Dirk, Rachel und Jake brachten den Tag damit zu, jeweils mit einem Auto die Cafés, Fernfahrertreffs, Bushaltestellen und Parks abzufahren, die im Umkreis von dreißig Kilometern an der Bundesstraße lagen. Aber sie konnten Emily nirgendwo finden. *Jemand muß sie an der Straße mitgenommen haben.* Jake schnürte es die Kehle zu, wenn er nur daran dachte. *Bitte, Herr, beschütze Emily. Hilf mir, sie zu finden, bevor ihr jemand weh tut. Laß sie wissen, daß ich sie liebe und daß das das einzige ist, was zählt.* Er brachte den Wagen zum Stehen, stützte seinen Kopf auf das Lenkrad und ließ seinen Tränen freien Lauf.

⋆

„Lassen Sie mich aussteigen!" verlangte Emily energisch. Die Hand des Lastwagenfahrers hatte schon eine Weile hinter ihrem Kopf gelegen. Nun hatte er damit begonnen, ihr Haar zu streicheln.

„Schon gut, schon gut. Kein Grund zum Schreien, kleine Lady. Ich dachte nur, daß du vielleicht einsam wärst und ein wenig Ge-sell-schaft bräuchtest." Er dehnte das Wort, wohl um verführerisch zu wirken.

„Lassen Sie mich sofort raus!" rief Emily.

Der Lastwagenfahrer ließ sie gegen Mittag ein Stück östlich von Coeur d'Alene in Idaho aussteigen. Emily ging den Rest der Strecke in die Stadt zu Fuß und machte sich dann auf die Suche nach einem Schlafplatz. Sie war fest entschlossen, ihre mageren Ersparnisse nicht zu schnell auszugeben, und überlegte, wohin sie gehen und was sie tun sollte.

Als sie um einen See am Stadtrand herumging, entdeckte sie eine Art Wochenendhaus, das unter der Woche anscheinend leer stand. Sie hoffte, daß sie recht hatte und die Bewohner tatsächlich ein paar Tage lang nicht auftauchten. Unter den Bäumen im Garten fand sie eine Hängematte, dort konnte sie sich zwischen den Ästen verstecken.

Oh, Jake, ich vermisse dich jetzt schon. War es falsch, daß ich weggelaufen bin? Sie mußte ihm schreiben und erklären, warum sie gegangen war. Emily ging in ein kleines Imbißlokal abseits der Hauptstraße. Dort kaufte sie mehrere Postkarten und Briefmarken. Nachdem sie sich Kaffee und einen Teller Suppe bestellt hatte, ließ sie sich am Tresen nieder und begann zu schreiben. Die Bedienung füllte ihre Tasse immer wieder nach, während Emily versuchte, die richtigen Worte zu finden, damit Jake sie verstand.

Lieber Jake,
wie sehr ich Dich jetzt schon vermisse! Bitte mach Dir keine Sorgen um mich. Ich mußte weggehen. So sehr wir einander auch liebhaben, so wissen wir doch beide, daß wir nie füreinander bestimmt waren.
Du mußt mich vergessen und Deinen Weg weitergehen. Finde jemanden, der Deiner Liebe würdiger ist als ich.

Ich werde unsere gemeinsame Zeit nie vergessen und Dich immer in meinem Herzen tragen.
Für immer Dein,
Emily

Die Bedienung holte eine Packung Taschentücher hinter dem Tresen hervor, während Emily ihre Mitteilung zu Ende schrieb. Sie trocknete ihre Augen und wappnete sich für die nächste Karte.

Lieber Dirk, liebe Rachel,
es ist nicht mit Worten zu beschreiben, wie sehr ich in Eurer Schuld stehe, aber ich will doch versuchen, Worte zu finden. Habt vielen Dank dafür, daß Ihr mich so lange gepflegt habt, bis ich wieder gesund war, und daß Ihr mich in Euer Haus aufgenommen und mir Arbeit gegeben habt. Nie zuvor habe ich Menschen kennengelernt, die mir so bereitwillig ihr Vertrauen und ihre Liebe schenkten. Bitte vergebt mir, daß ich meine Arbeitsstelle verlassen habe, ohne ordnungsgemäß zu kündigen, und daß ich es Euch nicht persönlich gesagt habe. Ich hätte es nicht ertragen, Euch noch einmal zu sehen und trotzdem zu gehen.
In tiefer Dankbarkeit,
Emily

Sie verbrachte den Rest des Nachmittags damit, in der Stadt herumzuspazieren und die Schaufenster zu betrachten. Dabei stellte sie sich vor, sie wäre zusammen mit Rachel bummeln. Emily fiel auf, daß sie trotzdem nicht wie einer der vielen anderen Touristen wirkte. Bei ihrer Flucht von der Ranch hatte sie den größten Teil ihrer Habseligkeiten zurückgelassen. Sie hatte nur zwei Garnituren Kleidung mitgenommen, und das, was sie gerade trug, mußte dringend gewaschen werden.

Emily machte sich zurück auf den Weg zum Wochenendhaus. Widerstrebend hielt sie unterwegs kurz an, um ihre Karten abzuschicken. Sie wollte Jake beruhigen, der sich sicher Sorgen machte, und ihm ihr Verhalten erklären. Doch sie war sich auch bewußt, daß die Postkarten ihm binnen zwei oder drei Tagen ihren Aufenthaltsort verraten würden. Das hieß, daß sie rasch weiterziehen mußte, obwohl sie Idaho nicht gerne hinter sich ließ. Es erinnerte sie so sehr an ihre Heimat in Montana.

Sie holte ihr Kleiderbündel und ging zum Seeufer, um ihre Kleidung zu waschen und in der Sonne zu trocknen. In der Hoffnung, daß sie den überfüllten Bootssteg und die öffentlichen Strände vermeiden konnte, bog sie in eine schmale Straße ein, die aussah, als würde sie nur selten benutzt. Bald befand sie sich an einem verlassenen Stück Strand. *Perfekt.* Emily freute sich, daß ihr alter Instinkt, der ihr so lange das Überleben ermöglicht hatte, noch funktionierte. *Ich werde es schaffen. Ich werde nicht zulassen, daß es so schlimm wird wie vorher.*

Während sie so dasaß und ins Wasser starrte, mußte sie wieder an Jake und an die Timberline-Ranch denken, und sie begann zu weinen. Es schmerzte, wieder eine Heimat zu verlieren, und ihr Herz tat weh, wenn sie daran dachte, daß sie ohne ein Wort des Abschieds einfach gegangen war.

Um die traurigen Gedanken abzuschütteln, machte sich Emily an die Arbeit. Sie zog ihre schmutzigen Jeans aus und warf sie ins Wasser. Dann watete sie hinterher und zog auch ihr T-Shirt aus. Sie wusch ihre Kleidung und breitete sie dann auf den Büschen zum Trocknen aus.

Emily ging wieder zurück ins Wasser, holte tief Luft und tauchte weit hinaus, weg vom Ufer. Unter der Oberfläche, die die Sonnenstrahlen aufgewärmt hatten, wurde das Wasser um einiges kälter, so daß sie eine Gänsehaut bekam.

Erfrischt stieg Emily aus dem Wasser, zog trockene Kleidung an und setzte sich mit Blick auf den See ans Ufer. *Was soll ich als nächstes tun? Wie kann ich es schaffen ohne Jake? Ohne einen Menschen, der mich liebt?* Sie merkte, daß sie die Worte unbewußt an den Gott gerichtet hatte, dessen Bekanntschaft sie gerade erst gemacht hatte. *Bitte hilf mir, Gott. Ich will nicht wieder so leben wie früher. Eigentlich will ich gar nicht fliehen.*

Plötzlich breitete sich ein tiefer Friede in ihrem Herzen aus, so wie bei ihrem ersten Besuch in Dirks Kapelle. Tröstliche Gedanken erfüllten sie. *Es gibt einen Weg aus deinem Schmerz. Ich gebe dir Frieden. Ich bin immer bei dir.*

*

Am folgenden Morgen stieg Emily bei Tagesanbruch aus der Hängematte. Das dumpfe Geräusch zu Boden fallender Tannenzapfen hatte sie geweckt. So sehr sie sich dagegen sperrte, sich noch weiter von Jake zu entfernen, so wußte sie doch, daß sie weiterziehen mußte. *Es gibt kein Zurück.*

Sie ging wieder in das Café vom Vortag. An diesem Morgen war sie der erste Gast. Hungrig bestellte sie den reichhaltigen „Frühaufsteher-Imbiß" - Eier, Speck, Pfannkuchen und Kaffee – und aß alles hastig auf. Die Bedienung füllte ihre Kaffeetasse nach und machte eine Bemerkung über ihren Appetit. „Noch nie habe ich ein zierliches Ding wie Sie so zulangen sehen."

„Ich habe gestern nicht viel gegessen", räumte Emily ein.

Der Blick der Bedienung wurde ernst. „Der Kerl, der Ihnen Kummer macht, taugt bestimmt nicht viel. Ich habe Sie beobachtet, als Sie gestern Ihre Briefe schrieben. Kein Mann ist das wert."

Mit diesen Worten verließ sie Emilys Tisch.

„Das stimmt nicht", flüsterte Emily und dachte dabei an Jake. Sie hatte solche Sehnsucht nach seinen starken Armen und seinem fröhlichen Lachen. Doch sie riß sich zusammen, trank den letzten Schluck Kaffee aus und zählte das Geld für die Rechnung und das Trinkgeld ab. Ihre Ersparnisse würden eine Weile reichen, wenn sie sorgfältig damit umging.

Neben der Tür hing eine verblichene Landkarte der Vereinigten Staaten an der Wand. Ein großer roter Pfeil zeigte an, daß der Betrachter sich gerade an der Spitze des Sees befand.

Wohin soll ich gehen? Ihr Blick fiel auf San Francisco. Einen kurzen Augenblick lang hatte sie Sehnsucht danach, die Stadt zu sehen, in der Jake aufgewachsen war. *Sie werden nie auf die Idee kommen, in San Francisco nach mir zu suchen. Zu nahe bei seinen Eltern. Zu riskant für jemanden, der davongelaufen ist. Und groß genug, um dort unterzutauchen.*

„Wohin wollen Sie?“ fragte die Bedienung freundlich und interessiert.

„Nach Westen“, erklärte sie. „Ich bin auf dem Weg nach Westen.“

Kapitel Siebenundzwanzig

26. Juli

Als die Rierdons Elk Horn verließen, versicherte Jakob seinem Sohn, wie leid ihm diese Entwicklung der Dinge tat, und sogar Eleanor schien Gewissensbisse zu haben. Als Jake seine Mutter zum Abschied sehr steif und förmlich umarmte, meinte sie: „Wenn du Emily wirklich so sehr liebst, dann werden wir dich unterstützen. Wir möchten ja nur, daß du die Sache noch einmal überdenkst.“

Jake hörte nur mit halbem Ohr zu. Seine Gedanken drehten sich einzig und allein darum, Emily so rasch wie möglich wiederzufinden.

Innerhalb von fünfzehn Stunden nach ihrem Verschwinden hatte er im ganzen Tal Handzettel verteilt, auf denen in roter Schrift zu lesen war: „Haben Sie diese Frau gesehen?" Die Blätter trugen ein Bild von Emily, das am Abend der Tanzveranstaltung gemacht worden war. Jedesmal, wenn Jake das Foto betrachtete, krampfte sich sein Herz zusammen.

Sobald die Post da war, rief Dirk Jake herein, der ungeduldig auf der Veranda auf und ab ging. Der Poststempel auf den Karten verriet ihnen zumindest, wo sie sich einen Tag zuvor aufgehalten hatte. Jake las die Post auf der Suche nach weiteren Hinweisen dreimal durch. Er war erleichtert darüber, daß Emily sich offenbar in Sicherheit befunden hatte, als sie die Karten schrieb, und doch erschreckte ihn die Endgültigkeit ihrer Worte.

Innerhalb von wenigen Minuten raste Jake die Bundesstraße in Richtung Coeur d'Alene entlang. Auf der ganzen Strecke bis Idaho fuhr er, so schnell er konnte. Trotzdem hatte er das Gefühl, elend langsam dahinzuschleichen.

Als er am späten Nachmittag die Stadt erreichte, suchte Jake fieberhaft die Gehsteige ab. Mit aller Kraft hoffte er, Emily im schwächer werdenden Tageslicht zu entdecken.

Er stellte sein Auto ab und begann, die Stadt zu durchsuchen. In jedem Laden verteilte er Flugblätter, und auf der Straße sprach er wahllos Passanten an. Nach mehreren Stunden erfolgloser Suche beschloß er, noch in ein letztes Café am Seeufer zu gehen. Das Lokal war voll von sonnengebräunten Seglern, die müde und ungeduldig auf ihr Abendessen warteten. Jake ging an der Schlange von Menschen vorbei, die auf einen freien Platz warteten. Die wütenden Blicke ignorierte er einfach.

Er stellte sich der Bedienung in den Weg und hielt ihr Emilys Bild unter die Nase. „Ist Ihnen während der letzten paar Tage diese Frau begegnet?"

Sie nahm den Handzettel und sah ihn dann stirnrunzelnd an. „Sind Sie der Mistkerl, der diesem Mädchen Kummer gemacht hat?"

Verdutzt versuchte Jake, sich einen Reim auf diesen Vorwurf zu machen. „Haben Sie sie gesehen? War sie hier?"

„Hm, ich weiß nicht, wieviel ich Ihnen verraten soll. Sie sind doch der Mann, der sie so durcheinandergebracht hat, oder?"

„Hören Sie, das ist eine lange Geschichte. Ich weiß nur, daß Emily alleine unterwegs ist und sich vielleicht in Gefahr befindet. Sie hat kein Auto und trampt. Hat sie Ihnen gesagt, wohin sie will?"

Die Kellnerin blickte skeptisch drein.

„Bitte! Ich liebe diese Frau!"

Die Bedienung überlegte einen Augenblick. „Nach Westen. Mehr hat sie nicht gesagt."

*

Während Jake Coeur d'Alene durchsuchte, war Emily zusammen mit einer Gruppe von Studentinnen, die sich auf einer Urlaubsreise befanden, auf dem Weg nach Westen. Sie hatte den ganzen Tag gebraucht, um eine Mitfahrgelegenheit mit Leuten zu finden, denen sie vertrauen konnte. Die Mädchen waren nett und stellten ihr viele Fragen über den Grund ihrer Reise. Emilys Antworten waren einsilbig, und bald zogen es die Studentinnen vor, sie in Ruhe zu lassen.

Sie kicherten und unterhielten sich lautstark den ganzen Weg bis an den Stadtrand von Seattle. Emily sagte kein einziges Wort mehr, bis die Studentinnen sie kurz vor der Abenddämmerung an einer Ausfahrt aussteigen ließen.

„Vielen Dank", murmelte sie.

Die Räder drehten durch und schleuderten Kieselsteine auf. Schon waren die Mädchen wieder auf der Autobahn.

Gemeinsam versuchten sie zu erraten, warum Emily auf der Flucht war: Arbeitslosigkeit, Armut oder Liebeskummer?

Liebeskummer. Darin waren sie sich rasch einig, wenn sie an ihr Verhalten dachten. Dann wandten sie sich wieder anderen Themen zu. Noch bevor Emily außer Sichtweite war, hatten sie sie schon beinahe vergessen.

Emily freute sich, als sie merkte, daß die Studentinnen sie in der Nähe eines öffentlichen Parks hatten aussteigen lassen. Sie ging in ein kleines Lebensmittelgeschäft und kaufte eine Tüte Milch, einen Apfel und ein Stück Seife. Dann ging sie in den Park, benutzte aber nicht den Haupteingang, sondern schlich sich durch ein kleines Wäldchen hinein.

Sie hatte Glück, denn der Himmel war klar und der Abend ungewöhnlich warm, so daß sie sich auf einem Bett von Fichtennadeln zusammenkuscheln und sich nur mit ihren Kleidern zudecken konnte. Trotz ihres sicheren Versteckes schlief sie unruhig und träumte, daß Jake gekommen sei, um sie zu holen.

In ihrem Traum konnte sie sich nicht einmal mehr daran erinnern, warum sie eigentlich auseinandergegangen waren.

Kapitel Achtundzwanzig

27. Juli

Westen. Sie ist auf dem Weg nach Westen. Jake raste durch die Nacht und erreichte Seattle am nächsten Morgen kurz nach fünf Uhr. Er nahm ein Zimmer in einem billigen Hotel und rief von dort aus die Tanners an. Jake berichtete ihnen von der Bedienung in dem Café, seiner anschließenden Nachtfahrt und seinem gegenwärtigen Aufenthaltsort. „Heute will ich den Großraum Seattle absuchen."

„Hey, Jake, wir werden jede Polizeistelle in der Gegend darüber informieren, daß Emily sich in ihrem Bezirk aufhalten könnte. Ich werde ihnen Emilys Bild zufaxen. Seattle ist riesig, aber vielleicht stößt ja eine Polizeistreife auf sie."

„Ich habe nicht viel Hoffnung."

„Jake", sagte Rachel, „erinnere dich doch daran, daß ich Dirk auch einmal verließ, um nach Hause zu gehen. Ich konnte nicht glauben, daß ich mit dem Leben auf einer Ranch fertigwerden würde, und ich war nicht sicher, ob wir nach der kurzen und ziemlich turbulenten Zeit unseres Kennenlernens wirklich wußten, was wir taten. Aber ich habe mich nach nichts mehr gesehnt, als daß er käme, um mich zu holen. Ich wollte gerade zurück nach Montana gehen, als er auftauchte.

Emilys Liebe zu dir ist genauso stark, Jake. Sie hat nur schreckliche Angst. Und im Moment ist sie einsam und traurig. Sie sehnt sich danach, daß du sie holst. Geh und finde sie."

Rachels aufmunternde Worte waren genau das, was Jake brauchte. „Das habe ich vor. Ich werde sie finden. Vielleicht nicht heute oder morgen, aber ich *werde* sie finden. Sie wird mir ins Gesicht sagen müssen, daß sie mich nicht mehr will."

*

Bei Sonnenaufgang stand Emily auf und wusch sich in der öffentlichen Toilette das Gesicht. Im vorderen Teil des Parks entdeckte sie eine Karte der Gegend, der sie entnehmen konnte, daß sie sich in der Nähe der Autobahn nach Süden befand. Um diese Zeit waren die Straßen noch beinahe leer, so daß es schwer war, eine Mitfahrgelegenheit zu finden. Deshalb ging Emily die sechs Kilometer zur Autobahnauffahrt zu Fuß. Dort streckte sie ihren Daumen hinaus und wurde fünf Minuten später schon mitgenommen.

*

Jake erlaubte sich einen kurzen, unruhigen Schlaf. Im Traum sah er Emily in einer heruntergekommenen Nebenstraße mitten in einer Großstadt. Doch immer wenn er sich ihr näherte, wurde sie von ihm weggezogen. Ihre Augen flehten ihn an, ihr zu helfen, doch die Straße wurde immer länger, und ihre ausgestreckte Hand war außer Reichweite für ihn.

Er wachte schweißgebadet auf. Dann ging er hinüber ans Waschbecken, spritzte sich Wasser ins Gesicht und betrachtete sich in dem halbblinden Spiegel. *Wie konnte ich sie nur davonlaufen lassen?*

*

Emily beobachtete den Fernfahrer genau, doch dieser Mann würde keine Annäherungsversuche machen. Er war schon etwas älter und wollte sich wohl nur die Zeit vertreiben. Er hatte schon viele Tramper aufgelesen und merkte gleich, daß Emily anders war. „Was treibt Sie auf die Straße, Miss?" fragte er besorgt.

„Hm, man könnte sagen, daß ich weglaufe", antwortete sie und blickte dabei hinaus auf die grünen Berge.

„Aha. Und warum laufen Sie weg?"

„Das möchte ich lieber nicht verraten."

„Sie müssen es aber sagen. Sehen Sie, jetzt haben Sie mich neugierig gemacht. Ich verbringe so viele Stunden allein auf der Straße, und Sie haben wahrscheinlich eine Geschichte, die mir ein paar hundert Kilometer lang die Langeweile vertreiben könnte. Erzählen Sie mir Ihre Geschichte, und ich bringe Sie so weit in den Süden, wie Sie möchten."

„Tut mir leid. Wenn Sie das ernst meinen, dann können Sie gleich rechts ranfahren und mich aussteigen lassen."

Der Fahrer blickte in Emilys entschlossenes Gesicht.

„Aber nicht doch, ich war einfach nur neugierig. Sie müssen mir gar nichts erzählen, wenn Sie nicht wollen. Ich teile sogar mein Mittagessen mit Ihnen. Wenn Sie aber doch reden möchten ..."

Emily schlief ein, kurz nachdem sie in den Lastwagen gestiegen war, und sie schlummerte die ganze Strecke durch Oregon hindurch. Um vier Uhr fuhren sie um Sacramento herum und bogen auf die I-505 ab. Emily bemerkte, wie die Hinweisschilder und die Häuser entlang der Autobahn immer häufiger wurden. *Vorstadt.* Um sechs Uhr waren sie in Oakland, und Emily bat darum, abgesetzt zu werden. Ohne zu murren, bog der Fahrer von der Autobahn ab und fuhr zu einer Tankstelle. Er ließ sie nicht gerne gehen.

Sie öffnete die Tür und stieg aus. „Vielen Dank, Henry. Vielen Dank fürs Mitnehmen."

„Warten Sie, Emily. Wo werden Sie heute nacht schlafen?"

„Ich finde schon etwas. Ich komme allein zurecht."

„Das glaube ich Ihnen. Trotzdem ... hier, nehmen Sie das." Er griff in seine Hosentasche, zog ein Bündel Geldscheine heraus und reichte es ihr.

„Aber nein, Henry, das kann ich unmöglich annehmen."

„Kommen Sie, nehmen Sie es. Ich habe eine Tochter, die nicht viel jünger ist als Sie. Und ich würde mir auch wünschen, daß ihr jemand helfen würde."

„Hm ... kann ich Ihre Adresse haben und es Ihnen später einmal zurückzahlen?"

„Wie Sie wollen. Ich möchte nur sichergehen, daß Sie ein Dach über dem Kopf haben und in der Nacht die Tür hinter sich abschließen können. Das hier ist nicht gerade der sicherste Ort auf der Welt für ein hübsches Mädchen."

„Vielen Dank, Henry", sagte sie gerührt. „Vielen Dank für alles. Ich werde meine Schulden eines Tages zurückzahlen."

„Daran habe ich keinen Zweifel." Er kritzelte seine Adresse auf ein Stück Papier und reichte ihr den Zettel zusammen mit dem Geld. „Passen Sie gut auf sich auf.“

Sie schloß die Tür, und er fuhr davon. Eine dicke Rauchwolke stieg dabei aus seinem Auspuff empor. Emily ging in die Tankstelle, nahm sich eine Cola und ein belegtes Brötchen aus der Kühltheke und bezahlte bei einem Angestellten, der hinter schußsicherem Glas stand. Sie paßte gut auf, daß niemand ihr Bargeld sah.

Bevor sie ging, suchte sie noch die Toilette auf. Hinter der verschlossenen Tür zählte sie das Geld, das Henry ihr gegeben hatte. *Dreiundsechzig Dollar.*

„Danke, Gott“, flüsterte sie. „Du kümmerst dich wirklich um mich, nicht wahr?“

*

Jake verbrachte den Tag und die halbe Nacht damit, die Straßen von Seattle abzusuchen. Müde und entmutigt rief er nach Mitternacht die Tanners an, um sie über seine – nicht vorhandenen – Fortschritte zu informieren.

Rachel hob das Telefon beim ersten Läuten ab. „Jake?“ Sie klang ganz aufgeregt. „Wir haben sie! Ein Lastwagenfahrer namens Henry rief bei der Autobahnpolizei an. Er machte sich Sorgen um ein Mädchen, das er mitgenommen hatte und das anscheinend davongelaufen war. Die Leute von der Autobahnpolizei wandten sich an die Polizei in Seattle. Der Name des Mädchens war Emily. Und Jake, du wirst es nicht glauben, aber es sieht so aus, als wäre sie auf dem Weg nach San Francisco!“

Kapitel Neunundzwanzig

28. Juli

Am nächsten Morgen stand Emily früh auf und schlängelte sich vorsichtig an einer Obdachlosen vorbei, die offensichtlich ihren Rausch ausschlief. In der Nacht hatte Emily mitangesehen, wie die Frau von der Liege neben ihr herunterrollte, grunzend zu Boden fiel und dann weiterschnarchte.

Emily zog ihr Kleiderbündel unter dem Kissen hervor und ging zu den Duschräumen des CVJM-Wohnheims. Für fünfundzwanzig Cents lieh sie sich ein sauberes Handtuch und seifte sich unter der heißen Dusche ein. Sie war die erste, die das Wohnheim verließ.

Sie ging ins Stadtzentrum, kaufte an einem Kiosk eine Zeitung und setzte sich dann in ein Café, um ein wenig Gebäck und Kaffee zu frühstücken. „Könnten Sie mir einen Kugelschreiber leihen?" fragte sie die Bedienung.

„Klar doch." Die Frau reichte ihr einen Kugelschreiber, der am oberen Ende schon ganz abgenagt war.

Emily überblätterte alle anderen Rubriken des *San Francisco Chronicle* und schlug die Stellenanzeigen auf. Die meisten Annoncen galten Büroangestellten, Krankenschwestern oder anderen Krankenhausangestellten. Doch Emily wollte ihr Glück bei der Handvoll Stellen für Putz- und Küchenhilfen versuchen. Sie markierte diese Anzeigen und ging dann wieder zum Kiosk, wo sie eine Stadtkarte erstand. Jetzt konnte ihr neues Leben beginnen.

*

Jake klebte Flugblätter an jeden erreichbaren Pfosten und jede Mauer, an der er vorbeikam. *Sie muß hier sein. Sie könnte es sich nicht leisten, noch weiter zu reisen. Jetzt muß ich sie nur noch unter den vier Millionen anderen Leuten hier finden.* Müde klebte er ein weiteres Flugblatt an.

Er betrat ein kleines Feinkostgeschäft, bestellte bei dem Mann hinter der Theke ein Sandwich und fragte ihn dann, ob er das Telefonbuch ausleihen dürfte. Der Eigentümer reichte es ihm mißtrauisch, denn er befürchtete wohl, daß es genauso verschwinden würde, wie das so häufig mit seinem Besteck geschah.

Jake setzte sich an einen Tisch und begann in dem Buch zu blättern. „Entschuldigen Sie bitte“, fragte er den Mann laut. „Wo verbringen denn die Obdachlosen hier die Nacht?“

„Na, auf der Straße!“ Der Mann schüttelte sich vor Lachen über die Frage.

„Das meine ich nicht. Es muß doch irgendwelche Heime oder so etwas geben.“

„Na sicher.“ Der Mann reichte ihm das Sandwich und riß sich zusammen, als er Jakes ernsten Blick sah. „Da gibt es die Marienschwestern gleich hier die Straße hinauf. Die Katholische Kirche nimmt auch jede Nacht ein paar Leute auf. Abgesehen davon konzentriert sich so ziemlich alles auf den CVJM, zumindest für die Leute, die ein bißchen Geld haben.“ Er sah zu, wie Jake diese Informationen aufschrieb. „Suchen Sie jemanden?“

„Ja.“ Er zog einen Handzettel von seinem Stapel. „Haben Sie diese Frau gesehen?“

Der Mann nahm den Zettel und schüttelte verneinend den Kopf. „Hübsches Mädchen. Ihre Freundin?“

„Ja.“

„Dann hoffen Sie, daß sie den Weg in eines dieser Heime gefunden hat, die ich gerade erwähnte. Die Straßen hier sind nachts kein Aufenthaltsort für eine Frau.“

Jake sagte nichts. Er bezahlte sein Sandwich und trug es zu einem Tisch hinüber. Ihm war der Appetit vergangen. Er starrte auf das Essen vor sich und kämpfte gegen die Panik an, die in ihm aufsteigen wollte. Panik, daß Emily für immer weg war, daß sie in den dunklen Straßen der Stadt verschwinden und man sie nie wieder finden würde.

Hilf mir, Vater. Seine Augen füllten sich mit Tränen. *Ich schaffe es nicht alleine. Bitte hilf mir.*

Er ließ das Sandwich auf dem Tisch liegen, riß die Liste der Heime aus dem Telefonbuch und legte zehn Dollar als Entschädigung auf die Theke. Dann trat er wieder hinaus auf die Straße, fest entschlossen, Emily zu finden.

Kapitel Dreißig

29. Juli

„Sweihunde't Dolla' im Monat. Vie'hunde't jetz', un' fünfsig Dolla' Kausion."

„Dafür wollen Sie vierhundertfünfzig Dollar?" fragte Emily ungläubig. Sie hatte kein Glück bei ihrer Suche nach Arbeit. Alle interessanten Angebote verlangten Referenzen, und sie wollte unter keinen Umständen, daß jemand auf der Timberline-Ranch anrief. Sie war verzweifelt.

Noch mehr Sorgen machte ihr die Tatsache, daß sie keine Aussicht auf eine Wohnung hatte. Beim CVJM konnte sie nur noch eine Nacht lang bleiben. Die Suche nach einer Unterkunft in ihrer Preislage und in der Nähe der meisten Stellenangebote hatte sie hierher geführt: in eine schmuddelige, winzige Wohnung in Chinatown. So schlimm es auch war, so war es doch von allen Angeboten das erste, das sie sich überhaupt leisten konnte.

Niedergeschlagen sagte sie: „Ich nehme es. Aber ich kann Ihnen jetzt nur zweihundertfünfzig geben. Ich bin auf Stellensuche."

„Die Geschichte kenn' ich."

„Bitte. Sie bekommen Ihr Geld nächste Woche."

Der schmierige Mann seufzte und streckte dann die Hand erwartungsvoll aus. „Du kein Gel' haben nächste Woche, du fliegst. Ich behalte Geld, okay?"

Emily drehte sich um und zählte das Geld ab. Er griff gierig nach dem Bündel Scheine und reichte ihr den Schlüssel. Dabei ließ er seine Hand bedeutungsvoll auf ihrer ruhen.

Sie wich zurück, und er grinste zahnlos mit einem entschuldigenden Achselzucken. „Du keine A'beit?"

„Noch nicht."

„Du nicht lange suchen. Ich habe A'beit für Dich."

Er wackelte aufgeregt mit dem Kopf.

„Tątsächlich?" fragte sie mißtrauisch.

„Mein Cousin hat Hotel für Jungs, die suchen F'eundin. Viel Gel', viel Spaß."

„Raus hier."

Wieder das zahnlose Grinsen und das Achselzucken. „Sie können sein meine F'eundin. Zahlen hunde't, nich' sweihunde't."

„Raus!"

„Okay, okay." Er wollte gehen, doch blieb dann in der Tür stehen. „Ich habe Restauran'. B'auche jeman' fü' Telle' waschen."

„Wieviel?"

„Vie' Dolla' die Stunde."

„Wo?"

„Diese Richtung. Seh' nah."

„Einverstanden."

Zufrieden ging der Mann davon. „Swei Uh' mo'gen nachmittag. Ich Ihnen Restauran' seigen."

„Okay." Sie setzte sich auf das durchhängende Bett mit der schmutzigen Matratze und sah ihm nach. Immerhin hatte sie jetzt eine Unterkunft und Arbeit – zumindest so lange, bis sie etwas Besseres gefunden hatte.

Kapitel Einunddreißig

30. Juli

Wan, ihr Vermieter, redete auf dem ganzen Weg zum Restaurant in einem unverständlichen Kauderwelsch auf sie ein. Ladenbesitzer fegten vor den Eingängen zu ihren Läden, und Gasthausbesitzer trugen Berge von Bettwäsche heraus, um sie zum Trocknen aufzuhängen. In den Straßen herrschte um diese Tageszeit geschäftiges Treiben, und Wan schien jeden zu kennen.

Emily hatte in der Nacht kaum geschlafen. Das Bett in ihrem Zimmer quietschte jedesmal, wenn sie sich bewegte, und in dem flimmernden Licht der Neonwerbung vor ihrem gardinenlosen Fenster konnte sie sehen, wie die Ratten durch den Raum flitzten. Bei der Erinnerung daran zitterte Emily unwillkürlich. Trotzdem war es immer noch besser, als auf der Straße zu stehen. Mit Ungeziefer konnte sie leben. Mit Vergewaltigern und Dieben nicht.

Wans „Restaurant" bestand aus ganzen sechs Tischen. An der hinteren Wand stand ein großes Aquarium mit exotischen Fischen. Der Teppich leuchtete knallrot, und die Lampen waren aufdringliche Gebilde aus Goldfolie. Wan ging direkt in die Küche und schaltete die Lichter an. Als er und Emily eintraten, kam gleichzeitig ein wohlbeleibter Chinese ganz in Weiß durch die Hintertür. *Der Koch,* erriet Emily. Die beiden Männer unterhielten sich lachend, und der Koch nahm sich einen Augenblick Zeit, um Emily genau zu betrachten.

Urplötzlich begann er in dem Versuch, ihr etwas mitzuteilen, auf chinesisch zu schreien und mit den Armen herumzufuchteln. Sie nickte einfach nur und hoffte, daß sein Wortschwall bald vorbei sein würde.

„Er will, daß Sie t'agen Weiß", erklärte Wan.

„Oh. In Ordnung", stimmte Emily zu und blickte den dicken Mann an. Sie würde weiße Küchenkleidung kaufen müssen.

Ihre Antwort löste einen neuerlichen Wortschwall aus.

„Er will nich', daß Sie schauen in seine Augen", warnte Wan sie in einem etwas schärferen Ton.

Emily senkte den Blick. *Du bist auf diese Arbeit angewiesen,* sagte sie sich. „Ja, Sir", erwiderte sie und sah zu Boden.

Der Koch starrte sie einen Moment lang an und grunzte dann zustimmend.

*

Jake schluckte seinen Stolz hinunter, nahm den Hörer ab und begann die Nummer zu wählen.

„Architekturbüro Rierdon", meldete sich eine freundliche Stimme.

„Bitte verbinden Sie mich mit Jakob Rierdon. Ich bin sein Sohn."

Sein Vater war in weniger als einer Minute am Telefon. „Jake? Wie steht es mit der Suche?"

„Nicht so gut. Ich brauche eine Information von dir, Vater."

„Was für eine Information?"

„Über den Privatdetektiv, von dem du gesprochen hast.

Den, mit dem deine Firma früher zusammenarbeitete. Du sagtest, ihr hättet sehr gute Erfahrungen mit ihm gemacht. Jetzt brauche ich ihn. Emily ist vielleicht in San Francisco."

Vater Rierdon ging zu seinem Aktenschrank und zog die gewünschten Informationen heraus. „Steve Nadam. Er ist ein echter Profi, Jake. Er wird sie finden, wenn sie sich in der Stadt aufhält."

„Das hoffe ich, Vater. Das hoffe ich wirklich."

*

Emily beendete ihre Schicht um 22.30 Uhr, nachdem der letzte Gast gegangen und der letzte Teller gespült war. Erschöpft band sie ihre schmutzige Schürze auf und wischte sich die Stirn ab, damit ihr der Schweiß nicht in die Augen tropfte. Im Laufe des Abends war es immer heißer in der Küche geworden, und der Koch hatte sich mehr und mehr über sie aufgeregt.

Sie wurde nicht mit den Geschirrbergen fertig, und zu viele Teller waren nicht ganz sauber gewesen. Der Koch kam mehrmals zu ihr herüber und schrie sie auf chinesisch an. Dabei gestikulierte er wild und wies sie auf Reiskörnchen hin, die noch hier und dort am Geschirr klebten.

Emily unterdrückte den Wunsch, einfach loszuheulen oder aufzuhören. Sie ließ weder das eine noch das andere zu, sie brauchte diese Arbeit, und bei der langen Arbeitszeit und mit dem Lohn, den ihr der Vermieter versprochen hatte, würde sie davon geradeso überleben können. *Nächste Woche werde ich mir etwas anderes suchen. Ich werde auf der Straße landen, wenn ich jetzt hier aufhöre.*

Kein einziges Mal erlaubte sie es sich, daran zu denken, wieviel angenehmer das Saubermachen der Küche auf der Ranch gewesen war. Emily richtete sich auf und lächelte so freundlich wie möglich. Der Koch funkelte sie zornig an und stürmte davon, vorbei an den riesigen gußeisernen Öfen und

Herdplatten und zur Tür hinaus. Dabei murmelte er die ganze Zeit ärgerlich vor sich hin.

„Steh mir bei, Vater. Ich brauche dich", flüsterte sie. Die Tür fiel mit lautem Knall ins Schloß. Emily war allein in einem fremden Restaurant in einer fremden Stadt.

*

„Jake, darf ich dir Steve Nadam vorstellen! Ich halte sehr große Stücke auf ihn."

Die drei Männer standen in Jakob Rierdons elegantem Büro, in dem es nach edlem Leder, Möbelpolitur und Kaffee roch. Zwei Seiten des Raumes bestanden nur aus Fenstern, von denen aus man die Lichter der Stadt und die dunkle Bucht überblicken konnte.

„Danke, daß Sie sich so spät noch mit uns treffen", sagte Jake und schüttelte Steves Hand. Steve Nadam hatte kluge Augen, die von dunklen Ringen umgeben waren. Er neigte zum Dicksein – wohl von den vielen Beschattungen, bei denen er sich die Zeit mit Süßigkeiten vertrieb. Er war unrasiert, aber in seinen Augen funkelte ein Licht, das Jake sogleich Vertrauen einflößte.

„Eigentlich ist es früh für mich. Detektive haben nicht die üblichen Arbeitszeiten."

„Ach ja, richtig", sagte Jake. „Ich möchte ja nicht unhöflich sein. Aber wenn es Ihnen nichts ausmacht, dann würde ich gern sofort zum Geschäftlichen kommen."

*

Emily verließ die Restaurantküche fünf Minuten nach dem Koch und trat hinaus in eine dunkle Seitenstraße, in der es nach fauligen Abfällen und Urin stank. Sie drehte sich um und wollte wieder zurück nach drinnen gehen, doch die Tür schloß sich automatisch hinter ihr. Von der Arbeit in der heißen Küche war sie völlig durchnäßt, und ihre nackten Arme dampften sogar, als sie mit der kühlen Abendluft in Berührung kamen. Am Ende der Gasse sah sie ein schwaches Licht und ging darauf zu, denn sie wollte die Seitenstraße so rasch wie möglich hinter sich lassen und an einen belebteren Ort gelangen.

Sie lief der Bande mitten in die Arme.

Überrascht drehte sich ein Bandenmitglied um und zog dabei gleichzeitig sein Messer. Der junge Mann grinste erfreut, als er Emily von oben bis unten begutachtete.

„Ah, hallo." Er winkte den anderen, um zu signalisieren, daß sie fortfahren sollten, Herausforderungen an eine rivalisierende chinesische Bande auf die Mauer zu sprühen.

„Hallo", sagte Emily, ohne ihn anzublicken. Sie berührte unabsichtlich seine Schulter, als sie an ihm vorbeiging.

Er rannte an ihr vorbei, stellte sich ihr in den Weg und flüsterte ihr Anzüglichkeiten ins Ohr.

Sie blieb stehen. „Hör auf damit, oder ich schreie."

„Oh", rief er gespielt ängstlich, denn offensichtlich fühlte er sich nicht im geringsten bedroht. Die anderen Bandenmitglieder hörten mit ihren Schmierereien auf und umringten die beiden. Er streckte seine Hand aus und griff in Emilys Haar. Die anderen lachten, als er sie näher an sich heranzog und sie küßte.

Mit einem Ruck schob Emily ihn weg, ohne darauf zu achten, daß er ihre Haare schmerzhaft festhielt. Der Bandenführer kam sofort wieder auf sie zu, während sie zurückwich. Er kam immer näher, bis sie mit dem Rücken an eine hohe Mauer stieß und nicht mehr weiter konnte. *Bitte hilf mir, Gott.*

Emily schloß die Augen. Plötzlich verstummte das Lachen. Das einzige Geräusch, das sie noch hörte, war das Schnappen von Klappmessern.

„Vic“, flüsterte einer der jungen Männer in ihrer Nähe, der sah, daß sich eine rivalisierende Gang näherte. „Das ist eine Falle. Die Schlampe ist'n Köder!“

Vic sah sich um.

„Ein Köder“, stimmte er zu. „Dich würde ich gern schlucken. Aber jetzt verschwinde. Wir haben Besseres zu tun.“ Er wandte sich lässig ab, und Emily rannte und rannte zu ihrem Wohnblock, bis sie meinte, ihre Lungen würden zerspringen.

Trotz haltlos zitternder Finger gelang es ihr, den Schlüssel ins Schloß zu stecken und die Tür aufzusperren. Sie ignorierte die Ratten, die davonstoben, sprang aufs Bett und begann hemmungslos zu schluchzen.

*

Am gleichen Abend rief Jake die Tanners von einer Telefonzelle aus an.

Voller Erwartung nahm Rachel den Hörer ab.

„Bisher hatte ich kein Glück“, sagte Jake. „Aber jetzt befaßt sich ein Privatdetektiv mit der Sache. Er hat mehrere Männer auf die Suche geschickt. Sein Ruf ist sehr gut.“ Er lehnte seinen Kopf müde an die schmutzige Scheibe der Telefonzelle.

„Du wirst sie bald finden. Glaube mir.“

„Ach, Rachel! Wie kannst du dir nur so sicher sein? Du weißt doch, wie groß diese Stadt ist. Sie wird ja nicht in Elk Horn vermißt. Das hier ist San Francisco.“ Er klang hart und wütend.

Jake hörte ein Knacken in der Leitung, als Dirk den zweiten Hörer abnahm. „Jake? Jake, hör mir mal gut zu, Mann. Ich habe ein paar Bibelverse für dich. Anton und ich haben sie heute nachmittag gefunden. Hör dir das an: ‚Weißt du nicht? Hast du nicht gehört? Der Herr, der ewige Gott, der die

Enden der Erde geschaffen hat, wird nicht müde noch matt, sein Verstand ist unausforschlich. Er gibt dem Müden Kraft und Stärke genug dem Unvermögenden. Männer werden müde und matt, und Jünglinge straucheln und fallen; aber die auf den Herrn harren, kriegen neue Kraft, daß sie auffahren mit Flügeln wie Adler, daß sie laufen und nicht matt werden, daß sie wandeln und nicht müde werden.' "

Während er Dirk zuhörte, spürte Jake, wie er zuversichtlicher wurde und sein Selbstvertrauen wieder wuchs.

„Hast du eine Bibel bei dir, Jake?"

„Ja."

„Dann lies darin. Diese Sache wächst uns über den Kopf, und wir brauchen Gott mehr denn je. Und noch was, Jake."

„Ja?"

„Es wird nicht das letzte Mal sein."

Kapitel Zweiunddreißig

31. Juli

Emily wachte am nächsten Morgen spät auf und hatte einfach nicht genug Energie, um aufzustehen. Sie blieb reglos liegen, lauschte auf die Geräusche draußen auf der Straße und starrte die Spinnweben an, die in den Ecken ihres Zimmers hingen. *Was habe ich getan? Wie bin ich bloß hier gelandet?* Sie fühlte sich hundeelend. Und sie vermißte die Ranch. Am meisten aber vermißte sie Jake.

Das Schlimmste war, daß sie das Gefühl hatte, Jake für immer aus ihrem Leben gesperrt zu haben. *Ich bin davongelaufen. Er würde mir nie wieder vertrauen können. Er hat mich wahrscheinlich schon halb vergessen. Oh Jake, was habe ich nur getan?* Sie stand auf, ging zum Waschbecken, wusch sich rasch und wischte sich die Tränen aus dem Gesicht. *Keine Tränen mehr,* befahl sie sich zornig. *Du mußt weitermachen.* Sie richtete sich auf, straffte die Schultern und holte mehrmals tief Luft. Dann zog sie sich an und ging zum Restaurant.

Zwanzig Blocks entfernt, auf dem Dach eines Gebäudes, dachte Victor an ihre Begegnung vom Vorabend zurück. Selbstgefällig lächelte er über seinen Plan. *Heute nacht. Wir werden ja sehen, ob du mir heute auch entkommen kannst.*

★

Jakes erstes Unterfangen an dem Tag war es, Steve Nadam zu treffen. Wie verabredet trafen sie sich um elf Uhr drei Häuserblocks vom Architektenbüro Rierdon entfernt.

„Hallo, Jake." Der Detektiv hielt ihm eine zerknitterte Tüte mit Gummibärchen unter die Nase. Jake lehnte mit einem Kopfschütteln ab.

„Ich habe keinen Appetit. Berichten Sie mir von den neuesten Entwicklungen. Haben Sie etwas herausgefunden?"

Steve breitete seinen Stadtplan vor Jake aus. Während er mit vollem Mund sprach, zeigte er Jake einige Punkte auf der Karte. „Dieses Gebiet und das hier habe ich abgedeckt. Ich habe mit meinen Leuten in zwölf verschiedenen Teilen der Stadt gesprochen. Wenn sie hier ist, dann wissen wir es innerhalb von zwölf Stunden."

„Soll das ein Witz sein!? Ich war in der ganzen Stadt unterwegs, habe Plakate aufgehängt und Passanten angesprochen, und Sie glauben, Sie können die Informationen an nur zwölf Personen weitergeben – und Emily finden?" Jake war enttäuscht und verzweifelt darüber, daß sie keinen Hinweis auf Emilys Aufenthaltsort gefunden hatten.

„Vertrauen Sie mir. Ich mache so etwas seit Jahren. Ich habe die richtigen Kontakte. Lassen Sie mich nur machen."

„In Ordnung, aber ich muß auch etwas tun. Ich werde noch mehr Plakate aufhängen."

„Davon rate ich Ihnen ab", wand Nadam ein.

„Warum?"

„Weil Emily eines sehen und davonlaufen könnte. Es ist das beste, wenn *wir* sie finden. Geben Sie mir noch zwölf Stunden, und versuchen Sie, sich ein wenig auszuruhen."

Jake blickte starr auf die Straße. „Noch zwölf Stunden."

*

Emily kam ziemlich ins Schwitzen, als im Restaurant Hochbetrieb herrschte. Dann ließ der Trubel langsam nach, und schließlich waren alle Gäste gegangen. Sie dachte an den Vorfall der vergangenen Nacht und suchte verzweifelt nach einer sicheren Möglichkeit, zu ihrer Wohnung zu gelangen. *Lieber Gott,* betete sie. *Du warst während der letzten sechs Monate in vielen Situationen bei mir. Bitte hilf mir, daß ich heute abend sicher nach Hause komme.* Wenn sie noch ein paar Tage lang überleben konnte, dann würde sie ihren ersten Lohn in Empfang nehmen und nach einer sichereren Arbeitsstelle suchen können.

Zuerst versuchte sie, mit dem Saubermachen fertigzuwerden, bevor der Koch ging. Doch es war schnell klar, daß sie keine Chance hatte, gleichzeitig mit ihm fertig zu sein. Deprimiert sah Emily zu, wie der Mann sein letztes Messer aufräumte und seine Schürze weghängte. Er grunzte einen Abschiedsgruß in ihre Richtung und ging dann durch die Seitenstraße davon, ohne die Tür hinter sich zu schließen.

Emilys Herz klopfte. Sie schlich langsam zur Tür und nahm unterwegs das lange Schlachtmesser von seinem Haken. In einiger Entfernung von der Tür blieb sie stehen und zog sie mit zitternden Händen vorsichtig zu. Das Schloß schnappte ein. *Zumindest für eine Weile in Sicherheit.*

Emily wandte sich wieder dem schmutzigen Geschirr zu.

★

Elf Stunden nach ihrem morgendlichen Treffen klingelte das Telefon in Jakob Rierdons elegantem Büro, wo Jake zusammen mit seinem Vater und Steve Nadam wartete. Alle drei Männer sprangen gleichzeitig auf. Der Privatdetektiv erreichte das Telefon als erster. „Sind Sie sicher? Wann? Wenn Sie recht haben, wird man Sie für Ihre Arbeit gut bezahlen."

Er wandte sich den anderen zu. „Einer meiner Leute ist sich sicher, daß er sie letzte Nacht gesehen hat. Dummerweise scheint sie aber einige Aufmerksamkeit von lokalen Banden auf sich zu ziehen."

Jakes Herz, das sowieso schon heftig klopfte, blieb beinahe stehen. „Wo ist sie?" fragte er energisch.

„In Chinatown."

Kapitel Dreiunddreißig

Fertig. Kein Eckchen war mehr sauberzumachen. Kein Tröpfchen mehr zu trocknen. Es gab keinen Ausweg. Emily mußte entweder versuchen durchzukommen oder aber hier übernachten. Im Restaurant fühlte sie sich nicht viel sicherer als auf der Straße. Ein Ziegelstein durch das Fenster – und ihre Festung würde in sich zusammenbrechen.

Sie faßte einen Entschluß. Wieder griff sie nach dem Messer und trat hinaus in die Nacht. – Doch die Gasse war leer.

*

„Sind wir in der Nähe?“

„Wir befinden uns im richtigen Bezirk. Sie muß sich im Umkreis von wenigen hundert Metern von hier aufhalten. Mein Informant sagte, daß er sie gestern abend um elf Uhr zu Fuß nach Hause gehen sah.“

„Aber er hat Ihnen nicht gesagt, welcher Block es war?“ fragte Jake ärgerlich.

„Das wußte er nicht“, antwortete Nadam gleichmütig.

„Na, toll.“

Zum fünften Mal fuhr Jake um dieselbe Kurve, um die Umgebung der drei Blocks ein weiteres Mal abzusuchen. *Vielleicht haben wir sie ja übersehen.*

*

Vielleicht sind sie heute abend nicht hier in der Gegend, sprach sie sich Mut zu. *Vielleicht komme ich ja problemlos heim.* Spontan ging sie, um der Bande zu entgehen, nach links anstatt nach rechts. Sie lief rasch und drehte sich nicht ein einziges Mal um.

Aus den Schatten einer Gasse hinter ihr tauchten sie plötzlich auf und traten ins neblige Mondlicht.

Emily hörte das Klacken von Metall auf dem Gehsteig hinter sich und wandte sich blitzschnell um. Das Geräusch stammte von Victors schwarzen Lederstiefeln. Gefolgt von sechs anderen Männern kam er auf sie zu. Sie wich langsam zurück, drehte sich dann um und ging schnell weiter. Die anderen hielten mit ihr Schritt.

Einen Block vom Restaurant entfernt begann sie zu rennen. Doch in kürzester Zeit hatten sie sie eingeholt.

„Warum läufst du denn weg, Puppe? Wir haben uns ja noch nicht einmal begrüßt." Wieder drängte Victor sie gegen eine Mauer. Er ließ sich Zeit. „Warum arbeitest du in diesem Bezirk? Ich finde, du siehst gar nicht aus wie eine Chinesin."

„Ich ... ich brauchte Arbeit."

Einige der Männer lachten über ihre Antwort. Victors weiße Zähne blitzten im Mondlicht.

„Dich hat niemand hergebracht?"

„Nein, ich bin von alleine gekommen. Ich wußte nicht, daß ich nicht arbeiten darf, wo ich will."

Hinter ihrem Rücken hielt sie das Messer fest. Mit einer schnellen Bewegung zog sie es nun hervor und wedelte damit in Richtung auf den Bandenführer herum.

Victor zuckte nicht einmal. Er trat in aller Ruhe einen Schritt zurück und lachte seinen Freunden gehässig zu. „Na, na, na. Das kleine Mädchen hat sich ein Messer besorgt." Er wandte sich wieder zu Emily um, ging mit einer Drohgebärde auf sie zu. „Wo sind die anderen? Haben sie dich als Köder ausgelegt und dann alleine gelassen?"

„Ich weiß nicht, wovon du sprichst! Ich bin allein. Ich habe nichts mit Banden zu tun. Für mich seid ihr alle ein Haufen Idioten."

Victor hielt sich den Bauch, als müßte er herzhaft lachen. „So ein kleines Mädchen und so große Töne!" Sein Lächeln erlosch. „Deinetwegen haben wir letzte Nacht zwei unserer Brüder verloren."

Er ging einen Schritt auf Emily zu, und sie fuchtelte wieder mit dem Messer in seine Richtung. Gekonnt schlug er auf ihren Arm, so daß sie vor Schmerz zusammenzuckte und das Messer fallen ließ. „Was wird dich jetzt beschützen?"

„Komm schon, Victor", meldete sich eines der Bandenmitglieder zu Wort. „Vielleicht sagt sie tatsächlich die Wahrheit. Laß uns von hier verschwinden. Ich hab' so ein komisches Gefühl."

„Du willst mich wohl anmachen?!“

Einen Augenblick lang ließ sich Victor von Emily ablenken. Sie ergriff die Gelegenheit beim Schopf und rannte los. Doch Victor kam ihr sofort nach. Als er sie einholte, griff er nach ihrem T-Shirt. Er brachte Emily zum Stehen und schleuderte sie gegen die Hauswand.

Emilys Kopf schlug gegen die Mauer, und sie sank zu Boden. Victor beugte sich außer Atem über sie. Die anderen kamen hinterher.

*

Jake und seine Begleiter fuhren wieder um die Ecke und entdeckten die Gruppe im Scheinwerferlicht. Mit quietschenden Reifen hielt Jake den Wagen an.

„Emily!“ schrie er. Binnen Sekunden war er aus dem Auto gesprungen, ohne auf die Rufe seiner Begleiter zu hören. Sie erkannten, in welch gefährliche Situation sie gestolpert waren – doch Jake sah nur Emily und daß *sie* in Gefahr war.

Er rannte die paar Meter vom Wagen zur Bande und schob die Männer einfach zur Seite. Verblüfft sahen sie zu, wie er direkt zu Emily trat, sie in die Arme nahm und mit ihr weggehen wollte.

„Hey!“ schrie Victor wutentbrannt.

Jake drehte sich um und sah ihn mit stählernem Blick an.

„Mann, du kannst doch nicht so einfach mit ihr weggehen. Vorher mußt du erst mit mir fertigwerden.“ Victor schlug sich stolz auf die Brust.

Jake sah ihn weiter fest an. Seine Augen schienen ihn zu durchbohren. „Ich bin durch vier Bundesstaaten gejagt, um diese Frau zu finden. Ich habe seit Tagen nicht geschlafen. Jetzt nehme ich sie mit nach Hause. Ich habe schon zuviel durchgemacht, um sie jetzt wieder zu verlieren.“ Sein Vater und Steve Nadam traten an seine Seite.

„Wenn du der Kerl bist, der Emily das angetan hat", fuhr Jake fort, „dann willst du dich *ganz bestimmt* nicht mit mir anlegen."

Victor stand da und versuchte, die Situation abzuschätzen.

„Komm schon, Vic. Die haben wahrscheinlich schon die Bullen geholt", drängte einer seiner Freunde.

Wütend spuckte der Bandenführer in ihre Richtung aus und drehte sich dann zu seinen Leuten um. Wortlos verschwanden sie in der Dunkelheit.

Jake trug Emily zum Auto, wo sie aufwachte. „Jake? Bist du es wirklich?"

„Ja, ich bin's, Emily."

„Es tut mir so leid, Jake, so leid."

„Versprich mir, daß du nie wieder wegläufst."

„Laß uns nach Hause fahren, Jake."

Kapitel Vierunddreißig

Ende September

„Komm mit", flüsterte Jake mit einem schelmischen Augenzwinkern in Emilys Ohr. „Ich führe dich zum Essen aus."

Sie lächelte ihn strahlend an und blickte dann über die Arbeitsfläche hinweg zu Mary hinüber, die zustimmend nickte.

Emily nahm ihre Schürze ab, und Jake legte seinen Arm um sie und führte sie hinaus auf die Veranda.

„Warte hier", sprach er. Sie stand auf den Stufen und atmete die frische Herbstluft mit geschlossenen Augen ein. Als sie sie ein paar Sekunden später wieder öffnete, sah sie, wie Jake auf Cyrano herantrabte, Tana an seiner Seite. Emily lachte glücklich, als Jake ihr aufs Pferd half.

„Und, wohin führst du mich zum Abendessen aus, noch dazu mit dem Pferd?"

„Das wirst du schon sehen."

Sie ritten etwa drei Kilometer weit und bogen dann in ein Weizenfeld ein. Dort, mitten auf dem Feld, stand ein Tisch mit einer weißen Leinentischdecke, silbernen Kerzenleuchtern und zwei Gedecken. Emily blickte Jake verwirrt an.

Er stieg ab und sah sie an. „Mademoiselle." Jake nahm sie bei der Hand und half ihr beim Absteigen. Dann führte er sie mit einer tiefen Verbeugung zum Tisch.

Wie auf ein Stichwort erschien Dirks Jeep am Horizont und preschte auf das Feld, daß der Staub zwischen den Strohballen aufwirbelte. Emily sah verwundert zu, wie der Wagen neben ihnen zum Stehen kam und Rachel und Dirk heraussprangen. Beide trugen weiße Schürzen und hatten Servietten über dem Arm. Rasch servierten sie dem Paar das Essen und fuhren dann gleich wieder davon.

Emily lachte. „Ich glaube, ich bin nicht dem Anlaß angemessen gekleidet", sagte sie und sah an ihren Jeans hinunter.

„Du siehst wunderbar aus", erwiderte Jake weich. Er zündete die Kerzen an, als die Sonne hinter den Bergen verschwand, an deren Hängen die Bäume mit tiefrotem, orangefarbenem und goldenem Herbstlaub leuchteten. Sie bewunderten die erlesenen Speisen, die die Tanners in einem neuen Restaurant in der Stadt besorgt hatten: sautiertes Hähnchen und Gemüse, Wildreis und Kürbissuppe.

„Ganz schön exotisches Essen für diese Gegend", meinte Emily voller Anerkennung.

„Ich dachte, es würde dir vielleicht schmecken", antwortete Jake.

Sie neigten die Köpfe, und Jake sprach ein Dankgebet für das Essen und dafür, daß Gott ihre Gebete erhört hatte. Während sie aßen, blickten sie sich immer wieder verliebt in die Augen. Sie sagten wenig, aber sie waren durch und durch glücklich.

Nachdem sie fertig waren, lehnte Emily sich zurück und seufzte laut.

„Danke, Jake." Ihre Augen strahlten, als sie den Mann, den sie liebte, ansah. „Ich bin so reich beschenkt, weil ich dich in meinem Leben haben darf." Sie ließ ihren Blick über das Tal, die Berge und den Sonnenuntergang schweifen. „Und ich bin so dankbar, daß ich zu Hause bin."

„Emily, willst du für immer hierbleiben?"

Sie nahm seine Hand. „Mit dir an meiner Seite – ja."

„Ich bleibe für immer bei dir", sagte Jake.

„Für immer."

Drei weitere Bände aus der ***Rendezvous****-Reihe:*

Lisa Tawn Bergren
Leuchtfeuer der Sehnsucht
Julias wohlgeordnete kleine Welt wird gehörig aus den Angeln gehoben, als der charmante Weltenbummler Trevor in ihr Leben tritt – und offenbar nicht vorhat, so bald wieder daraus zu verschwinden. Doch kann Julia dem abenteuerlustigen Trevor wirklich vertrauen?

Taschenbuch, 205 Seiten, Bestell-Nr. 815 581

Lisa Tawn Bergren
Insel des Glücks
Die Meeresarchäologin Christina Alvarez hat einen großen Traum: Sie will das angeblich goldbeladene Wrack der „La Canción" bergen. In dem Schatzsucher Mitch Crawford findet sie einen finanzkräftigen Partner. Und obwohl der eiskalte Geschäftsmann sie reichlich herablassend behandelt, fühlt Christina sich unwiderstehlich zu ihm hingezogen ...

Taschenbuch, 256 Seiten, Bestell-Nr. 815 582

Robin Jones Gunn
Pfade der Liebe
Niemand in der Kleinstadt Glenbrooke weiß, daß die neue Lehrerin Jessica Fenton nicht die ist, die sie zu sein vorgibt. Unter falschem Namen will sie hier noch einmal ganz von vorn anfangen. Doch je mehr sie sich zu dem jungen Rettungssanitäter Kyle hingezogen fühlt, desto schwieriger wird es für sie, ihre wahre Identität geheimzuhalten ...

Taschenbuch, 240 Seiten, Bestell-Nr. 815 583

Die Rußland-Saga bei Schulte & Gerth

Michael Phillips und Judith Pella
Anna und Katrina
Band 1
Zwei Frauen zwischen Liebe und Krieg, Adel und Armut ...
Paperback, 432 Seiten
Bestell-Nr. 815 192

Michael Phillips und Judith Pella
Unruhe der Herzen
Band 2
Auf der Suche nach Liebe in stürmischen Zeiten
Paperback, 350 Seiten
Bestell-Nr. 815 222

Michael Phillips und Judith Pella
Triumph der Hoffnung
Band 3
Was hat Bestand im Angesicht von Aufruhr und Gefahr?
Paperback, 400 Seiten
Bestell-Nr. 815 261

Judith Pella
Katrinas Vermächtnis
Band 4
Das Exil ist beendet – beginnt nun die Freiheit?
Paperback, 400 Seiten
Bestell-Nr. 815 294

Judith Pella
Traum der Freiheit
Band 5
Ist Liebe stärker als Haß und Gewalt?
Paperback, 400 Seiten
Bestell-Nr. 815 358